I0770216

郑芳文集

小说散文卷

周先庚　编订

麦谷教育出版社
MG Education Press

《郑芳文集　小说散文卷》

周先庚 编订

© 2024 麦谷教育出版社

本书中文简体字版（中国大陆之外）版权为麦谷教育出版社（MG Education Press）持有。除获本社书面授权外，任何人不得在任何地区、以任何方式翻印、仿制或转载本书文字、照片及图表，违者必究。

国际统一书号：

ISBN 979-8-88847-009-1 (pbk)

责任编辑：　肖 楠　淑 仪
封面设计：　孙 娜

Collected Works of Fang Zheng: Volume II Short Stories, Proses and Other Works
Edited by Xiangeng Zhou
Copyright © 2024 MG Education Press
All rights reserved.

ISBN 979-8-88847-009-1 (pbk)

Editing by Xiaonan and Shuyi
Cover design by Na Sun

Published in the United States of America
by MG Education Press
https://mgedpress.org

内容简介

郑芳（1910-1961）出生于江苏吴江盛泽郑氏家族，自幼显示了其文学天赋，受到姑父柳亚子的赞赏。1930年就读燕京大学文学院外文系，1933年与清华大学心理系著名教授周先庚结为伉俪。1944年在昆明西南联大期间开始写作，曾任《中央日报》"妇女文艺"《北平时报》"妇女与家庭"栏目主编，抗战胜利后继续为昆明、北平、天津等多家报刊专栏撰稿，内容丰富，体裁多样。

追求经济独立是妇女应有的权利，但在民国时期"贤妻良母"仍然是妇女不可推卸的天职，据统计当时知识女性婚后参与社会工作的不足两成。在那个新旧时代交替的时期，郑芳是利用媒体呼吁改变妇女社会地位的倡导者之一。她对女性在恋爱、婚姻、家庭生活中细致入微地剖析与建议，明确提出对女性角色转变及社会地位改变的独到见解。在那颠沛流离的年代中，郑芳每一期的文章都能以坦诚的话语激励着尚在迷茫中的读者。

民国时期涌现了一批灿若星辰的作家与教育家，郑芳也是当时活跃的多产作家之一。新编再版《郑芳文集》精选了二百七十余篇文章，分为《杂文卷》与《小说散文卷》。其中，《小说散文卷》中很多都是能让读者"一口气读完，停不下来"的作品，塑造了许多令人印象深刻的人物。情节的构思常常是在意料之外而又是情理之中。尤其是一个个生动的民国风情、悲欢离合的故事通过她细腻的文笔将读者带回到那个时代，百感交集。郑芳丰富的生活阅历也使得她的散文创作质朴耐读，行云流水。作为珍贵的民国文学遗产，这些作品不仅是对郑芳女士文学成就的回顾，更展现了那一代人的家国情怀，为读者研究民国时期知识女性的觉醒与百姓生活推开了一扇窗。

1939 年周先庚、郑芳与程淑端（抱周广业）在香港九龙
（孩子左起：周立业、周伟业、周宏业）

1941 年 7 月全家在昆明乌龙浦
（现昆明市呈贡县龙街乡乌龙浦村，在滇池畔）

1945 年郑芳、周先庚与孩子们在昆明胜因寺院内
［前排孩子左起：周文业、周广业、周明业；
后排左起：周立业，中间周伟业（已病重）］

目　录

小 说

心理学文章

其 他

迟到的怀念（代前言）

周文业

母亲郑芳（1910～1961）是心理学家周先庚夫人，51 年前她年仅 51 岁，因患癌症而去世。51 年之后，我们才整理出版她的纪念文选，实在是迟到的纪念。

母亲于 1910 年出生于江苏丝绸之乡盛泽的一个书香门第之家。母亲的祖父郑式如在家乡开办了盛泽第一个新式小学。母亲的父亲郑咏春 1908 年毕业于上海复旦公学，后在江苏苏州任教。1922 年突发脑出血殁于苏州，年仅 36 岁。

母亲的父亲去世后，全家遗下寡妻施毓珊及子女 6 人，母亲 12 岁、大姐郑葆 15 岁、最小的妹妹郑蓉仅 4 岁。母亲的亲叔叔郑桐荪在北京清华大学任数学系教授，得知此事后即返苏奔丧，并主持一切丧葬善后事宜，也从此肩负起了母亲一家老小教养的重担。次年 1923 年夏，郑桐荪先把郑葆接到北京，并资助其他子女继续读书。母亲和弟弟郑重、妹妹郑芹在浙江湖州私立湖郡中学读书。1930 年郑桐荪在郑葆出嫁后，再接母亲入燕京大学文学院外文系读书。

1933 年，由郑桐荪介绍，母亲与时任清华大学心理学系教授的父亲结婚，婚后住新西院 27 号。次年大女儿立业出生，后子伟业、宏业陆续出生。1937 年抗战爆发，母亲和父亲先随清华南迁长沙临时大学，后又经广州、九龙、河内，再迁昆明，住胜因寺。在昆明期间，伟业、宏业不幸去世。从 1944 年开始，母亲任昆明《中央日报》"妇女文艺"等栏目主编，笔名芳郁，为报刊写过大量妇女与家庭方面的文章及小说、散文等。1946 年抗战胜利，全家再返回清华园，住新林院 4 号。

　　母亲早年曾就读燕京大学，英语很好。新中国成立后各学校缺俄语教员，母亲又自学了俄语，1952 年任清华附中俄文教员。1952 年院系调整，清华心理学系合并到北大哲学系，全家搬到燕东园独立小院的 42 号甲。1954 年应北京体育学院马启伟之邀，母亲调北京体育学院，筹建英语教研室，编写英语教材并担任教研室主任。

　　1958 年母亲因病退休回家休养。约 1959 年下半年诊断发现患直肠癌，在经受常人难以忍受的痛苦、与病魔抗争两年之后，1961 年 12 月母亲去世，年仅 51 岁。

　　母亲从在昆明的 1944 年开始写作，直到新中国成立后，总计撰文 300 多篇，其中 1947 年最多，约 170 多篇。文章内容丰富广泛，涉及妇女、恋爱、婚姻、家庭、儿童、心理学、医药卫生、营养烹调、社会问题、小说、人物、散文、随感录等。

　　父亲从昆明时期就开始收集母亲文章的剪报。回北平后，他更是精心裱糊，装订成 3 册，母亲去世后又精心编写了详细的《郑芳文集目录》。

　　出版《郑芳文集》是父亲生前最大的遗愿，但在他生前一直没能实现。我们子女各自忙各自的工作，也一直没有关心此事。直到几年前我们家从北大燕东园搬出，整理父亲的遗物，才仔细阅读了母亲的遗稿，并深深为其内容丰富、文笔生动而震撼。为完成父亲的遗愿，我们决定出版《郑芳文集》，收入母亲全部文稿。

2012 年 6 月 25 日

关于《郑芳文集》

周广业

母亲郑芳一生，生了七个孩子，剩下五个，家庭负担很重，但仍到中学和大学讲授外语。叔叔、姑父对她的文学修养、写作能力和思想品质有深厚的影响。在燕京大学，母亲是冰心的学生，受益匪浅。在昆明母亲将我们这个大家庭管理得井井有条，并从1944年开始写作，还担任过昆明《中央日报》"妇女文艺"、《北平时报》"妇女与家庭"栏目的主编，为昆明《中央日报》的"妇女与儿童"《龙门周刊》"新天地"等栏目撰稿，受到读者好评，影响很大。许多家庭与婚恋方面的文章，在今天读来，还有很好的现实教育意义。由父亲整理的《郑芳文集》的篇幅和内容来看，母亲的写作能力和速度真是令人惊叹！

父亲周先庚从昆明开始就收集母亲文章的剪报，回北平后，更是精心裱糊，装订成3册，母亲去世后父亲又编写了详细的《郑芳文集目录》。按年代粗略统计为：

1944年5篇，1945年7篇，1946年73篇，1947年172篇，1948年46篇，新中国成立后5篇，合计308篇，其余为时间不详。

新版《郑芳文集》中精选收录了274篇，按分类粗略统计如下：

社会问题44篇，人物21篇，妇女12篇，恋爱31篇，婚姻14篇，家庭21篇，儿童14篇，教育15篇，医药卫生与营养健康5篇，心理学10篇，中短篇小说46篇，散文32篇，专著1篇，其他文章8篇，合计274篇。

1957年，父母合作，由中国青年出版社出版了《谈天才》一本小书，父亲提供大纲，母亲执笔。该书第一次谈及"天才"

这一敏感话题。该书"根据真人真事和科学知识，说明天才并不是天生的，而是创造性劳动的累积与发展，是从爱自己的工作中培养出来的"。此书印了一万册，出版后在社会上引起很大反响和好评。总之，出版《郑芳文集》是父亲最大的遗愿。今日《郑芳文集》能得以出版，以飨读者，并告慰双亲在天之灵！

"一卷疏香阁上书"[1]——读《郑芳文集》

童蔚[2]

这些文章都是为了天下人的"忧国忧民"，里面有她发自肺腑的疾呼，有南方女人精细的观察视角，都是那个时代水深火热中沸腾的文字。

1938 年 4 月郑芳摄于香港九龙东庐

---

[1] 本文是童蔚为《郑芳文集》撰写的书评，发表于《中国妇女报》2014 年 1 月 17 日书评版。

[2] 童蔚：生于 1956 年。诗人、文化评论人、曾长期从事传媒工作、担任记者和编辑。已出版诗集《马回转头来》《嗜梦者的制裁》；主编《我挣扎我奋斗——下岗女工自述》。在《山花》《人民文学》《美文》、香港《诗双月刊》《翼》《诗潮》等刊物上发表诗歌、散文及小说。其作品收入《苹果上的豹——女性诗卷》《2008 中国诗歌选》《2009 中国诗歌选》《2008 最适合中学生阅读诗歌年选》《2013 年中国诗歌排行榜》《中国诗人》《中国当代女诗人爱情诗选》等选本。父亲是清华大学著名教授童诗白，母亲是著名九叶派诗人郑敏。

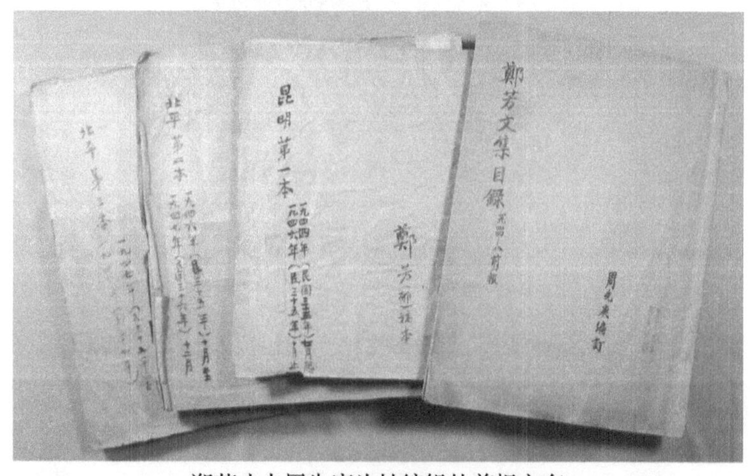

柳亚子给郑芳的题诗

郑芳丈夫周先庚为她编辑的剪报文存

我从小长在清华园，可认识的人寥寥无几。印象最深的是17 公寓对门的老邻居，一位瘦高的哈佛博士。他走路的姿态、讲话的腔调（闽南调的普通话很古怪），很像电影里的人物。他们家人，在我脑海里就像一些分镜头剧本，要看如何剪辑了，其中有一帧画面是"四世同堂"，在暖融融的阳光下一家人捧着刚出生不久的婴儿在院子里合影。

这一回，我被一位曾经也住在清华园里的专栏女作家的作品吸引。她叫郑芳。她的丈夫是著名心理学家周先庚先生。这样介绍她，就像"配偶"这一词，本来是夫妻双方互配的，可一旦人们讲某人时，介绍为：某某的妻子或丈夫，这被介绍的似乎就有了附属的意味。可我实际想说的是另外的意思⋯⋯

1944 年，34 岁的郑芳开始为昆明的《中央日报》撰稿。从此连年写作。发表了 300 多篇作品——涵盖职业女性、婚恋、家庭、社会生活、心理问题、人物速写以及散文和小说，所涉猎的题材、体裁之广泛，出乎我的想象。

最初，她是燕大外文系的学生，为报馆写文章是之后的转轨。她的写作可不是因为奢华无聊想起了舞文弄墨，而是出于补贴家用，当然也是精神交流的需求。23 岁，这位生于江南的才女和丈夫结婚后，一共生了 7 个孩子，其中两个在 5 岁和 10 岁生病、夭亡。他们夫妇从北平到长沙再迁居广州、香港九龙然后居住昆明；抗战之后回到清华，又经过院系调整，迁居至北大燕园。以这样的颠簸旅行和不断孕育、抚养孩子的辛苦，她仍然笔耕不辍，这几乎就是绝无仅有的女作家。

当然，我也听到过一种论调，说一个女子要想写作，就是搂抱着七八个孩子也能写。道理是不错，就是感觉上谬误。人只有一双手，怎么可能又执笔又抱孩子呢？太分裂、矛盾、不切实际。

恰好，几天前，无意间看到一本书上说，写作就是一种分裂的状态，需要动用身体的不同部分。你心里已经看到画面了，还需要大脑来组织逻辑、词汇然后才能跃然纸上。这样一种高超的"杂耍"，兼顾直觉、想象、分析、推理，左脑和右脑，而这一切究竟如何协调默契的，就如同呼吸本能一样是自然完成的。所以，一个"超级作家"是有可能存在的，一边做家务、带孩子，一边完成了写作。郑芳就是这样的作家。

其前提是，这个写作者需要极强的自我意识。她所采写的三篇介绍冰心的文章证明了这一点，同时也是珍贵的文献。文章发表于 1947 年，那时的冰心还不是文坛祖母级的大腕，更便于吐露心里话："有时我能整夜地伸着纸，拿着笔，数小时之久，而写不出一个字来，真是痛苦极了！"就在这篇文章的结尾处，郑芳引用冰心的原话说，"可我对于自己还不灰心，我知道我的'天限'，同时也知道'天限'的限度……"这以省略号结尾的结论，真是大有悟性、意味深长。"一个好作家最好的作品往往是她自己的自叙。"郑芳写冰心时，随手写出的感悟也非常到位。郑芳的睿智，就是类似谈话中无意之间戳中了问题的要害。这是一个作家的能力，在叙述中穿插自己灵动的观点。又比如，她写道"一个善良的灵魂是永远不知道休息的"。尽管这句话，写于民风淳朴的年代，放到今天也可以演绎为，一个邪恶的灵魂也是永远不知道休息的。可我还是赞叹她的文笔——机智、激情与正气凛然。这些都是那个艰苦岁月的馈赠与如今这个时尚年代所匮乏的。

散文篇目中有一些，比如《一枝烟》《司徒雷登》《老关》《马》《路》，还有小说《五姐妹》《失望》等等，你若细细品读，感觉精致的构思与细腻的文笔不在张爱玲之下，如果，她此生一直从事文学创作，那天资，说来是相当游刃有余的。可叹她没有张爱玲身处优渥环境养成的孤绝冷傲——"顽固的自我肯定"；也欠缺了冰心对"天限"的感知。人，往往看得清他人，对自己却难以理解透彻。再说，要做一个女作家若少了"张式"的"刻薄"到家，就写不出生活的杂芜以及命运的奇诡。张爱玲是极端的。鲜有女作家能够与文字结缘到她那样的彻底；更少有人像冰心那样早年立志"宁为玉碎，不为瓦全"（给郑芳采访文章的题词），恰巧又真的福禄寿齐全……所以，我捧读她这部厚重的文集，除了赞叹也免不了心生感慨，竟然想到所谓"忠孝"，到底还是难以两全的。

她成全了丈夫、孩子，奋力工作、写作，但"大限"来得早了，51 岁即辞世。她心里有许多苦闷没有写出来，她大抵总是满怀豪情以奉献精神对待写作。曾在《中央日报》"妇女文艺"版面介绍赵元任夫人杨步伟那部惊世骇俗的《一个中国女人的自传》。在她的文字里，很少嗅闻到她自己心底对自家人不幸的排遣，她只为国家的危难大声疾呼、呐喊：《我们这可怜的一群》《善良的北京人》《主妇们如何克服目前经济难关》《我们要能活下去》《人吃人》《从一个年轻人自俭说起》《普选在北平》，更不用说系列报道《抗战期中的教授太太们》，那是十分可贵的场景加人物的有趣速写。这些文章都是为了天下人的"忧国忧民"，里面有她发自肺腑的疾呼，有南方女人精细的观察视角，都是那个时代水深火热中沸腾的文字。

她的个性想必是激烈的、好强的。1949 年 4 月，她的姑父柳亚子从吴江老家盛泽镇来到北京，住在颐和园益寿堂。6 月 11 日郑芳周先庚设家宴招待柳亚子夫妇，为答谢盛宴，柳亚子赠诗一首：

关心芳郁姪从姑，公瑾醇醪德未孤。青史全椒门第好，红梨古渡婿乡芜。旧游十二年前事，一卷疏香阁上书。醉饱老夫哀抱畅，庄生化蝶梦蘧蘧。

诗词中讲到的"芳郁"是郑芳的笔名。她年幼丧父，由叔叔郑桐荪抚养她；在吴江老家的姑父母柳亚子、郑佩宜，看着她长大，自然对她非常喜爱。诗中还将她的丈夫周先庚比作周公瑾，其寓意即品德很高的人，而周先生祖籍安徽全椒，那里出过不少名流，所以才有了"门第"一说。"一卷疏香阁上书"

是指郑芳将其在昆明和抗战后回京所发表的文章，拿给柳亚子看，得到了他的赞誉。那么，以这句作为本篇的题目，附以柳亚子的手书与郑芳当年著文时的墨稿，这些"书法"本身在我看来，很有观赏价值。

最后，让我们以电影镜头闪回的方式补述那极为重要的一幕：多少年来，有一个学者坚持将妻子发表在报章的每一篇剪下来，然后裱糊成册，然后一一编目；没有他的"珍藏爱好"就不可能有这部保存完好的文集。实际上，本书完成于她逝世后的 1962 年。时光在她去世 50 多年后，才重新开启了——由实验心理学家周先庚教授编撰的其妻的著述——《郑芳文集》出版了。从这个视角看，郑芳女士的文章好似馥郁的好花，依然离不开丈夫的精心扶植。所谓"配偶"，亦应精神上相互扶助才能完成"最终的归属"。

凡例

一、编排　根据郑芳文稿内容进行分类。每个类别之下的文稿大多以时间先后排序。

二、篇名　均采用原文稿的标题。

三、作者署名　作者曾使用诸多不同笔名发表文章，新编再版均予以保留。

四、注释

（一）脚注　文稿中原有的脚注均按照原文排印。凡编辑时增加的脚注，均注明"编者注"。

（二）尾注　注明原文出处。

五、文字

（一）繁体字一般均改为现行简体字。

（二）为保留文稿的历史面貌和风格，原文中的异体字和异形词有所保留。

（三）因战争年代报刊、杂志的印制艰辛，错讹较多，编者对有充分根据认定的错字或根据作者所藏稿本或自存本上的修订，径改不注。

（四）作者著述中的一些习惯用的字词如"响应"（即影响）等，编者均照录，必要时加注说明。

（五）原文中的一些外国人名、地名与现在的译法稍有不同，一般照录原文。

小　说

戚嫂

提起戚嫂，在这条街上，没有一个人不认识她。她从太阳刚从东方钻出头来到天黑，像穿梭似的，一刻不停地在这条街上来回跑着。一清早她就背着孩子在井边汲水，桶里盛满了水后，她就挑着上坡子来，坡子是那么陡，就是不带东西，跑上坡子来，你也得喘不过气来，何况她还背着一个不满周岁的孩子！上了坡后，她把水桶放下，伸直了一下腰，叹一口气。用眼睛斜睨着她那靠在门口，倚在墙下，向着阳光的她的丈夫。她的丈夫，戴着一顶瓜皮帽，手里抬着大竹筒烟管，正在很悠闲的点起一根火柴，深深地吸一口烟，从嘴里再喷出一口浓厚的白烟来。和她的紧忙，刚成了强烈的对照。有一次，我瞧见她挑着水走进我们巷口时，我轻轻地问："戚嫂！你为什么不把孩子交给你丈夫抱一下，反正他不是没有事吗？你背着孩子，还要挑水，太辛苦了！"

她的眼睛包着眶眶泪，抬一下她的头，她叹一口气说："我是苦命人呀！他么？你得给他钱，给个钱去吹烟，他才会给你抱一忽孩子呢！"说完二颗大大的泪珠，已由颊上挂到嘴边来了，我听后默然，瞧着她的背影消失在一家门口时，我的二眼也不禁红红起来！

有一天，从街上回来忽然见她从一家广东人开设的茶铺门口钻出头来，永久背在她背上的她的孩子却没有背着，我好奇地问她："戚嫂！你的……呢！"

"给他的奶奶抱一忽，我得去喂他家的娃侄奶。"说着用手指着门里面，我心里明白，但实在觉得太惨了，她自己的娃娃黄瘦黄瘦的，仍需要他妈妈的奶，来使他微弱的生命逐渐长结实起来，而连他这最宝贵的奶水，她执意狠心地去分给一个素不相识的人家的小孩吃，换来的只不过是二张纸票，也许还不够她的丈夫吹上一口烟。

　　为了要请她替我做一件事，我跟随着她跑进她的家去，三个大一点的小孩子迎了出来，一样的都是圆圆的脸，衣着都很整齐，看不出是一个贫苦人家的孩子，他们的奶奶坐在灶口，怀抱着娃娃，正在烧饭，瘦小的脸，但还很清秀，身上穿了一件旧大衣。和她目前的模样很不相称，她丈夫出门去买烟土去了，使我也松了一口气，戚嫂让我坐下后，她一手把娃娃接了过来。

　　"戚嫂，也真亏你，一家大小这么多人口，却靠你一人养活，真不容易哩！"我搭讪着说。

　　"可不是，太太！"她回答着，半晌她又接着说，"我们以前也是有钱的人家，在蒙自还开着烟馆，鬼子的炸弹把家什么都炸光了，只逃出了这一家大小，来到昆明。人地生疏，他爸爸又没有学得手艺，苦力哩，也做不来，我不能眼瞧着一家人活活的饿死，只有粗细能做做的都做。苦了那么多年，只恨我认不得字，没进过学校，所以我的孩子，就是我穷得再要饭，我也要叫他们上学去！"她叹息着说。

　　我怕再引起她的悲伤，悄然地离开了他们。

　　是一个寒冷的冬天早晨，我匆匆地经过翠湖，四边是静悄悄的一个人影都没有，我走过湖堤大树边，忽然又瞧见戚嫂，怀抱着孩子，坐在树根下出神，这么大清早，她不去做活，却呆坐在这里，我觉得有些古怪。她抬头也瞧见了我，二个没神的眼睛，红肿得像胡桃一般，我知道她一定又哭过，对于她，我总怀着极大的同情。

　　"得回家去了，戚嫂，这么老早，天又冷，小心别凉着了娃娃！"我轻轻声抚着她娃娃瘦小的脸说。

　　"唉！我已坐在这里一整夜了哩！"她说，"我再也没有勇气活下去了。"她哽咽起来。提起衣角擦干了眼泪，她继续着说："他，那杂种！昨夜喝醉了酒回来，一脚把大门踢开了，跑近床前。把我从梦中惊醒，定一定神，瞧见是他，我翻一个身重又想睡，他一手把我从床上提了出来，用脚踢我的肚子，嘴里咕噜着说：'你！你这不死的，活着整哪样？'接着拳头像雨点似的打到我身上来。我一闪身，爬了起来，抱起在地上痛哭着的娃娃，我走到灶前坐下，他爬上床，一忽儿就睡着了，不知是什么一种引力，我想离开家，当我把大门关上时，我只听见他的鼾声和那几个大的叫妈妈的声音。"说到这里，她又哭起来了。

我替她接过娃娃，劝着她回去，她摇摇头，继续着说："我离开家，茫茫然地走到这里来，我本想抱着娃娃跳进湖去，但是走到湖边时，脚又软了，想起家里那几个大的，我一阵心酸，倒在树根边坐了下来。"她又呜咽起来，二手抱着脸双肩不住地抽动。

过了好一会儿，当黑色的乌鸦一群群的从我们的头上掠过，飞向辽远的天空，我和娃娃都在清晨的寒冷里发起抖来，我扶着她，把她重又送回到她的家里，在屈辱、恐怖、和极度的疲劳里，她重再这样地生活着！

昆明《中央日报》【新天地】，第 68 期，

1946 年 8 月 17 日

归来（上）

　　一个寒冷的冬天下午，刘志明一人由火车站出来，匆忙地在街上走着。是十年了，他离开了这古老的城市，现在重又在他所熟悉的街道上走着，旧店的招牌都丝毫没有改变，就是大门也和以前一样，只不过以前熟悉的脸，这几年来，为着生活的痛苦，在每人的脸上，都刻上了很多的皱纹。

　　他离开家时，是在某大学任地质系助教，炮声一响，学校里的人都纷纷南迁，他也跟着南迁，把和他才结婚了一年的雯送还了她娘家，妻已怀着六个月的孕了。此后他辗转到了昆明，他收到雯的信，知道她平安地产了一个女孩，以后她陆续地常有信来，报告一些家中生活如何困难等事，雯的信成了他一天工作疲倦后唯一的安慰。战事愈过愈糟，日本大炮竟响到了贵州城郊了！许多朋友都忿然地抛下书本，穿起军衣，负起保卫祖国的责任，他也跟着从实验室里跑了出来，参加了远征军。由滇西至印度受训，由印度再开发至缅甸前线作战，炮弹，枪子，整天在火药味中生活着，热烈！兴奋！但他却失去了慰藉，他再也收不到雯的信，当然，他行踪常不一定，信札的遗失是当然的事，所以他也并不介意。

　　战争终于胜利地结束了，在各处鞭炮声中，他开始作回家的打算，他一面走着，心里想要是雯看见他穿了这军装，她将作何感想？她也许会不认识他了吧？他那被太阳晒成黧黑色的皮肤，他的这一身军装，还有军帽底下，那被剃得光光的头。不！决不会，雯是那么地细心，也该感觉骄傲，因为她的丈夫，曾经真实地，勇敢地作战过，一个凯旋回家的勇士，是值得任何女子热烈地欢迎的！

　　现在他已经走到快到她娘家的那条小巷口了！这条小巷，多少次曾经印上他和雯二人的足迹，在深夜，他送雯回家去，他永是把手臂伸过去，围住了她的腰，再把手插入雯大衣的口袋里，那里已经早有一只柔软的，细嫩的手在等着，他们常低低地谈些什么，谈些什么？一对热爱着的情人，无论什么话在他们的嘴里出来，都会变成美丽的诗句，娇嫩得像花似的，经过别人的嘴，就会褪了它鲜艳的色彩！他常常希望这条小巷长得永久走不完，他和雯永久这样的前进着，直到生命的终点。

现在他已走近巷底了，想到快可以看见久别了的雯时，心中一阵兴奋，心跳得噗噗地响，雯会不会想到他会回来，而到门口来接他？雯瘦了些呢，还是较前更丰满了些？她那脸上二颗迷人的酒窝，看见他时，一定会更深地陷入在她那苹果似的小脸上吧！还有他们的孩子，那是一个小姑娘，是像雪似的美丽，还是有她爸爸的相貌，她会不会和这从未见过面的爸爸表示亲热？雯的妈妈应该很老了吧？他走近一步，他的心跳得更快一些，脸上浮着一阵得意的微笑，更近一步，他已可以看见那二扇破旧的黑漆大门了，他像飞似的跑近前去。

什么？大门关着，还上了锁，是一把生了锈的铁锁，当他的手伸过去，去推那二扇门时，他自己不知道他的手在发抖，推开一些，在门缝中他张望进去，三间破旧的屋子阴森森的，草长满了阶前，看模样已很久地没有人住了，他懊丧地退了出来，心中感到一阵空虚。

走过几家门口，在一个小门前，他看见一个老奶奶在那里洗衣，他认得是张家嫂子，虽然头发已经全白，脸也消瘦得多了，他走近前去，叫一声："张大嫂！"

张大嫂抬起头来，奇怪地问："是谁啊？"

"刘志明，张大嫂记不得了吧！"

"唉，刘先生，你穿了这一身军装，叫我怎么会想得起来，十年了，刘先生！你离开我们十年了！"张大嫂用手抹一抹眼睛，叹一口气说。

"借问大嫂，李家一家搬到哪里去了？"

"李家吗？说起来真可怜！老妈妈死了，死了有六七年了，她女儿一人带着孩子生活，后来不知从哪里来了一位当兵的，告诉她说，说你在前线阵亡了哩！唉！这真是哪里的话？你现在不是好生生地站在我面前吗？"张大嫂笑了起来，半晌都说不出话来，急得刘志明直跺脚。

"李大姐哭得死去活来，整天一句话都不说，关在家里哭，生活是更苦了，看看实在无法维持下去，生活又高，还有一个小姑娘，怪可怜的，后来有一位说是你以前的同学，姓林的，常来看她，他也真爱她，天天来，天天来，吃的，穿的，都送了来，小姑娘，他也给她送上学去，她后来就嫁了他，那该有五六年了吧！"

"什么？她又嫁了？她们现在住在哪里？"他一口气接着问。

"在东城，××胡同，那里都是大房子，有花园，是有钱的人住的，听说，那位先生还是银行里的总经理呢！"

他现在明白了他的命运了，几年来梦寐想念着的，现在一切都完了！几万里路，吃尽辛苦，转回家来，原来如此！唉！人生，这真是有些近乎开玩笑了。

又是十年过去了，时代的巨轮，无情地不停地转动着。

仍旧是一个严寒的冬天下午，李雯一个人在家中客厅里坐着，为孩子们织毛衣，林经理刚由公事房回来，提着皮包，跨进门来，把门随手关上，走到对面屋子里，把皮包往桌上一放，坐下来就翻阅文件，屋子里仍旧是那么静。

呜呜的喇叭声，冲破了寂静的空气，接着一辆小轿车忽的一声，在他们门前停住，走出来的却是一个仆人模样，穿着工人制服的中年男子，手中拿了一封信，看见雯，很客气地问："这是林公馆吗？"

"是的，"雯回答，"有什么事？"

"一封信我们总工程师特地派我送来，要亲手交给林太太。"

李雯接过信来，看封面的字，异常熟悉，但一时却想不出来是谁的笔迹。

昆明《龙门周刊》，第 37 期，1946 年 12 月 14 日

归来（中）

她慢慢地把它拆开来，开头就是这几个字：

"我的雯……"她看了这几个字，手就发抖，脸变成青白色，再往下看：

你恐怕早已把我忘了，以为我已在前线阵亡，像别人所告诉你似的，没有，我是好好的，在抗战胜利那一年——十年以前——我从缅甸前线，满怀着希望，希望能再和你团聚，我们已忍受了十年的离别了！我终于由几万里路远，赶到这古老的北京城来，我是那么高兴，那么兴奋！但是摸到我们的旧居去时，出于我意料之外，门是关着，还上了锁，问邻居，才知道你已是林经理太太！我当时的失望！我灰心！但我仍希望能再见你一面，所以我再走到你们的住所，亲爱的！你绝不会想到十年前的有一天冬天晚上，你们在客厅里舒服地坐着时，我却会在外面，就隔了一层玻璃，我瞧着你们！

我看见你很快乐，很幸福，这么一个舒适的家庭，我能忍心把你抓出来吗？来和我受苦，就是你真会爱着我的话，我忍心使你平静的心境，重又被扰动而不安吗？不！我的雯！我决不能这么做，所以我悄然地离开了你们！愿上帝祝福你们！

翌晨，我在报上看到门头沟煤矿招收工人，我就前去充当了一名小工，由于我对于地质素有研究，我建议矿长，设法改良，增加产量，同时我再勘探新的矿苗，我工作很起劲，后来我逐步的被升为总工程师，关于门头沟煤矿改良的经过，关于我的发明，我的工作，恐怕你们早已在报纸上看到，但你决不会想到那就是我——你的明——为了你，我发奋地努力着，希望有一天——上帝知道——你会看得起我，而怜惜我，能使我再见你一面。

我现在病得很重，医生说，由于操劳过度，心脏病复发，我在家里等你来，雯！看在上帝的面上，来看我一次吧！希望就能见到你！

你的明　十二月一日

看完这封信，雯的眼泪已把纸张流湿，林经理走过来，很惊奇地瞧着他的太太，在他们结婚这十多年时候，她从来没有像今天似的被感动过，雯把信递给他，他接了过来，看完后，默默不作一声，半天，再叹一口气说："真想不到，真想不到，刘明……那伟大的工程师，大发明家……竟然是刘志明！"

"我就走，和你一同走。"她匆匆地对那仆人说，上楼披上大衣，拉着大女儿林明的手下楼来。

"我也去，雯，我不放心你，怕你太伤心了，影响到你的健康，你近来身体常不好。"林经理跟上去说，雯点点头。

林经理再回过头去，大声地和伟——他的儿子，现在已高大的像一个大人了，虽然才只有十五岁，说："伟！好好地瞧着家，照顾好妹妹，我们也许会过几天回来。"

"是的，爸爸！你放心！"伟站在门口，目送着他们出门，接着又大声地说："爸爸，你走了，我不就是爸爸了吗？妹妹就是妈妈了！妹妹，你说对不对？"妹妹点点头，二条小辫子跟着一晃一晃的左右摆动着，和爸爸妈妈招招手，喊着："再见！再见！"

林经理回过头来，看着他们俩站在石阶上，摇着手，也举起手来摇着，一边说："再见！再见！"

可是雯却头也不回地直走到汽车旁边，仆人抢前一步，先把汽车门开了，让雯他们三人进去后，再随手把门关上，汽车就像飞似的加速度向前驶去。

在汽车里，林经理和仆人对话着：

"刘工程师住在门头沟旁边吗？"林问，"是的，先生！他一直和工人住在一起，他有三间小小的房间，一切都很简陋。"

"他没有家眷？"

"没有，什么人都没有，他一人很孤独地生活着，但据和他亲近的朋友们说，他曾经结过婚，还有一位姑娘，因为他们有时看见他一人在屋里时，常在贴身的衣服口袋里，拿出几张相片来瞧，有时还叹气流泪哩！可怜！我们的刘工程师真是一个好人哩！"

"现在他病得很厉害？"

"是的，先生！医生说，他没有几天活了，他自己也明白，所以，今天早晨一早，他就叫我到他床边，在他枕头底下拿出这封信来，叫我送给你们，那信像是早就写好了的，先生！你们是他的亲戚？"

"哦，是的！"林经理回答着。

汽车已开出了北京城，现在在郊外的公路上飞驶着，天已渐渐地黑了，景色看出去都有些模糊。

雯靠在后面，默默不作一声，往事一幕一幕地在她脑子里映过。

昆明《龙门周刊》，第 38 期，1946 年 12 月 21 日

归来（下）

　　是一个鸟语花香的春天，她出城去看明，二人信步走到那荒废的圆明园里去玩，七高八低的断墙残壁，常常需要明拉着她的手慢慢地爬过去，可是他们二人却高兴得和孩子似的，像刚会走路，就想爬高爬低时一般的心境，有时雯看见草里开出一朵早熟的紫萝兰花，她就俯下身去，把它采了下来，插在发际，又再继续前进，他们走到了一座石桥边，二人在石桥上坐了下来，看着桥下的水，清澈地流过，水里反映出他们俩的影子来，肩并肩，怪亲热的，雯回过头，天真地对明笑了起来，明忽然用手搂住雯的腰，低声说，不，像怪害羞似的问："雯！你嫁给我好不好？我虽然穷，什么都没有，但我是真心的爱你，我永远不会抛弃你！雯！你说一个'是'，让我快乐。"雯没有回答，只把明的手捏得紧紧地，把身子更靠近明一些。

　　过了一年，雯和明就很简单地结婚了，就在他妈住的那三间房子，让出一间来给他们住，他们二人为了布置这小房子——他们的小巢——常一同出去选购家具，二人对着大商店里陈列着的美丽的东西看看，再想到手里那有限的钱，怏然地离开了，在一家僻静的小店里捡了几件精细而价钱还公道的家具，叫车子送回家去，明知道雯爱花，所以他没有忘记给雯买一对大花瓶，雯也固执着要给明买一把舒适的转椅，放在书桌前，让明工作时不致太累，一切都布置好了，他们二人看着他们这间小小的房间，高兴得笑了起来。

　　多少时候，在晚上，明在灯下看书，雯坐在床前替他补袜子，心里奇怪为什么男人的袜子这么爱破？明看累了，回头来，瞧着雯，得意地笑了，雯也笑了！生活是苦，是穷，但是有爱——真挚的爱——使他们的心充满了愉快，温暖！

　　后来明的离别，女儿的出生，婴孩的抚育，生活的艰苦，接着母亲的去世，一幕一幕悲惨的往事都奔向她的眼前。

　　汽车终于在门头沟煤矿前停住了，林经理扶着雯从汽车里出来，林明在后面跟着，仆人在前带着路，弯弯曲曲的在黑暗中不知走了多少路，最后在一个小小树林后面的一座小房子前面停住了，仆人轻轻地先走了进去，雯心里跳得厉害，等仆人再出来时，雯就跟了进去，林经理和林明在一进门第一间屋子里坐了下来，雯一直往里走，四周是那么静，静得雯只听见她自己的心跳声，这静，使她难受，她宁愿听见一些什么声音，也许还比较好些，揭开布幔，雯走进了内室，屋子里一切都是漆成白色，白色的门，白色的墙壁，白色的窗帘，白色的铁床，上面铺着白色的绒毡，包住在绒毡里的就是刘明，不，是刘志明，苍白的脸，一些血色都没有，二眼深深地嵌在眼眶里，二个颧骨突出，要是不预先知道他就是明，雯决不会认出他就是以前她曾经热烈地爱过的明了！雯走近一步，她的心跳得更快一些，更近一步，她静静地注视着病人，但病人像是熟睡着似的，丝毫没有动静，再近一步，她都可以听到他的急促的呼吸声了，她突然再也按不住，她跪倒在他床前枕边，在他的耳边轻轻地喊：

　　"明，是我！是你的雯来看你了！"

　　明这才感觉到有人在他旁边，稍微动了一下，想坐起来，但又支不住，倒了下来。

　　"雯，亲爱的，我是多么地想你，想你……"才说了这几个字，他又急促地喘了起来了。

　　雯轻轻地用手拨去那披在他脸上的乱发，瞧着他那可怜的模样，伤心的眼泪，大颗大颗地落了下来，流湿了枕头。

　　明想转过身来，但稍微动一下，就急剧地喘了起来，雯把他按下，房子里是静静的，只有桌上的钟，滴得滴得地响着。

　　这时候林经理很知趣地把林明推了进来，林明轻轻地走到床前，雯看见了，点点头，和林明说："来，叫一声爸爸！"

林明看见明，她那从未见过一面的父亲，她悄悄地跪在她妈妈的旁边，轻轻地喊一声"爸爸"！

明转过头来，看了林明一下，又闭上了眼睛，这时二颗大的眼泪，却挂在他的颊上。

医士从旁边的门走了进来，雯站了起来，医生轻轻地在雯的耳边说："这病人恐怕等不到天亮了哩！"

雯点点头，已泣不成声。

大家静静地坐在一旁，远处传来几声野狗的狂吠声，风吹动树叶，瑟瑟的发出响声。

忽然明痛苦地全身一蠕动，大声地喊了一声"雯！"雯急忙地跑到床前，明的眼睛往上一翻，一切都完了！一个伟大的生命就这么痛苦地结束了！

在归来的路上，雯默默地靠在汽车椅垫上，林经理亲切地问："怎么？不舒服吗？"

"不，没有什么，就是有点冷！"（完）

昆明《龙门周刊》，第 39 期，1946 年 12 月 28 日

失望

　　方玲脱下大衣，就在钢琴前的长凳子上坐下，轻轻地揭开琴盖，她的手就开始在琴上按动，李智超在一旁看着她，从她一头乌黑的头发，看下去，看到那像玉形成的颈子，和那包围在一件黑色丝绒衣服里的窈窕身材，她的手指在琴上左右滑过，身体也随着左右摆动，半天，他都忘记了他手中还握着一个提琴。

　　"怎么？"方玲转过头来问："你怎么不跟着弹啊！我们得赶紧预备下星期的演奏哩！"

　　"哦！我听你弹得出神，我竟忘了我是应当和着一起弹哩！"

　　方玲回过头来对他笑了一下，再加上一句"不许说废话，现在是工作时间"。

　　李智超听着琴声又响，他就开始拉动手中握着的弓弦，琴声先是一阵急雨般的响着，随后就慢慢地平静下来，那么轻，那么静，使他想到一个秋天的夜里，天上有着一个皎洁的明月，和一天闪烁着的小星，他仿佛听见一二片落叶，红的黄的，轻轻地落在地上，那么轻，可是他感觉到叶子在飘动，突然琴声"忽"的一声停止，回过头来的是一个满脸笑容的方玲。

　　"啊！真不错！"智超放下手中的提琴走到方玲旁边，"这琴声我听听都神往了哩！"

　　"又是瞎说。"方玲半嗔半望地说。

　　"我们去外边去走走好不好？"

　　"好！"方玲接着就披起大衣来。

　　二人穿过广阔的马路，走到田野里。那是初春时候，田野里一片嫩绿，几个农夫肩荷锄头在田野上走着，方玲瞧见前面一个高高的坟头，坟前有一片青草地，她就抢前一步把大衣脱下铺在坟前，靠着坟头就坐了下来，智超跟着在她旁边坐下，方玲瞧着智超那兴奋得带着潮红的脸没有等到他开口，她先央求似的对智超说：

"好兄弟！我明白你要说什么，让我们永久快乐地做朋友，不，就是姊弟也好，可不要再希望别的，为了我们二人的快乐。"

"你知道我为什么学提琴那么专心，那么勤奋！我就是希望有一天能配得上你，我努力地读书，活泼地参加各种集会，就为了能有一天，在你的心上有我的一个影子……"智超还想说下去，方玲赶紧截住了他的话头。

"傻孩子！"方玲半笑着说："我比你大二岁，见过世面，也比你多二年，我更明白我自己，我不会使你快乐，像你所想象着的。"

"让我说完我一向郁积在心里的话，玲！为了你，我更要发奋图上进，现在离我们毕业的时候还有二个多月，毕业后，我要考各种留学考试，积省钱下来，我们可以一同出国去。你继续在音乐上求深造，我仍要努力在算学这一门中，你知道，我是多么地爱你！"

"爱？"方玲笑了起来："我告诉你我听见这个字不知多少遍了！那是哄小孩子的话，世上哪里怎会有爱？爱就像一粒包着美丽糖衣的药，你看着那美丽的色彩，你想尝尝，但等到了你嘴里时，美丽的颜色消失了，你所尝到的是最苦最涩的味道。"

智超默然瞧着地上那些嫩绿的芽在枯黄的老叶边钻出头来。

（未完）

《北平时报》【妇女与家庭】，第 14 期，1947 年 2 月 4 日

失望（续一）

　　"并且我也明白我的性情，"方玲接着说："我看透了这一切，我所要的是现实，我不希求将来，因为那是靠不住的，你不信……"方玲停了嘴，因为她瞧见智超探探头。

　　"我享受惯了物质的舒服，我不能过穷日子，我挑选的家，一定要有华贵的地毯在客厅里，有新式的大玻璃镜的梳妆台在我的卧室里，我还要一架大的衣柜，可以放下我的各种服装，所以你看，这一切，你哪里能办得到？你目前连买一架钢琴给我的力量都还没有哩！"

　　停了一忽，方玲接着又说："所以好好的，我的小兄弟！让我们不要再谈这些，有一天你会明白的。"

　　智超默默地瞧着前面，夕阳的红霞披满了树梢，炊烟在树枝间缭绕。

　　"我们回去吧！不早了哩！晚上我还要参加一个舞会。"方玲说。

　　智超回到寝室里，他拿起架上的一个酒瓶子开了盖，就往嘴里倒，然后和衣往床上一倒。可是从此以后，他更用功了，常常深夜，他房里的灯，还是开着，毕业时，他以成绩第一，得了校长师长们的赞许，他系内的主任更是重视他，认为他有最光明的前途，同学也都十分尊重他，但他对于这一切，只淡淡地一笑，没有说什么。

　　毕业典礼的同天晚上是方玲女士的个人演奏会，礼堂里面是挤得人山人海，台上摆满了各式各样的花篮，方玲的艺术固然可以吸引许多观众，而方玲的美，平日之善于交际，更使人倾慕。当方玲穿着薄薄的纱衫，妩媚地由绿色绒幕后面出现时，下面是一阵热烈的掌声，方玲微笑一弯腰，鞠了一个躬，端坐在大型钢琴前就弹起来，智超静悄悄地一人坐在礼堂末一排椅子上瞧着她，热情的火，仍在他每一根血管里燃烧着，两月来心中压积着的烦闷，得不到一个痛快发泄的机会，使他更忧郁，他爱台上这个女人，但他也充分地明白这事实的不可能，他本想不来看这演奏会的，但心中的热情，终于把他拉到这礼堂最后的一排椅子里坐下，这也许是最后一次见到她，听到她的演奏了，他想。

方玲这时已弹完一曲，站起来，在听众的疯狂的掌声中，微微地一笑，就庄严地退入幕后，台下的人声喧哗起来，智超再也坐不下去，他偷偷地由门口退了出来，满院子的月光，像水银般泻满了一地，踏着月光，智超走回寝室去，在桌上放着的一封快信，他一看就知道是母亲寄来的，催他回家去，他拿着信，想到白发苍老的母亲，不由得叹了一口气。

在路上耽搁了近一星期，智超到了家乡，有二三年没有回家了，他对于乡中的景色有些陌生起来，他急急地走完街头，路上有认识他的人，都对他打招呼，一种亲切的家乡的旧情，温润了这千里回来的游子的心，走到家门口，一推门就走了进去，老母亲正坐在阶前，太阳照着她一头银白色的头发，闪闪地发出纯洁的光彩，她抬起头来瞧见智超时，高兴得叫了起来，智超也被感动得想哭，唉！家，世界上还有什么地方比家还要温暖！

在家中匆匆地过了几天，有一天，母亲忽然和他提起婚事：

"智超！你年纪也不小了，也该办婚事，姨母家的云妹，你从小就和她一起长大，人也温和，又能耐苦，你想，你从五岁就没有了爸爸，我一人辛苦地领得这么大，我就盼望你能娶一个好媳妇，成家立业，云妹和你最相配没有了，你的意思怎么样？"

"妈觉得好，就由妈一手办好了！"智超悄悄回答，在他前面映出一个圆白脸儿，梳着二条小辫子的表妹云妹的样子。

　　智超就这么结了婚，他也觉得不差，云妹不能算美，但却生得很白净，细致，性情又好，常常地含着笑，露出二个小小的酒窝，在这被爱笼罩住了的家中，智超一住住了近一年，这里，截住了外界一切的纷扰，生活的呐喊，远得也听不见，每天就这么闲散舒适地打发着日子，像靠在阶面晒着太阳的猫似的，过活着，书堆在架子上，已积起了寸许的灰尘，他的手已好久没有翻动过它们了，提琴更是哑了近一年了，他不是忘记了它，而是有意不去触动它，因为新的境遇，并没有把旧的创伤完全治好。在月下，在花前，他的思潮有时仍旧会把他带到那一角去，那里，他是第一次明白什么叫做爱，一个纤长身段，有着过多的笑，对于世情自认为看过十分透彻的那个女人，他总不能轻易忘记她。（未完）

《北平时报》【妇女与家庭】，第 15 期，
1947 年 2 月 11 日

失望（续二）

　　千里外老师寄来的一封信，唤醒了他，他像在睡梦中被惊醒了似的，决然离开家再回学校去，母亲也不能留他，妻更含着泪默默地不作一声，他答应明年暑假一定回来。

　　回到学校里，回到这古老的城里来。有一天，在电影院门前，遇到了玲，这真是做梦也想不到的，他呆住在那里，玲走过来热烈地握着他的手。

　　"啊！对不起，我不知道怎样称呼你，你现在是什么太太了吧！"智超呐呐地说，红着脸。

　　"哈！"玲仍是那个样子，没有一丝一毫的改变，"随你吧！人家现在叫我金太太，但是我还喜欢你喊我玲。"

　　"到我家里去坐坐。"玲邀着智超说。

　　"不，我想回学校去。"智超回答着。

　　"你怕到我家里去吗？你怕被我丈夫吃了你吧！真还是那孩子样！告诉你我丈夫不到天黑不会回来，所以你不用怕，我一人在家中也闷得慌。"

　　智超就被拉被哄地走进了玲的家。推开大门近面的一间就是一个大客厅，真讲究，紫绒沙发，配上团龙花样的紫色地毯串杂着些红木雕花桌几，上面是银质发亮的茶具，一架小小的钢琴靠着窗摆着，钢琴上还放着一对银花瓶，而花瓶里插着的却是绢做的茶花，"为什么不插些真的鲜艳的花朵呢？"智超看看心中暗暗地想，这种华丽的布置，物质的享受，已经很久没有接触过智超的眼了！他觉得很拘束，玲请他在旁边的沙发里坐下。

　　"智超！你知道自从毕业后，我一直在社交界厮混，我也觉得累了！我想要安静下来，那时金先生，刚走到我身边来，人还诚恳，待我也还不差，虽然他是粗一些，你知道他是一个军人，年纪还比我大了近十岁，但除了他以外，那时我看不出更相宜的，所以我想，就是他吧！我就和他结了婚。"玲划一根火柴，燃起一根烟来。吸上一口，夹在手中，她又继续着说："我心中所要的都有了，你知道金先生手中很有些钱，但是我仍感觉得我少了什么似的，心中总觉得空虚，我愈是追求快乐，快乐愈是得不到手。"玲脸部的表情变得严肃起来。

"你有了孩子没有？"智超转过话头。

"孩子？是的，有时我看见人家手中抱着一个又白又胖的孩子多可爱，我心中想，也许我有一个孩子会使我快乐些，有些事做做，但当我想到抚育孩子的辛苦，再想那些做了母亲以后，把自己消磨得面黄肌瘦的样子，我就怕起来了！"

智超默然瞧着对面那个女人，那女人曾经追慕过，但现在他觉得她可怜，当他把她和家中的那个温柔得像小猫似的天真得像小鸟似的云妹相比时，更使他可怜她。

"你明白，我完全知道我自己，我所少的是爱！那不是金钱物质的享受，容貌的美丽所能获得的爱！我以前看轻了它，现在才整个觉悟过来，可是这宝贵的东西，快乐的泉源，都给我轻易地失去了！"玲颓然倒在沙发里。

智超辞别了玲，一人回宿舍去时，他默默地想到玲，对于他，玲像一幅美丽的图画，他在未见到她时，在他的理想中，他想象得多么美丽！但等他真的又瞧见了时，那图画已褪了色！

但是爱的温情，和目前孤单，仍常把他们俩拉在一起。

有一天，当玲送智超出门时，碰巧她丈夫金先生从对面过来，金先生瞧着她斜倚在大门旁，二眼脉脉含情地送着智超，他不禁心里感觉得酸溜地难受，一进门，这感觉立刻就转变成忿怒，把帽子死劲往桌上一丢，他大声地说：

"嘿！真不要脸！朋友早告诉我你和一个年轻的小伙子常混在一起，我还不信，今天可给我瞧见了！你原来趁我不在家时偷偷地交结男人！真不要脸的东西！"

玲听着这些不入耳的话，心中像汽油在那里燃烧着似的，但她极力忍住了，她在琴边坐下，想用琴声来掩盖住那粗暴声音，可是这静默使丈夫的气更大。

"你在学校里读的什么书？你不知道男女授受不亲吗？我知道你是爱上了那小伙子了，你爱上他你跟他好了！老子不在乎，有钱不可以再娶一个来玩玩吗？"

丈夫中间说的二句刚说上了她的心，她本来一向不肯承认她是爱着智超，给他一说，她才真明白过来，丈夫的谩骂反给了她勇气，她一语不发，默然上楼去，检点自己的日用品自己的衣服，提着一个小包裹下楼来。她走进客厅，她丈夫仍悠然地在抽烟，像没有瞧见她似的，她忿然把门砰的一声关上！

外边下着濛濛细雨，她一滑一颠的在雨中走着，泥水溅污了她白色的丝袜，还有几点溅在她蓝色丝绒大衣上，她有生以来，向来没有像今天似的狼狈过，但今天她满不在乎，一个新的希望在她的面前闪烁着，她鼓起勇气继续在泥浆中走着，等到她走到智超宿舍门前时，天色已完全黑了，她兴奋地打着门，开门的不是智超，是他的同住的朋友。

"智超在家吗？"玲迫切地问。

"啊！对不起！外面下这大雨，小姐请屋坐。"朋友很客气地说。

"我是问智超，他不在家？"玲急了再问。

"智超吗？他刚才回家来收到他母亲打来的电报，母亲病重，要他立刻回去，他忽地提了一个小箱子就搭晚车回去了，走了还不到半点钟，他叫我转告金太太，你是金太太吗？"

玲没有回答，她瞧见智超书桌上放着一张三人合照的相片，是一个老太太坐在正中间，智超和另一个脸圆圆的女子站在她后面，旁边是智超写的一行小字："与云妹结婚周年纪念日摄于家中。"

玲定定地拿着这相片，她无力地倒在旁边的椅子里，手中提着的小包，不知在什么时候跌落在地上。（完）

《北平时报》【妇女与家庭】，第 16 期，
1947 年 2 月 18 日

死别

    一阵雷似的响声，接着一团火焰，这人造的怪物，想用来控制自然的，现在从天空中摇曳着，摇曳着，最后终于直冲了下来！横倒在地面上，里面有二十几个生命，也被烧成了模糊的一片。

    年轻的矿冶专家陈成，也在里面。

    当陈成的朋友王敏，接到航空公司的通知，告诉他这惨剧时，他竟不能相信他的眼睛。他把那张白色的纸张，反复地看了几遍后，才颓然倒在椅子里。

    在他椅子前面的桌子上，不还放着陈成临别时喝过的一杯茶吗？旁边的椅子，陈成曾经在几小时前坐在那里，面带着兴奋的笑容，为王敏述说他这次去台北的计划，烟盒里还存在着陈的烟灰呢。可是一切却变得这么快，这么离奇的快！

    那夜王敏睡在床上，反复地不能入眠。他和陈曾经共同度过热烈的，快乐的不易忘记的四年大学生活。他们共同享受过北平的秋天，那蔚蓝得像宝石似的天空，骑着毛驴，去西山看红叶。冬天，蜷缩在宿舍里，吃着烧白薯，看着窗外的雪景。高兴起来，背着冰鞋，去冰场上溜一圈。他们曾经共同靠在有着大铜门，大理石墙壁的大图书馆里把自己埋在那些巨大落满了尘土的古典书籍中，暂时忘记了自己。忘记了这四周围，直到睡眠来催他们提起脚步，迎着刺脸的西北风，走回宿舍去。春天来了，花朵儿点缀得校园像一个神仙世界，在灰白的大地上，给披上了一件美丽的春装。春天的风吹过来，软绵绵地，使人懒洋洋地，就在这迷人的春天的一个晚上，王敏早已入睡，等了好久，才看见陈推门进来，脸上有一种迷惑的，兴奋的神情，王敏正奇怪地瞧着他时，他却笑嘻嘻地递过一张相片过来。一个健美结实的女性，有着迷人的笑容，对人笑着，王明白了，不多说，把相片送还给他，从此他就失去了陈的陪伴了。

有一对会说话的眼睛，和一个会笑的嘴，常常和陈在一起，王常远远地瞧见他们在紫藤花架下静静地对坐着。在校园的僻静的小径上，柳树的浓荫下，有时也会遇到他们。王瞧见了，只暗暗地笑笑，这一对幸福的人儿。

毕业使他们各奔前途，王和陈也渐渐地失去了音讯。有一天，在西南的一个小城，忽然又遇到了陈，笔挺的西服，鲜明的领结，满面春风地紧紧握着王的手。求学时代，诚挚的友谊，像电流似的流进了王的记忆里。"怎么？你也来到了后方。"王问，带着惊喜的神情。"北方太窒息了，我想到后方来，吸些新鲜空气。"陈回答着。

他们在街上买了一包花生米，一斤干牛肉，和一瓶上好葡萄酒，在一灯如豆的菜油灯下，喝着酒，吃着花生。半天，王才抬起头来，问陈："爱梅呢？""哦！她在家里忙着孩子，她已经是三个孩子的母亲了！"

"真快，"王给陈又倒了满满的一杯酒，自己也倒了一杯。然后，他举起杯子来，对着陈说："好，喝一杯，敬祝你们白头偕老，幸福健康！"

"谢谢你！"陈把一杯酒直往喉咙里灌进去。

现在王一人走在大街上，手中拿着航空公司的通知函，他不知道应当怎样把消息披露在爱梅的面前。把信由门缝中塞进去，然后匆匆地跑开吧。这样可以避免看见爱梅的痛苦情形，但这未免太懦弱了，也更对不起死了的好友，安慰活者的责任，是落在他一人的身上了。那么应当勇敢地劝慰她，告诉她人是死了，但精神永久活在她的心里，他想象着爱梅莹润的脸上挂满了水晶般的泪水，他仿佛看见三个活泼天真的孩子，拉着妈妈的衣角，又从身后探出小头来，用惊奇的眼光瞧着来客。陈的英俊荣欢，硕长壮健的身子，重又出现在王的眼前，那天晚上，二人……（后文缺失）

《昆明新报》，第 4 期，1947 年 7 月 14 日

死别（续）

　　二扇小小的朱红漆门，一棵高大的槐树，盖住了半个荫凉，夹竹桃鲜红的花朵，从小墙上探出头来。门是静静地关闭着，王走进前去，他自己都感觉到他的手在颤抖，当他去敲那二扇小小的朱红漆的门时，他听见细碎的孩子的足步声，接着门呀的开了一半，一个小头从门缝里钻了出来。

　　"告诉妈妈是王伯伯王敏来瞧你们。"王轻轻地说。

　　爱梅正和其他二个孩子靠在地板上，在转一个地球仪，看见王，高兴得跳了起来，一边让坐，一边说："你瞧，我们刚收到他爸爸的来信，说就要去台湾去了，孩子们都问台湾在哪里？于是我就想出这个办法，转这地球仪给他们看。"爱梅的脸上还带着兴奋的神情。

　　"妈妈，爸爸是怎么飞的？"最小的小妹妹圆睁着大眼睛问着妈妈。

　　"宝，坐在飞机里飞的。"爱梅拿手抚摸着她的柔软的小头发说。

　　王怔住了，轻轻地把信塞进了自己的口袋里。

　　"你看见他了吧！"爱梅又问。

　　"哦！是的。"王支吾着说。

　　"你看他是不是仍旧这样壮健？这样好胜？刚从后方回来，在家里还没有住多久，就又要去台北去了，还是求学时候的那个样子，爱强永久地往上爬，不知道休息。"爱梅很得意地，带点对于丈夫的骄傲和喜悦地说着。

　　王不作声，低头拉着一个男孩子，抱在怀里。

　　爱梅仍旧像在学校里似的天真，美丽，模样儿较以前反丰满了。仍然是那双会说话的眼睛，会笑的嘴，但可惜这一切永久不能再为陈所欣赏了！飞机的偶一摇曳，竟达到了人间的生离死别，亲爱的人儿，永久不再有见面的日子了！

王看着爱梅正想开口时，爱梅又兴奋地接着说："宝，过来，你们说，你们想不想爸爸？"

"想，想爸爸！想爸爸回来！"几张小嘴，同声地喊起来。

"爸爸还说给我带洋娃娃回来哩！"小娃翘着小嘴说。

"爸爸答应给我一架小飞机。"那是大哥哥的声音。

"我要一套工作家具，小锯子，小钉锤，我要自己盖小房子。"二哥接着说。

"是的，我的小宝贝，爸爸会给你们带回来的。"

爱梅俯抱着三个黑黑的小头，三双大眼睛，三个小红脸儿一齐望着妈妈，就像一束美丽的玫瑰花似的可爱！

王敏黯然悄悄地离开了他们，怕骚扰了他们的恬静。他像一个罪犯似的溜了出来，直到走出那二扇朱红漆的小门，他才松了一口气，那手中捏着信，死劲撕成粉碎，然后又揉成一个小团，抛向远处去。他希望能把这痛苦的事实，也像这小纸团似的抛掉了，永不再回来。（完）

《昆明新报》，第 5 期，1947 年 7 月 21 日

孔雀先生（一）

　　孔雀先生口衔博士烟斗，踱着绅士式的步子，脸带着微醉的兴奋和愉快的笑容，在上海热闹的晚上灯光下，马路上慢慢地走回家去。我们的孔雀先生，穿着这一套，在美国电影里才会映出来的，一点瑕疵都没有的笔直的西装，上面配着一个鲜红颜色的领结，下面是一双黄色发亮的皮鞋，似乎应当来坐在一九四七年式的小汽车里，电一般地在老百姓前面驶过去，但是他却缓步当车地慢慢走回家去，当然经济的因子是原因之一，但是孔先生的哲学，认为散步是运动之一，有助于健康，和肌肉的均匀发展，所以他常常一个人走回家去，因为要知道我们的孔雀先生是一个运动家，说得更恰当一点是一个跳舞大家。他专长于各种各式的跳舞，什么浪摆舞，戈登舞等等都跳得十分美丽，所以一般小姐太太们为了社交的必需，要学习跳舞时，都拜孔先生门下，称弟子。

　　现在孔先生刚从某将军的舞会回来，他用手摸一下衣领上依旧戴着将军的四姨太太亲手给他插上的一朵白玫瑰花，香飞沁入胸怀，使他有一种说不出的舒适之感，全身都软洋洋地，他仿佛还看见四姨太太的手指，那么白嫩，娇软，指尖上，红红地涂上了一层蔻丹，脸上带着媚笑，使人迷醉的笑，为他插上这一朵花儿，他都可以闻到她的鼻息，在他的脸上飘过，听到她突起的胸部，里面心的跳动声……

　　快到家了，转过一个弄堂，在一扇小红门旁站住了，用锁匙把门开了，随手把门带上，他静静地走进房去。

昆明《中央日报》晚报，1947 年 9 月

孔雀先生（二）

　　房中间大床上，妻身子横在一边，酣睡着，他的走动足步声，强烈的灯光，并没有把她惊醒，蓬松的头发，披了一枕头。五年前，当孔雀先生赏识了她，由多少女人中把她挑选出来，作为他的新娘时，她是很丰满美丽，有着少女的娇羞和骄傲，但现在五年生活的苦，磨难了她，丰满的脸颊，也瘦削下去，每天在厨房里，洗衣盆前，苦苦地工作着，使她活泼的眼睛，也变迟钝了，现在她像一只死猪似的，睡在那里，在睡眠中获得她惟一的休息机会。

　　孔雀先生看着她，叹了一口气。一个妻子，一个生命的伴侣，竟不能了解他，不能和他有同一爱好，不懂得娱乐的需要，跳舞之可以锻炼身体，不知道欣赏艺术，因为跳舞是一种艺术啊！他想把她推醒，告诉她刚才某将军的舞会是多么地有意义。兴奋快乐！而他跳的浪摆舞又是怎样引起了一片如雷的掌声，但当他坐在床边，脱下那双漂亮皮鞋，珍重地把他放在一边时，他听见妻的均匀而有节奏的呼吸声，他又叹了一口气，倒在一边不久睡眠就征服了他。

　　第二天，当他醒来时，已经红日满窗，一片早晨的喧哗杂乱声传递进他的耳朵。他翻一个身，床那边已经忘了的妻子已经不知在什么时候早已起床了，他看看表，短针已指在九字上，他朦胧地重又想寻他的梦，猛地想起今天还有李小姐，方太太的约会，立刻从床上跳了起来，梳洗毕，对着镜子，再三端详，看有没有不妥当的地方，直到自己都认为满意时，方唱着歌，走下楼去。

昆明《中央日报》晚报，1947 年 9 月

孔雀先生（三）

方桌上已布置好了早点的餐具，妻子正在切着面包，看见他下楼来，对他苦笑了一笑。指着桌子上放着的一堆纸说：

"又要账了，怎么，有钱付吗？"

孔雀先生板着脸，没有作声，坐下来吃他的早点。

"催得紧啊，你高低弄一点钱回来吧！生活费这样高，真没有办法，我已想尽了办法了，一月还是要开销那么多！"妻看见他不作声，接着又说。

"哼！"孔雀先生从鼻子里哼了一声，再没有声音，心里真想叫出来，这不懂得艺术的女人，一天到晚就在柴米油盐上打转，除了这，生活对于她再也没有别的意义了！他看见她那没有血色，缺乏营养的脸。想到李小姐那白里透红，熟得像苹果般似的脸，他心里真有些冒火了。真不知当时怎么这么糊涂，娶了这么一个不懂得享受人生意义的女人，那当然是那时他太年轻，阅世尚浅，不知道婚姻的真正的价值！

他把早点吃完，在椅子上伸了一下懒腰，摸摸口袋里，袋里还剩下五万块钱，他留下了二万，可以出去买一包美国烟。你想想一个上等阶级的绅士，口袋里却不装一包美国烟，这不是显得太寒酸了吗？把那三万块钱往桌子上一掷，头也不回，大脚步踱出门去。

转几个弯，进了大街，在一个高大的楼房前，他走了进去，那是他的 Studio，在这楼上的三层楼一小间里面，是他教授跳舞的地方。他把门开了，进去，看看一切是否都如意，然后打开留声机，放上一张跳舞片子，他就走到窗子边，俯身向下看，汽车像小甲虫似的在广阔的大马路上爬着。

昆明《中央日报》晚报，1947 年 9 月

孔雀先生（四）

　　他静静地站着，突然看见一辆流线型式的新汽车在他的大楼前停了下来，一个婀娜多姿的女子从汽车里跳了出来，他看着，心有些跳动，立刻走到大镜子前，看了一下自己的衣服，脸，头发，再洒一些香水在衣服上，拿起梳子把头发压压平，这时走廊里已听得见"郭郭郭"的皮鞋声，他再在镜子前，作最后的一个端详，然后走到门前，把门开了，弯着腰，鞠一个九十度的躬，请方太太进来。

　　方太太是某某局长的太太，为了应酬的需要，来孔雀先生这里学习跳舞，三十出头的年纪，可是打扮得像二十一二岁的年轻的富家少妇模样，头发卷成飞机式，薄薄的纱衫里面，露出绣花的衬裙一双娇小玲珑的脚，二个涂着蔻丹的大脚尖，在鞋尖上露出二个红红的可爱的脚指头。

　　孔雀先生请她坐下，亲自给点上了一枝烟，送上去，然后陪着笑问方太太喜欢先练习哪一种步式。

　　"就是华尔兹吧！"

　　孔雀先生又在留声机上放了一张唱片，当乐声起时，他扶着方太太的丰满的腰，就舞了起来，一阵阵的粉香，肉的抖动，使他有些迷惑。他希望这么样跳下去，可以跳到世界的末日。跳舞是一种多么高尚的艺术。生活对于他又是多么快乐，有意义！

　　乐声停了，他扶着方太太坐下，方太太已香汗湿透纱衫，由于兴奋，脸上浮上了一阵红云。

昆明《中央日报》晚报，1947 年 9 月

孔雀先生（五）

"你跳得真好，孔先生，我都跟不上。"方太太媚笑着说。

"哪里，方太太，你真是有艺术天才的女子，能和你同舞，真是世上最大的幸福。"孔雀先生陪着笑说。

方太太看看表，已经十点多了，轻盈地从椅里站起来说："要去某某厅长宴会了，明天见。"她伸出白嫩的手来，孔雀先生接着，放在嘴唇边，吻了吻，眼睛却盯住了方太太的脸。方太太不好意思，重又把手缩回。这是法国行的吻手礼，是最流行在上层阶级的社交集会中，我们的孔雀先生通中西，对于一切礼节，最周到，而对于吻手礼，尤其称颂。

方太太像一阵难熬的冷寂，孔雀先生由椅里跳了起来，再爬在窗子前往下看。一辆辆的汽车过去，可是没有一辆在他的大楼前停住，看看表，也快要十二点。怎么李小姐失约了吗？他感觉一阵空虚。"哼！女人，女人的心真比小鱼儿还要难捉呢！"他关上窗子自言自语地说。

现在他又走在大街上，他真希望他家里的女人已有一番美的观念。知道把自己装饰得可以扶在他臂上出去见人，能烫烫头发，擦擦粉，涂上口红……对了，他应当给她买一条美国口红，作为礼物，他已很久没有送给她什么礼物了。但是当他摸摸口袋，袋里已一文没有，他颓丧地走回家。他希望看见妻子的满脸笑容，穿上她那件粉红色衣服。

他走到门口，门开了，妻子从里面走出来，憔悴的脸上，找不出一丝笑容，看见他，哭着说："怎么好，房东刚才来，要我们搬家，因为我们已经欠了她三个月的房租！"

他颓然倒在椅子里。"你妈的，这世界，真不公平！"他忿怒地说。

昆明《中央日报》晚报，1947 年 9 月

死灰

　　一间宽大的书室里，四周都摆满了书橱，橱里放得整整齐齐，一叠又一叠的线装书本，朝窗是一张大书桌，窗上挂着白色雕花窗帘，隐约盖住了窗外的一片夏末的黄绿色，也截住了外间的纷扰。明坐在书桌前的转椅里，拿起一份当天的报纸看着，看到大学复员的消息从椅子里跳了起来，惊叫起来说："什么，大学复员了！那么蓉一定也来北平了！"

　　报纸上的几行字唤醒了他一堆早已死去了的记忆，一个纤长身材，黑缎似的长发，光亮地披在白玉般的颈上，二只闪光的眼睛，灵活地躲在长长的睫毛下，二个深深的酒窝，对人瞧着时，不在笑，也似乎在笑，他曾经和她共同度过二年愉快的大学生活。他不能忘记春天柳树细枝下，他们拿着细长竹子的钓竿，藏在柳桥的浓荫下，忍耐地等候着水面的动静。盛夏时候，当日光的酷暑离开地面时，他们抱着曼得玲，在月光下，轻轻地弹出带着热带风味的热情的曲调。金风送凉，地面上又披上一层黄色红色的落叶时，他们踏着细碎的落叶声，走向郊外去，去看那五色斑斓，满山满谷的红叶。雪花把地面缀成个银色世界时，他们又双双地出现在冰场上，日子在欢笑中偷偷地溜过，又是一年了！旁观者都觉得他们的感情不错，但是他们在一起时，却从没有提到过正题。

　　又是一个凉爽的秋天时节，天是那么蓝，那么高，北平少有的好天气。在温暖的阳光中，他们骑着小驴去西山，面前是广阔的原野，由山路往远看去，万般光彩都在你眼底，深的红叶树，夹杂在嫩黄色的枫树中间，每片叶子的颜色都不相同，由最深的红色到浅黄的嫩绿色，上帝似乎把秋天所有的色彩都涂在一片片的大叶子上。

蓉似乎是给眼前的大自然美所沉醉了，默默地靠在树下，抬着头仰望着一树的红色，在她的头上是红色的树叶，树叶上面是蔚蓝色的天空，在她的半身腰，是高低起伏，一峰又一峰连接着的山头，在她的腰下，一条小河像一条带子似的围绕着她，她忽的踮起脚来，去摘一小枝红叶，但还差一点，没有能够着，明连忙走过去，折了下来。

当蓉伸手接住红叶时，明却把她抱在怀里，在她的唇上，第一次他接触着少女最温柔动人的一点。他沉醉在爱的朦胧中，蓉把他推开了，退坐在一块巨大的岩石上。明似乎从梦中惊醒过来，挨着她坐下。半晌，谁都没有出声。一只美丽的小鸟在他们头顶掠过，停在旁边的枫树上。

"原谅我，蓉，我错了！"明呐呐地红着脸说。

"是的，我想我们是朋友比较好些。"是蓉羞怯的声音。

"我们还太年轻，在社会上还站不住脚，我们不应当让生活把我们压下去。"明渐渐地恢复了他的理智。

"让我们再等几年。"停了一忽明又接着说。

蓉疲乏地站起来，来时的高兴快乐都消失尽了，脸上笼罩住了薄薄的一层愁云。他们默默地走回学校去，似乎有一样什么东西把他们阻隔开了。

回到学校后，明痛苦地倒在床上，然后拿起架上的酒瓶往嘴里倒下去，昏昏沉沉地入睡。多少次他想再去找蓉去，心中有许多话想和蓉谈个明白。他想把几天来郁结在心中的愁闷倾泻在蓉的面前，他需要她在他的身旁，没有她，日子是可怕的长而冷寂，他需要那双长睫毛下灵活着转动的眼睛里所包含着的热情，他渴望着再看见那黑缎似的长发披在白玉般的颈上，和那二颗深深的酒窝，里面所藏着的微笑。但当他走近蓉的宿舍时，看见蓉的卧室的灯光时，一种说不出的恐惧使他站住了，不敢再前进一步，一种和谐，柔和的情调，已给他的鲁莽所撕破了。美丽的远景，已显得模糊而黑暗，他退回来，坐在湖边柳树下，以前，他常常和蓉并坐在这里，听着枝头小鸟的歌声，看看明月在山后渐渐地爬到屋顶上来，现在，他一人孤独地坐在这里，一种难堪的寂寞抓住了他的心，控制住了他的意识，他真想站起来，跳进这明镜般澄清的湖水里，痛快地洗一个澡。（未完）

昆明《中央日报》星期增刊【妇女文艺】，第 1 期，
1947 年 11 月 9 日

死灰（续一）

　　不，他的脑子再清醒过来，他太痛苦了，他想哭，痛快地大哭一场，把心中堆积在那里的忧闷，来一个痛快的清算。但他有他的自尊心，绝不低于他自己的骄傲，所以他终于咬住了自己的嘴唇站了起来，前面一轮圆盘似的明月正照耀着他，银色的月光已泻满了一地，在树影错杂中，他走回寝室去。

　　他现在渐渐地清醒，恢复了自信心，他跑进图书室去，把自己埋在那些落满了尘土的巨大书籍中，他读着古人所告诉后人的一些真理，他得到了安慰，他像吞嚼一盆喜爱的菜似的，把古人遗留下来的全部智慧吞嚼下去，他常常在灯光下看书，直看到深夜才拖着沉重的步子和疲乏的身子回到房里去。

　　他变了，朋友都奇怪地注视着他，暗暗地议论着他，甚至于散布一些可笑的谣言在同学中间，对于这一切，他只笑了笑，没有说什么，他想终有一天，蓉会明白的，他努力着。

　　有一天，当他正埋首于书籍中时，一个熟悉的朋友轻轻地走了进来。

　　"你知道蓉订婚了，和李刚订婚了！"

　　他吃了一惊，但立即装作没有事似的，不让自己的感情流露出来："哦，我知道。"

　　朋友并没有得到他所预期的结果，反不好意思地退了出来。

　　时光悄悄在他的身旁溜过去，他已经双鬓飘雪，前面的头发，也秃去了很多，但在这秃了顶的脑袋里，却装满了人间全部的智慧。他的论文，被多少人诵读着，他成了学术界的权威，提起他的名字，大家都肃然起敬，他出现在大讲堂台上，开始他的演讲时，下面像死一般的沉寂，等他的讲词完毕后，立刻掌声雷动，表示出人们对于他的尊敬。

他仍然把自己关闭在他自己的书室中，外面生活的呐喊，当然不会使他惊醒。就是这座古城由自家人的手里换到另一个主子的掌握中时，他也依旧默默地看他的书，写他的文章，他像一池死水，不会受到外界任何的响应，无论什么，都不能在这池死水中引一些波浪来。

现在他却为了报纸上这几行小字而又激动了！

"去看看他们去。"他自己对自己下了一个决定，他换了身衣服，在镜子前端详了一忽，镜子里映出来一个满脸黑胡子，瘦小脸儿，秃着头发的脸儿。"改了样了，"他叹息着说，"蓉不知道还会认识我不？"

他是改了样了，不但心情一切都有了改变，就是样子也改了，唯一不变的是他那双有神采的眼睛里，依旧发出亮光。

他拿起手杖，踱出门去，兴奋地往前走。

一对小小的黑漆门，安静地关闭着在一棵高大的槐树下，他站在门前，轻轻地叩着门，出来开门的就是李刚自己，看见明，热烈地握着手，多年不见了，他感觉到同学间友情的温暖。

他被请进客厅去，一间小小的客厅，布置得十分精致。四角都摆着菊花，小茶几上也是一大束白菊花，他才想起来蓉是爱花朵儿的，他喝着茶，二人随便谈起别情，可是还不见蓉出来，他不耐烦地问："蓉呢？""出门买东西去了，一忽儿就会回来，"李刚回答着。

咯咯的皮鞋声，一阵孩子的嘻笑声，蓉一阵春风似的进来了，二个孩子，一边拉住了一只手，明看见她进来，反显得局促起来，空气似乎也紧张起来，蓉却十分自然地伸出她那只白嫩圆润的手来，明趋前握住，冰冷的，他感觉不到一点温情，连最后的一点感情也死去了吧！他这么想着。

蓉也不像以前似的纤长妩媚了，她已成了一位十足的有福气的少奶奶，对于这位坐在他一旁谈笑着的蓉，他感觉得生疏起来，以前的蓉，就是常在他想象中的蓉，已经死去，在他面前的是另一个蓉了，生活把他改变，也把蓉改变了，以前的一切，存在他记忆里，活在他的想象中，而和现实完全脱了节。

他看着他们俩说了些家常，二个孩子活泼地跳动着，再加上菊花，和这小小的客厅给人的一种温暖的感觉，使他再也坐不下去了，他起来告辞，蓉和李送到小门口，诚恳地希望他常来玩。（未完）

昆明《中央日报》星期增刊【妇女文艺】，第 1 期，

1947 年 11 月 16 日

死灰（续二）

　　在那双长长睫毛下转动着的眼睛里，并没有闪动着一些昔日的浓情，在她的脸上也读不出来一些昔日的留恋，他有些怅惘，回到家中，家中冰冷的，他从来没有感觉到如此冷寂，可怕的冷寂，像死一般的冷寂。他在他常坐的书桌前的椅子里坐下。他环顾一下他的书，他的书也似乎在讥笑他的孤单，他抬头望着窗外，一片红叶，正从树上落下来，落在他的窗子上，他似乎触着了什么可怕的东西似的，把它拂开，他无聊地打开烟盒，燃起一枝烟来吸着，是的，当他全心致力于这些书本上时，他失去了人间最可宝贵的"爱"，十年来，他埋首在书本中，他得到了什么？他得到的是死的，而他却放弃了活的，世界上还有谁比他更愚笨？可是他却被誉为全世界最智慧的人呢？想到这里，不觉连他自己都觉得可笑起来。

　　他吸着烟，进入沉思中，他吸着，吸着，吸不到烟味，他无目的地再燃起一根火柴来点，那依旧叼在嘴里的烟，可是点不着，他奇怪起来，再一看，原来烟早已成了灰，一截长长的烟灰仍旧停在烟嘴上面，他笑了起来，自己说："我真笨，怎么想在死灰上重又燃点起来呢？"

　　忽然，他想到了什么似的，颓然倒在椅子里，一种新的感想，溜进他的思想中。（完）

昆明《中央日报》星期增刊【妇女文艺】，第 2 期，
1947 年 11 月 23 日

我们再不离婚了！（译）（上）

Anonymous 作

三年前有一天晚上，我丈夫轻轻地对我说："玛丽，我要离婚。"

我们正坐在乡间别墅的炉火旁，正像一幅美丽的家庭画图，所以我竟不能相信我所听见的这句话，要是我们刚有过一场吵架，也许我还能明白这句话的意思，或者像有些女人，经过十年的婚后生活，让自己精神上，体力上都消沉下去。

是的，近来我们并不像新婚似的那样互相热爱着，但是我们中间有许多共同点，我们都互相尊重，我们学习着共同生活在一起，到底为什么，约翰要提出离婚呢？

因为，他说，他要和另一个女子结婚。

我呆住了，静静地瞧着炉中的火焰，但心中却十分忿怒，当我想到那二个可爱的孩子静静地在楼上熟睡着时。

"你不能离婚，"我叫了起来，"孩子们的快乐是比你重要，你不能抛弃他们。"

他的回答是，要是我拒绝他的离婚要求，我只有空守住这一所房子，空有躯壳而失掉了灵魂，这种不良的心理影响对于孩子们比离婚还要坏。

我的受了创伤的自尊心和忿怒，在心中像泡沫似的逐渐上升，我想立刻乘火车回到娘家去，但当我想到那些女人，把自己的位子放弃，让别的女人进来，以及她们的悔恨，悔恨自己一时行动的鲁莽，在她们的一生中受着怎样大的一个刺激时，我把我的骄傲压制下去。

第二天早晨我进城去征求二个我最信仰的朋友的意见，一个是医生，另一个是律师，他们的意见完全相同。

"为了另一个女人而来拆散一个有孩子的家庭是不对的，约翰有一天会明白过来，但希望不致于太迟。"

"但是，"我问："我怎么能确定他是会醒悟过来？"

"十次中有九次会，一个女人只不过是一种幻觉，你已经是他的妻子，他就觉得你不如别的女人，要是他和你离婚，和另一女子结婚后，不久相似的情形又会发生。"

原载《读者文摘》四月
昆明《中央日报》，1947 年 10 月 19 日

我们再不离婚了！（译）（中）

Anonymous 作

"但是我怎样能使他觉悟过来？"

"先试着分居，给他一个月或二个月的时间，让他考虑到离开了你和孩子们究竟怎么样，这在事实上是离婚，但我们不采取任何法律步骤。"

对于我眼睛中还存在着的问号，他们很愉快地回答说："不要忧虑，玛丽，他会回来的。"

但是我们并没有立即分居，因为约翰赚的钱不够二处开销，我们搬进城去住，在城里，我找了一个事做，但我的进款都付到仆人，托儿所那里去了，没有一个钱存下来。

要是我们立即离婚，我丈夫得付律师费，付我回娘家去的旅费，和一个管理家务的人的薪水，这在目前是不可能的。

我们于是静下来等候，这时期是痛苦的。虽然对外名义上是他的太太，大门是开着，我几次都想带孩子们由这大门跑出去，我常常想伏在大儿子的肩上，痛哭着告诉他爸爸要离开我们走了，为了得到一点慰藉，我常常抱着他们，用手抚摸着他们光亮的头发，约翰现在很少见到孩子们，他整天工作着，连晚上和星期日都没有空闲，孩子们已经感觉到有点特殊而更接近我。

所以约翰慢慢地就明白，要是他要离婚，代价是失掉了他孩子的爱，这对于我是痛苦的，而对于他是更甚。

现在我们俩的思想是在一条线上，我们重又过以前的求爱时期，并且回想到当我们初结婚时，我们俩怎样共同地努力着希望能有足够的钱存在银行里，使我们能有一个孩子。

　　我们谁都不会忘记我们第一个孩子诞生的那天晚上，接着我们有第二个孩子，当我们在乡间找到我们现在有的那所别墅时，我们是怎样高兴，我们布置我们的花园，孵小鸡，还有那可怕的经验，当疾病威胁我们孩子的生命，使我们几乎失掉了他们时。

　　　　　　　　　　　昆明《中央日报》，1947 年 10 月 20 日

我们再不离婚了！（译）（下）

Anonymous 作

等候给约翰充足时间使他明白爱的细丝怎样绕住了我们在过去的生活里，我们曾经经过了很多艰难，给我们各种不同的感觉，难道这一切就可以完全忘记了吗？这是不是容易的可以和另一个女人重新又开始？

于是在我们等候的时候，我们真进步到我们能明了，更谅解双方。

在每一个人的婚后生活中，都曾经有一个时期，使他们想到离婚，就像每一个妻子似的，有时她会想她在选择丈夫时，是否作了一个聪明的决定。为了孩子们的缘故，我从没有想到和丈夫分开，现在我再反省一下。

我不愿意一人在未来的岁月中孤独奋斗，再找一个丈夫也不是一件容易的事，我认为我自己是一个相当聪明，美丽，独立的女子，但是我明白我不能独立，直到我的孩子们都长大了为止，而这世界上都充满了更美丽，更聪明的年轻而尚未结婚的女子。在我做事的时期中，我也遇到精明能干的男子，但是心理上和情感上成熟的男子却都已结了婚了，我不愿意拆散人家的家庭，而那种以婚姻为儿戏式的，捉迷藏式的婚姻又是我所深恨的。

我最后得到一个结论，是我从来没有这样感觉一个丈夫的重要性。为我们着想，我希望这离婚不致于兑现。

当时候到了我们应当分离时，谁都不愿意离开，正像我的好友那位医生和律师所预料到的，约翰在第一个礼拜就回到了我这边来。

自从他回来了以后，他成了一个更好的父亲更理想的丈夫，而我也学习着做一个好的妻子，他十分想念他的孩子，所以现在他对于孩子们更有耐心。

我们预备明年春天回到我们的乡间别墅去，我相信我们会在那里，直到上帝把我们最后分开来！

昆明《中央日报》，1947 年 10 月 21 日

被牺牲了的究竟是谁？

芳 郁

明妮和英士二人终于分居了！

分居了！这真是太使人感叹的一件事，十几年的婚姻生活，竟结束得如此凄惨！

他们二人的相识还始于二人都在美国求学时。有一天晚上，一叶孤舟，荡漾在明镜般的湖水中，二人沉浸在诗意的情境里，陪伴着他们的只有那一轮淡黄色的明月。从那晚上起，他们缔结同心，互比鸳鸯。婚后还国，英士出任某大学教职，在优美的环境中，度过了若干年快乐的生活；但是明妮并不是一般庸俗的享乐者，她有她的理想，更对于她的丈夫怀着一颗热烈祈求上进的心，在管理家务，照顾孩子之余，她帮助丈夫整理文稿，替他抄笔记，翻译书籍，阅读新书，出进在大图书馆之前，在她恬适的脸上，永久含有温和的微笑。更深夜静时，她拿着针线陪伴着英士直到他疲倦了，放下书本，抬起头来，迎着妻子诚恳的笑脸，也深切地感觉到家的温暖。

英士是一个有希望的青年，不久，他的声名就传遍了全中国，更远播到海外，引起一般人对他的尊敬。他常出现在各大学的大讲堂前，使青年学子屏息地听他发挥他的宏论，他的大作更常刊登在各权威杂志上，他已爬上了学术界的最高峰，慢慢地感觉到学校里的讲堂对于他太小了，他需要更伟大的场合来发挥他的抱负，他走进了政界。

走进了政界，使他的生活大大地改变了，他需要应酬，对付各种人事问题，他得出入在大宴会前，跳舞场合中，他需要一个善于交际，年轻漂亮的女人，挽在他手臂上，和他一同在这种热闹的集会上出现，博得一般人的称羡。但他的妻子，多年来陪伴着他的，帮助他成功的，牺牲了自己的一切而为了他的，却是一个书呆子，她能了解最深奥的理论，而摸不清狐步是怎样跳的；她能欣赏伟大的作品，而不能对于夜生活相协调。何况青春已不再，脸上的皱纹更不是一般化妆品所能掩盖住的。在共同研究学问上，她是丈夫的一个好助手，而要挽扶在丈夫手臂上出入在交际场合中，这真是有些对她开玩笑了。于是当她丈夫外出时，她只有躲在家中，到现在她真是到了"英雄无用武之地"了！

谁想得到一颗男子的心是不能耐长久的寂寞的，热情终得有所寄托。就在这种宴会上，他又遇到另一典型的女子，年轻充满了生命的活力，像一朵玫瑰刚开到好处。而她也知道怎样来利用她之所长，修饰更增加了她的美，黑油油的头发，光亮得像黑缎子一般，在后面梳上一个发髻，白嫩颀长的身材，再加上她雍容大方的举动，赢取了多少男人对于她的倾心。不幸英士竟也是其中一个拜倒在旗袍边缘。当明妮一人在家对着孤灯，等着丈夫归来的时候，正是英士和他的新人尽欢在舞池之际，只看见新人笑，哪会想到旧人哭？十几年的恩情付诸流水，只记取眼前的欢乐，婚姻已濒于破产的境地，当爱情已经死去，最自然的办法是一刀两断，离婚了事。但明妮不是容易屈服的，她不愿意空下这个位置来，让另一个人填补进去，为了孩子们她更要委曲求全，使他们不至于完全失去了家的温暖，于是变相的离婚就是分居了！

是的，当爱情已经死去时，应当割去这毒瘤，不让它再酝酿着成惨局，但被牺牲了的究竟是谁？

昆明《龙门周刊》，第 99 期，1948 年 3 月 3 日

一个丈夫的自白

　　朋友，你走远一点，你再看这幅画，你会觉得她像活的一般，安闲地站立在那里，姿态是那么优美，微笑着像要和你说话似的。这幅图是出于一位青年画家之手，我们真可以称为一幅杰作，画中的那个女人，你知道的是我去世不久的太太。

　　你看她的头发，明亮，整齐地披在后面，像黑缎似的光滑，你似乎还可以闻到，在她生前，你常可以闻到的一阵特别属于她的，茉莉香油的香味。她发边扣着那朵大红茶花，也是她生前最爱插的花朵，鲜艳美丽，那么含苞待放，像她本人一般的耀目。

　　她那双深藏在睫毛之下的明亮如水的眼睛，似乎在笑。是不是？女人的眼睛，在诗人的笔下是被颂为灵魂的窗户的，因为它常常泄露了灵魂深处的秘密，开始我却从没有在她的眼睛中得到任何启示：女人的眼睛，也会被认为男人的智慧泉源的，而我并没有由于这双美丽的眼睛而激发过任何灵感，我只在第一次见到她时被慑于她眼波的威力，我热烈地爱上了她，在她的前面，我畏缩得成了她的奴隶，离开了她我又苦苦地想念她，一合上眼，我就看见她那双美丽迷人的眼睛，在黑暗中闪着光。我真痛苦，我不能安心做事，也不能安静地睡眠，我一定要得到她，因为我已经被她的眼光所征服了。天哪，我经过了多少个痛苦的时候，考虑思索过，终于我用去了近乎四分之一的财产，从她父亲那里，把她领了过来，等我有了她以后，我发现相同的情形，发生在所有看见过她的男子，不论是年轻的小伙子，中年的男子，或已迈向衰老的老者，那双像水晶般明亮的眼睛，似乎有一种威力，能征服所有眼波所触及的男子。我生起气来，这是不对的，朋友是不是？一个女人的爱恋，不能这样地像施舍贫穷似的，施舍给所有的人，于是我决心一定要阻止情形的严重化，但我不能软禁一个女子，一个年轻而充满生命活力的女子在家中，像你关注的一只小猫，或一只小鸟在笼中一般。我想出一个办法来，是一个残忍的办法，你也许会这样想，我使她不断地生育，让母爱来摧残了她的青春，也就是使这双活泼的，迷人的眼睛，可以变得迟钝起来。我是成功了一部分，她不再常出外，她爱她的孩子们，求上帝饶恕我，当我看见她是怎样忙碌，辛苦，日以继夜，用她的精力来照顾她的孩子们，我不禁流下泪来，我感觉得我应当向她忏悔，奇怪的是她依旧如此的美，迷人的美，一个有了四个孩子的母亲，而仍然年轻，妩媚得像那天你刚从礼堂中，在亲友们的祝福声中把她领到你家中来时一般，但当她生第五个孩子时，她的健康受到了意外的打击，她从此没有恢复过，不久就离开了她的孩子们和她的丈夫，在她临去世的那一霎那，脸上依旧浮着一阵媚人的，甜蜜的笑容，她不知道那是她的丈夫，朝夕相见的丈夫，曾经热烈地爱过她的丈夫，用看不见的刀子，割断了她生命的快乐，在她正还年轻，正应当享受着这世界所给予每一个女子的快乐的时光时。

现在她站立在那里，像活着一般，姿态是那么优美，面貌是那么美丽，你不能不说这是一幅杰作。

好，现在让我们下楼去，你听音乐已经开始，这是一个热闹的，快乐的晚会，主要宾客是 × 将军，还有她的美丽的年轻的女儿，你知道一个男子是不能长久孤独的，尤其像我这样一个有财力、有地位的人。

《中央日报》【妇女文艺】，第 9 期，1948 年 1 月 4 日

五姊妹

周 政

蓉靠在大沙发椅子里，拿着信看着，脸上浮起一阵笑容，看完后，蹑足走到里屋的书房里，老陈，她丈夫，正伏案批阅公文，蓉轻轻地走到他身边，凑在他耳朵边说："你猜是谁来的信？"

老陈依旧低着头看着桌上的一大堆文件，没有理会似的回答着："管它什么信，还不是你的那些朋友来的。"

"不，"蓉高兴地回答，"是明姊来的，她由昆明飞到了重庆，现在由重庆飞来上海，她今天下午说来看我们。"

"二姊？"老陈也经不住抬起头来问，"就是那个在昆明住了多年，吃苦耐劳地生活着，常寄信来的那个二姊？"

"对了，就是她，她在上海停些时候，然后再搭轮去北平，自从我们结婚后，我还没有看见过她，十多年前，她过上海时，我还在中学里读书呢，梳着两条小辫子，日子就过得这么快！"蓉感叹地说着。

"真难得的机会，赶快打电话叫你大姊三姊，四姊都来，你们姊妹们聚一聚。"老陈也兴奋着回答说。

"我这就去，"蓉退了出来。回到客厅里，按了一下电铃，不多忽，一个穿着洁白衣服，聪明伶俐的女仆走了进来，"太太，是您叫吗？"

"对了，你先给我打电话给大姑奶奶，三姑奶奶，和四姑奶奶，请她们今天下午三点钟准来我这里吃茶点，说二姑奶奶今天来我家，是刚由重庆飞来的，听见没有？"蓉吩咐着。

女仆回答了一个"是"。

蓉接着又说："再打电话给起士林点心铺，叫他们在下午送一个大蛋糕，和两打小点心来，还要一大桶冰淇淋。"

女仆走到门边，重又回过头来问："太太，冰淇淋要什么的？"

"当然杨梅的。"

女仆走后，她在小桌子架子上翻出一本照相本子来，她拿到窗前，翻开来，找她小时候和家中人一同照的一张大相片，大姊二姊，站在母亲身后，母亲坐在正中间，三姊，四姊站在母亲旁边，她蹲在母亲前面，睁着两个圆眼睛，她看了不禁笑了起来。

放下相片本子，走到院子里去，采了一大捧各色的洋花回来，一株株插进花瓶里去，插完后，再端详半天，把花再整理一番，然后放在客厅中间的小圆桌上。

蓉再也找不出什么事做，站在窗子前，瞧到门外去，客厅的前面是一个洋台，洋台前面是一个小小的花园，种着各色各样的花儿，现在正盛开着，一个头发灰白的老花匠，蹲在那里拔野草。大门是二扇雕花的大铁门，可以隐约的看得见街上人的走动，在往日，蓉在快到吃饭的时候，常常在洋台上注意着外边人的走动，看见老陈，她丈夫，回来时，就飞似的跑出去开了大门，接着她替他拿着公事皮包，一同嬉笑着走进屋去。

五年的结婚生活，对于蓉，像一个美丽而快活的梦一般，在大她近十岁的精明能干的丈夫的爱护下生活着，就像挂在洋台上，关在精致的小笼中的鸟儿一般，高兴时唱几声，跳几下，不高兴时缩着头儿睡觉，生活是那么闲散舒适，对于外边满天烽火，在战争痛苦中呻吟着的人们，她当然不会寄予什么同情，就是近在身边，对于生活的呐喊声，她似乎也不能引起什么反应。每天，无聊时，就一枝香烟接着一枝香烟，靠在大丝绒沙发椅子里把日子打发过去，有时，当她接到二姊由昆明来信，信中叙述着她怎样背了孩子跑警报，怎样卷起裤脚，站在小河头洗衣服，挽着菜篮买菜去，还得在空下的时候补衣服，做布鞋，这种紧张，充满了生活意义的日子，在她也会引起一丝反应，她也觉得自己太懒了一些，但她能做什么呢？白嫩的二只手，不要说没有洗过一件衣裳就是针也没有拿起过一根来。有时，她站在窗前看见门外有女人推着小车子走过去，她虽看不见车子里坐着的是什么样的孩子，但她也曾自己问过自己，要是我有一个小宝贝该多好，但既然结婚了近五年，没有过孩子的一点噪扰，又想到别的女人，为了孩子把自己折磨得脸黄肌瘦，食不饱，寝不安的样子，四姊不就是那样儿，她也就自己安慰了自己，她从没有给任何事情，引起过热烈的情绪来，今天她收到了二姊的信，却意外地感到兴奋。

饭后，女仆就进来说起士林的点心，大蛋糕做得真精致，上面还用粉红色的糖，做成玫瑰花的花样，厚厚的一层奶油，看着我会流口唾，"这二姐在昆明一定没有吃过，我想她会高兴，"蓉把蛋糕放进大磁圆碟中去，然后再从匣子里拿出一块块小点心来，各式各样，又香又好看，她把点心分装成四大碟子后，回头叫女仆把匣子等收走，再叮嘱着一句，"冰淇淋先放在厨房里，等客人到齐，再盛在玻璃杯子里拿进来。"

女仆答应了一声走了，蓉然后开开衣柜，柜子里满满的挂了一柜子的衣服，蓉细细地打量着，不知究竟穿哪一件，拿出粉红织锦的那件又似乎太显了些，等一忽二姊又会嘲笑自己是新娘，深绿色碎花洋缎的那件又太老气了一些，末了还是选上了天蓝色，上面印有红，白，黑三色小圆圈的那件绸夹袍，又素净，又别致，她拿着放在大梳妆镜前比了比，梳妆镜前面映出来一个身材均匀，白嫩细致的少妇来，她满意地笑了笑，开始修饰起来。

等一切都完毕，看看表，已近三点了，正想叫女仆进来预备茶，二姊尖锐的声音已在花园中响起来了。

"好，真难找，上海的地方我真摸不着，找了半天，才找到你的地方来。"二姊一阵风似的走了进来，把客厅打量了一下，又叫了起来：

"真讲，蓉，你真福气，嫁了一个银行经理，生活真舒服，这种布置，我在昆明的小地方可没有看见过。"

二姊正想坐下，忽然发现了脚下的蓝色大地毯，再看看自己脚上的一双昆明土产车轮底黑皮鞋，上面还厚厚地沾上了一层土，不好意思地说："让我到外边先去拍掉些灰吧，别弄脏了你的地毯。"

蓉死劲把她拉在沙发背椅子里坐下，"怕什么，我们难得机会谈谈。"

"你结婚，我都不知道，因为怕轰炸，躲到乡下去住了，你的结婚帖子是寄在城里，几个礼拜后才知道。"忽然二姊又像想起什么似的问："妹夫呢？"

"出去了，银行里刚有要紧事，打电话来，把他叫了去，要不然礼拜天他是在家中的，"又接着亲切地问，"一路辛苦吧！你在昆明这二年也苦够了，现在回到北平去可以休息休息，清华地方又好。"

二姊眼圈儿一红："这二年真是什么苦都受够了，但上帝似乎还不放松，宏，这活泼，康健又红又黑的孩子，只三天病就死了。"一边说一边就掏手帕擦眼泪。

"我知道，我们别提这些了，听说你还写文章，真佩服你，我荒了几年，连信都写不成了，你居然还会写文艺的作品，照顾着家，四个孩子，你哪里抽出时间来写呢？"蓉转过话头想叫二姊高兴。

"不要说了吧，还不是因为生活逼得人没有办法，每月的薪水够什么用？我不能看孩子们天天吃土豆，青菜，正在生长的时期，也应当有些营养的东西吃吃，没有办法想，我先教书，在一个中学里教几点钟英文，辛苦了一个月，才拿到几文钱，不成，靠自己的手艺，烤面包卖，那倒不差，天天有钱进来，比教书强了些，不久，孩子病了，我没有功夫烤，这生意又给一家铺子抢去了，最后，逼得无法，才想起来写稿子，那倒好，有功夫就写，时间是自己可以分配的，这样我就兼了这个差，现在也快有二年了呢，许多人都问我，我从哪里分出时间来写稿？这一房子的事情，四个孩子，吃穿洗，就够一个女人忙了，我苦笑着说我是在向我自己的健康开支票啊！为的要使这一家人能活下去！"二姊兴奋地说到这里，蓉似乎也想到自己而感到惭愧，阻止着说：

"你知道今天我叫了大姊三姊和四姊都来，我们大家聚聚，真难得的机会。"

"真是，我正想要问她们都好吧！"

"好，就是四姊苦一些，一个病着的丈夫，带着二个孩子，最近她把小的送给她大伯伯去了，拖着一个吃奶的孩子，没有办法做事，她还在一个机关里当小职员，她倔强地在生活线上摸索着，也从不肯在我们面前叫一声苦，看见我们，苦笑笑，什么都不说，给她钱，她也不肯受，没有办法，过些时候，送些奶粉和吃的去，她算留下了，因为她丈夫需要这些营养品，你记得她从小好胜，好强，胆子大，敢用手拿起蛇来，我们看见了只叫，你还记得？现在还是那个样儿。"

"是的，"二姊点点头，"一个人的性情是从小就定了的，改不过来，大姊的情形怎样？"

"她吗？在读书的时候是有名的公主，美，会社交，好修饰，现在做了三个孩子的母亲，照样的喜欢出入交际场合，喜欢穿着法国式的高跟鞋儿跳舞，你等一忽看见她就会知道她还是那个样，十年的风霜，并没有在她的脸上呈现一丝皱纹，依旧年轻，漂亮，是男人们谈话的好对象。"

"也难怪，我们一母所生五个姐妹，性情就没有一个相同的。"二姊感叹着说。

"可不是，三姊就又是一个样儿，能干，精明，是她丈夫不能少的好帮手，样样事情都是由她决定。而她决定的事，也永不会有错，打仗打了这么多年，家家都穷了，而他们却反而更有钱，商业更发达起来，开了米行，又开木行，又是布庄的大股东，我也真摸不着三姊是哪里得来的商业经验，提起三姊，哪一个不竖起大姆指，喊一声'顶刮刮！'而她自己反更发福了，真是心广体胖。……"

蓉的话还没有说完，三姊的声音就在外面响起来了！

"好，来上海也不给我个信儿，若不是蓉妹今天电话告诉我，我还不知道呢？"三姊半嗔半带笑的走了进来，可把二姊吓了一跳，"怎么胖成这个样子，简直是加了一倍"，她心里想着，嘴里可不敢说。

"我真是劳碌命，永久不得空儿常来看你，总给事情给拉住了。"这是对蓉说的。

女仆端上茶来，一个福建漆的大红茶盘里端正地放了四个精巧磁盖碗，二姊想到昆明的绿色土磁器来，心中暗暗称羡。

"你还是像菩萨样，"三姊的话盒子又打开了，"好大的福气，一个人清清静静的，一个人的福份是前生修来的，没得说，"接着转过来又对二姊说："你好不容易来上海，咱们多聚几天，谈谈天别急着走，也该休息休息，我知道你也在内地苦够了"，拉着二姊的手，又亲切地说，"明天到我家里吃便饭，叫姊夫孩子们都来，不要紧，地方大，坐得下，"又对蓉说："你也来，你一人在家也闷得慌。"

咯咯咯的高跟鞋，接着门帘一动，大姊姗姗地走了进来，电烫的头发，一圈儿一圈儿堆在额上，衣服刚衬身，露出美丽的曲线，果然像大姊，仍旧是安琪儿似的美，一看见蓉和二妹都坐在一起，来不及打招呼，先走到大镜子前，用手握着卷发："怎么，还好吧！这第三号的手艺还不差，卷得还好，今天晚上还有舞会呢！"看见二妹，说："怎么，什么时候到的？"整一整衣裳，大姊挨着她们坐下。

"四妹还没有来？"

"想是在家中缠住了，我们先吃点心吧！"蓉站起来，由碗柜中抬出点心来，大家正吃着时，四姊进来了，消瘦得可怕，颧骨高耸，露出大大的二个眼睛。

"对不起，来迟了，家中脱不开身"，说到这里，声音就低了下去。

蓉赶紧递过一个小碟，一付叉匙，又切了几块点心给她，一面怜惜地说："不要太苦了，身体要紧。"

大门又响了一下，蓉立刻站起来看，果然是老陈回来了，老陈一走进来，二姊立刻就觉得面熟，像在什么地方见过似的，又想不起来，虽然从蓉结婚到现在，确还没有见过妹夫一次，想了半天，才想起来，对了，前天晚上方太太请吃晚饭，不还有他，当时没有知道就是自己的妹夫，而他和方太太那种显然超过友谊以上的交情，在她初次见面时就感觉到，那天回到旅馆里还和丈夫二人说笑了半天，笑方太太的不正经呢。想到这里，二姊经不住心中一阵忿怒，自己觉得脸也红了，老陈也似乎觉得，不好意思地搭讪着，靠在大姊旁边坐下。

"今天晚上国际饭店的舞会，去不去？"大姊问，一边抬起一杯冰淇淋来。

"去，当然去。"老陈高兴地回答着。

蓉殷勤地给老陈端过点心来，二姊冷眼瞧着蓉那天真无邪的模样，想到方太太的妖媚，自己的妹子还不知道那就将到临的一幕悲剧，女子永久是悲剧的主角，尤其是软弱，没有坚强意志的女子。

女仆轻轻地走了进来。

"三姑奶奶家中来电话，叫三姑奶奶就回家去，家中有事。"

"你看，这不是苦命，好容易出来一忽儿，又叫了回去"。三姊站了起来，伸出肥胖的手来一一握过，抱着发亮的玻璃皮包走了，蓉送了出去，回来时，看见老陈还在那里和大姊谈跳舞劲头，心中就轻微地感到有些不快。

二姊看不惯这情形，心中又记念着在小旅馆里的丈夫和四个孩，也站起来告辞，四妹本想走，也就站了起来，说和二姊一同走，顺便多谈谈，蓉又亲切地自己送到大门口，站在门口，谈了好久，才关上门，蓉进来，这时已经黑下来，大傍晚的黑色中，她陡的听见屋中传出来老陈、大姊的谈笑声，心中像蒙上了一阵阴影，刚才的那样高兴，愉快的情绪，都给这一团阴影笼盖住了，她意外地感到疲乏，慢慢地进了屋去，大姊正站了起来：

"蓉，我也走了。"

蓉还没有出声，老陈抢着说："忙什么么，在我家中吃了饭，我们一同去好不好！"

大姊笑了笑，也就坐了下来，蓉像预先感觉到什么似的，懒懒地靠在大沙发里。

昆明《中央日报》星期增刊【妇女文艺】，第 6 期，

1947 年 12 月 14 日

火炉（译）

Marjorie L. C. Pickthall 作　　周　政　译

　　译者按：毕女士 Miss Pickthall 即原作者是加拿大的有名短篇小说作家，生于 1883 年，死于 1922 年，出生在英国，但当她还是一个小孩时，她就随着家迁来加拿大居住，在第一次世界大战时，她又回到英国去，战后又来加拿大，在英属马仑比亚地方居住了下来。但她喜欢原野和山谷，她自己说，对于这二者她有很深挚的感情，她在一棵大棕榄树下面建造了一间小屋，在那间安静而充满天然美景的小屋中，她写她的短篇小说。

　　毕小姐也写诗，但短篇小说还是她最坚固的堡垒，她在加拿大是最受读者尊敬的一位女作家，加拿大的一位文艺批评家曾经这样说过："毕小姐的短篇是包含所有短篇小说的优点所在。"

　　下面就是她的一篇代表作品，在这篇作品中，使我们深切地感觉到加拿大西北部的冷，和这故事中的爱情的线索。

　　"最迟三天，我会和医生一同回来，我留给你的木头燃料够烧三天，也许还多些。"郭斯很不放心地瞧着她，忽然他轻轻地靠近她，用他黄色的小胡子拂她的脸颊，他说："我不愿意离开你，但我想这是但立克的最后机会。""当然你应当去，这是但立克唯一的生存机会。"黛莉很坚定地回答他。她是一个纤长身材，很白净的女子，在大自然的原野中长大起来，因此，在她软弱的身体里都包含着铁似的坚定的意志力，她结束她的话头说："我也没有什么可做的，什么都没有！只有等你回来。"

　　"只小心你自己身体，和让这火永久燃烧着。"

　　"我知道，但要是你，——你遇见了麦克辛！"

　　忿怒立刻在她哥哥的眼睛中燃烧起来，长枪的把子在他的手中发出蓝色的光辉，"要是我遇见麦克辛，"他说，字句在他的牙缝中迸出来，"不是他完，就是我完了。"再没有第三句话，他从树林中的小路上消失了影踪，奔一条漫长的道路到孟读去。

　　黛莉瞧着他，直到他只剩下一点黑色的影子在浓厚的黑色树林中，连这一点黑色的影子都消失了时，于是生命、声音，一切的动作似乎也跟随他而去，在她的身旁只有静默，那难堪的寂静在这北国的森林中，她走进屋子去，死劲把门扣上了，似乎想把那可怕静寂关闭在门外面。

　　这间小屋子是一个很舒适的地方，墙上粉饰着红色的油漆，地板上铺着毛皮地毯，窗上挂着红色窗帘，这小屋子分成二间，在大一间的一间房里，中间安放着一个大火炉，在严寒的冬天里，这是一切生命的支持者。

　　火炉里发出来的怒吼，像那永久不会感到满足的海洋里的风声所发出来的怒吼一般，那是一种饥饿呼吁，黛莉关紧那扇厚笨的木门。照着炉中所发出来的光亮的火焰，她又投一块木头进去，这就是她唯一的工作，直到郭斯回来，使火炉燃烧着。

　　她走近床去，——那床就像船上的卧铺！在那里她的小兄弟但立克躺在那里，没有一丝动作，好像已经失去了生命，自从郭斯和一个警察把他放在那里，他在生存和死亡之间挣扎着，一颗子弹曾经穿过他的身体，有时候他咽下一口汤进去，但对于喂他汤的那一只手，他已完全失去知觉，黛莉不敢去触动他，现在没有什么事，黛莉可以做的只有把屋子保持温暖，来维持这一线脆弱的生命之光，直到医生来到，因为在这严寒的地方，冷能像一把剑似的割去了人们的生命。

　　忽然，她紧紧地靠着床沿说："只要你能和我说话，但立克，只要我仍旧能听见你的声音。"但是唯一她听得见的声音，是火炉所发出的怒吼。

在她的眼前展开一幕她并没有亲自证实的惨景——在矿里做苦工的工人，他们的皮制的小灯和他们眼中所发出来恐怖的眼光，多少人围成一个圆环形在大路口，那条大路在雪中消减了去路，但立克恳求他们给麦克辛一个最后的机会："最后的一个机会，朋友们！" 一粒枪子不知从哪里飞过来，落在但立克身上，但立克倒在雪地上，在纷乱扰杂中麦克辛又逃跑了，她看见他们，听见郭斯的声音，那由牙缝中迸发出来的声音："他再也不能逃走，他一定要在哪里躲藏和获得食物，就是千里以外，我们也找到他，射倒他，这可恶的狼狗……"

她转过身来，回顾一下，她似乎还能听见那忿怒的声音，带着极深的仇恨，但现在她只听见火炉中所发出来的怒吼。

她忙着做她所能找到的事做，二次她把木头掷进火炉去，她再也找不到什么事可做，屋子已经整理得不能再清洁了，她看钟只过去了一点钟，郭斯只离开她一小时，她生气得把钟面对墙壁，拿出她给郭斯缝的一件红色和黑色相间的衣服，她定心地缝着。

静静地她能听见任何细微的声音，她听见线由绒布中穿过发出来的声音，她听见外面雪由树上落下来的声音，她也听见但立克微弱的呼吸声，每听到那微弱的呼吸声时，她的心就似乎跟着这呼吸声而感到窒息。

早晨就这么过去，下午她修理了一双雪鞋，很快的天就黑了，她不需要灯，因为火炉里发出来的火焰，把屋子照得很亮，在黑暗中，这火炉烧成了一个很美丽而又可怕的东西，那么红，从红色中，火焰冲出来，她看看窗子，小窗子上已经结上厚厚的一层冰，这一定是一个很冷的晚上，她想到了郭斯，也想到了麦克辛，她从里面小屋子里抬出一张小床来，放在火炉边，她躺下，温暖像一只慈爱的手，盖住了她的眼睛。

就像一个人照顾她所爱的人似的，她时刻警觉着，在这长长的黑夜里，她起来了五次，给火炉里添上燃料，每次她注意着但立克，觉得他更深深陷入松软的枕头中，眼睛半睁着，呼吸是那么微弱，她正想用手把那眼睛闭上，但她不敢。

末了一次她起来，天已大亮，窗上的冰块迎着朝阳，使火炉都减弱了光彩，黛莉走进屋去，整理头发。

这一天过去和第一天相同，不过但立克是更显得弱了，她为他祈祷，她哭泣着说："再吃这一口汤，但立克，醒来，亲爱的但立克，喝下去，为了我的缘故。"这声音在一天曾经使他有过反应，但今天似乎并不能使他听到。

围在火炉边的木头已逐渐减少，她一定要再拿些木头进来，她匆匆地吃过早饭，把自己穿着好了，走出门去。

外面是一个白色的，蓝色的，黑色的世界，整个，透明，静止，像是宝石所堆积成的，蔚蓝的天空盖着黑色的树木，黑色的树枝上又厚厚地盖着了一阵雪，这是很冷的天气，她从被雪埋没了的树木中，翻出些小的树枝，她抱了回家去。一整天她都这样忙碌着，忙，使她重整起精神来，她相信但立克不会死，郭斯就会回来，木头掷在地上所发出来的声音使她高兴，因为那比火炉的单调声音来得悦耳些。

第二晚上她不能睡觉，她怕她睡得太好而忽略了给火炉添柴，风声，天上闪烁着的小星和炉中的熊熊火焰陪伴着她。

天亮了，天上都是云，但屋子里仍旧很温暖，受伤的人也仍旧活着，她的心情重又振奋起来，再过四小时到五小时，她可以看见郭斯回来，带了一个医生来，她把钟面重又对着她，现在她不再惧怕时间消逝过去了！

五小时过去，而郭斯并没有回来。

她走出门去，望着大路，她能看到半英里远，再远她看不见了，她希望能从树林的深处找出什么影子来。

"郭斯！郭斯！郭斯！"

是谁在这树林中发出这战栗的喊声？她奇怪着，不久她就知道原来是她自己这样呼喊着。（未完）

《中央日报》【妇女文艺】，第 13 期，1948 年 1 月 2 日

火炉（译）（续）

Marjorie L. C. Pickthall 作　　周 政 译

　　她回到屋子里，给火炉添上了燃料，穿上雪鞋，戴上了帽子，再看了但立克一眼，她走出门去，她飞奔过大路，在叉路口她停住了，她向前望去，空的，一切都是空的，看不见一个人影，这空虚似乎包藏着一个秘密，有意捉弄她，她不敢再向前去，她折了回来，又飞奔回家去。

　　钟打过一点，两点，三点，四点，郭斯没有回来。

　　黑暗笼罩住了一切，他仍旧没有回来。

　　寂寞，疑惧，打击她年轻坚强的意志。最不能忍受的是静。火炉的声音，对于她，先是一种噪扰，然后又使她疲乏，现在是成一个负担了，她渐渐地感觉到没有办法满足火炉永久不止息的饥饿，她生气地投进一块木头进去，恨恨地说："只要有一个人能和我说一句话，啊！只要有人能给我一个信息。"

　　但是这里没有一个人，她害怕去睡，怕在梦中，或是真的。火炉熄灭了，她怕看见天又亮起来，郭斯并没有回来。

　　现在屋子里再也没有一块木头剩下，她穿着好了，走出门去，到贮藏木头的屋子后面去，一大堆木头堆在那里，上面盖满了雪，雪是干的，并没有使木头潮湿，这苦工作对于她是一种调剂，她把披在眼前的黑头发往后拂开，自己对自己说："这是为了但立克，这是我所配做的了。"

　　她拖回家去够烧一天的木头，但是还有夜里。

　　"郭斯一定会回来。"她自信着这样想，瞧着火炉。

　　"到那时候郭斯一定会回来。"但火炉升起巨大火焰，似乎是讥笑她的话，她对于火炉发怒起来，她很疲乏地重又出去抱进一大捆木头，希望够一夜烧。

跪在木头前面，她捡起木头，她的手冷得完全麻木了，她什么都不觉得，只觉得雪。

她用手臂抱紧了自己，没有抵抗的能力，对于雪。

她的心悲痛地跳着，她把木头堆积起来，她看到的都是雪。

她慢慢地走进屋去，她站在但立克床前，瞧着屋子里的木头，白天也许够烧了，但是晚上呢？

也许郭斯会回来。

她环顾她的屋子，这里有许多东西可以烧，她的褐色的疲倦的眼睛重又睁大起来，她可以向它们开战，她俯下身去，吻着但立克的脸颊但他并不动弹，仍旧深沉地睡着。

"睡吧！但立克，"她轻轻地说，"好好地睡，但立克，我会照顾你，为了你我要奋斗下去！"

她拿起郭斯的大斧子，先由椅子开始。

这些是笨重的东西，是郭斯的骄傲，因为是他自己手制的椅子，他们用作火炉里的燃料很合适，但对于一个女孩子的手腕，那是一件困苦的工作，她计算着木箱子，木架子，桌子，她的心随着每一个声音跳动起来，风是更大了。不止十次跑跳出门去，喊"郭斯"！但她所看见的只是树林，雪，像尘土一般干燥的雪。

天开始黑的时候，她把屋子里所有可以烧的都劈掉了，那些干燥的家具，投进火炉里去，像投进稻草似的，烧得那么快。火炉仍旧不满足，发出怒吼声，她再也找不出东西来喂饱这炉子，她拿了斧子走出门去。

在她前面的灰色树林都是雪和影子盖住了，一定有倒下来的树枝可以用的，她找到了一枝拖回家去，劈断了，树枝上都是血，她投进火炉去。

她又走出去，体力已逐渐离开了她，她找到了一大枝树枝横倒在地上，她用力劈，劈不开，因为树枝已结成冰块，她用尽力气挥动斧子，她自己都不知道，她慢慢地倒了下来，躺在雪里，软弱无力得像一个孩子一样。

冰冷的雪刺在她的脸上，像火炉边的热，火炉，她突然想到了火炉，要是她再耽搁在这里，火炉也许会灭了，她挣扎着爬起来，在黑暗中一个男人的影子站在她前面。"郭斯，哦，郭斯！"

等她的喊声从她的嘴唇边发了出来，她知道这不是郭斯。

前面站着的人，显得很小，在厚毛皮的包裹中，脸藏在毛皮帽子下面，救助，一个思想很快闪进了她的意识中。

"火炉，那火炉，"她伸出手来对着前面不动的人影，心中的祈求变成了这几个字，她继续说着，"火炉，哦，那火炉。"

"什么火炉？"

"火炉，在我们屋子里的火炉，那里再也没有木头燃烧了！"

她等候着，当然他一定明白。但他仍旧站在那里一动也不动，瞧着她。

她看着他，眼睛中充满了热烈的祈求，她忘了站起来，她跪在他前面的雪地上，她的呼吸变得急促，"那里"，她重复着说："那里在我们的屋子里，这火炉，快要熄灭了。"

他还是等待着。"那里有一个病人，我的小兄弟，唉！"她看见他仍旧不动，接着说，"帮助我，要是你是一个男子。"

"哦，是的，我是一个男子。"她似乎觉得他像一猫头鹰似的在讪笑。"但我为什么要帮助你。"

她再也没有话说，她把手伸出来给他看，手上都是血迹。

过了一忽，他开始动作，把身上的长枪挂在树枝上，拿起雪地上的斧子，只劈四次，树枝倒在地上，他再用足把它折成四五块小块，黛莉瞧着它，像一个饥饿的女人，看见了面包一般。

"够了吧！"

她呐呐地回答："不，不够，看上帝的面上，再给我劈几枝。"

　　她抱起树枝，走回家去，那人跟了过来，从她那里接过树枝，她跟着他走，感激得说不出话来，唯一她明白的，是她得到了救星，她得到了力量，但立克可以得救了。

　　走进屋子，没有红光，没有亮，黛莉立刻把火炉门打开，里面什么都没有，只剩下红色的灰烟，围在灰色的灰中。用战栗的手，她把小枝投进去，她蹲在那长大铁质的火炉前，希望能用她的手臂胸怀把它再温暖起来，但是这男人把她推在一边，自己蹲下去，用细枝在灰烬中燃着，再用细枝引起火焰。投进大木块，火又燃烧起来，他把门关紧了，回过身来对着她。

　　她点起灯，在灯光中她看着他，眼睛中充满了温柔的感激的神情。她高兴地说："我的兄弟仍旧活着。"

　　她走近床去，但他的眼睛并没有跟随着她移到床前，他只匆忙地说："你在这里陪着他，我去给你弄些木头进来。"

　　她的眼睛里充满了感激的眼泪，她感动地说："你是这么好，你是一个好人！当你在劈木头的时候，让我感谢上帝你会回来。"

　　他走进黑夜中，没有回答她的话。

　　过半小时，他重又回来，满满地抱了一大堆，她坐在床边对他笑着，眼睛红红的，她曾经哭过。

　　他并不和她说话，只忙得像一只小猫似的给火炉添上了木头，又再走出去。

　　等他再回来，她已睡着。

　　她的脸——很白，很圣洁，柔软就因为她是一个女性！现在在火炉的光辉中显出红光，她的受伤的双手交握着在胸前像一个婴孩似的，那男人很静地走动着，低下头来瞧着她。

　　他的皮帽子已经掉在脑后，他的脸上也由于火炉的红光发出亮光来，很黑，很坚定，脸上的神情充满了由于恨和仇所堆积成的凶狠，像铁似的坚定，但现在他显得很温柔，他把坠在地上的一根黛莉的发辫捡了起来，放在她身旁。

那黑色的，像绸质的发辫，他握住在手中，不忍放下，他再俯下身去瞧着她，她的呼吸是温暖而平静的，在她的脸上还存在着对于他感谢的表情，她似乎像在梦中惊醒，喃喃地说："我——我会感谢上帝——你来了。"说完，睡眠重又把她拉进睡乡。

这年轻的男人，没有声音，重又拿起斧子走出门去。

在寒冷的雪中，很静地，一点不感到疲倦，他为她工作了一夜，一夜她都睡着了。

一夜，她像孩子似的，疲乏，焦虑，使她昏沉地睡去，但天亮醒来，她又是一个少女，她逐渐清醒她曾经做过什么事。

这男人曾经帮助她，看护她一整夜，现在站在门口，门是开着，空气非常新鲜，但屋子里却温暖得像春天一般，火炉在怒吼着，外面的世界沐在阳光中，银色的冰条，在阳光中发出亮来，一只牛在树林中叫着，这是今年第一次好太阳，天气似乎要改变，在黛莉的心中，也有了改变，一种新生的愉快，希望，使她眼睛充满了眼泪，在她艰难的一生中，这是第一次她依赖着另一个人的力量，她感觉得很舒服，她的心在她的眼睛中，当她走近那陌生的男子，她温柔地说："我并没有想到会睡着，为什么你要让我睡去？"

他回答道："你是那么疲倦。"

眼泪重由她眼眶中流出来，他不知道是为了痛苦，还是快乐，她说："我说，我知道，你是一大好人。"

"是的，"他回答着，"至少这一夜是。"

他的皮帽依旧盖住了他的脸，红晕在她脸上升起重又落下："让我看清楚你，让我看清楚你的脸。"她说。

"为什么？"

她迟疑了半天，她不知道为什么，她呐呐地说："为了你所做的，为了我们所应当感谢你的。"

"我们？"

"我的兄弟们和我，但立克还活着，我觉得他睡得好多了，要是郭斯回来，他会感谢你。"

她看着他，他避免她的视线，注视着外边的大路，过一忽他说："火炉上有咖啡，和几块面包，你先去吃，我已经吃过。"

她顺从地走到炉边，很不好意思那救她的人还给她预备食物，她很喜欢能预备给她吃，虽然很饿，但她吃不下去。

她还没有完毕，他就喊她，她立刻走过去和他一同站在门口，他的声音使她有些惊奇，他很快地说："你是在等候你兄弟回来？"

"是的，是的。"

"还有一个人？"

"还有医生，为什么？"

他指着外边，在阳光闪烁中，她看见两个小的黑色的影子在叉路口向前移动。

她的心跳了起来，她轻轻地说："是的，就是他和医生，现在你要让他感谢你。"

她注意到他已经挂上了枪，并穿上了雪鞋在他的静默中，她觉得害怕。

他突然回过身来对着她，那两个黑影已渐渐迫近，在他们的迫近中，凶狠的表情重又呈现在他脸上，他把手放在黛莉肩上，又温和地说："我可以告诉你，你应当怎样谢我。"

她抬头瞧着他，她的脸上失去了红润，嘴微张着，在他帽子的阴影下面，他的眼睛也注视着她。在这一瞬间，世界离开了她，她只听见这个声音。

她像呼吸那么低微的声音说："你究竟是谁？"

"等一忽你就会知道。"他很快地瞧着那就要近前的那两个人影。他们走得很快，已可以听见他们的声音，他把她抱在怀里，她似乎要昏倒了，但他的手臂像铁般的坚硬，抱住了她，二次，三次他吻她。

“这就是你所能感谢我的。”他离开了她，走近门口，一粒子弹刚从他头上飞过，雪像尘土似的飞扬起来，她看见，在雪地上，郭斯正把枪瞄准，预备放第二下，那男子从她的手中挣脱出来，离开了她奔向树林去，从那里他第一次出现。

又一枪，郭斯飞奔了过来，后面跟着那医生，那医生是从三十里路以外孟读地方请来的，但她并不注意到他们。

她的眼睛，她的心，都跟随着那男子，他已经跑过树木，很快，很温和地向她伸出手来，喊着对她说：“告诉他们，你吻了麦克辛！”

当郭斯走到她身边，她跪在雪地上哭泣着，用她的手来掩盖住雪地上的足迹。（完）

《中央日报》【妇女文艺】，第 14 期，1948 年 1 月 9 日

低首在爱情之前

芳　郁

在一间朴素的候诊室里，多少人都在那里屏息地等候着，静得连一根针掉在地上都可以听见！蓦地"砰"的一声，门开了，一位华丽，高贵的妇人走了进来，一手牵着一个像洋娃娃式的孩子，一手提着发亮的玻璃皮包，多少双眼睛射到她身上去，里面有好奇，羡慕的成分在，她很大方地缓步走到一个大沙发前，坐了下去，对于人们看她的眼光和注意似乎已成习惯。

她的进来可把我吓了一跳，那么脸熟，不是同学斌吗？脸的轮廓一些都没有改变，改变了的是以前明亮发着智慧之光的眼睛，现在似乎迟钝了，脸也由圆形而成了长尖形，而最惊人的改变是她的服装和举止，和以前穿着蓝布大褂，梳着二条小辫，活泼地到处跳动着的情形相差太远了。

这时她的眼睛巡视一周后，最后落在我这边，当她发现我时，惊奇而高兴地走了过来，热烈地握着我的手说："没有错吧！你是文英？"

"对了，我都不敢认你了，你是改变得这么快？"

"不要笑了吧！到我那里坐坐去好吧！我真闷得慌，有多少话想跟老朋友谈谈。"

爬上石阶，在一群绿色树木中隐藏着一所小小的红砖洋房，小巧玲珑，像电影中风景片中所映出来那种使人羡求的小屋，斌走近前去放进锁匙，开开那扇大玻璃门，请了我进去，迎面是客厅，一样的玲珑精致，我们对坐在皮沙发中。

"我改变了？"她燃起一枝烟来，夹在手缝中，那双白嫩圆润的手，有一时期曾经忙着写铅板，印宣言，而工作得坚硬结实，想不到现在会改变到夹起美国香烟来，"不明白的人也许会骂我，但不知道我却有我说不出的苦衷，别人不会明白，老同学，老朋友，曾经一度共同生活在一起的应当能谅解我，一句话，我低首在爱情之前。”

我睁圆了眼睛，好奇地瞧着她。

“是的，我爱上了一个我做梦都不会想到的人，一个所谓大官，有钱有势，有地位，我们热烈地相爱，结了婚，我发现我不能不改变，在现在的情形之下，我只能脱下常穿的蓝布大褂，而披上华丽的服装，为的是配合我的地位不给人家笑话，最重要的是使我丈夫喜欢，你笑吗？我知道你会笑我，我自己也不明白，以前如此坚强，意志力极强的女子，都会在爱情之下如此懦弱得像一只小猫似的……”

吸了几口烟，看青烟成圈地消失在空气中，她又接着说：“我爱我的丈夫，但我仍有我的理想，可怕的是爱丈夫是现实，而理想都是明天的事，在现实之下，使我逐渐和明日的理想相疏远，我就在这矛盾中生活着，有时使我非常痛苦，但是我是一个女子，我总求着一个家，我要一个丈夫，几个孩子，这是每一个女子所希望能有的，但在这种温暖的窝里，却使我消沉下去了，我离开了昔日的生活太远。”

我怅惘地离开了这可爱的小屋，深印在我脑中的是斌的那句自白，“我低首在爱情之前”。

昆明《龙门周刊》，1948 年 4 月 3 日

舞场一角

文 娟

晚上，十时正。

皇宫舞厅的灯光，照正义大街像白昼似的光亮。

汽车，公共汽车，电车，人力车，自行车，川流不息地在大街上驶过去。

白太太挟着黑色玻璃皮包，提着一个小小的精致的皮箱，匆忙地走进皇宫舞厅的大门，走上台阶，迎着她的是管理衣帽室的黄小姐的笑脸。

"已经迟了，快些吧！"黄小姐轻声地说，两只手撑在腰里，更显得体态轻盈。

"哦，我知道，"白太太喘着气说："就是给家中事耽误了，我得给家里烧好了晚饭，经理来了吧！"

"早来了，在里面坐着呢！"黄小姐今天显得格外美丽，服装入时，新烫的头发，一卷卷地堆在额前。

白太太轻声快步地穿过舞场，看见经理，胖胖的个子，一人呆在小圆桌前，她开开舞场侧旁的小门，走了进去。

那是一间小巧玲珑的梳妆室，迎面一块大穿衣镜，镜前是一张梳妆台，白太太打开小皮箱，取出各式各样的化妆品，粉，唇膏，胭脂，画眉的小笔，几把玻璃梳子大小不同，整齐而有艺术味的摆在梳妆桌上，一边放上一副精巧的修指甲用具，另一边对称放了卷头发用的各种小夹子，在中间，靠镜前的一个黄铜盆里，她放进几张票子，再放进一张预先准备好了的纸条，上面写着"请赐小费"四个字。

靠着梳妆台是一把小小的白色漆桌衬着大红丝绒椅垫的小转椅。从穿衣镜侧旁的小门开进去是洗澡室，有白磁洗脸盆，白磁浴盆，玻璃棒上挂上几块粉红色的毛巾，白太太开门进去，看看一切都合乎标准，退了出来，坐在梳妆室靠墙的长沙发椅上。

那时，耳边乐声已起，人声逐渐杂乱起来。

第一个推开梳妆室门进来的是一个穿深红绿绒衣，颈上带着一串发亮的项链，耳边坠着二个发亮的长耳环，红色高跟鞋，紧跟着她的是她的一个同伴，二人走到穿衣镜前，照了一照，拿出粉扑，扑了扑粉，穿红衣的就坐在转椅里，拿着修指甲的小剪刀，修修手指，她的同伴站在她身边，低头对她说："明妮，我看那胖子是爱上了你了！你得小心一点！"

"哦，我知道，"过了一忽又接着说，"讨厌，你想我会认真吗？敷衍罢了！你不听说，他是某某银行的总经理吗？"

二人对着镜子又端详片刻，红衣女郎取出皮包在铜盆里放进一张票子，二人就走了出去。

梳妆室的门就热闹起来，一忽儿开，一忽儿关，各种各样服式的年轻、美丽的女子，川流不息地进出。

乐声又响，人都走了出去，白太太站起来整理一番翻得零乱的各种化妆品，瞧一瞧铜盆里的钱，满意地笑了笑，突的门又开了，一个白嫩细致的穿蓝色绸袍的女孩子模样仓皇地走进来，她不像别人似的在镜前化装，却惊惶地问白太太："有门可以通外边吗？"

"没有。"白太太摇摇头。

"这门呢？"她指指洗澡室的门。

"也不通。"

"那么窗子怎样？"

"不行，有纱窗钉着。"

她失望地退坐在沙发里，过一忽，对白太太说："请你开开一小点门，照照外边有没有人站着。"

白太太开开门，看见一个中年绅士模样的男人，臂上还挂着一件深蓝色线绒短大衣，呆立在门外。白太太连忙把门又关上，告诉好女孩子，她一声不响地用背对着门坐着，半晌不动一动，低着头，白太太看见二滴眼泪由颊上挂了下来。

又过了些时候，那女孩子看看手表，才无可奈何地站起来，在镜前将了将头发，开了门出去，由门缝中，白太太看见那男子依然站立在那里，看见她出来，立刻替她披上大衣，扶着她走了。

门接着又开，二个年纪略大一些的女子走了进来，一个忿怒地说："玲，你猜，我刚才发现了什么？"

"我知道，算了，没有关系。"那一个安慰着她说。

"跳完那次舞，我和我丈夫在小桌前坐下，他对我说要去厨房拿一瓶啤酒来，我就等着，等着，他再也不回来，我走到厨房里去瞧，吓，不要脸的家伙，正抱着女侍者，那嘻皮笑脸的女孩子在接吻呢。我没有给他们瞧见，轻轻地退了出来，气得心中像火在烧。"

"这算什么，我的好太太，这年头儿，男子接吻就和握手一样的简单，你也太认真了！"

"我就是不放心他，才跟他来舞场的，要不然丢下家中的孩子们不管，来这里胡闹，干吗？那不要脸的，他竟是这样子！"

"不要动气了！"

"年老心不老，有什么办法，跟着他还是如此！"她掏出手帕擦擦眼泪。

"我陪你出去瞧瞧去。"她的同伴扶着她走了出去。

白太太看着她们的背影消失在门外，才叹了口气，自己和自己说："是钱在作孽呢！"她又坐在沙发里拿起毛线来织着。

门砰的又开了，挤进了一大帮女孩子。花花绿绿的，看着迷眼，中间围着一个穿一身雪白绸衣的高身材，细腰身的姑娘。

"让我们帮你化妆，你今天得好好地表演一下。"有一个嚷着说。"是啊！你跳得多好看，新疆土风舞，现在是最时髦的一项节目，"又一个插嘴说。"得插上一朵大红花在发际才醒目。"

"对了，眉毛还得画深一些，现在，好了，让我去看该到表演的时候了！"一阵笑声，这群女孩子又都拥了出去。

白太太起来看看表，十二点一刻，快结束了，每天一点多就可以散场，她伸伸腰，打了一个呵欠。

"放开手，你懂不懂，一个矮胖的女人气忿地推进门来。"他是我的，看，"她用手指指手指上的发亮的钢钻戒指说："我们已订了婚！"

和她一同走进来的是一个很妩媚的长长个子的女郎，她只默然笑了笑，拿起梳子，对着镜子，梳梳散开的卷发。

"下次我再发现类似的情形时，你小心一点。"那矮女人恶狠狠地瞧了她一眼，圆瞪着眼，那一个却不在意地走了出去，这矮女人生气地把门死劲关上，也跟了出去。

这时外边静了下来，一阵悦耳的悠扬乐声伴着歌声，白太太明白是表演节目开始，快完场了，她起来，把化妆品一件件地放入小箱内，最后把铜盆里的钱放回皮包中，已经是一点正。她听见外边杂乱的足步声，散场了，她感到一阵轻松，提着小皮箱，挟着皮包，在人群中挤了出去，又完毕了一天的工作，她叹了一口气。

穿过漆黑的小胡同，在小门前轻轻地打了几下门，白先生把门开了，看见她，安慰着她说："辛苦了吧！"

"没有什么，"白太太笑笑回答，"儿子们都睡了吧！"

"早睡着了！"

白太太把身上唯一的一件像样的衣服脱下，折好，收起，披上平时穿的蓝布大褂，看见床还是好好的，就问白先生说："怎么了，这么晚还不先睡？"

"我睡不着，想着叫你深更半夜地在做这种工作，心里难受。"

刚才在舞场中一幕幕的活剧，又露在她眼前，听着他的话，白太太禁不住想："钱究竟有什么用？"

正想脱衣睡下，猛的想起明天的粮食够不够，起来再开开米缸。缸底还存下些米，这才放心，拿起皮包来数了数今天的收入，笑对白先生说："我每天晚上看到的听到的够你写作的填料哩；我也得到了不少教训。"

《中央日报》【妇女文艺】，第 34 期，1948 年 7 月 24 日

生活在两个世界里

文 娟

　　杨宅之在黑龙浦，就像皇宫之在北平，庄严，美丽，而为人们所企慕。

　　这座宏伟的建筑，在一抹青山脚下，你若有机会站在杨宅的平台上眺望，前面是茫茫的明湖，湖水随着一日的时候改变成红色，褚红色，紫色，青蓝色，点点帆影，像停在那里，一动也不动，构成一幅画景。你再回过头来，青苍的山头就在你后面，巨大的岩石，嵌在浓绿色的树林中，一个山峰接一个，连续下去，直到天涯。面对着这大自然的宏壮气象，你会噤住不敢发一言，而这一座住宅，就这么安排在高山和湖水之间，远离开闹市，与它作伴的是它脚下的一片波浪似的麦田，和偶尔几只耕牛在细线般的田岸上走过。

　　杨大爷之在一般村民心目中，也占有最崇高的地位，方圆的脸型，二片红红的嘴唇，埋在二抹浓黑色的胡须之中，手握着烟管，出现在村民之前时，大家都尊称他一声"杨大爷"。

　　杨大爷有着数不清的田地，秋收时节，仓库中堆满了黄金般的颗粒，果子园里的果子成熟时，整担，整担地挑进家来，装了一屋子。最使村民称羡的是杨家的那二大条水牛，又胖又大，毛色光润，常摇着细长尾巴，在牧童的牵拉下，大模大样地在田岸边走过，村民看见，会互相指告着说："这是杨家的水牛啊！"

　　杨家什么都不缺，就缺少人口，偌大的一座宅第，好几进房子深，而竟空洞洞地住了三个主人，杨大爷，杨大妈，和过门有三年的媳妇大嫂，平日清清静静地听不见什么声音，杨大爷为了这事，心中常常闷闷不乐，看见别人家的小孩，跳跳蹦蹦地在面前跳过时，心中常想："要是我们家有二个多好！"

杨大妈给杨大爷生过四个儿子，但只留得住一个，这一个对于他们夫妇真是命似的宝贝，杨大爷把一切希望都寄托在儿子身上。他明白这年代读书最要紧，所以当儿子高中毕业时，他也舍得让儿子离开了家，进省城考入了由外省迁进来的最有名的大学里去攻读。提起儿子，杨立业，他总满脸是笑，而杨立业也并没有辜负了双亲对他的期望，他聪明，功课好，人又英俊有理想，这似乎应该使杨大爷满足的了，但是每当儿子逢假期回到家中来时，他开始发现自己的儿子变了。他沉默寡言笑，眼光中呈露出一种神色，使杨大爷感觉到不安，他不常在家中，却喜欢到集上去和村民们闲谈，有时不给父亲知道，把家中的存粮，拿去送给邻居的贫民，家中藏着的果子，拿出去分散给村中的儿童们，当他参观村中唯一的学校时，他又把由省城带来的纸、笔、书，都送给了学校。对于父亲，他很少说话，他和父亲中间很明显地有了距离。

杨大爷想应该给他娶一个媳妇，让媳妇管教管教他，对于这事，立业开始极力地反对过，但当他看见母亲对于邻居的儿童们怜爱模样时，他也就软了下来。任他们为他摆布。

媳妇是经过了很严格的挑选，一位白嫩细致的少女，爱笑爱说，天真活泼，杨大爷心想，这么一个女人该可以使立业心满意足了吧！婚后，立业倒也没有表示什么，看不出他们俩有什么不好，也看不出他们俩特别好，只不过平平常常。

立业毕业后，并没有像他父亲所期望的，回家乡做事，他滞留在省城，并且一别二年，没有回家，只靠薄薄二张纸，由山谷边传过来，报告平安和健康。

杨大爷像失去了什么似的，闷闷不发一语，寂寞的身子抱着寂寞的影子。

有一天傍晚，在灯光下，他读着儿子最近寄来的信。

"隔壁王二由省城转回来，说在省城看见了我们立业，并且……"杨大妈瞧瞧媳妇仍在厨房里，才继续着轻轻地说，"并且还娶了一个女人了，说什么是同居。"

刚说到这里，媳妇由厨房里走了出来，脱下围裙，默默地坐在大妈旁边，捡起针线活来缝着。

杨大爷叹了一口气，眼看着媳妇对大妈说："我想最好有谁进省城去一趟，瞧瞧立业，究竟怎么回事？"

"让我去，好吧！"媳妇立刻接上来说，"爹妈年纪大，路程又远。"

"那最好，等王二再转回省城之时，托王二照顾着大嫂一同去。"大妈很高兴地说。

"就是这么办吧！我明天去和王二商谈。"大爷说。一顶轿子，一头驴子，开始了漫远的旅程。

杨大嫂想立业在城里娶的那个女人，该是像花朵儿似的美丽吧！因为听说城里的女人是怎样会修饰，会打扮自己，她明白这不是一件容易的事。去省城找立业，万一他生气，当着这个女人面前咆哮起来，她应当怎样对他说？劝他回家？

灯光下，省城显得特别繁华，大街上，人如潮水般涌来涌去，车子闪电似的飞驶过去，这一切使才离开幽静的乡村生活，来到都市中的杨大嫂，感到迷惑，而最使她难堪的是，面对着立业，她竟想不出一句恰当的话来说。立业态度温和亲切也使她觉得迷惘，过半天，她才迸出一句话："我们家的牛，在我离家的那天晚上生了一只小牛。"

这对于杨大嫂是一件大事，想想一只大牛生一只小牛，可以赚多少钱？但对于立业，或近滑稽，在都市中生活着，和牛脱离了关系，大牛生小牛算什么事？

到了立业所谓的家，房子小得可怜，和家乡的大宅第相比，差得太远了，出来迎他们的恐怕就是所谓立业的同居的女人吧！和她意想中的也迥然不同，很瘦小的一个，脸色还带着青黄，穿一件蓝布大褂，朴素得完全出乎意料之外，她看看这女人，看看立业，实在想不出有什么可以迷人的地方，可以使立业迷住在省城里不回家来？

立业很客气的介绍说："这是持敏。"

持敏伸出瘦小的手握着她的手。

她走进房去，房里四周都是书架，架子上满满排着书，窗前二张书桌。一张的上面有着一部小机器似的东西，另外一张上堆满了纸，她感到十分局促，不自然地在书桌前的椅子上坐下，持敏跑了出去，过一会儿，进来，说饭好了。

她才如梦初醒，才觉得有点饿，这么晚还没有吃晚饭，她被让进另一间小屋子，小屋子里只有一个碗橱和一张方桌，二只方凳，持敏一边在盛饭，一边说："这里不比乡下，菜蔬都不新鲜，很怠慢。"

她连说："哪里哪里。"

她吃了三碗，看看持敏和立业都早放下筷子，恐怕只吃了一碗饭，她想到他们也许会笑她的粗鲁吧！像猪似的能吃，又看见他们俩客气地坐在那里在等候她，她更觉得不好意思，脸像发烧似的红了起来。

她像被拉牵的木人似的，由这屋引到那一屋，莫名其妙，坐立都不自然，而持敏却熟悉地一件件事做去，她想伸手帮她忙，但又不知如何措手，只能呆呆地傻坐在那里。立业早埋首在书桌前，在那一大堆纸前忙碌着，等一忽，持敏事情完了，她坐在小机器前的桌子前，也开始忙了起来，二人一会儿说说，一会儿又低头写写。杨大嫂无聊地站起来，靠着窗子看着窗外的一切，心中却后悔不应当出来，日子这样下去算什么呢？

钟上敲过十点，持敏才起来，带她走进内室，里面摆着二张小木床，持敏自己在一张上坐下，请她睡在另一张上，她不敢问，胡乱睡下，听见隔室立业的皮鞋声走动着，心想他一定就睡在外间。

　　第二天，持敏照样的忙个不停，早饭后，陆续来了很多人，大家围坐在书室中谈论起来，立业兴奋地在说些什么，大家都点点头，一会儿持敏又起来，读着手中拿着的一卷纸。她怕那些人笑话她，一人在大门口，闲看着过路人。

　　这样地过了三天，杨大嫂实在住不下去，对立业说她想回家去，立业说："好，你回家也好，照顾爹妈，她们年岁也大了，我这里事忙，离不开。"

　　"这里究竟什么事？有多大进帐？"杨大嫂这才大胆地问。

　　"多少进帐？我们并不为了钱，这是为了千万人的幸福，我们工作着，我们是为了千万苦难的同胞服务，这些事爹妈他们不会明白的，你就告诉他们，我在外一切都好就是了。"

　　"这女人呢？"杨大嫂胆子更大了一点。

　　"你说持敏吗？你应当可以看出来，就少不了她，她是我事业上的好帮手，我们有共同的目标，相同的志向，努力于同一事业。"

　　"哦！"杨大嫂不大明白，但她不敢再问下去。

　　第二天早晨，立业照样地送杨大嫂出去，穿过大街，走向车站，一路上二人谁都不说一句，也无话可说，因为二人根本生活在两个不同的天地中。

　　杨大嫂很高兴，她重又回到家中，这才真是她的家，一切她都熟悉，感觉到亲切，看见杨大爷，杨大妈时，她高兴得流下泪来，这才是她的亲人。

　　"立业怎样？"大爷问。

　　"哦，他很好，就是太忙，瘦了些。"

　　"那女人呢？"大妈问。

　　"那是一个又瘦又小的女人，但似乎很能干。"杨大嫂回答道。

《中央日报》【妇女文艺】，第 39 期，1948 年 10 月 16 日

两个女人——我仍旧怀念着绮兰

周 政

文英站在书桌边用手玩弄着桌上的银质香烟盒子，像自语又像在对她丈夫说话："这多不好意思，把我们请在一起，算什么呢？丽英应当知道绮兰和我们的关系吧！"

"这也许是丽英的好意思，既然绮兰搬到这边来住，大家都是邻居了，也该有一个再认识的开始。"志超这么回答着。

"哦！再认识？"文英怀疑地瞧着她的丈夫。

志超不禁笑了起来："经过这么多年，难道你还要怀疑我？"

文英也禁不住笑了起来，"好吧！我就打电话告诉丽英说今天晚上我们准到。"

"好！"志超听着文英在电话中和丽英聊着天，他踱出书房。

通书房另一扇门可以走到花园里去，那是一个很精致很美丽的花园，现在正是初秋时期，天空一片蔚蓝色，地上浓绿色中点缀着几朵白色、蓝色、黄色的野兰花，志超在这一片平坦的草地上，来回地踱着，绮兰的影子，经过了尘封了十几年的记忆，又从想象中呈现在他面前，依旧那么新鲜，那么美丽，圆而大的一双眼睛，深嵌在长长的睫毛中，显示出她的聪明，漆黑色的长发，披到颈上，像一片黑缎似的光亮，当她抬起头来瞧着你时，她似乎可以由你外表，窥视到你灵魂深处，对于她那炯炯目光，志超永久带几分惧怕，但就是这么一个女人，使志超永久不能忘记她，因为在这世界上，只有她最明了他，他有任何委屈，倾吐在她面前后，他就得到了解放，觉得心中松了很多，任何忧虑，和她商谈过后，就像拨开了阴雾，重又见到了光明似的，他又快乐起来，他从她那里得到了安慰，他依赖着她那双大圆眼睛的转动，因为那双眼睛的转动，往往决定了他的行止，他需要她。

他们曾经共同度过热恋时期那段永不易忘怀的幸福时光，共同隐藏在浓荫深处，喁喁情话，共同在月光下散步，描绘出一个美丽的将来，他们像所有的情人似的，把他们的热爱，结束到一个共同生活，他们生活在一起了，可以携手在这世界上开始迈开第一大步，实现他们以前所计划着的梦想了，但没有多久，现实粉碎了理想，柴米油盐比什么都困难，厨房中的油垢，洗水盆里的皂沫泡，永久补不完的破衣破袜，使绮兰常停住了工作，自己问自己，她究竟为了什么？最糟的是孩子竟在他们穷困生活中诞生了，似乎更在嘲笑他们的贫穷，绮兰变得更没有忍耐了，声音更尖锐，为志超的处世待人的软弱，遇事的没有决断力，加深了她的失望，每次志超走出了大门去办公去，而十次中有九次，志超会再回来，拿取他所忘记带的东西，绮兰对他苦笑笑，不说什么，但心中却充满了愤怒，志超也觉得绮兰愈过愈尖刻了，常常为了一件小事高声大叫，走回家去，他希望能看见绮兰的笑容，啊！他多么渴望绮兰能穿着得整齐美丽，像小鸟般投入他怀中，再淘气地用她的涂了口红的嘴唇，在他的脸上印上二瓣红印，然后又大笑着用手轻轻地拭去，相反地，绮兰只冷冷地瞧着他，有时竟连瞧他一眼都不瞧，赌着气，跑进厨房去，于是志超就像犯了什么罪似的，轻轻地走进卧室，倒在床上，眼瞧着天花板，但没有多久，绮兰尖锐的声音又从厨房中响了起来：

"忙了半天了，还不能来帮忙吗？"

志超叹了口气，走进厨房去，但他一动手就是错，结果忙没有帮成，二人反争吵了起来。

究竟为了什么？志超有时常默默地想：为了穷吗？绮兰说她是可以忍受贫穷的；为了志超的不争气吗？那可没有办法了，

社会上的情形是这样，能找到一个位置，解决了一家的衣食住行，已非易事，当然他有他的雄心，但在目前情形之下，希望算什么？雄心算什么？志气又算什么，最重要的还是得先图一家的温饱啊！得先解决了明天的食粮啊！但这一切绮兰似乎又不了解，志超走进了现实的社会，而她依旧生活在美丽的梦想中，现实的残酷，并没有惊醒她的好梦，志超没有办法使她理解到这一步，于是志超愈感觉得不满意，先是小的争吵，渐渐地，小的争吵，扩大而成大的争吵，他们中间有了距离。爱情发生了裂缝，二人之间像有一样什么东西，把他们阻隔开了，但谁都不愿意前进一步，来消灭掉这距离，各人有各人的自尊心，他们痛苦，但并不想法消除这痛苦，他们失望，但并不想法挽救这现状。

孩子的诞生，确使志超增加了做人的乐趣，对于家有了一份留恋，想到自己竟是爸爸了，不禁暗自喜悦，看到小床里，软软的，红红的一团，心中说不出的高兴，可是绮兰是更忙了，她说话的时候更少了，脸上的笑容也更少见了。

有一次，志超的朋友们说好来志超家打桥牌玩，志超想也许约几个友人来家中，会使绮兰高兴些，她也太寂寞了，并且绮兰是喜欢朋友的，先几天，绮兰倒似乎很高兴，预备茶点，自己在厨房里烘小点心，但不巧，朋友来的那天，小孩忽然病了，先似乎是感冒，慢慢地小脸烧得通红，志超陪着朋友们在客厅里谈笑，而绮兰却焦急地抱着孩子在卧房中来回走着，孩子哭着，她拍着，心里又气又急，好容易孩子合上眼睛，隔室传来的笑声，又把他惊醒。他睁开了眼，又哭了起来，几次绮兰想冲出门去，把志超叫进来，但她终于忍住了，她想志超应当知道孩子是病着，应当让客人们早散，志超应当想到她忙了一整天，到晚上该给她一点安静了，而反带了一大帮朋友来家中吵闹，这不表示志超简直没有把她放在心上，他太自私了，这种婚姻还有什么存在的价值。她愈想愈气，就在这时候，志超推门进来，脸上还浮着一阵刚才和朋友们谈笑时的高兴，带着笑问绮兰睡了没有？

"睡了没有？"绮兰简直像在叫，"孩子哭到现在，你不想想，他病了，该给他一点安静，反带了朋友们来闹？你这做爸爸的竟这样没有心肝？"

"哦，我以为他会睡了，现在好了些没有？"志超感觉到十分狼狈。

"应当请医生瞧瞧，像不轻。"绮兰伸手摸摸他的小额，火炙似的，使她又缩回了手，叹了一口气，她倒在床上，二粒晶莹的眼泪由脸上直掉下来。第二天，孩子病更严重，整天昏昏睡着，连眼都不睁几下，医生来看过后，安慰了绮兰，开了药，走出门后，才轻轻对志超说：

"没有救了！"

志超一阵心酸，不知如何是好，望着医生的背影消失在墙角边，才擦干了眼泪走进房去。

"我知道凶多吉少，一切都是我们争吵的结果，根本我们二人无法再居住在一起，再勉强居住在一起，只有痛苦没有快乐。"绮兰沉着脸很坚决地说。（未完）

《中央日报》【妇女文艺】副刊，第 40 期，

1948 年 10 月 30 日

两个女人——我仍旧怀念着绮兰（续）

周 政

在孩子去世的第二天，绮兰在房里整理了一上午等志超回家，她提起小箱子，对志超说："好了，我们也该分手了，拉我们在一起的那根线索——孩子也终于断了，过去的一切，不要再留在心上，权且把它当作一个梦吧！将来我们要是再有见面的机会，希望在谁的眼角边，都找不到一丝爱恋的残痕，让过去的过去吧！再努力前程！很惭愧，我并没有给你快乐，只给了你痛苦！"

绮兰说完，就想开门出去，志超一把把她拉住："兰！难道你不能给一个悔改的机会吗？我不能离开你，不能……我爱你！"

绮兰苦笑笑："我们在一起做不成什么事，二人个性太强，也许分手了对于二人都好些……爱只是一个抽象的字，能表示什么？能给我们什么……"

自从绮兰走了以后，他一人搬进职员宿舍住下，他以为他再也不会结婚了，再也不会认识任何女人了，但事情有出人意料之外的，他竟很快地又结了婚，很快地又组织了一个家庭。

有一天，他的上司，银行的总经理刘先生，叫他到办公室去，对他说："这星期日是我女儿文英的生日，我请你们大家来我家中玩玩，你也来好吧！"

志超正想推辞时，刘先生却先截住了说："他们都答应了，你也来。"

志超没法，只能点点头。

这是一个很盛大的宴会，会后还有跳舞，刘先生带了志超到他女儿旁边，介绍说："这是我女儿文英。"

志超客气地握了手，刘小姐就请志超坐在她旁边的座位上，并且开始和他谈起话来。

刘小姐是已过一个女子应当结婚的年龄，已有三十开外了，人很朴实，很诚恳，并不像一般富家女子似的奢侈浮华。

这是一个开始，以后刘先生常有意为了一点事，把志超叫到他家中去，因此和刘小姐见面的机会也增多了，所以当有一天刘先生突然提出把女儿许配给他时，他竟有些受宠若惊，但也觉得不错，能有一个家总比一人独处要好些，就这样地又结了婚。

这一个婚姻，开始和他以前的就完全不同，以前是由恋爱而进入了婚姻，由理想而成事实，像梦似的美丽，使人心醉，这一次却一切均由人安排好了，把自己入进这模型中去，但这是一个好的模型，什么事都非常顺心，完全从现实的需要入手，没有一点梦想在里面，没有一点罗曼缔克的色彩，两个女子完全不相同，绮兰是充满了理想、好强、好胜心深，不满意于现实，因为她不满意于现实，常表现出愤怒、焦急，终于不能忍受而变成浮躁，对于一切都失去了信心，她聪明，但过分自负，她想挣扎着在社会上爬到最高处，实现她的理想，但当她达不到她所想象的地步时，她又不能忍受失望的痛苦。文英，他现在的妻子，却很自安自得，她似乎没有什么理想，每天按部就班的做她的工作，永久很满足，永久很快乐，在她脸上找不到一丝焦急的神情，做事慢慢地，但都做得很好，服从自己的丈夫，并不在自己的丈夫身上安排上任何梦想，她生活得很好，也使她丈夫，和她同处的人，感觉到很舒适，很安全，也很快乐，使他觉得他有一个快乐的家，一个满足的妻子。

增加他们的快乐的，是他们的儿子的诞生，一个坚实，红胖的孩子，像他的母亲似的，脸上永久浮着笑容。

现在志超走回家去，他永久可以看见一个笑着的脸，坐下来，一壶热热的香茶早就准备好了，饭菜可口而多变化，使他觉得非常满意，他的衣服永久有他妻子预备得整齐清洁，再加上婴孩的咿呀学语，他真像一个幸福的丈夫。

而且他的岳父刘先生不久也因健康关系辞去经理职务，而他竟一跃而成银行的总经理了，他的岳父又把这座花园住宅送给他们作为礼物。

他现在就在这座花园中踱着，应该是非常幸福的人了，但他心中总感觉得空虚，总觉得像缺少了什么似的，他得到了物质上的一切享受了，而失去了精神上的慰藉，对于文英，他不能谈得很知己，因为文英所知道的只是家中琐事，开口不离本行，专在柴米油盐上打转，她不明白他，更不能了解他，他心灵上的空虚，不是文英所能填满了的，他怀念着绮兰。

今天，意外地得到邻居王太太丽英的电话，请他们去吃晚饭，并说明还有一对客人是新搬来这边住的李先生和他的妻子绮兰。

绮兰？像一个声音在梦中呼唤，这久被尘封在记忆中的名字竟又出现了，而又呼唤在口边了。

"可以穿着起来，预备走了，超！"是妻子文英的喊声，在楼上窗口喊他。

这是一个快乐的晚会，他和文英先到，李先生和绮兰过了些时候才到，绮兰是消瘦多了，也显得苍老，十几年的时光已在她额上刻上很多皱纹，昔日浓黑色的头发，现在也一半花白了，想见这十几年来生活很不容易。

主人王太太介绍这新进来的客人说："志超，我想你一定很高兴见到你们的新邻居，李先生和李太太，李先生是有名的诗人，你知道的，他的作品散见在各杂志，各报章上，最近专集发表，我们感觉很荣幸，有这么一位诗人做我们的邻居。"

志超和文英很客气地和客人握手，绮兰却率真的握着志超的手说："你还是那么年轻，志超，并且胖多了！我是老了吧！生活对于我依旧不容易。"

"我应当祝贺你的成功，因为李先生之得成就，想必大半是得到你的感化。"志超说出了内心的话。

"可是我这十几年来却把时间都消耗在我们的一对女儿身上，我希望有一天你可以看见她们，一对活泼可爱的小姑娘。"绮兰说。

见到了绮兰，志超有许多话想要说，但十几年来的隔离，目前的处境，终于把他和绮兰阻隔开了，站在他面前的绮兰，已非昔日的绮兰了！时候改变了一切，也改变了绮兰！

这时绮兰已走近文英面前，在和文英寒暄，这两个女人并站在一起，显出很大的分别，文英，白，胖，穿着得美丽入时，一位富家少妇模样，举止文静有礼，善于应对，而绮兰依旧是不修边幅，消瘦，直爽，给人一种亲切的感觉。

快乐的晚会，很快的过去，两对客人在星光下向主人告别回去，在客人们分手时，绮兰活泼地举起手来向着志超，文英说："再见！"

志超默然瞧着绮兰的背影消失在黑夜的迷惘中，才若有所失地和文英走上归途。

"怎样？是否需要再认识？"文英讥讽地问。

"不必了吧！人是不会再改变的。"志超叹息着说。（完）

《中央日报》【妇女文艺】，第 41 期，

1948 年 11 月 13 日

莉莉

这是一个炎热的夏天，你一人在花园里跳着，啊！多精致美丽的花园！百花盛开，蝴蝶儿在花中间跳着，你也跟着蝴蝶在花中间跳着，小鸟在树枝上唱着歌，你也跟着唱起歌来，是的，你跳着，唱着，你忘记了周围的一切，你忘记了忧愁，忘记了这世界上的一切。

"莉莉！"姑母的喊声，把你吓了一跳，抬起头来，姑母在窗子里伸出头来，圆圆的眼睛，温柔地望着你，"别跳了，听见没有？过一会儿要和我们一起出去！"

"是的，姑母。"答应着，但等姑母的影子在窗前消失了的时候，你又跳起来了，你又跟着蝴蝶一同在花中间跳着，啊，多美丽的花朵！多快乐的日子啊！

姑母跑进花园里来，伸出手，拉住了你的手，一起往外边走，这是你第一次到姑母家里来，一切对于你都是陌生的，你看见圆圆的铁门，走出甬道，就是大门，门前一辆华贵的汽车已经停着，车夫穿着洁白的衣衫，抢前一步开了汽车的门，让姑母和你进去，接着姑父也出来了，高大的身材，脸上的表情永久是很庄严，你有些怕他，他今天手中还拿着一个美丽的花圈，走进汽车，"啪"的一声，姑父把汽车门随手关上。

你斜靠在姑母的身上，轻轻地问，姑父拿着这美丽的花圈做什么？姑母不回答，半响，才低声地说："宝！等一会儿你会知道。"

汽车在平坦的柏油马路上飞驶过去，房子，树，电线杆子……一切都在你眼前飞过，汽车转入山路了，前面好青苍的一片山头。路二旁高高的二行松树，景色的美，吸引住了你，你静静地靠在沙发垫子上，一动也不动，汽车在一个小门前停住了，姑父先从汽车里跳了出来，一手拿花圈，一手抱着你，姑母静静地跟着，看门的老头子在前面带着路。走进小门，二行柏树，一条石子路，慢慢地走到了一个圆的土堆前面你们停住了，土堆的前面有一块小小的石碑，石碑前面有一个石头的小桌子，你很奇怪，为什么姑父姑母老远的要到这奇怪的地方来，你抬起头来，看看姑母，但是不敢问，因为你看见姑母从口袋里掏出手帕来擦着眼泪，姑父更显得庄严了，当他把花圈轻轻地放在土堆上面，他们二人都站在土堆前行了礼，姑母走过来拉着你的手说："莉莉，亲爱的，来，在你妈妈墓前行过礼。"你怔住了，你明明的记得前几天你还到医院里，跟着姑母一同去看过妈妈，妈妈的脸白得如白纸一样，静静地睡在那里，拉着你的手时，二行眼泪从她的消瘦的脸上掉下来，你也跪在床前哭了起来，为什么哭了，你自己也不知道，只是伤心得很，后来还是姑母走过来，抱你起来，一边擦着泪，一边说："好宝贝，不要再逗得你妈妈再伤心了。"你停住了哭，看妈妈一眼，看见妈妈的眼睛都哭红了。

是的，你很恭正的站在妈妈的墓前行过了礼，姑母过来把你抱了起来，亲了你一下，老头子仍旧在前面带着路。

"太太，怎么方太太年纪轻轻的就死了！"老头子叹了口气说："去年我们才埋葬了方先生，想不到今年又埋葬了方太太，丢下了这么大一个小姑娘，怪可怜的！"

"可不是，"姑母回答着，一面瞧了你一下，又亲了你一下，"我们自己没有小孩，莉莉以后就算是我的孩子了，莉莉，你说好不好？"

你莫名其妙，睁大着圆眼睛瞧着姑母，忽然用双臂紧紧地抱着姑母的脖子回答着说："好的，姑姑！"

"啊！这真是一个可爱的小姑娘，有着她妈妈的又圆又大的眼睛，脸上那二颗小酒窝，就仿她的妈妈。"这是老头子的话，这时你们已经走过了小门，迎面的青苍的山头上已经披上了一层夕阳的红霞了，傍晚的风吹来有些凉意。

昆明《中央日报》【新天地】专栏，第 57 期，

1946 年 7 月 31 日

征兵

"你被抽上了！"李老爹问。

"是啊！这真也怪，人愈穷，命愈乖，你看陈大爹的儿子，怎么每次都是空签。"小张红涨着脸回答。

"没得说的，这年头儿！"李老爹叹了一口气，"倒是你妈怎么办？"

"我绝不能去。"小张倔强地摇摇头。"妈年纪又大，又只我一人，我走了谁养活她？"

"本来是，当听说独子不用抽签，不会当壮丁的，是不是现在这条规又改变了？"

"对了，我倒要去问问去，去问保长去。"小张像得了什么启示似的，放宽了心。

他们一直沿着铁道走，这铁道像一把刀，切开了这广阔的平原，把田地割成二半，铁道二旁，遵守政府法令不准栽植东西，所以都荒芜着，反培植了各种各色的野草，野草沐在和暖阳光中，正盛开着花朵，象征这国家，有用的被禁止发展，无用的反得利了生长的机会。

现在他们正走到铁道旁的路灯下，在灯光下，照出二个完全不同的典型的人来，李老爹矮矮的个子，微驼着背，尖瘦的下巴下面，蓄一蓬灰色的胡须，双鬓也呈出灰白色，二个细小的眼睛，畏缩地，谨慎地在长睫毛下转动着，可以看出他是饱经风霜，对人世间的一切阴险欺诈似乎已经很熟悉，而学会了对付办法。站在他一旁的年轻人，小张，是一个粗壮的小伙子，红黑色的皮肤，坚强的肌肉，身上每一根筋似乎都曾经被劳苦的工作伸展到最大限度，是一个典型的农村中的劳力者。

他们在铁道旁路灯处转了弯，走进小路，走进村子，在叉路口分了手。

　　小张独自一人走回家去，推开茅屋小门走了进去，他不像平时似的，高兴地叫声妈。脸紧绷着像铅似的沉重，往桌边椅子一坐，张大妈正坐在门口缝补什么，看见他的神色。她会意地不说什么，知道准是在外边遇到了什么不乐意的，先问："吃过饭了没有！"

　　"没有。"小张两眼盯着房顶。

　　张大妈起身去抬饭去，小张也提着酒瓶去隔壁打了半瓶酒，买了一包铁蚕豆和两根麻花回来，坐在桌边，他先倒出一杯酒来慢慢地喝着，粗壮的两只手却小孩似的剥弄着铁蚕豆，一粒粒地往嘴里送去，又把麻花扯成一段段的排在酒杯旁，似乎想用酒来浇灭那正在心中燃烧起来的一团怒火。

　　半瓶酒喝完，饭也吃完，倒头就睡。

　　第二天，他依旧闷闷地独坐在家门口，望着门前一片绿油油的麦田出神，他熟悉每一块泥土，因为那些泥土，不知经过他多少次的翻过，在这块田地上，他工作了这么多年，看见麦苗慢慢地长大，结成穗，迎着风儿摇摆，然后他怎么带着兴奋而快乐的神情去收割，挑回家来，作为一年他娘俩个的食粮，这种恬静而平淡的生活，像一池春水似的平静，从没有起过任何涟漪。可是昨天下午的经过，却在这一池春水中掷下了一个不大不小的石子，引起了很大的波浪。

　　呆了大半天，过了晌午后，他才对妈说："妈，我要看保长去。"

　　"什么？"大妈惊奇地问。

　　"看抽中了啊！抽上了当壮丁了啊！"

　　"好，我和你一同去。"张大妈很平静地说。

　　"你去做什么，这么远路。"

　　"不，让我也明白究竟是怎么回事啊！"

　　小张又走在昨晚走的路上，路上今天人特别多，三三两两地都往同一方向走，看见小张，都和他打招呼，接着又和同走的人窃窃私语，小张明白他们讲什么，只一人闷闷地走去，心中七上八下的在计算看见到保长后怎样开口。

二棵大槐树盖住了一院子的荫凉，四方形的一个院子，打扫得干干净净，正面一排三间屋子，只有东边的一间像有人在里面走动，小张轻轻地走近前去，隔窗一望，看见陈大爷在烟榻上正在过瘾，黄瘦的身子，像一堆枯柴似的倒在铺着红白相间的床单的榻上，红肤脸儿的保长，陪着笑脸坐在榻的那一边，二人低低地在谈什么，过一忽，看见陈大爷由怀里拿出黄橙橙的三根金条来，保长连忙接着。小张看得明白，心中的怒火，更不可压制地要燃烧出来，但他压制住了，再看下去，在面前的一张书桌前，坐着两个人，在低首抄写什么，小张认得那是保长的两个办事人员，也许正在抄写壮丁的姓名。

小张这才放重了脚步声，走到门口，打了下门，问："保长在家吗？"

"是谁！"保长的声音在里面问。

"是我，是小张。"

"哦，离开开拔时候还早哩！到时候会通知你，不必来问。"保长揭开帘子走了出来。

"我，我是想来问问抽壮丁的规定的。"小张看见了保长反呐呐地说。

这时院子里已陆续地进来了很多人，看见小张在这里都会意地，好奇地站着看热闹。

"没有什么规定，抽着，就要开拔出去，这是上面的命令。"保长不耐烦地回答。

"不是说独子不应当抽签的吗？"小张紧接着问。

这时人愈来愈多，院子里黑压压地挤了一院子人，保长显得更不耐烦地用手一挥，"出去，大家都出去，有话在外边空场上讲。"人群机械似地退出大门，聚在外边空场上，保长却乘机会溜进了内屋。

"你妈的，有钱的就可以不抽签，没有钱的就是有规定不用也得轮到你抽，这年头儿，这世界，我们比狗还不如！"不知是谁在人群中喊了出来。

"对啊，我们得问过明白，究竟是怎么一个规定的，"又是一个声音在说。

"是，我们再冲进去问去。"

"这畜生，只认得钱，哼！得给他一个利害，世界上就这样没有了公理！"小张的眼睛里面要冒出火来。

突然在噪扰中一阵沉寂，不知什么时候保长走了出来，现在站在一个石阶上。

"什么事！什么事？"保长厉声地问。

大家面对着这个胖胖的，红红的，高大个子，却不敢再出声。

小张在人群中挤了出来，两眼红涨着冒出凶光，不，正义的光亮，走向前去，多少双眼睛，注视着他，他沉着地走向前去。

大家的心随着他的脚步跳动，他走向前去。

人们都屏着呼吸注视着他，他走向前去。

空气是那么紧张，四周像死一样的沉寂，他走向前去。

这时有人看见保长从腰边拿出手枪来，正要呼喊时，猛的在人群中冲出一个灰白头发的老婆婆来，疯狂似的奔在小张前面。

正在这时"砰"的一声，一粒子弹，刚穿过老婆婆的头，在血泊中老婆婆倒了下来，大家看见情形不妙，都四散地跑了，空场上只留下小张，跪在老婆婆的身旁，陪伴着他们的是天上那一轮刚升出来的淡黄色的明月。

小张失了神似的跪在他妈的身旁眼泪像雨似的落在她青白色的脸上，珍贵的眼泪，平日受尽了侮辱欺凌，轻易不滴一滴下来的，生活的煎熬，也没有能在他眼中挤出一滴泪水来，现在却像放了闸的泉水似的，感情使他变成了一个孩子，他哭泣着。

"还不快抬回家去，找医生瞧瞧，也许还有救。"

一句提醒了小张，小张一看是李老爹，更哭不成声。"她，她为了我死了，死了……"

"得了，不要再像孩子了！像一个大人！"

淡黄色的明月，由树缝中露出纯洁的光彩，照亮了空场，在月光中，小张踏着月色背着老娘走回去。

又过了几天，铁道旁突然热闹起来，一节又一节的火车连在一起，里面坐满了穿着新灰布军装，却由乡间聚集来的青年小伙子们，他们静静地坐在里面，火车头冒着黑烟，一圈又一圈地冲向云间。红胖个子的保长，穿着新的中山装，春风满面地在各处打招呼，由车厢中走出一个穿高级呢军装的年轻人，保长立刻向前行礼。

"好，王保长，办事不差，壮丁我数过了，只差一名，这真是特殊的好成绩，我一定报告上司，可以得奖。"

"这是小人份内应当做到的事，对于戡战剿匪应尽的一份义务。"王保长接着深深地鞠了一个九十度的躬。

汽笛一声长鸣，这一辆满载着壮丁的火车离开了铁道，开向远方。

李老爹衔着烟斗，一人走到小茅屋前，门锁着，门前杂乱地长了些野草，屋主人早已远飞了，叹了一口气，李老爹慢慢地走回村去。

《中央日报》【妇女文艺】，第 29 期，1948 年 6 月 3 日

老关

芳 郁

　　我现在在这里描写出一个忠厚的灵魂，希望我的笔能胜任愉快地完成这个使命。

　　老关是我们进这园子里来第一天就雇起的一个厨子，虽然他说已到六十岁的高龄了，但是头发并没有随着年龄转成灰白色，牙齿都十分整齐，步履也坚定有力。唯一可以表示出他在人世间已经经过若干年沧桑的，就是额上堆满了皱纹，穿着一件黑色大褂，戴了一顶黑色瓜皮帽，他被介绍进了我们的新居，看见我们，恭敬地请了个安，脱下头上的瓜皮帽，露出一个光头，青油油的发亮，然后他退到厨房里去，脱下大褂，穿着白色的短装，开始坐在板凳上拿出烟具来，那包括一盒洋火，一口袋黄褐色的碎烟末，一个烟嘴和一卷白色的纸，这几样一字儿摆开，放在桌子边上，他熟悉地先拿起一张白纸来，二寸多阔，三寸多长，把碎烟末放在上面，在膝盖上一卷，成了一根纸烟样，然后划一根洋火点着，放在烟嘴上吸了起来。他半闭着眼睛打量着这屋子里的情形，然后站了起来，取出一条白毛巾放在肩上开始工作。

　　他先在外边捡了几块木板回来，放在板凳上，拿出木工的家具，做一个架子，孩子们是最喜欢木工工具的，看见他会使用，就团团地围住了他，目不转睛地瞧他做工，他做累了，抬起头来，迎着这几双无邪的眼睛，忍不住笑了，他摸着最小的小弟的头，慈祥地问道："几岁了？"

　　"二岁半。"是小弟天真的答话。

　　"哦，好大的个子，倒是吃得好，咱们乡下四岁的孩子还没有这么高呢！"

很快的功夫，他就做好了一个木架子，放厨房用具，孩子们跟在他后面，好奇地看他做事，他偶尔回过头来，对他们笑笑，在他和孩子们中间就在这时，建筑起深厚的友谊了。

"你家中有几口？"我随便的询问他。

"什么人都没有，只有我这光身。"他苦笑着回答。

"什么？没有女人，也没有孩子？"

"穷人哪里娶得起女人啊！"

我黯然，心里有些酸痛。

"打十几岁就当了兵，东南西北，哪里都跑遍了，连蒙古都去过，后来到了重庆，因为穷，和几个朋友合开过面食馆，才开始转了业做起厨子来，那还是民国初年的事。"

我计算着他做厨子该有三十多年了。

他倒是有职业厨子的作风，炒起菜来，拿起锅把一翻，把菜翻了个身，铁铲子打得怪响的，接着又翻几翻，倒在盘子里，菜的颜色鲜明，浓淡合宜。

他最大的本领是做面食，能做各式各样的面食，由讲究细致的银丝卷起，到最粗的丝糕窝头，没有一样不精，没有一样不合口，于是引起了孩子们最大的高兴，时间久了，他们都会背出各种面食的名字来。一到下午，就聚在厨房，点着今晚要吃什么，他总是笑笑，点点头，看他们吃得高兴时，咧开了大嘴大笑起来。

他自己却舍不得吃，常把剩下的锅底放些汤，煮软了盛起来吃，我看见过意不去，他却笑着说："日本人在时，有这个吃就是好事，我们都吃杂合面，那简直不是粮食，是高粱，玉米杆子里面的白心，日本人把它做成粉，配给咱们老百姓吃，饿死的人多着哩！"

日子久了，他更爱孩子们，在他空虚寂寞的心灵上，似乎永久没有感到过一丝温暖，现在这些孩子们刚刚填住了他感情上的空隙。

很少有人来探望他，有一次却意外地看见有两个人在厨房里和他谈天，过一忽他送他们出去，我听见那两个人对他说："你真傻，给你这么大工资，几乎二倍你现在所挣的，你就不，反而愿意留在这里！"

"我舍不得这些孩子们。"是他的回答，一边低下头来，摸摸小弟的头，小弟天真地对他笑笑。

他出门买菜上街，永远会带一包花生回来，孩子们远远看见他回来，争着迎上前去，由他手中接过花生，笑着一同走回家来。

春天，柳树的细枝上刚长起娇绿色的小苞，气节的转变带来了温暖，小弟却在这时候病了，病得很沉重，脸烧得红红的，几天不进饮食，老关每天进来，轻轻地一点声音都没有，推了门进来，看看睡在床上，昏迷不醒的小弟，脸上笼罩着悲惨的阴幕。

"好了一些没有了？"他轻轻地问。

"不见轻哩。"

他叹息着走了出去。

一天早上他照样轻轻地进来，小弟已能靠在床上坐起来了，看见了他就叫了"老关"。

眼泪由他眼眶中滚到脸上，"好几天没有听见你叫我了！我给你做稀饭去。"他兴高采烈走了出去。（未完）

《中央日报》【妇女文艺】，第 20 期，1948 年 3 月 25 日

老关（续）

芳　郁

　　过一忽抬来的是一碗煮得米粒都化了的又香又烂的稀饭，他抬着看小弟吃完了，高兴地拿着空碗出去。

　　天气和暖了，老母鸡孵出了一窝小白鸡，嫩黄色的柔毛，黄色的嘴，跟在母鸡后面卿卿的叫，老关每天喂它们小米吃，给它们用砖砌了一个鸡埘，早晨放它们出去，等它们回来后他一个个点着数，数目对了，他才放心。若少了一两只，他就拿着竹竿，跑出去到处叫，这些鸡又抓住了他这颗可怜的贫乏的心。他喂它们食物时，鸡常会飞到他肩上，头上，手臂上，他身上堆满了鸡，孩子们看见又引起一阵热烈的笑声。

　　他虽已近高龄，但从不肯有片刻休息，能工作是他的骄傲，他能挑起两大桶水去浇院中种着的蔬菜，若是你阻止他，他反会生气，在日常的工作做完后，他会找别的事来消磨空余的时间。从外边抱砖回来，在院子里砌了一条砖路，大风天，跑出去拾树枝回来引火，天阴时躲在家中纺麻绳，给孩子们修理破鞋，有时他也会衔着烟嘴，对着天空出神，我知道他心中在想什么，在这时候，我从不敢惊动他。

　　六十多岁的年纪，在我们看来，他已快走到坟墓的门口了，但是他却没有过对于身后的忧虑，他永久用愉快的心情来迎接每一个新鲜的日子。天刚破晓，你就可以听见他在院子里一二声咳嗽声，门砰的一声关上了，接着是铲煤的声音，他已开始工作，在厨房中生起火来了，他像一只不知道休息的老牛。

　　我平日对于老人，总有着对于他们的尊敬，因为在这世上，他们已拾取了很多的经验，经历过无数的险风巨浪，但他们把稳了舵终于平安地划到了岸边，在他们的身上，一定也堆积了若干智慧的果实，我们可以由他们那里采取来充实我们的知识，他们自身一定还有许多可歌可泣的故事在，可惜都默默无声地深藏在他们心中，我们无法打开来，窥见一下这故事的内容，让这些故事作为我们生活的指南。

对于这一位又忠实，又可怜，在他的一生中无疑地从没有得到过一点做一个人所应当获得的人的温暖，他的情感是这样地贫乏可怜，空虚和寂寞，甚至于使他对于一只小鸟，一只小鸡，一朵小花，都感到无可言喻的快事，更别提是活泼泼的孩子们了，对于这些无邪的眼光，红润的脸颊，柔和的小手，他从没有亲近过的机会。

是这样一个可敬的老人，我现在用笔想描绘他出来，不知在读者们印象中是否已有了一个这么样的老人。（完）

《中央日报》【妇女文艺】，第 21 期，1948 年 4 月 1 日

周广业注：此文为真人真事，文中"小弟"为周文业。

老刘

　　老刘开开一半大门，门上有新贴上的"新年如意，万事亨通"的大红纸对联。他从门缝中露出半个脸儿地外瞧，这是旧历年初二，天上正下着鹅毛般的雪花，外边冷清清的，很少有人走过，恐怕昨晚的喝令掷骰子把多少人熬了一个通夜，今天太阳都已到正中，还都在被窝中来补偿那失去了的睡眠时间。几个小孩子，穿着新衣，戴着新帽，显得干净俐落，正蹲在雪地阶台上，冻红了的小手，拿着百响，竖在石阶上，点着洋火，"嘶"的一声，一缕青烟，接着"呼"的一声响，赢取了多少个脸上展开的笑容，老刘瞧了一会儿，无精打采地又关上了门踱进店里去。

　　那是一个小小的百货店，样式货品都有，整齐地排在架子上，一丝不乱，老刘打十几岁时就在这铺中做一个小小的学徒，勤勉诚恳，获得了铺主的喜爱，所以老刘在二十岁时竟高升而为铺中经理了。

　　老刘坐在铺子里，随手拿起挂在壁上的一个提琴，信手拉动，这是他最心爱的东西，多少年来最好的伴侣，无聊时，他就拉着琴，听那悠扬的乐声，而忘记了一切。记得有一次，他也是这么拉着时，突然一个穿西服的顾客推门进来，老刘赶紧放下提琴，含笑起来招呼，那顾客只买了几盒烟，先不付钱，对着老刘呆看着："刚才是你在拉提琴吗？"他问。

　　"对了，没有事消遣消遣。"老刘红着脸回答，因为从没有人正经地和他谈到提琴过。

　　"曾经跟优秀名师学过吗？"

　　"哪里，只听见过人拉过，喜欢这声音，所以也买了一个自己学学。"

　　"真了不起，"那顾客一边付着钱，一边说，"你有天才，你应该在音乐方面再求深造。"

这几句话触动了老刘的心事，从那一天起，他开始有了一个新的觉悟。对于这几年来厮守着的铺子，慢慢地厌恶起来，他憧憬着一个未实现的美丽的将来，他幻想着自己学成名闻全球，在几万听众屏息聆听时，在台上拉动着那打入人们心灵深处的乐声，他把这幻想，结成一个美丽的梦境，但怎样来实现这梦境呢？他开始烦闷起来。

小陈，那对街杂货店里的小老板，有一天无意中和他提到了上海，他说他想不久去上海一次。

"上海，那繁华的都市，每天有大轮船出进的口岸？"老刘问。

"对了，"小陈回答："我父亲叫我去进些货。"

一个新的意思，闪电似的，跳进了老刘意识中，"我可以和他一同去上海去见识见识，也许有机会可以出国去实现我的理想。"想着，他轻轻地问小陈。

"哪天动身呢？"

"就在旧历新年的闲空时候跑一趟。"

老刘低着声对他说："可以不可以让我和你去，可是这是绝对保密的，不能让家中和铺子里人知道。"

"哦。"小陈奇怪地回答着。

"你替我买一张票，到走的时候来通知我一声。"

"你有什么要紧事去？上哪去？"小陈怀疑地问，眼盯着他。

"没有什么，也不过想见识见识。"老刘装作不在意地回答。

"那么好，我是这么想，你听我的信。"

现在老刘就在雨中焦急地等着小陈。

不多一忽，小陈当真推了门进来，脸上冻得通红，老刘连忙来让坐。

"不客气，"小陈把一张船票塞进老刘手中，"今天晚上七点钟晚车去天津，明天一早船去上海，记着，在车站上见你。"

"好，就是这样，我们车站上见面。"老刘拿着船票，兴奋地回答。

小陈走后，老刘连忙收拾东西，又仔细地写了一个字条说明自己去上海去，不久就回来，预备留给铺主人看，然后将这几年来和自己生活打成一片的这小小的铺子作最后一番查看后，锁上了门走上大街去。

他心中是悲和喜交织着，想到不久就要离开这多年来陪伴着的店铺，离开这熟悉的街道，这街道上几年来印上了他多少足印，他每天一早从家中出来就走过这街道到铺子里去，直到晚霞缭绕在树梢间，他才又走回家中去。这街道两边熟悉的店铺，和店铺里熟悉的脸儿，每天都是"大哥，二哥"的招呼着，想到不久就要走，而可能不再能见到时，心中忍不住有些酸痛。幸而今天店铺的门都紧闭着，没有人能侦查出来那隐藏在他心中的秘密，他匆匆地走完大街，穿过小巷，走进自己的小家。

这是一所小小的四合院子，院子中四角还栽着四棵大树，由玻璃窗中，他看见他的妻正忙着走出走进，推开客室的门进去，今天是出乎意料之外的布置得整齐美丽。

"她知道了吧？"他禁不住吃惊地想。

妻子穿着深红色的绸袍子，上面围了一个绸花的白布围裙，新烫的头发，一卷卷地挂在两边。略略清瘦的脸，经过一番人工的修饰后，居然显得十分秀媚。

"你知道王先生，我们铺里的主人，今天要来和你谈谈铺里的事，我顺便请他来吃晚饭。"妻子含着笑抬着二碟糖果进来。

"唔。"老刘不作声，拿起报来看着。

"你想他轻易不来我们家的，说不定这次还会升你哩！"妻兴奋地放下果碟。

老刘不作声，眼睛虽盯在报上，心中却在想别的事，妻轻轻地又走了出去，老刘叹了一口气，拿起一枝烟来吸着。

他的婚事，就像他的铺子似的在一般人的眼中，不能不暗暗称羡，一个勤劳、能干、会理家的女人，是一般人夸奖的话题。可是对于他，却说不上快乐。这女人，除了要一个丈夫、一个家，和另外一二个孩子作点缀品之外，她还有什么别的奢望？她脑子里装着的是柴米油盐的价目，说起来，也三句不离本行，永久在油盐上打算盘，除了这，她不知道还有别的，她只在这四方形的一个小天地中打转，抬起头来，也只看见那被画成四方形的一个蓝色的天空，除了这，她不知道外边还有广阔的世界，还有各式各样的人，和每人奋斗着的一个美丽的将来呢！

他和她的相识完全是偶然，一天，他为铺子办的生意去找另一百货公司的老板，出来和他接洽的却是她，老板的侄女儿，他们说得很得劲，不知是那时他的年龄正需要一个异性，还是由于一时的冲动，他不由自主地常向她家中走动，当然，不久就成就了好事，他就这么结了婚，他常常想起这一段他一生中罕有的罗曼史，暗暗失笑。

"一个女人，连她自己的丈夫都不明了，不同情，还能说什么呢？"

三岁的女儿，小梅，由院子里跳着进来，看见老刘高兴地靠在身旁叫"爸爸"，老刘摸着她瘦小的手，忍不住说："你应当长胖些，"小梅瞪着小眼瞧着爸爸，不知道爸爸是说什么。

老刘看看表，已快到五点了，还有二小时该在车站上了，如何脱身呀，真是使他焦急。

呜呜的汽车响，妻从房中奔了出去，不多会儿，听见他们二人的谈笑声在院子中，老刘也站起来，开了门迎接他的主人进来。

王先生肥胖的身体，红润的脸，看见老刘拍拍他的肩膀说："好，好久不见，一切都好！"

老刘陪着笑说："托福托福。"

妻接过王先生的大衣，随手挂了起来。

"一年的生息不差，"王先生坐在沙发椅子里对老刘说："我看过了你拿来的账目，在这小铺子里，对于你真是大才小用，我想把你调到市中心区的那个大庄里去，新年过后就调动，你的意思怎样？"

妻没有等老刘开口，连忙接上去说："王先生提拔，真是感激不尽，还有什么好不好的。"

仆人端上茶来，王先生看了看这女主人，又笑着对老刘说："我看你真福气好，有这么一个贤慧的太太。"

妻笑着，满脸的得意，老刘局促地又看了一下表，三十分钟又过去了，不禁皱起眉头。

妻在得意忘形中，并没有注意到老刘的神情。

王先生燃起一枝烟来对她说："时候还早，我带你们上街去转一转怎样？"

想到可以坐汽车，妻是更高兴了，立刻说"好"，忙着给孩子穿起大衣，替老刘拿起衣裳，老刘无可奈何地穿了起来，她自己也穿着好了一同走出门去，跳上了汽车。这华丽富贵的汽车，轻轻的坐垫，玲珑的小窗子，后窗子上还挂着一个好玩的洋娃娃。妻坐在汽车中，时时把头靠在窗上，希望能看见熟人走过，让他们看见她是坐在汽车里，坐在这辆华贵富丽的汽车里。

他们开过热闹的市区，开过公园门口，戏院门口，这半小时的汽车，他妻是登上了天堂，她时刻得意地笑着，孩子也兴奋得东张西望，而他却痛苦地说不出话来时刻看着表，计划着怎样脱身出来，汽车终于嘶的一声又停在他家的小门口，老刘首先由车中跳了下来，心想现在该是逃脱的好机会了，不提防妻在旁叫着说："喂，搀一下小梅啊！"老刘机械似的遵命搀了小梅下车来，小梅紧握着爸爸的手说："坐汽车真好玩，是不是，爸爸？"

做爸爸的对她点点头，苦笑了笑。

仆人已经摆好了酒席，桌子上银质的餐具发着亮光，一个火锅在沸腾着冒着热气，女主人让客人在正中间坐下，倒上酒来，他们谈笑着，一个个菜抬上桌，一杯杯酒倒下肚，王先生已有醉意了，时刻眯着眼对女主人笑，女主人也装着媚态笑着，似乎她忘记了有老刘在一旁，老刘摸摸口袋中的船票，又看看表。无情的时刻，并不为人而有所偏袒，依然滴答滴答走它的路，已经是六时三刻了，天已经完全黑了，一片浓黑色，老刘叹了一口气，靠在椅背上，现在也许还有时间，可以奔向车站去，但是他竟似乎疲乏得抬不起身来。他很可以借故离席，偷偷地跑出门去，但发现两条腿似乎不听他的支配，沉重得动不了。

正七点了，完了，小陈怕在车站上等他吧，明天船就离开天津开去上海了，那里是一个广阔的大世界冒险者的乐园，通向世界各国去的支点，但现在完了，由于他的懦弱和他的薄弱的意志，他已失去了这一个好机会，在这城市中，他将往下陷，陷进他所不喜欢的，痛苦的生活中去，为了生活而打发着这些悠长的日子，直到他的手指老了，僵了，再也不能在他心爱的乐器上弹出动人的曲调，他将这样默默无声地度过一生，应该用在发扬他天才，他的音乐天才上的时候，现在竟用在打算盘，计算着多少赢余的充满了金钱臭味的商业生意经上去，他应该为万人所欣赏，身后永久留下芳名的人才，现在竟为了取悦于这样一个市侩者之前，替他积钱财，他禁不住想发怒，想推开酒席，跳了起来，但面对着现实，他说不出一句话来。

现在已席散，妻抬着果盘在让客人走进客室去，他麻木地跟在后面，妻对他说："你先给小梅睡去吧，她也许累了。"

老刘挽了小梅的小手走到后边去，单独地对着他心爱的小女儿，他似乎觉得轻松些，也自然些，小梅搂着爸爸的脖子撒娇地说："爸爸，我明天还要坐小汽车。"

　　爸爸说不出话来，不知怎样回答这天真的小姑娘，他替她铺好了床，然后又小心地替她脱了衣服，把她睡下，仔细地盖上了被，看着那苹果似的小脸露在软软的被袱外边，他低下头去亲了亲小脸颊，轻轻地在她耳边说："好好地先睡觉，妈妈就会回来的。"

　　小梅对他笑了笑，他才蹑足走了出去，抬头看见客室中的灯光辉煌，在白色窗缝里隐约可以看见二个头并在一起，妻和王先生的笑声也可以听得见。

《中央日报》【妇女文艺】，第 15 期，
1948 年 1 月 16 日

金凤

　　金凤是一个十八岁的大姑娘，她从八岁起就卖给王家，现在已经整整的十年功夫了！

　　在以前，她对于她目前的生活感觉很满意，太太待她不差，老爷也很少厉声地叫骂，她有吃有穿，整天地低着头在家中操劳着，从鸡叫过头遍起床，一直忙到天黑，她才得休息，可是她并不觉得苦；但自从闹日本以后，大批的上海人来到这小小的城市里来后，一切都改了样，在她家中，太太也把对面三间老爷的书房让了出来租给一家姓方的外省人，这小小的院子，从此就热闹起来，方家一共三口人，方先生，方太太，和方小姐。

　　下午金凤洗过衣裳，拿了些针线活，她喜欢走到对面屋子前面去和方太太作伴，方太太是上海人，她告诉她上海有几十层高的洋楼。

　　"那么爬起楼梯来，不累死人吗？"金凤睁大了眼睛问。

　　"傻丫头。"方太太大笑起来说："我们都用电梯。"

　　"电梯？"

　　"对了，电梯那是一个大的方匣子似的，有人管着开关，一开就可以带或十个人直升上去，随你到哪一楼去，一忽儿，它又带许多人下来。"

　　金凤瞧着方太太，她希望在方太太的脸上找找那么一个方匣子的印象。

　　"上海还有大轮船哩！"方太太好玩有意逗着金凤说。

　　"啊，多大？"

　　"比房子还要大几十倍，我们可以在上面跳舞，打球，坐在这种轮船里比家里还要舒服。"

　　而金凤所看见的，都只有小得够二三人坐的小木船。（未完）

《北平时报》【妇女与家庭】，第 10 期，1947 年 1 月 7 日

金凤（续一）

"那么上海真是一个天堂了哩！"金凤叹了一口气说。

"什么天堂？那里连一根草都轻易瞧不见，别说像这院子里似的有这大棵桃花还有大红茶花，还有这花，那花的，我可最不喜欢的上海……"说着方太太抬抬板凳走回房去，金凤走回自己屋里去。

枝头上嫩嫩小鸟的歌声，带来了春天，金凤在这小小的院落里，抬起头来所看见的是这被划成四方形，院落里的一个青的天，逐渐和暖的天气，引起了心中一阵烦闷，她说不出来是哪不痛快，人就是懒洋洋的。

下午她靠在大桃树下缝着针线，看见蝴蝶双双作对地在桃花上捉迷藏似的飞着，满树的桃花，开得像火一般红，小猫儿在她脚边窜着跳着，她用脚死劲地把它跳开去，来稍稍解除些心中的烦闷。蓦地铃声一响，方小姐从门缝里钻了出来，像一阵风似的在她面前闪过，后面紧跟着方小姐的是她的一位男朋友，青年的活力，在他每一根血管里跳跃着，他是那么年轻，活泼，饱含着青春的迷人的活力。金凤瞧着他们俩的影子在门前消失了的时候，她心中感觉到一阵空虚，她想再低下头去缝，可是对面房里传出来的一阵欢笑声，使她再也没有勇气坐下去了！她默然捡起活计，走进房去，由客室串进太太的卧房，近面的一块大玻璃梳妆镜里映出了她的全身。

镜子里映出来的是一个结实健康的身体，一头乌黑的头发，剪得短短的，额上还蓄着一层刘海，圆圆的脸儿，上面嵌着二个大大的圆圆的眼睛，微微向上翘着的一个小嘴，显示出几分机灵，但又表现出几分倔强的性格，前面胸脯刚在发育时期肿得高高的，显示出美丽的曲线，那就是金凤。

　　金凤拿出梳妆台上的粉轻轻地往脸上敷敷，再拿起梳子来梳梳头发，细细地在镜子里端详一番，外面门铃又响，金凤由于习惯，知道是老爷太太看完电影回家了，急忙去开门，吃过晚饭后，金凤给老爷太太泡上了二杯茶，然后带些害羞，把几天来积压在心上的一点愿望倾露在老爷太太前面。

　　"太太！"她开口叫着太太，可是却用眼睛瞟着老爷："我听见对门方太太说隔壁××大学里学生在晚上开识字班教成人不认识字的人念书，我想在晚上也去念念书，你看，有时有人送信来，我连信封上的字都不认识，我若认识几个字，不也可以替老爷太太一些力。"

　　太太眼看着茶杯，不作声。

　　老爷却接上说："好，金凤！那是你求进的一片好心，你去好了，我们不能阻止你。"

　　金凤听着欢天喜地走开了。

　　第二天晚上，她早早地收拾完毕，换上了一件太太新给她的一件长衣，梳梳头发，给老爷太太还过话，她就走出大门去，绕过小巷，就是大街，那平坦广阔的马路，多少人在那里来往不绝地走着，在这自由的空气里，连呼吸都是那么恬静舒适！她感觉得骄傲，因她现在也是那么自由地在这大街上走着，汽车鸣的一声，在她旁边驶过留下一段强烈的光，照耀着每个行人的脸，春天的夜，是那么迷人，房子，树，电线杆子……一切都给夜的黑色涂上一层神秘的色彩，她慢慢地一人向前走着，前面就是××大学的大门，她昂然抬着头，在校警的身边迈着急步过去。爬上石阶，迎面一排教室，她望着灯光辉煌的一间里走了进去，里面已有很多人坐着，一位先生已开始教书，她静静地坐在后排，先生注意到她，递过一本书给她，她专心一注地听着先生讲。

　　课毕走回家去，她觉得后面有脚步声跟着她，慢慢的脚步声愈过愈近，金凤的心不由得跳了起来，她自己觉得脸上一阵潮红，是害怕还是喜悦？她自己也说不出，她急急地往前走，后面的脚步忽然加速几步，出现在左边即是一个年轻的小伙子，穿着白色衬衫，蓝色西服裤，她认出就是在上课时坐在她前一排的那个人，那个人笑着和金凤打招呼。

"王小姐回家去？"

王小姐，多么好的名词，啊！在她的一生，人家喊她，都是"金凤"二字，却从没有人这么尊敬过她。

"是的。"金凤低低地说，声音低得连自己都听不出来了。

"先生贵姓？"过一忽金凤大胆地问。

"姓陈，名字叫荣生，我是在××站开汽车的，想在晚上学几个字。"

"听陈先生的口音不像是云南人？"金凤又问。

"对了。我家在上海，我是只身逃难来此地的。"

说着已到金凤门口，金凤说了声"再见"，急忙地跑进门去，心是扑扑的跳。

从这次以后，每次回家，陈荣生总是送金凤到门口。

多次的接触，加深了二人间的友谊，陈荣生更进一步，抓住了金凤那颗热情的心，他们俩已经私下订下白首之结。（未完）

《北平时报》【妇女与家庭】，第 11 期，
1947 年 1 月 14 日

金凤（续二）

连续不断的鞭炮声，带来了喜讯，在这么久长期抵抗下，日本竟宣告无条件投降，多年来人们紧蹙着的眉头，一个个都展成笑脸，街上又是一阵忙乱，满街是地摊，满街是挑着行李走的，外省人都束装作归计了，在这时候，对面的方家也辞别了她们乘机北返了，金凤觉得有点寂莫，突然有一天陈荣生又告诉她他要驾车返上海去，就在这几天，叫她告诉主人，预备和她一同走。

这真像晴天霹雳，金凤做梦也想不到她竟当真会去上海去，上海？那带有迷惑性的地方，自从初次由方太太那里知道后，多少次睡梦中她梦见上海，上海？那有耸入云霄的几十层楼的洋房，还有什么电梯？什么大轮船？金凤真笑了！但当她走进房去，看着四周的一切，她不知为什么忽然又伤心起来，十年来，她亲手抹拭着的这些家具，从此再也瞧不到了，长桌上的大钟，那对大花瓶，她多少次数在院子里剪了花回来插在里面，她给它加水，她常常端详着每一个花瓣，房里的大梳妆镜，她常常站在前面，端详着自己的影子，这一切，以前她对它们一些都不发生感情，但现在，她要离开这房子了，她竟觉得恋恋不舍起来，她站在窗前，默默地瞧着窗外那棵大桃树，现在已经是绿叶成荫，盖得满院子的阴影，她又想到方太太的话，"上海是连一根草都瞧不见的哩"！不知什么时候，二颗大大的眼泪直挂到颊下。

太太从街上回来，买了几块衣料，一些日用品堆在金凤前面。

"金凤，十年来你帮着我们，现在我再也不能留你，这些东西，你拿去用，也表示我的一点意思。"

金凤听着，看着，在平时，她该不知多高兴，但现在她不知为什么竟想哭起来了，她真想抱着太太痛痛快快地哭一场，让郁积在心中的愁思，有一个痛快的发泄。

日子一天天地过去，对于家，更发生深刻的留恋，她更觉得痛苦，每分钟，都像在咬着她的心，对于过去的留恋，对于未来的恐惧，使她红润着的脸，逐渐苍白起来，二种不同的情感，交织成一条痛苦的带子，捆住了金凤的心。

最后的一天终于来临，陈荣生满脸春风地走进王家，但当他瞧见金凤时，不由得吃了一惊。

"怎么，是病了吗？"他问。

"没有。"金凤笑着说，一面进房去提了一个小包裹出来，太太送到门口，金凤眼泪已经再也包含不住在眼眶里，像雨点似的落在包裹上。

车站上是一片杂乱，人声嘈杂，行李杂乱地堆着，荣生给金凤找了一个座位后，急忙地走了，金凤一人有些害怕，当她想到她要离开这熟悉的小城，去到一个从未到过辽远的大城去时，她更害怕起来，她真想乘荣生不在旁边的时候，悄悄地逃走。逃，逃回到她主人家里去，在那个温暖的家里，她曾度过十年光阴！她抬起头来，前面是一抹青山，那山头，她每天推开窗子就看见，看见夕阳落在她后面，给笼罩似的一片霞红色，那山头，在雨后像给大自然洗了一个澡似的那么青得可爱！还有山下的那片稻田，她小时候，在村子里住时，不常光着脚，在稻田里摸小鱼吗？啊！那亲切的田地，她想俯下身去，吻每一块泥土，因为她现在要离开它们去了！去了！到辽远的大城去，去，去到上海去，那里是连一根草轻易都瞧不见的哩！荣生的喊声，把她从幻梦中惊醒，她现在是面对着现实那冷酷的现实！荣生伸出一只手，拉住她的手就往前走，她想紧紧地拉住了旁边的柱子不放，那是她最后的挣扎，但她无力地又给挤在人群中间去了！

汽车呜的一声开了！抛弃在后面的是一个多么可留恋的过去，摆在前面的，是一个不可捉摸的将来。

在金凤的生命史上，又展开了新的一页。（完）

原载《北平时报》【妇女与家庭】，第 12 期，1947 年 1 月 21 日
又载于昆明《中央日报》【新天地】，1947 年 2 月 11 日

饥（译）

Anzia Yezierska 原著　　周 政 译

译者按：作者叶小姐[3]生于一八八五年，现在还住在美国努力于短篇小说的写作，她是俄国人，在一九〇一年跟随她的父母乔迁到美国居住。她抵美后，方开始努力学习英语，刚开始时的生活是很苦的，为了生活问题，她先开始在一个有钱的俄侨家中做日常粗事，因为受不住那暴发俄侨的盛傲气概，她离开了这家庭而在"一个年老像一个巫婆的老妇人"那做钉纽扣的工作。后来她进到一家工厂里做工，做工时的生活，叶小姐就把它描写在这篇《饥》小说中，到一九一八年在纽约时她才开始认真地写作，她在图书馆中苦苦地阅读着，她希望能把侨民在美国的生活，真实地描写出来，使美国人能明了。一年工作后，在一九一九年，她的一篇短篇小说《The Fat of the Land》被宣布为那一年最佳的作品，这给她艰苦工作一个很大的鼓励，她继续努力下去，她写成了很多短篇小说，和二部长篇小说。

她的写作，没有一点虚假，都取材于真实的生活，她并不注意到短篇小说应有的体裁，不想依照一定的体裁写下去，她只很自然的，一点都不想掩饰她的情感，大胆地写下去，她希望在读者之前能获得一点真实感，这也就是她所认为一个作品中最重要最珍贵者。

---

[3] Anzia Yezierska（安吉亚·叶捷尔斯卡）出生在波兰 Mały Płock 的一个犹太人家庭。该地区当时是俄罗斯帝国的一部分。她的出生年份在网上有多种说法，有一说她生于 1880 年，也有说她生于 1881 年、1882 年或 1885 年。据当代对她个人生平的了解，她于 1893 年左右随父母移民到美国，在 1912 年左右开始从事写作。——编者注

施娜·白莎在擦公寓里的楼梯时停了下来，想着。

"呀，"她叹息着，"为什么隔了这么久，他的脸仍旧在我面前闪烁着，当我一想到他，我就充满了生命的喜悦！"

这黑暗的甬道似乎也为她的想象而现出光亮的白光，她闭上眼睛，希望能使那可爱的他的影子在她的面前显得生动，他的笑脸似乎能医治一切心灵上的创伤，改变了她的刻板的苦生活使她变得有生趣。

这是一个奇迹——他的来临，这年轻的有名大学里的教授。他租一间房子在这公寓里，而那间房子恰恰是属于她所管理的。他在这里居住的目的，大约是想接近他所要描写的一群人们，他停下来和她说话，态度就像他是和她处于同等的地位，他带她到图书馆里去，那里堆满了各种书籍，这真是最温暖友情的表示。

还有——那永不曾忘却的一天晚上，在回家的途中，空气中也充满了春的气息，只那一忽儿，一个接吻，手和手的紧握，世界重又光明，空虚的，没有生趣的生命洋溢着情爱！

她正迷失在她自己的想象中，为那一小时的爱所忘怀，突然一个妇人在这黑暗的甬道中，打她身边走过留给她葱和青鱼的香味。施娜·白莎重又握紧了她手中的扫帚，自己很生气地说："你不是自己发誓过要把他的印象在你的心上刷去？但是，要是他是一个人，我也许可以做得到，但他对于我，像一个神，就像上帝自己。"

光亮的白光重又在她前面闪烁着，扫帚也从她手中掉在地上。"他，他是我心的跳动力，他就是我的生命，我的希望，我所祈求的，要是没有他，一切都是空虚，死亡，幻灭，你是生活在美丽的虹里，你忘了你自己，他并不是真的……"

"但什么是真的？这些破烂的我所穿的？这水桶？这暗的屋子？还是对于他的希望？"她对着黑暗的空间反问着。

“施娜·白莎，不幸的事会降临到你！”从地窖里传来她姑丈的声音。

“哦，”她摇动她年轻的双肩，“他已开始了他的诅咒了！”她很快地下去。

“你这废物，虫子会吃掉你，你要多久才把楼梯扫干净？”他叫了起来，“昨天你把煮的东西烧成了黑炭，今天你又忘记了放盐。”

“为什么对于一些事发那样大的气？”

“在泰门一个男子有权利可以离掉他的妻子，要是她忘记了放盐在他的汤中。”

“这就是为什么缘故，姑母很早的就走进坟墓去！因为要忧虑怎样合乎你的胃口。”

老人的苍黄色的脸，在黑暗中对她瞧着。

“他从生活中得到什么？他只对于吃发生兴趣，他究竟还要活多久？”她默想着。

“你替我切了盐鱼和葱了吗？”姑丈很生气地问。

一阵红晕升上她的脸颊，对于恶劣的事，和恶劣的气味最使她受不住。

“你忘记了吗？”他的话又在她耳边爆发起来，“你不知道忧虑，你只是在做梦。”

她再也忍受不住了，忿怒使她抖颤，“我再也不能忍受，你另外再找人吧……”

“好大口气，这就是你的回报我从饥饿中把你救出来。”

“我已经替你工作了二年了，我苦得把手指都磨光了，而你没有给过我一分钱。”

“讨乞，你要钱，是吧！当你吃饱了，你就转过头去，你在这里算什么？只不过是人家脚下的尘土而已，你忘记了你怎样从船上下来的！一团破烂，要是你在俄国住一百年，你想你能有一双新鞋穿吗？”

"别的女孩子来到美国也同样的身无别物，但她们工作着爬上去，因为在美国，每人都可以拿到薪金。"

"美国！我是不是曾经花了很多钱替你买船票，希望能得到你一点帮助？雷会击死你！"

施娜·白莎的眼睛闪着光，这就是结局——她对于美国的梦想！她回想到这张船票的来历，在她的简单的脑子里，她以为她的姑丈真要她，她的姑丈和姑母住在美国，当她还未出生前，会供给她一个美丽的前途，给她一个机会得到快乐，丰富的生命和爱，她来了，她发现一个患瘫痪病的姑母，家中的难事，和一个仆役的苦工，直到她姑母去世，她从未抱怨过，现在情形已超过了她所能忍受的。

"这是末了一次，你见到我，就是我在街上行乞。"她抓住她的围巾，冲出门去。

像一个疯狂的东西，她在街上跑着。她不知道也不管她自己跑到哪里去，"我为什么要忍受下去？谁需要我？我没有一个亲人！"

那个她所崇拜的脸，重又在她面前闪烁着，他的温和曾经在她的生命中注进新的希望，"为什么他要来把我从黑暗中拯救出来，使我看见光明？"（未完）

《中央日报》【妇女文艺】，第 23 期，1948 年 4 月 15 日

饥（译）（续）

Anzia Yezierska 原著　　周 政 译

　　她抬起头来，看见在蓝色的屋檐下，贴着一个告白：“招请人工”，这告示好像是一个门，也像是两只伸出来的双手，欢迎她进去，她看看自己的两只手，粗壮，年轻，从工作中训练得坚强。

　　希望在她的心中燃烧：“也许我在这世上还有用处，呀，在天上的上帝，我是多么祈求能生活下去，为了一个人生活下去，为什么不？”感情重又平静下去，她自语道：“在这新世界里，什么都是可能做到的，在美国每一个人都能努力到和别人站在同等的地位的。”

　　她奔上梯去，但当她走到柯兴公司的大铁门前，恐惧又使她停住了。“哦，他们会看到我这一身破衣裳，把我赶出去……我为什么要害怕？我并不是来乞讨，她们需要人工，这告白上不明白写着，我有一双强壮的手，可以把整个地都翻过来，美国在我之面前，我可以开始挣钱，我可以穿着得像别人一般。”

　　害怕离开了她，她开开铁门，工厂中的忙，把她惊住了，像海似的低着头的人，忙着的手，人，人，满满的都是人。机器在转动，带子在飞驶着，一切混合在一起，奏成一支希望的歌曲在歌唱着一个新的生命，一个新的世界，和美国！

　　一个男人，手臂上堆满了衬衫，在她光亮的面前走过，无邪眼光使我们连想到苏俄的草原和广阔的旷野。

　　“母亲的奶水还保留在她的嘴唇上。”他笑着想，眼瞧着她。

　　一大叠衬衫从他手臂上掉下来，他们二人都不好意思地蹲下来一同捡起来。

　　“我看见楼下有‘需要人工’的告白。”她呐呐地说。

"那么你是找工做？"他很感到兴趣地问。对于他，这位女孩子完全跟他所熟悉的不同，他很愿意再多知道她一些。

"你在美国没有多久？"他的声调中带几分关切的情意。

"已经有两年了。"她承认，"但我并不像很陌生，"她又加了一句，以前的忧虑重又使她担心。

"相信我，"山姆·奥更司回答她，"只要看一眼我就认识一个人，我自己带你到办公房去，但是我得先放下手中的这许多东西。"

一忽他就回来了，他们一同去看管事的。

"你真好运气！我希望你不久就可以升到我的一部分工作来。"山姆很高兴地回答她，匆匆地回到他自己的机器前。

施娜·白莎很快的就上了工，因为工厂中真是工作忙而人手少，她跟在管事的后面走进工作室去。

"这里，霜弟，又一个跟你学习的人。"管事的跟一个胖身材的女孩子说，她是这工作室中最能干的一个。

"又是一个木头脑嫩小鸡，"那叫霜弟的轻轻地对她的同伴说，"这些嫩小鸡愿意在这种低的工资下来工作，她们是抢去我们口中的面包啊！"

但当她看见施娜·白莎很快的学习会做工，手脚那么快，她不禁惊奇地叫了起来："你是有一个快的头脑，来，我教你。"

施娜·白莎感谢地说："你真慈善，你有好心肠。"

在这里没有一个人曾经称她有好心肠的，所以对于这字句她很留恋："我愿意教任何人，反正我每周照样拿我的周薪。"

施娜·白莎对于机器很感到兴趣，她兴奋地希望学习，时候过得很快，一忽儿铃声响了，所有的机器都停住了，大家奔向衣帽室去。

"是不是失火？"施娜惊慌地问。

大笑声在各处爆发起来："这是六点钟了，是该我们回家的时候了！"

"家？"这声音难住了她，"我到哪里去？我没有家。"她站在人群中，每个人打她身边走过的都有一个家，只有她一人，孤独地没有一个朋友，没有一个栖身之处。

"帮助我找一个地方睡觉。"她拉住了霜弟的绿绒大衣袖口，哀求她，"没有亲戚，我是逃出来的。"

霜弟夹紧了眼睛来打量她，看见她伸出饥饿的双手，不禁深深地感动了。

"让我来跟你想办法。"她从衣架上拿下围巾，"来，我想你也饿了。"

当施娜·白莎走进一间小的走廊房子，那就是霜弟所说的她的家，冷，黑暗，又使她想到了她的姑丈，在静默中，她看着霜弟在一个小煤油炉子上做她的饭，一种难受使她吃不下去。

"我想回到姑丈那里去，"她咬一口黑面包说："他已习惯着要我帮忙，现在他一人，我不知他怎么办？"

"在这世界上你得自己照顾自己，"霜弟拿起一个洋芋来，"像你这么敏捷，你能够有机会赚到钱，买衣裳穿，你还可以去看戏，跳舞，谁知道，也许你会可以遇到一个男人，结了婚。"

"结婚？你知道这真是每一个女孩子渴望着的事，工作着，使自己为了一个人而工作。"

"哦，你为什么一定要工作？你可以出嫁，嫁一个有钱的人，于是你的生活也安定了。"

"他是我所需要的那个人，他并不只是一个人，他是……"，她停住了想找合适的字眼来形容她心中包藏着的热情，"他是天际边，黄金般的山顶，我远不及他，就像土地和星似的。"

"嘎！为什么要祈求星辰？"她的同伴讥讽地说，一边吃着。

施娜·白莎伸出双手，像宗教式似的虔诚，"我没有办法阻止我的心，那是永久希望着向上，也许他已经忘记了我，但是一个愿望把我陷入疯狂……我要我自己能和他相像。"

“让我来告诉你一句真话。”霜弟笑着，吃下最小的一块面包，“你是有些想入非非……很明显的。”

“想入非非，”她站了起来，坚定地说，“想入非非？我要全世界看，在我里面有什么，我不会再回到姑丈那里去，直到全美国都响着我的名字。”

她走进工厂去，脸上显着异样光彩，足步是那样肯定，混合成一种奇迹，“看，她怎样高抬着她的头，好像做媒的已经答应给她一个理想的丈夫。”

她的第一个胜利来了，施娜·白莎胜过所有的老工人，而被升为山姆·奥更司的助手，她坐在他的旁边的位子上，她希望得到一句他的鼓励的话，但是没有，他更靠近了他的机器，那扶住衬衫的手在发抖，似乎也很冷，但脸上却升起了红晕。

很坚定的她工作着，她要给他看，在这几个星期中她对于机器是怎样熟悉，针很快的在她手中滑过，突然一声响，机带断了，她害怕得跳了起来。

“这带子滑落了一些，没有关系，”山姆很快地安慰她，“我可以和你修理。”立刻各处“嘘”的一声，管事进来了。

她一向习惯于她姑丈的粗暴，对于这男人的温柔，使她感动，她想说些话，但是说不出口，山姆这样的不会说什么，他希望能多知道一点她，他觉得他应当对她说什么，但他只有轻轻地拉动她的衣袖说：“吃饭的时候……这里……等着我。”管事的走了进来。

一阵尖锐的声音，所有的机器都停了下来，现在是吃饭的时候，椅子的拉动声，粗暴的声音，笑声，这些饥饿的工人，手拿着茶杯，一群群地，坐在窗子上，桌子上，器械上，啃他们的黑面包，吃盐鱼，和喝着茶，空气中充满了葱和盐鱼的味道。

吕贝加，这厂中最漂亮的一个，拉拉她的乔琪沙衣袖，再低下头去看看那双五十九分钱买来的丝袜子：“一个女人得花很多钱才能衣着入时，看那山姆，他像给粘住了似的，对于那个新进来的工人。"

一大串话接着来，"这年轻的，我们在这厂中这么久，而我们的奶油却给她抢了去。"

"这是她的那双娃娃似的眼睛使他迷住了。"

"哦，那眼睛，她知道怎样抬起头来看一个男人。"

娜文，那微驼着背，灰白头发的女人，给工作压老了的人，用眼睛瞟了那一对一下，说："幸运，完全是幸运，并不是美的，和漂亮，只是运气好，世界就在你的足下。"

"这是她的红润的脸颊。"

吕贝加在她的粉盒的小镜子里照了一下，这是一个美丽的，年轻白脸，但是苍白，消瘦，为的是缺乏营养，她搽上一点唇膏接着说："我愿意像她似的会伪装，不过我是太天真，装不会！"

霜弟站起来为她的朋友辩护："为什么你们诉说她像一群野狗似的，只因为山姆给她一个笑脸？他还没有娶她，是不是？"

"我们并没有说什么，"吕贝加蹬一蹬那镶着金铜钻纽扣的鞋，"只是，她自己推进得太快，给她一个手指，她就拉住了你整个的手，对于这年轻的东西，是不是有止境？只一忽儿以前，她还是一个刚学习的，什么都不是，而现在她跳过我的头上，成了厂中最重要的。"

山姆坐在施娜·白莎旁边沿上，忘记了这是吃饭的时候，他的肚子也很饿，"你的眼睛发出亮光，"他说，"什么快乐的思想在你的脑中！"

"哦，当我环顾一下，看见那么多人笑着说着话，我很高兴，因为我也属于她们中间的一个。"

"嗯，这些美国人，她们的脑子里都是冰淇淋和时新式样。"

"但这使我很高兴，我和她们相同，我就像刚由监狱中放了出来，重又在人群中自由地呼吸着。"

她停了一忽——一连串回想控制住了她："我不能用言语来形容。"她继续着说："这像是贫穷是没有止境，孤独也没有止境，以前，我无论做什么事是一人孤独着的，我的心多么渴望着希望能和别人在一起，现在，在这工厂中，我感觉到我是和别的人都在一起，只就是看到人，就像已被升到天上了。"

打开她的食物包，她笑笑对他说："我不知为什么这样无掩饰地和你谈论着自己——"，"再多讲一些关于你自己，我希望能知道所有关于你的事，"他告诉她他听见别人说她只不过是刚从船上下来的一个什么事都不知的年轻姑娘，他接着喊着说："哦，希望鸽子在天上就是那么美丽！"

他们互相看了一下——女孩子的嘴微张着，她的眼睛大而严肃，"第一天我走进这厂里来，第一分钟我看见了你，就知道你是从我家乡中来的，以前我和一个男人说话，我会颤抖，但你，你，我能和你无论谈什么都可以。"

"你是像一团丝和最好的丝绒，"他崇拜地说："在这痛苦的世界上我们哪里来美好的？"

很不好意思的沉静在他们中间，她只绕着她的手帕。

"我可以送你回家？是吗？"他最后说。

在她低垂着的睫毛之下，她回答了一个是。

"那么在散工的时候，我在楼下等你。"说完他离开了她。

虽然午餐的时候还没有过去，施娜先回到了她的机器前，"我要不要告诉他？"她自己想，"山姆知道得很多，我可以告诉他关于那个人吗？常在我心中燃烧着的？要是我能对别人说了，我心中觉得轻松些，"她对山姆看看，"他是很和善，但他能明白吗？我曾经做过呆子去告诉了霜弟。"突然一种莫名的悲伤控制住了她，她奔进衣帽室去，把头藏在那许多大衣和围巾间哭了起来，内心的空虚，她努力的没有目的，像根柱的压着她，把她往下压，下压——她热情的反应。（未完）

《中央日报》【妇女文艺】，第 24 期，1948 年 4 月 29 日

饥（译）（续完）

Anzia Yezierska 原著　　周 政 译

工作的钟声响了，她回到她的工作室去。

当六点钟散工的汽笛声还在空中响着时，山姆已经走下楼去。在一个隅角里等待施娜，当他看见她时，他反说不出话来，他只笑了笑。她现在是这么近，这么真，他有许多话要说，但他不知道怎样开始。

沉默着一直到他到了她的房子前，"很抱歉，里面没有地方能请你站着。"她抱歉地说："我的屋子是只够我一个人进身去。"

"可和我一同出去吃饭吗？"他直率地说。

她想到他的简单的晚餐，很愿意和他一同出去，但看看身上的衣服，她迟疑着说："我可以穿着这身衣服到饭店里去吗？"

"很整洁，比所有的时式样子还要好，我可以带你到最大的餐厅里去，在最大的大街上，而觉得很骄傲有你在我旁边。"

她很高兴："好吧，走吧！这是很好的。有一个朋友他只关心到你内心所有的，而不管你的外表，但是我仍旧愿意穿着得合配你所到的地方去。"

"你有一天会戴满了金钢钻，照耀得满街发光，当你走过时。"他回答，在街上满都是散工的工人人群中，他们走过去，山姆的粗厚的手靠在她的柔和的手臂上，她的小手在他的臂下，卖报的小孩子满街的飞奔，车子的声音杂乱地响着，他的心中充满了喜悦。

"美国是好的，但我从未觉得怎样好，直到现在。"他说："告诉我你为什么来到这个国家里来？"

她的故乡像雾似的，迷住了她的眼睛。"我在撒佛（苏联一乡村名）是多么苦，从没有足够吃的，从没有鞋穿，就是在冰冻的冬天，我也是赤着足，但我爱我的故乡，我生长在那里，我爱那房子，那茅草顶，泥土的街道，牛，鸡和羊群，我现在没有他们，觉得很难受。"

拉佛咖啡室的光亮的灯光，带她走进了大街。

"这里就是。"他拉她走进室内，在一个隅角的小桌前坐下。

"盐鱼和葱二份。"他吩咐侍者。

"菜单上没有美国菜吗？"施娜问。

他笑了起来："要是我在美国住一百年，我也吃不惯美国菜，有什么食物比盐鱼和葱更能引起你的胃口？"

"对于我不是如此，我很快的喜欢上美国的口胃，就像我的外表是俄国人，而我的内心，却像美国，对于吃也是如此。"

"对于美国我没有什么可说的，但我喜欢美国戏，"他拍拍他的胸膛，"我到美国来时什么都没有，但，看，"他用四个手指拿起支票本，"我在美国学会了签我的名字。"

"这是不是很难学习的？"她屏息着询问。

"难，"他的脸兴奋得发紫色，"我可以把这座房子顶在我双肩上，可是我不容易动笔写成一封信，当我拿起铅笔，脸上汗水就直挂下来，我自己对自己说'我不能，我不能'但我内心去回答说'你可以的，你可以做到的'，六个月功夫，一个晚上又一个晚上过去，我坚决地学习着，把小弯子都学会了，我写会了我的名字——山姆·奥更司。"

他有普通人的相貌，但当他抬起头来，他有帝王般的骄傲："既然我会写我名字，我觉得我也能做别的事，我签我的支票，把钱放在银行里，并不需要人帮助。"

当施娜·白莎听着，不自知的她把目前这个男人和她理想中的那一个来比较，这是一个有红而厚嘴唇，不整齐的牙齿，一个直爽的自己奋斗出来的男子，而另一个经过她的幻想，显得更美丽的。

"但是在那几年黑暗的年头中，我常希望着到这黄金的国家来。"山姆继续说下去，对于她，他的声音似乎很远："在我前面永远有对于高薪水，容易挣得的钱的梦想，我从一个城市浮到另一个城市里去，节蓄着节蓄着，直到我有足够的钱可以买到一张船票到这新世界来，当我到了这里，我投进了一个像蟑螂般人物的主子手里去。"

"一个蟑螂般的主子？"她心不在意地问。

"他是一个水手，我受了他的欺骗，他对那些无家可归的人展开了笑脸，他叫他替他工作，榨出他们的劳力，直到他们累死进了坟墓。"

"我也明白，"她很快地接着说："就像我的姑丈。"

"这吸血者，当我想到他每天要我们奴隶般工作十六小时之久，而不给一点酬报，什么都没有。"

她轻轻地抚摸他的手，就像对于一个受着痛苦的孩子模样，他看她，很感谢地笑了。

"我要忘记这过去的一切，我已有足够的钱可以开始做事，也许开一个裁缝铺，我，我要结婚，但我不要那些傻态的小鸡似的女人。"

慢慢地他变得勇敢起来，他继续说："我有一个很好的意思，今天是星期一，银行要开到九点钟才关门，我可以在这银行存款本上写上你的名字吗？是不是？"

"我的名字？"她惊奇得叫了起来。

"是的，你，我只要你，你……"他呐呐地说。"我要用白鸽的奶来喂你，绸缎，金钢钻穿戴你……你有我所有的钱。"

她为他诚恳的爱所感动。

"但是我，我不能，我要工作着为了一个人，我有头脑，我有理想，我可以追随美国最快的闪电。"

"我的钱可以给你买一切东西，我替你请老师，给你买钢琴，使你成一位尊贵的太太，从现在起，你就可以停止工作。"他更靠近了她，眼睛中充满了热情的泪。

"拿走你所辛苦挣来的钱？我可以是这么一个乞讨的人？"

"我的上帝，你比我自己的眼睛还要需要，我愿意工作得手指出血为了你，我活着为了你，死为了你……"他的情感热烈得使他说不下去。

呀，被爱着像山姆那么爱！她闭上了眼睛，家、丈夫、孩子们，一个被人所饲养着的人！

另一面，一个梦想，一种疯狂使你生活着，"你想要他，等于你想嫁给美国的大总统，但是我不能阻止他，我只需要他。"

她又抬起头来，"不，不！"她喊道，在她对于年轻的奢望所控制住了时，使她变得残忍。"你不能使我成一个人，我不只是要用我的能力再往上爬，使我成我自己……"

"不，不，"他呜咽着。"我并不困扰你，只给你我所有的，我银行的存款本是胜过我自己的血肉，拿去，随你怎么用。"

她给他的深情所感动。"我知道你的好心，但是我像给一口井围住了——他在我的心上。"

"他"这字像一个炸弹打击他，他的脸痛苦得发白。就是她，在她自己的理想中，也为了他脸上的表情而痛苦得低下头去。她觉得她应当告诉他。

"我想我应当早就告诉你关于他，他并不是一个人，他就是我希望所能做到的，而现在还没有，他代表我所要的生活，那并不只是吃饭，睡觉，和节省着为了自己的面包。"

她把头发往后一推，突然站了起来，"讲到他，我不只限在一口小井中，我需要整个世界，整个自由的天空，我要走进自由的空气中。"

他们走了一忽，谁都不说话，山姆跟着她走过许多小巷，他看见年轻的女人抱着她们的婴孩，更加深了他的创伤。

施娜给她的理想所闪烁着，什么都看不见。接着说："所有我的父母，我的祖父母所追求的就是这个，像一团火在里面燃烧，这不只是男女的性的饥饿，这是对于全人类的饥饿，或从几世纪到现在，追求光明，追求一种更高的生活。"

沉默的网笼罩住了他们，山姆的脸苍白像铅，弯了腰像一个老年人，拖着沉重的脚步，这世界是死的——冷，无意义，银行的存折，钱有什么用？这么多年的节蓄并不能赢取她，他为悲痛所麻木了。

他们走下去，直到一个公园的偏僻处，他的痛苦是多么深刻，他忘了时间，地方，和她在他的身边。

靠在一棵大树旁，他站在那里，没有动静，呆傻，眼睛深深地下陷。

"我活着，饥饿着为了面包，但这……"他包住了痛苦的心胸，"最高在上者，帮助我！"他倒在地上。

"山姆，"她俯下头去，很柔和地，"我想不出话来表白自己，但我一定要倾吐出来，所有你忍受着的，我都忍受过，并要继续忍受下去，我看不见止境，只不过一个希望，要解救出来，把我抬到饥饿的身体之上，渴望着做一个人，那不是能给任何东西，任何人所克服的……一个更高的生活。"

慢慢地站了起来，从她的魔术中苏醒过来。

"用一只手你把我推了下去，用另一只手你又拉了我起来，再说一遍你所说的，"他哀求着，没有希望地。

"山姆，给你自己你的力量，"她拨动他，"我对于你没有怜悯，对于我自己也是如此。"

他看见她的眼睛中发出异光，像她看见什么在他们之上的东西。"这，"她说："只不过是一种饥饿的开始，那会促成你，使你的名字响遍全美国。"（完）

《中央日报》【妇女文艺】，第 25 期，1948 年 5 月 6 日

绲边（译）

赛珍珠 著　　周 政 译

"我的亲爱的，唯一的办法来对付这些本地的裁缝是要坚定一点！"

陆太太，邮政局局长太太，坐在她广阔洋台上的转椅里。她是一个肥大的女人，红红的脸，因为她吃的食物超过她所需要的份量，和十几年来很少有任何运动，舒服地在中国海岸旁的一个城市里过活。现在她看着她的客人这样说，她的方形红脸更红了些，站在她旁边的是一个中国男仆，他正温和地报告："裁缝来了，太太。"

瘦小的牛门太太看着她的主人做出很敬畏的样子。

"我希望我能有你的态度对待他们，爱特玲。"她说，用一把芭蕉扇轻轻地扇着。她用抱怨的口吻继续诉说下去："有时我们似乎不必要为了新衣裳找麻烦，因为本地的绸子是这样的便宜，但是要做成一件衣裳就发生困难了，这些裁缝说，——我的亲爱的，我的裁缝答应我他在三天之内给我缝起一件衣裳，但是一个礼拜，两个礼拜他都不会来。"她的微弱的声音结束成一个叹息，她更扇得快一些。

"现在，看着我。"陆太太说，她用坚决的声调，一对圆的灰色的眼睛，在黄褐色的卷发下面紧对在一起，她用这双眼睛对她的男仆瞧着。男仆眼睛看着地面，头低垂着。

她说："喂，告诉裁缝到这里来！"

"是的，太太。"男仆回答着，走开了。

立刻在走廊里出现轻而稳定的足步声，跟着男仆进来的是那裁缝，他是一个高身材，比男仆高一些，中年模样，他的脸上的表情非常宁静，他穿一件褪了颜色的蓝色长袍，袖下已补上了一块，但很整洁，手臂下夹着用白布包着的一包。他对这两个白种女人鞠了躬，然后把他的包放在洋台的地上，打开来，里面有一件用旧了的美国公司出品的衣服式样书和一件完成了一半的白底蓝点花的绸衣，这件衣裳他很小心地摊开来给陆太太瞧，从衣裳的宽大可以知道是替她做的，她很冷淡地四处察看。

忽然她高声地说："不要这领子，裁缝，我和你说过，我要绉边的——看，这时式样子！"她很快地翻那本书，"看，时式样子是这样，为什么要做成平的领子？不要，不要——拿去！"

在那裁缝的平静忍耐着的脸上，汗珠子挂了下来，然后他咬紧了牙，透一口气说："太太，你先说要绉边，然后又说不要绉边，那一天您说要平的领子，绉边显得太肥大。"

他哀求地看着这白种女人，但是陆太太用她肥胖的，戴着戒指的手指叫他走开。

"不，你撒谎，裁缝。"她坚定地说："我知道我说过什么，我从没有说要平的领子，从没有！没有女人现在再穿这种平的领子，你知道不知道时式样子？"

"是的，太太，"那裁缝说，"还有料子多余，我可以再做绉边的，没有关系。"

但是陆太太不是这么容易和解的，"是的，没有你的关系，但是你糟蹋了我很多的料子。你以为我不需要钱买料子的？你使我丢掉了很多的钱。"她又对她的客人说："我曾经计算着这件衣裳，我预备在后天领事任明所开的花园宴会上穿这件衣裳，我告诉他要绉边——看看这难看的领子！"

"是的，我知道，这就是刚才我说的。"牛门太太用她疲倦的容易发怒的声音说，"我所要知道的是你怎样对付他。"

"哦，我会对付他。"陆太太说。

她暂时不理会这裁缝，看着她那整齐的花园，在烈日下，一个穿蓝衣的苦力蹲伏在一大丛百日草前，百日草的花朵在九月的夕阳里显得很灿烂。一条小小的沙铺成的路，缠绕在一方块绿色草地边，她不说什么，让裁缝站在那里，那件衣裳仍旧披在他肩上，显得很局促，汗从他脸上两边淌下来，他潮润了一下他的嘴唇，重新又用抖颤的声音说："太太愿意再试试吗？"

"不，不要。"陆太太说："为什么再要试？完全错了。领子完全错了，试什么？"她仍旧看着她的漂亮的花园。（未完）

《中央日报》【妇女文艺】，第 26 期，1948 年 5 月 13 日

绲边（译）（续）

赛珍珠 著　　周 政 译

　　"可以做同样的绲边，"裁缝说："是的，是的，太太，我可以做成像你所说的，什么时候你要？"

　　"我明天要，"那白种女人说："你明天十二点送来，要是你不送来，我就不给工钱，明白了？你永久是说什么时候送来，而你永久不送来。"

　　"可以做到，太太。"这裁缝轻轻地说，他然后蹲在地上，把衣裳叠好，用白布很小心地包起，他再站起来，等候着，脸上有痛苦的恳求的表情，他的整个的心虚在这静静的祈求中，这在他平静的颧骨高高的脸上，和他紧闭的嘴唇上可以读出来，汗大颗大颗地由脸上流下来，就是陆太太也轻微感觉到这恳求的心虚，她在摇椅中停了一忽，看看他说："什么？还有什么？"

　　这裁缝又潮润了一下嘴唇，用很低的声音说："太太，可以先给我一些钱？一块钱，或两块钱——"他的声音更低了些："我兄弟的儿子今天死了，他有三个孩子，一个女人——没有钱买棺材——没有——他自己今天也病得很重——"

　　陆太太看看她的客人："好，这真动脑筋！"牛门太太用眼光回答了她。

　　"这就是我所说的，"她回答，"麻烦比我们所得到的还要多——他们裁剪的样子——然后他们什么不想到，就是要钱。"

　　陆太太用她圆的，灰色的眼睛对裁缝瞧着，他并不抬起头来，只是用袖子擦他的嘴唇，她对他看了一忽，然后用生气的声音说："不，不，你把衣服做好了，看绲边的，我再付你钱，衣裳没有做好，不付钱，我决不，知道了吧，裁缝？"

"是的，太太，"裁缝叹息着，希望离开了，他祈求的神情也在他脸上消减了，一层死似的失望像阴幕笼罩在他脸上，"我明天十二点钟做完，太太。"他走了出去。

"看，你是否能做到。"陆太太胜利地在他后面说，看他的影子消失在走廊中，于是她再对她的客人说："要是我说明天，恐怕要到明天过后才成。"她忽然想起什么来，在椅子里凑过去按一下电铃，男仆又来了。

"喂，"她说："看看这裁缝，看看他有没有拿走什么东西。"

她的大嗓子响遍了整个屋子，这时，裁缝的身子仍旧可以在走廊的那一端看到，看他停了一下，然后才消失了。

"你很难说，"陆太太说："你不知道他们是不是虚构这些故事，在他们需要钱的时候——他们是永久需要钱的，我从没有看见过这种人，他们一定能赚很多，给这里的外国人缝衣裳，但是这裁缝是比所有的却坏，他永久要钱在他的工作尚未做成前，有三次他来说一个孩子要死了，或别的。我从不相信他们一个字，恐怕他们是吸大烟或赌博，他们都赌博，他们所说的你一个字都不能相信。"

"哦，我知道——"牛门太太站起来告辞，陆太太也站了起来。

"到底，一个人是要坚定一点。"她重又说了一遍。

从这座白色的大外国房子外面，裁缝静静地走过暑气蒸天的街道，是的，他已经求过她，但是她什么都不给他，他怕她会拒绝他的祈求，他鼓起了勇气，但是她什么都没有给他，这件衣裳除了绲边以外，都已完成。她给他那块衣料是在两天之前，他很高兴他可以得到一些钱可以给他的侄子，现在这侄子就像他自己的儿子一般，因为他自己的三个儿子都已死去。

他于是更贴近他死去兄弟的这个独子。他是一个铁匠的学徒，是这样一个年轻力壮的男子——谁会想到他曾给死神这样地捉去？两个月以前，一长块红热的铁块，他正在把它打成一个犁头的样子，掉在他的腿上，脚上，把肉撕去直到骨头，因为那是一个大热天，店里非常闷热，他只穿了一条布裤子，裤脚卷起直到大腿上。

是的，他们试过各种油膏，但油膏并不能使他长起新肉来，止痛膏也不能止住伤口的肿痛，这整个腿都肿了起来，现在这九月里的暑热中，这年轻的人躺着等死，从大腿到脚上贴满了膏药，而这并没有多大帮助。

是的，这裁缝今天去看他的侄子时，他看得很清楚，他看到了死亡，年轻的媳妇坐在门口哭泣着，二个大些的孩子看她，不愿意再去玩要，第三个只不过是一个婴孩在她的怀抱中。

这裁缝经过一条小巷，在墙边的一个小门里走了进去，他走过院子，里面都是光着身的孩子们，哭叫着，争闹着在玩。

在他头上是一根根竹子，上面晾着破衣裳，没有经过多少水洗漂过和没有用肥皂揉洗，在这院子里，一家住一间屋子，把脏水都倒在院子里，所以虽然是一个干燥的天气，——已有一个多月没有下雨——而院子里很滑，到处是脏水。

他并不注意到这些，他经过了三个这么样的院子，然后走进一间没有窗子的屋子里去，这里有一种奇特的臭味，那是肌肉腐烂的臭味，一个女人的哭声从里面传出来，他直走到床边，脸上仍是刚离开白种女人时的神情，年轻的女人并没有注意到他的进来，她坐在地下，靠在床边，脸上都是眼泪，她的长的黑色头发并没有梳，一直由肩上挂到地上，她号哭着："我的男人，我的丈夫——丢下了我一人——我的丈夫呀！"

那婴孩躺在地下，在她身旁，很软弱地哭着，两个大一点的孩子，每人拉住了她的一个衣角，他们也哭过，但现在他们静着，抬起带着泪痕的脸看着他的伯祖父。

但是这裁缝并没有注意到他们，他看着床上，温柔地说："你还活着，我的孩子？"

这垂死的人很困难地转动他的眼睛，他是可怕的浮肿，他的手，他的光着身的上身，他的颈子，他的脸，但是还比不上那条腿肿的可怕样，这条腿是这么大，像是不属于他的一段，他的眼睛盯着他的伯父，他张开他的嘴，半天，才很困难地说，轻得像耳语："这些孩子里——"

裁缝的脸立刻很痛苦的样子，他坐在床边上很感动地说：

"你不用为你的孩子们忧虑，我的孩子，平静地死去吧！你的女人和孩子们可以住在我家中，他们代替了我自己三个孩子的地位，你的女人就成我和我妻子的女儿，你的孩子就是我的孙子，你不就是我亲兄弟的儿子吗？他死了，现在只我一人活着。"

他也哭了起来，在几小时之前，他早就忍住了这哭泣，他脸上的神情依旧如此，只不过眼泪由脸上挂了下来。

过了好一会儿，这垂死的人从昏迷中勉强用力说："你也是——穷！"

但伯父很快地靠近了他，红肿的眼睛这时已经闭上，他不知道他是否能听见："不要忧虑，静静的，我有工作——这些白种女人常常要新的衣裳，我现在是给邮务局局长太太缝一件绸衣，快要完工了，只有绞边，于是她就会给我钱，也许还有别的工作，我们会过得很好——"

但是这年轻的男人并没有回答他，他已经永久地坠入昏迷中，他不能再起来了。

在这热天中，他一整天仍旧微弱地呼吸着。这裁缝站起来把那一包放在一个隅角里，把长衫脱下，他重又坐在这垂死人的床边，几个钟头一动也不动，这女人依旧哭泣着直到她累极了，才闭上眼睛靠在床边上，孩子们似乎也习惯于她的哭泣，甚至于他们父亲的死，跑到院子里玩去了，偶然有一个女人的头由门中钻进来，末了一次，她把婴孩拾起来，抱在怀中，安慰着他，她的声音同时在外边响了起来：“是啊，他的时候终于到了，他已经腐烂了，像死去已有一个多月了！”

一个热天又过去，到傍晚时，这年轻的人停止了呼吸，死了。

于是那裁缝才站了起来，穿上他的长衫，拿了白布包，他对着那女人说：“他已经死了，你还有钱吗？”

这年轻的女人也站了起来，很焦急地瞧着他，把头发由脸上拂开，我们可以看见她仍旧很年轻！——不到二十岁——这种年轻的女人，你在街上每天都可以见到，不美，也不难看，很瘦的，不整洁，现在更是几天没有梳洗了，她的脸是圆的，嘴很饱满，眼睛有些迟钝，很明显的，她一天天地生活着，从没有想到有着不幸事件的来临，她看着裁缝，很焦急地。

“我们什么都没有，”她说：“我已经当了他的衣裳，我的冬天的衣裳，桌子，板凳，我们只剩下他躺着的那张床。”

失望更深地呈现在他脸上，“有没有什么人你可以借到些钱？”

她摇摇头：“我不认识谁，除了这院子里的人，但他们有什么？”恐惧控制住了她，她尖声地哭了起来，“伯父，除了你，这世界上还有谁？”

“我知道，”他很简单地说，对床上看看，“盖上了他。”他低声地说，“盖上了他，不给苍蝇叮。”

他很快地经过院子，邻居的女人抱着那婴孩问：“他死了吗？”

“他死了。”裁缝说，走过大门，转向西边，回到他自己家中。

对于他，这一天像是这夏天中最热的一天，九月里有时是会热，夏天过去，把炎热又带到秋天，这一天晚上，没有一点风息，黑云低罩着这小城，街上都是半裸着身子的男人，女人也穿着最薄的衣裳，坐在矮小的竹凳子上，也有人睡在街上，孩子们到处哭泣着，做母亲的疲乏地给他们的婴孩扇着，害怕这长夜。

从这些人当中，裁缝很快地走过，他的头低垂着，他很累，但并不觉得饿，虽然一整天都没有吃过东西，他不能吃下去，就是他回到了他自己家中，当他的年老的，笨女人，她不知道养活她自己的三个孩子，抬了一碗冷饭放在桌子上给他吃，在他的衣服上还有那种味道，充满了他的鼻孔，他忽然想到他的绸衣，要是那白种女人闻到了这味道！他立刻站起来，打开这布包，抖出这件绸衣，放在床边衣架上。

但他不能把它挂在那里很久，他一定要立刻做完它，得到那钱，他脱去长衫，他的衬衣，他的袜子，他的鞋，坐下只穿了一条短裤，他要小心不让汗沾污了这衣裳，他找到了一条旧毛巾包在头上，不给汗挂下来，又预备了一块布在桌子上，可以常常擦擦手。

他很快地缝着，但不敢太快，怕缝得会使她不洽意，他考虑着他所可以做的，去年他有一个学徒，但年头儿这么坏，他只能让他走了，他现在只有他十个手指可以用。但这并不坏，因为他学徒常常做错事，白种女人常说："你一定要自己做裁缝，不要让小孩子糟蹋了衣料。"是的，只有他这十个手指，他希望在三天之内，再能缝一件绸衣裳，这样就可以有十块钱，他可以买一个棺材，以后或许还有工作做。

要是她没有工作给他做，那怎么办？走进当铺去吧！这是他最害怕的，一个男人会永久陷进贫穷里，因为当铺的利息是这样高，像一只老虎似的吞噬他，二个月之间，利息加二倍，三倍。等棺材埋葬了，他一定要带那年轻的妻子和三个孩子到他家中来，而他只有这一间屋子，想到孩子们，他心中觉得一点温暖，但又想到要喂饱他们，他又害怕起来。

　　已经是午夜了，他还没有完工，还有最难的部分——这绉边，他拿出衣服式样书来，在小煤油灯下翻看，于是这绉边做下去这里转圈，一个宽的，长的绉边，很合适地有着小的褶皱，他把小的褶皱一个个折起来，手因为疲乏，都发抖，他的妻子在床上发出鼾声，没有一样东西能惊醒她，就是这缝衣机发出来的声音也不能惊醒她的熟睡。（未完）

　　《中央日报》【妇女文艺】，第 27 期，1948 年 5 月 20 日

绲边〔译〕〔续完〕

赛珍珠 著　　周 政 译

　　到了天亮只剩下边要褶一褶，和烫一烫平。好了他可睡一忽儿，休息一下他的肿痛的眼睛，然后再起来完成它。他把衣服挂在架子上，靠在他妻的身旁就入睡了。

　　他不能睡多久，到七点钟他就起来，又工作直到差不多正午时，只稍憩一忽儿吃下一口饭，于是一切都完工，这费去了比他所想象的更多的时间。他看看太阳，是的，他可以走到那房子里去刚是正午的时候，他要快一点，他一定不能让她生气，这样她会拒绝叫他再缝衣裳，要是再有一件衣裳，他可以缝一下午，一晚上，第二天就可以完工，他闻闻这件衣裳，也许有一丝味道，她能不会注意到？

　　很运气她是没有注意到，她坐在那奇怪的摇椅里在洋台上，她详细地查看她的衣裳：

　　"都完成了？"她用大声问。

　　"是的，太太。"他和气地回答。

　　"好，我去试一试。"

　　她走进房去，他屏息等待着，也许有些味道，但她穿着这衣裳很满意地走了出来。

　　"多少？"她忽然问。

　　他踌躇了一忽，"五块钱，太太，"他看到她的生气的眼光，赶紧跟着说，"绸衣裳，五块钱，太太，随哪个裁缝都是五块钱。"

　　"太多了，太多了，"她叫着，"你还糟蹋了我的布！"她把钱很吝啬地付给了他，他接过钱来，很小心地注意着不碰着她的手。

　　"谢谢你，太太！"他客气地说。

他蹲下抱起包来，他的手在发抖，他现在一定要问她，但要是她拒绝？最后他鼓起了勇气问："太太，还有衣裳我可以缝吗？"

他等着她的回答，瞧着这光亮的花园，这时她已进屋里去换衣裳，她匆忙地回答："没有——没有了，你太麻烦，你还糟蹋我的布，裁缝多着哩，他们没有这么多麻烦。"

第二天，在宴会上，瘦小的牛门太太无聊地坐在椅子里看着多少人在花园中走动打拋球玩，牛门太太的眼睛发着亮，当她看见了这件新衣。

"你终于穿着了你的新衣？"她很感到兴趣地问："我没有想到他会完工，他做那绲边做得很好，是不是？"

陆太太低下头来，看着她的宽大的胸膛，这里有那绲边，很美丽地褶绉着，很平伏地烫过，她满意地回答："是的，是很美丽，是不是我很高兴我最后决定了要绲边，这么便宜，我的亲爱的，连着这绲边这件衣裳只花了五块钱的裁缝钱，比在美国做要便宜两块钱，还有他准十二点送来，这是我告诉他这样做的，这就是我所说的，你对那些本地的裁缝要坚定一点！"

（完）

《中央日报》【妇女文艺】，第 29 期，1948 年 6 月 3 日

从南到北

（一）

志明和玲住在这小小的山城里已近八年了。

八年来，他们受尽了生活的磨折，却仍旧倔强地在人生的道路上迈步前进。生活的困难，高度上涨的物价，日机疯狂的轰炸，和一个陌生的外省人进到这城市里来时，对于人事和环境所遇到的烦恼，并没有使他们低下头去。他们慢慢地学习着怎样来应付目前的环境。志明仍在那有着一堆茅草房子的学校里工作着，一件旧蓝布褂子，和手挟着的几本书是唯一的伴侣，遇到玲在家中忙不过来，他也会蹲在小小的炭炉旁边，帮着生个火，或提着吊桶去井边打水去。玲更变得壮健结实，以前在那美丽的王府花园里生活着时，她连怎样做熟一锅饭都不大清楚，但现在她围上围腰，烧锅做饭，卷起衣袖，对着一大盆衣裳，在洗衣板上工作着，虽然有时，当她忙到连当天一张报纸都看不到头时，心中不免有些怨恨，对于那永久做不完的家中杂事，也不免有些倦厌。但当她抬起头来，遇着了志明的诚恳的眼光，那眼光中，对于她仍包含着那么多热情和期许，她看着他怎样忍耐地在小小的菜油灯光下视着最近由美国寄来的杂志时，一种对于生命的热力重又在她的心中燃烧起来，怨恨，厌倦，化成了一阵烟，离开了她。她又随手拿起身旁的针线篮子，补着明的破衣衫。

孩子的诞生，在平时，该是一件多么可欣喜的事，对于一对年轻的夫妇，更加添了喜悦和安慰，可是在战乱时期，这成一个累赘，更加添了明肩上生活的重担，和玲的忙碌。自从有了这小宝贝后，玲似乎更和外界隔离了，而把自己更关闭在这家的小天地中。外面连天烽火，炮声也似乎还远，听不见，身边对于生活的呐喊声，也变得麻木了，她专心一意的照顾着这小小生命的嫩苗，志明从外面拖着疲乏的脚步，回到家中时，看见小宝贝咿呀学语的天真模样，和玲脸上所浮起的一阵母爱的骄傲和愉快，心中也更感到家的温暖。

这是一个小小的山城，在山的包围中间，旁边有一池清澈如镜的小湖，山峰映在湖水中，湖中像另有一个世界，在这小城中，你站在任何地点，都可以看到一幅天然的美丽的景致，山边直立着一棵危松，湖中的点点帆影，雨过天晴后，天际的那个半圆形，美丽的五彩色的虹，炊烟在村中飘起，缭绕在树梢上，村妇弯着腰，在一片碧绿如浪的麦田中夹着野草，几条大水牛在狭小的曲折的田岸上慢慢地踱着方步，这一切都像一幅画，而人是这图中的点缀品，这小城中的居民们又是那么朴实可爱，依旧保留着你在外边所瞧不到的古风，老太太的宽大衣衫襟上贴着的绣着蝴蝶花朵的宽花边儿，年轻姑娘脚上的那双尖尖的，绣着大红花朵的双料花鞋，和壮年男子足上的那双有着布纽扣的尖口蓝布鞋，这一切，在外边该成为博物院中的古董，而在这里，成了你每天都能看到的东西。在街上，遇到街坊邻居家的人时，她们都会含笑打招呼，尊称你一声"大嫂"，那声音是多么亲切而含有家乡味，把这一切衬着这一幅美丽的天然美景，在你脑中永久留着一个深刻的印象。

大批的外省人，涌进这山城中来时，也使这山城慢慢的改了样，石头子的路，被修成柏油马路了，甲虫似的汽车，一辆又一辆地在上面驶过去，路旁盖起几层高的大楼来，大楼临窗玻璃柜中，出现了各色各样，以前山城的居民们从没有瞧见过的东西，摩登小姐们，把头发烫得像蜂窝似的，口上涂上了深红色的唇膏，袒臂，短衣紧紧地包住了身子，足上的一双高跟鞋，却在尖头上露出来了一个小小的涂着指甲油的红色小脚尖头，于是这像乡下姑娘的山城，也被披上了一阵摩登色彩了。

　　志明和玲在这美丽的山城中，一天天的打发着日子，吃着这山城中特产的各色各样的菌类，用着土制的绿色瓷器，高兴时，也到外边去溜一趟，欣赏大自然所给我们的湖光山影，以前的快活日子，也渐渐地变得模糊了，只有在睡梦中，还可以找到一丝回忆，对于远在天那边的那个大都市，在那里他们曾经度过若干快乐的时光，他们在那里度过了四年最幸福的大学生活，他们在那里恋爱过，怎样慢慢地由友谊而进展至热烈的两性间的爱，在一屋子亲戚，朋友的祝福声中，他们结成了夫妻，这一切，他们也不再去留恋想念，以为永久他们将被留在这山城中了。

　　时局也进展得离奇得快，一个原子炸弹，居然称雄一世，席卷半个世界的日本岛民吓破了胆，第二天报纸上就宣告日本无条件投降。外边像过新年似的热闹的鞭炮声，和满街人脸上所展开的笑容，真使明和玲二人有些迷惘了，接着学校准备北上，人们都显得分外的忙碌起来，街上出现了各种各样的地摊，摆满了几年来陪伴着他们的一些旧衣和日用品。玲也变得兴奋起来，从摇床边站了起来，在人群中挤着也摆起地摊来，她熟悉地数着钱，看守着东西，等太阳落下山头后，她方卷起卖不掉的东西走回家去。

　　家中的东西，一件件的这样转入另一个人手中，拿回来的是一些破烂的纸票，慢慢地家中只剩下四壁空空了，玲不由得伤心起来，这些旧衣旧物，哪一件上不刻着他们对于生活奋斗的纪念，上面有她的泪痕，也有明的汗渍，而现在这些可宝贵的纪念物，几年来陪伴着他们度过多少艰难日子的伴侣，现在竟为了胜利来临而和他们分手了。玲不禁感觉到像失了亲切朋友似的伤心，但想到他们可以一身轻地回到那常在他们梦想中的大都市，北平去时，她也不禁破颜为笑了。

　　玲走出了家，忙着这一切，也疏忽了她的小宝贝，一天晚上，她忙完一切疲倦地想入睡时，身旁的孩子却发出呻吟的声音。

"不好，"玲叫了起来，把旁边的明推醒，"孩子病了，你看，样子像不轻。"

明看看表，表上指着一点钟。

"半夜三更的也没有办法找医生去，明天一早再说吧！"说完，翻一个身又入睡了，可是玲却不能入睡，她看着昏迷不醒的孩子，心中一阵酸痛，好容易等到窗上有些透亮，就爬了起来，胡乱地梳洗一下，抱着孩子就走出门去。

正是星期日，一切却在休息的状态之中，她敲开了一个有名医生的门，医生一看就说："不好，是恶性白喉，这病要看得早，你们恐怕已耽误了不止一天了吧！"玲没有回答，看着仍在昏迷着的孩子，眼中滚出热泪下来。

"我这里没有针水，最后的一瓶针水刚在昨天晚上给一个司机的孩子打完了，你去××医院找找看。"医生淡然地回答，似乎已习惯于人生的悲剧，情感不易被激动起来。

等玲好容易再找到××医院去，找到了医生，等挂号，诊治，消毒等一切手续完后，孩子已显得更衰弱了，玲含着满眶眼泪，重把孩子抱回家去，当天晚上，孩子的脖子都肿了起来，呼吸非常困难，脸色苍白，第二天，天才破晓，孩子忽然眼睛向上一翻，玲知道不好，一种极度的悲哀，惧怕，趋使她疯狂似的，开了门向外跑，跑了不知多少路，她自己也不知道，直到她跑到了郊外坟堆中，她才停住了足步，坐在坟头上，一人痛哭起来。几天来心中的郁闷，找到了一个痛快的发泄，直到她疲乏不堪，冷和饥交迫着她，她才走回家去。

到了家中，她不敢看明的脸，怕那不幸的话从她的嘴中吐出来，明扶着她睡下，倒了一杯热茶递给她，等她略为恢复后，才轻轻地说："玲，一切都是我不对，当你忙着家和孩子时我仍自私地看我的书，我没有在你的肩头上，分担去一部分的重任，我，我对不起你，更对不起孩子……"晶莹的，宝贝的眼泪，从明的眼眶中滚了出来。

（二）

　　孩子的去世，显然地使玲大大地改变了，她更努力地做着事，似乎想用工作的疲劳来麻木住那悲痛的情绪，她变得沉默，不轻易地说一句话，更不能在她脸上再找到一丝以前常有的满意的微笑，明钦佩她克服自己情感的勇气，可是对于她的忧郁，心中有些不放心。有一天回家，却看见玲拿着一把小小的银匙发怔，两眼停住了，一动也不动，眼中充满了就要夺眶而出的眼泪，明立刻就明白了，那是她常拿着喂孩子吃饭的小匙，也是常在那双小白手中握着玩的一件玩意，明不说一句话，轻轻地走近了玲，紧紧地抱她，在她的耳边低声地说："忘记了他，忘记了这一切，做一个勇敢的女子，我们还有我们的前途。"

　　明知道不能再让玲在这环境中再生活下去，因为在这小房子里，存留着一切对于那离开他们而去的小宝贝的痕迹，所以他决定搬进学校的教职员宿舍中长住，没有多久，他也就收到了学校的通知，由重庆转，复员回北平去。一架银白色的巨型大飞机，美丽，壮观，停留在碧绿的草地上，这些空中的怪物，以前常在玲的头上，嗡的一声，掠过天空，飞向辽远的天际去，想不到现在竟能跨上去，作一次空中的旅行，玲不禁感觉到几分骄傲，飞机慢慢地上升，上升，地面上的一切房屋，树木，就慢慢地显得模糊，最后只剩下一块黑绿的一小片，靠在青山旁边，山城已在自己的脚下了。

　　别了，这小小的山城，那里玲曾经度过八年的战时生活，她不能忘记这山城中每一个美丽的天然的画面；她不能忘记那永久是万里晴空，天际没有一片云彩的山城中的好天气，和沐在温暖阳光中的朴实居民们；她不能忘记湖中的点点归帆，在傍晚的霞红色夕阳中，慢慢地在那里移动着；她不能忘记这山城中的友人们，在这悠长而艰难的岁月，怎样在她的心上投进了友谊的温暖，使她为了人们的好心肠而感动得流下泪来，不管是几句同情的慰语，一双热情的手，或从眼睛中所流露出来的诚恳的眼光，这一切都帮助她在痛苦的时候，鼓起勇气再工作下去，不为恶劣的境遇所压得低下头去；她更不能忘记在荒凉的郊外，在野草丛中，一个小小的土堆，那里面埋藏着她一年多心血所灌溉成的一个小小生命的结束，她现在忍心地把他抛弃在那里，只能让，深夜的小星星在上面陪伴着他，让野花来安慰着他，让枝头小鸟来唱催眠歌儿。玲苦笑着对明说："我们出来是二个人，现在回去时，也是二个人，我们没有赚，也没有输。"明知道她又在想什么了，只紧紧地握住她的手。

二小时的飞行，把他们带到一个完全不同的城市中来，飞机才一停，就跳上来几个赤着上身，上面系一条短裤头子的壮年男子，一股热流袭进飞机，使每人都觉得有些窒息，下飞机，几个旅行社的招待员，一身白色的绸衫，手摇着小团扇，不停地扇，汗仍旧由头上直流下来，满脸通红，想到在山城中时还穿毛衣时，真使人失笑。

一辆大卡车载着明，玲和同事们进城去，车在群山中直转，盘旋着，盘旋着上升，愈升愈高，慢慢地就见一条带似的银色小河出现在山的一边，那就是有名的嘉陵江了，接着车子就进城，街旁都是人，赤身睡在竹榻上，手摇着扇子。这情景很像沙漠一带，卡车把他们送到马路边的一所房子前，走进房子，一房子挤满了人。热，闷，饿，渴，使玲心中像有一团火在那里燃烧着，这里的空气完全停止住了，没有一丝风息，汗大颗大颗地从头上落下来，口中是干得要冒火，这哪里像是人住的地方，想到那小小山城中的凉爽，舒服，玲像刚离开了母亲的怀抱似的觉得有些失依。（未完）

《中央日报》【妇女文艺】，第 11 期，1948 年 12 月 19 日

从南到北（续）

这里一切都和以前住的城市不同，热是最难受，也许由于热，人们的脾气就有些躁，有名的嘉陵江也只不过是一条河流滚滚黄水，哪里能及得到湖水的清澄？江边的竹屋和湖边的美丽的山头相比，更使玲怀念那些小山的可爱，唯一相同的是又大又肥的大老鼠，在墙洞中，自由自在地出进着。

三星期后，玲又上了飞机，依然是同样的一架银色的大运输机，在清晨八时就爬进了飞机的腹中，飞飞，飞机一直在白棉般的云层中飞，左右是一团团的白云，脚下也是一层层的白云，上面也是一朵朵的白云，昏昏沉沉不知飞了有多久，只有飞机的摩托声，打破这难堪的沉寂，机中人都昏昏地睡去，不知是谁大声地一喊："到北平了！"

大家从睡梦中惊醒，睁开惺忪睡眼，向窗子外一望，可不是，我们已看见一片绿色的东西在山的一旁，阳光已从云层中射出来，照得大地一片光明，绿色变成黑色，下面就是北平城。

走出飞机，迎面是美丽的颐和园，金黄色玻璃瓦在万绿丛中，露出蓝似的尖圆顶，那是我们熟悉的排云殿，一脉青山，静静地躺在这一片绿色的后面，那是西山，风景依旧，而在这块土地上却已经过了可怕的变迁了！

汽车在平坦的柏油马路上飞驶着，路旁的两行整齐的树木，也依旧枝叶茂盛，盖住了一路的阴凉，蝉声不断地由这些树中唱出来，一切如旧，没有一丝一毫的改变，连挂在西直门城门口那排矮房旁的那块木板，上面写着「涓滴归公」四个大字，也和以前相同。

这里是北平城，有着朱红漆的大门，铜门环的宫殿式建筑，有着油漆鲜明，美丽高大的牌楼，天安门前的白玉石栏，精致雕刻的石龙柱子，有广阔平坦的大马路，一望无际，汽车电车，人力车，自行车，四轮马车，轿车，各式各样的车子，蔚然大观，同样的在一条马路上驶过去，这现象也只有北平有，不过在美丽的建筑旁边，却依旧存在着，低小，破旧得快要倒塌似的贫民居所，在高大牌楼下走出走进的都是衣衫褴褛，形容憔悴的北平居民。

回到清华园，踏进以前自己住过的房子时，玲感动得流下泪来。院子里自己亲手栽植的花木，现在已高大得不认识了，房子里，每一块地方，都带给玲一个亲切的回忆，玲像一个孩子似的，由这屋子跳进那一间屋子。十年的岁月，给每人脸上添上了几条皱纹，十年岁月在每个人的头上，加上了几根白发，十年岁月，在每个人的心上，添上了几许辛酸，而十年岁月，对于这些树木，房屋，这些永恒的，却并没有多大改变。

等兴奋的情绪渐渐平静下来，气候已秋凉，树枝上呈现出各式各样不同的秋的颜色，由深红色逐渐退到淡黄色，玲的心境，也从高兴而降落到沮丧的地步，物价一天一跳，几天就加了一倍，生活的艰苦，又把玲压得透不过气来，复员的那块金字招牌，早已给捷足先到者，给打倒了，所谓"重庆人"，在老北平人民的眼光中，已是另一个印象了，而法币也降落到了以前伪币的悲惨境遇，在山城的八年时光中，玲因她的智慧来克服过若干困难，用她的机灵来应付艰难的局面，但现在，到了北平城，复员了，胜利了，她却反被物价所击倒了，困居在这美丽的王府花园中，离城里这么远，对她说真是英雄无用武之地，同时冬天已大脚步跨进这古城中来，给一切污秽的地面上，盖上了一阵洁净的白色，这在山城暖天气中所养娇了，现在却禁不起严寒的袭击了，在饥和冷的交迫之下，玲忍不住有一天对明说：

"妹妹由上海来信，给我在一个工厂里找到了一个职位，待遇还可以维持我一个人的生活，我想去上海一趟，同时也看看家中人去，你觉得怎样？"

明不说什么，紧紧地握住玲的手，半天，才艰苦地迸出这几句话来："想不到胜利却把我们分开了！"

明提着小皮箱，送玲进了车厢，玲忍住了好久的热泪，终于夺眶而出，"你好好地，我不久就会回来……"

车子慢慢地移动，明呆立在那里，瞧着玲的一块白色手帕在空中轻动，直到连最后的一点白色都瞧不见时，明才回过头来，猛抬头，一角美丽的殿角，在灿烂的阳光下，显得更庄严美丽。（完）

《中央日报》【妇女文艺】，第 12 期，1948 年 12 月 26 日

散文

桥戏

造桥 [4](Play bridge) 是由英美介绍来的一种游戏，在学术界比较普遍，尤其是在大学里，可是在工商界却很少把它作一种消遣品，我希望造桥能代替打麻将在中国的地位。原因是：一，造桥不是一种赌博，二，玩造桥没有打麻将那么耗费时间，三，造桥除了作消遣的工具外，还有别的很多价值的。

造桥的价值是：一、造桥是一种优良的消遣品，三五朋友来家拜访，既不是久别重逢，有很多的话可谈，更不是有公事要商议，主人很不容易能招待得每人都愉快，尤其是其中有一二位生疏的女友时，更觉得谈不上口，在这种情境之下，主人提议玩桥戏是最聪明的一种办法，在玩桥戏时大家很容易的除去了隔膜，畅快的谈起天来。

二、玩桥戏最容易猜度出对方的情形，谁有过玩桥戏经验的，恐怕都会发生这感觉，在玩桥戏时最容易判断对方人的性情，这对于在二种情形之下最有用处：甲，一个新认识的男友或女友，你还不很深知，你要考虑到他或她是否合乎你所理想的对象，是否值得你作进一步的认识，甚至于追求，要达到这目的，在普通谈话中很不容易知道，朋友间片面的介绍，更不可靠，最困难的，对方在求爱场中，每每把自己的短处深藏起来，不易发觉，可是你若和他或她玩上一二回桥戏，你就很容易的能决定他是属于哪一类型，是不是你理想中的伴侣，因为在玩桥戏时，每个人的注意力集中在桥戏上，把自己忘却了，真情流露出来，一切的假装都卸下了，同时在玩桥戏时候，要分成二组，若是你和你的女友，刚是在一组，那很容易使你们接近，由二人在游戏中的合作，而能进一步到实际事情上的合作。

---

[4]　指桥牌——编者注

　　第二种情形之下，桥戏对一个机关的官是最有用的工具，他新上任，对于他的部下不很知道得清楚，在家中宴会后和大家玩桥戏，在那时做长官的可以细细地观察每人的性情而把它牢记在心，这对于人事的应付方面有很大的功效。

　　桥戏的功用真像它的名词，是一座桥，你可以借用它从岸的这边，走到岸的那一边去。

昆明《中央日报》【新天地】，1946 年 2 月 17 日

论幽默

中国人有时是缺少幽默感的，永久拖长着脸，见不到一丝笑容，当然，生活的苦难，重重地压在每人的心头，政治的黑暗使我们见不到一丝光明，而人心的险恶，更使我们灰心，在各处闹着饥馑，人民赖什么观音土，什么蕨树根，以为生的今日，我们怎么能笑得出来，怎么能痛快尽量的笑！

虽然如此，我们也不能让整个民族的生命都逐渐消沉下去，幽默是能增进健康，加添生活的乐趣，幽默使我们看到人生温和而有趣的一方面，我们需要幽默，幽默除了使人开心之外，尚有许多有价值的作用。

（一）幽默能赢得人的同情，爱护。幽默能消除你和别人间的距离而使你容易和别人接近，已故罗斯福总统的永久微笑着的脸，使他不但获得了全美国人的爱戴，也抓住了全世界人类的同情，罗总统的记者招待会，永久充满了笑声，打破严肃的空气，而成为一个愉快的朋友间的集会，这是罗斯福总统幽默的功用。

有一次有一个年轻的女学生去牙医处医牙，那牙医是新由别处来此城市开设诊所，生意很冷淡，不为一般人所注意，那牙医在替那女学生医牙时，问她："你在大学几年级？"女学生回答说："Freshman。"牙医笑着说："你是一个 Fresh girl，不是一个 Freshman。"那女学生也笑起来了，那牙医说的幽默，不单只有滑稽的成分，他还有引人喜悦的成分，后来那牙医生意兴隆，并做了那大学的牙医，他的幽默感是他成功的门径。

（二）幽默是得到朋友的好工具，无论谁都喜欢听笑话，都喜欢看笑着的脸，而不喜欢看哭丧着的脸。因此会说笑话的人，最会受人欢迎，而赢得最多的朋友。有人说，克里奥佩屈拉那著名的尼罗河上的美人，埃及国皇后，她之所以能迷住安多尼大帝，不但靠她的美丽，实在因为她有那滑稽的性格和轻松的幽默。

你笑着，你可以进入人的内心，你哭着是不会得人的称许的，也许暂时可以得到人的同情，但终究会使人厌恶，美国有句普通的谚语说："你笑，全世界都随着你笑，你哭，只有你一人孤独地哭！"

可是我们要小心，不要让我们的笑话变成了对于别人的讽刺，因为有时不注意，笑话竟成了对于别人的嘲笑，那是最危险的，因为讽刺有时显露出你的聪明，但使对方觉得难堪，比直接的谩骂，还要使人憎恨，你不但不能赢得同情，获得朋友，反而使对方成了你的仇敌。

在全世界各种民族中，美国人最富于幽默感，所以美国人也最容易和别的民族的人接近，而获得人们的喜爱，因为他们富于幽默感，所以他们的性格也显得活泼，"顶好"的呼声随美国人的足迹而普遍到中国每一个穷乡僻野，就是事实的证明。

不要以为幽默是人的性格的一部分，是"天生"来的，要知道幽默也是学习的结果。中国人在美国住久了，也有幽默感，就是一个例子，为别人为自己，我们都应当学习幽默。

昆明《中央日报》【新天地】，第 41 期，
1946 年 5 月 15 日

再论幽默

　　幽默是需要很高的智慧的，不是随便可以学习来的。会幽默的人，他的智慧必定超过常人。幽默并不是随便使人哈哈大笑而已，引人笑是比较容易的事，谁都可以办到，幽默是在笑的后面还有眼泪，在表面上是轻轻的，而里面却是十分严肃，它使人先笑，可是笑过以后，也许要帮他思索一番，甚至于再痛哭一场。

　　美国人最喜欢幽默，幽默在美国是普遍得到处都可以听到，最高尚的幽默似乎只有在美国可以找到，政界中，林肯总统的幽默，至今仍给人们称颂，文学界马克·吐温的幽默是最著名了，英国一位评论家曾经这么批评马克·吐温，他说："他——指马克·吐温——异常富于幽默，就是最普通的一句句子，他也不免要渗入一点幽默气息，我生平从未听过任何别人有过这样微妙的措词，这并不是徒然博人一笑的世俗滑稽，这是一种幽默的哲学，无限的智慧，无限的魔力，和悲观的色彩。"在电影界，美丽的电影，向来给人们公认为非常幽默的，可是严格地说，真真有幽默艺术的却只有卓别麟一人。像陆克、哈代等只可以说是滑稽，而非幽默，只能供一时人们的欢笑，而不能给人以深思。

　　政治家都喜欢用幽默来做一种政治上的工具，在二种情景之下，政治家最常用幽默，第一是从不利的情景下逃避出来，政治家常常被质问到山穷水尽，十分窘迫，像议会中的答问，和新闻记者的质询。你若不知道用幽默来从这种情景，逃避出来，你将遇到奚落、讥笑，甚至于影响到你的政治生涯。像最近魏道明大使由美国返国，他立即给新闻记者所包围，有一位新闻记者很直率地问大使道"听说你返国后，将出任某要职"，这是很难回答的一句话，可是我们的大使却会用幽默来回答，他的回答是"这对于我也是新闻"。于是使新闻记者们都哑口无言。

第二种情景下，政治家最常用的是把幽默当作一点轻松剂。在会议中，唇枪舌剑，空气往往十分紧张，紧张得使人透不过气来。幽默可以使会议进展轻松些，使空气和洽，而精神活泼些，最近郭泰祺任安全理事会主席，在他末一次会议上，他说："我明天就不再当主席了，显然是松了一口气。"这二句无伤大雅的幽默话，曾经给沉闷的会场空气带来了一二声笑声，就算在普遍的家庭里，客人的访问中，我们也常常欢迎幽默，例如有一次，有一位男客来家访问，你正在忙于整理屋子，他却进来了，你看着这一屋子的杂乱样，很抱歉地说："对不起，我正在打扫，屋子太乱了。"那位客人却堆着满脸的笑容，客气地说："我很抱歉，我不能帮你忙。"后来，那客人有事，要和你丈夫一同出门去，他回头来对你重声地说："你不介意吧！要是我把你丈夫带出来，不过那么一分钟时候！"对于那么一位善于幽默的客人，我想所有当主妇的人，一定都会喜欢他再来，因为在我们日常的生活里，我们是太单调了。我们喜欢幽默，因为它可以在我们的生活里涂上一阵快乐的色彩。

幽默是一种艺术，为了我们的健康，为了可以使我们的生活增加快活，我们需要幽默。

昆明《中央日报》【新天地】，第 62 期，1946 年 7 月 20 日

笑

芳 郁

　　一个人在笑的时候，是最美的时候，相反的，一个人在哭的时候是最丑的时候，这就是所以大家喜欢看笑着的脸而避免去看一个哭丧着的脸，因此聪明的人，知道用'笑'来得到别人的欢心，像我国著名的美人杨贵妃，在初次被皇上召见时，她'回头一笑百媚生'弄得"六宫粉黛无颜色"。古代埃及女皇克利奥佩屈拉也是用笑来赢得了凯撒大帝的喜悦而避免了自己的厄运，当凯撒大帝命令她去见他时，她巧妙地想出来把自己卷在一块鲜艳美丽的地毡中叫人送到凯撒大帝面前，当她从地毡中跳出来时，她立刻'且笑且舞'，弄得五十四岁头发已经秃顶的凯撒如痴如醉，终身做了她的奴隶，这是笑的魔力。

　　"笑"有时还能帮助你从艰难的情境下逃出来，而不致于被窘迫，这情形在英国议会开会时常常可以找到例子，英国的议员的质问是非常利害的，常常问得主答者十分窘迫，主答者若没有幽默，不知道用幽默来从这情景下逃避出来，他将受到一般人的嘲笑，而可能影响到他政治上的失败。邱吉尔有一次就遇到这种情景，议员纷纷攻击他的政策，他在无法置答时，他起来笑着说："当我开始接受这个差使时（被任为首相），正是一般人所避免担任的（当时英国情形十分危急），但现在诸君中若有被请来任此职时一定都乐于接受了。"邱吉尔的话，引起了满堂大笑，别人对于他的责难立刻停止，邱吉尔知道怎样用"笑"来从不利的情景下逃出来。

　　"笑"能增进健康。一个人在笑的时候，全身的血液循环都畅通，肌肉松弛，对于心脏是十分有益的，由笑中，我们获得了休息，使一天为工作而紧张着的肌肉都放松了，所以爱笑的人，他能不致于早年夭折，狄蒲博士（Chauncey Depew）曾经这样说："我的祖父是因忧虑死的，我的父亲也是因忧虑死的，我差不多也要因忧虑而死了，但是幸而我及时获得了幽默——看出了人生温和和滑稽的那方面，幽默救了我的命。"狄蒲博士直活到九十四岁才与世长逝。

"笑"能折消你和别人间的距离，使你容易和别人接近，是交友的最好工具，当一个陌生的客人上门来拜访你时，你们二人都觉得很紧张，很不自然，可是你若带着笑容，随便的谈起天来，严肃的空气立刻就可以消除，若是你们二人都板着脸，不带一丝笑容，那将无话可说。

让我们大家都学习笑，尽量地笑，痛快地笑，在愉快的笑声中，让我们暂时忘却目前的，我们四周的痛苦。我们不能让这恶劣的环境，这腐败的社会，这黑暗的政治，这一切一切的不乐意的状态，把我们消沉下去！在笑声中我们抬起头来，在笑声中，我们鼓起勇气来！我们不但自己笑，我们还要使别人笑，因为笑是我们最需要的。

昆明《龙门周刊》，第 8 期，1946 年 5 月 25 日

作家

　　一张白纸铺在你的书桌上，一枝笔拿在你手里，你开始写作，为了要先整理一下你脑中杂乱的思想，你先划一根火柴，燃起一枝烟来，看一缕青烟，袅袅的飘入天空，飘出窗外，窗上有竹帘盖着，由帘子的细竹缝里，看出去，蔚蓝的天空上点缀着错杂的浓绿的树叶。你的幻想，也跟着飘入天空，在你的幻想里，有美丽的公主，有洒脱的王子骑着白马，你进入一个理想的王国，也许你把你自己浸入回忆的云雾里，在回忆着，你看到了过去的战争，壮士的热血，人民的流离，美国战士们，壮烈的行列，和天空中白鸽似的一群银色飞机，在阳光的照耀中，闪烁发光。于是你把你的幻想，写成一个美丽的故事，使小孩们看了你的故事后，忘了糖果，忘了玩耍，沉醉在故事里，于是把你的回忆，笔录下来，使老年人想起他出征的儿子而流泪，使少妇怀念着她在战场上的丈夫而失眠，这是你的工作，这是世界上所有工作中最有趣味的一种，因为你的工作，不是痛苦，不是勉强使你为工作而工作，你享受着你工作的乐趣，这对于你是一种快乐！就是帝王也要羡慕你的工作！在你工作时，世上的纷扰离乱不能扰乱你的恬静的心情，人间的疾苦，你也忘记了，你暂时生活在你自己的理想里，世界上还有什么人比你还要快乐？

　　在无论什么样的职业中，你的时间都受别人的支配，不是你自己的。例如最高在上的皇帝大总统，他也得分出时间来，听取各种报告，开会商讨各部门事情的进行，也许在忙的时候，自早到晚，都不能随自己的意思而行动，其他如医生，教授，剧员，工程师，甚至于主妇等，他的时间都得听他人分配，只有你——一个写作家——可以随自己的兴趣，选择你一天中无论什么时候，悠闲地坐在自己家里，你的靠椅，要对着书桌，写下你一时的灵感来。

　　灵感！这是一个作家所必需有的，没有灵感，没有写作，一篇文章之灵感，就像一个人必须有灵魂一般，没有灵感的文章是没有阅读的价值的，世界名歌曲《完美之一日告终的时候》的作者卡丽彭特，就由于一时的灵感写下这一首不朽的名曲。那是在廿五年前的一天，她和朋友坐了一天的汽车，驰骋在南加州的野花满地的公路上，经过常春藤的河岸，穿越"产金地"玫瑰花的篱笆，到了晚上，她站在罗弼道克斯山的顶上（Rubidoux）望着西沉的太阳，把天空染成一片红色，又慢慢地沉入平静而神秘的太平洋里，她自语道："这真是完美的一日。"于是一支最美丽的歌曲，就在她那一刹那灵感之间完成了！这是奇迹！熊佛西写他的《一片爱国心》的剧本，也靠了他一时的灵感。他有一天在纽约的广阔的人行道上走着，前面有一对夫妇，很亲热的一边走，一边谈话，可是夫妇俩并不是一个国家的人民，一个思想立刻像闪电似的飞入他的脑中，他构成了一个故事《一片爱国心》，灵感往往会像闪电似的突然的飞到你的脑里，这暂时的灵感，所写出来的诗句，也许会使坟墓里的李白也自愧不如。

　　作家也是一种职业，靠了稿费收入以维持生活，英国著名作家约翰生博士 Dr. Johnson，曾经说过："要不是为了卖钱，只有傻瓜才去写作。"可是在所有职业中，作家所花的本钱最低微，像工业界中各项职业，认为需要雄厚的资本才能生利，需要有工厂，有机器，还要有原料，各样具备后，才能生产出货物来。商界更需要大资本了，就是医生也需要药品，无论什么样的职业中，没有像作家那样需要最简单，最便宜的资本了，他的资本，只不过是几张纸和一枝笔而已！

　　可是作家的魔力都最大，他可以控制人民的感情，不但是现在的人民，就是以后的人民也会受他的影响，他可以使人感动得流泪，他也可以使人们高兴得欢笑。他更可以支配人们的思想，以致于引起战争，他的一句话，有时候可以影响到别人一生的生活，改变了他的人生观，永久把他的话当作座右铭，马克思埋头在英国图书馆里，苦苦地研究社会主义，几年苦功完成的几厚册书，使整个的苏联都改样，并且影响到全世界。远在美国的，有名的左倾作家辛克莱，他的书译成俄文，销路有三百万册之多，比他在本国的销路还要广，所以文学批评家说，他那急进思想的小说，也许就是促成俄国革命的因素之一。

今后世界之能步入真真理想中的和平时代，不靠科学家的原子发明，更非政治家如军人所能奏功，是全靠作家们的一枝笔来消除各国间的猜忌而鼓吹和平。

昆明《中央日报》【新天地】，第 64 期，
1946 年 7 月 28 日

重庆的热

"赤日炎炎似火烧，野田禾稻半枯焦；农夫心内如汤煮，公子王孙把扇摇。"

这是《水浒》上"智取生辰纲"，黄泥岗上卖酒的人嘴里所唱的歌。

在四季如春的昆明住了七八年，对于夏天的热的威胁也模糊记不起了，这次去重庆，才过着了真正的夏天。

飞机近重庆机场时，阳光从云中透露出来，照到飞机上来，我们大家开始感觉到热，飞机一停，一阵热浪袭进来，使我们热得透不过气来，立刻从机中直冲出去，迎面来的几个光着上身，穿着短裤，皮肤被日光熏晒得发深褐色的苦力，手中拿着大圆扇，不停地扇着，而脸上的汗珠，还是大颗大颗的直落下来。烈日当空，天上是青得连一朵云彩都没有，没有一丝风意，在烈日下，我们伫立着，像站在一个火烤箱里一般，等着办理完应办的交涉后，才跳上大卡车开进城去。车子弯弯曲曲地在山中盘旋，转过了一座山，前面又是一座山，慢慢的我们先看见了嘉陵江，一股黄浊的水流在山凹中流出来，使我想起昆明湖的可爱来！车开进市去，路旁茶馆前面，整齐地排着一行列竹子靠椅，都靠满了人，手中都不停地挥着扇子。

这情景在昆明是绝对不会有的，我看着想笑，小食馆的前面，矮小的绿树上挂着一块正方形的黑板，上面是用白漆写着的一个大的"冰"字，小贩们背着绿色木桶嘴里喊着"冰糕，凉快！香蕉冰柱，凉快！"满街飞跑，孩子们都围上去买了一块红色的，有黄红色的，用竹子签着的一块小小的冰块，放在嘴里含着，水果铺子前面，西瓜堆积成一座小山，这是夏天最好的消暑品，已经有八九年没有尝到它的美味了！

　　热，热得什么地方摸着都是发烫，桌子，板凳不用说，连玻璃都是烫的，水更是像热过了似的；热，热得孩子们的白嫩的皮肤上都生满了小红点子的痱子，像发着痧子似的热，热得整天抱着大水壶喝水，而那装开水的水壶也大得怕人，足可容纳下十磅开水而有余；热，热得老黄狗伸出了红红的舌头喘着气；热，热得老公鸡也不再趾高气扬的高声叫，踱着方步，它却静悄悄地靠在竹阴下纳凉；热，热得整个重庆像被太阳烤着的大烤箱，而我们是被烤在这烤箱里！

八月十四日寄自重庆

昆明《中央日报》【通信特辑】，1946 年 8 月 23 日

新闻记者

　　世界因为交通工具的发达而日渐缩小，人和人的关系更见密切，消息和新闻也传播得更远，甲地发生一件事情，瞬刻间，即可以传遍全球，使消息传播出去的，是新闻记者的任务。

　　新闻记者散布在全球各大都市中。但是采访新闻，却不是一件容易的事，你得想法子去钻，因为要钻，笑话就常常发生，新闻记者的无孔不入，甚至于给剧作家都认为是很好的笑剧材料。在巴黎的杂耍剧院里，Folies Bergère，就曾经上演过一幕短剧，讽刺新闻记者的无孔不入，这短剧表演得很精采，大受观众的欢迎。

　　重要的知情人员，都是新闻记者跟随的目标，在安全理事会开会时，苏联的代表，葛罗米诃就成了记者的跟随的目标，葛氏给他们跟得没有办法时，常常把"没有新闻可以报告"来塞住记者们的嘴，目前牯岭又成为政治中心，于是大批的记者都拥上山去，一有要人上山来，立刻就给记者们包围起来，蒋梦麟也不能避免这厄运，但是蒋梦麟是一个机智的政治家，他不用使记者们扫兴的"没有消息可以报告"的话来对付他们，他知道用幽默来在这不利的情景之下逃脱出来，他讲了一个笑话，他的笑话是："朱熹去见孔子，名片上写'门人朱熹百拜'，下加注解，朱者姓也，熹者名也，门人，学生也，百拜者百次颔首也。孔子看了连呼'啰嗦啰嗦'，记者们就在一阵笑声中散了出来。"

　　记者们有时因为要采访某项重要消息去会见一位重要人员时，他就需要应用心理的原则，来达到他的目的，当美国胡佛任大总统时，有一次他坐火车赴某地，一个新闻记者跑进车厢来会见他，但是那记者却没有办法使他谈话，因为胡佛总统，始终不开口说一句话，在这种窘迫的情形之下，那记者却想起了一个记忆，当车进某山地时，他有意说那土壤是某某质的，这引起了胡佛总统对于土壤的兴趣，因为他以前是一个矿冶工程师，曾经研究过矿场多年，并且还到过中国。记者这一句话，逗得他心头痒痒的，于是他先告诉记者，他对于矿场的认识是错了，接着他就大讲关于采矿的经验，等他上了劲后，记者就把话题引到他所要知道的某项消息上去，结果是十分圆满而退。

新闻记者虽然有时使政治人员非常讨厌，但是新闻记者对于他们却是十分需要的，因为新闻记者是政府和人民中间的媒介，有许多事情得要新闻记者把他们传达给人民知道，所以每当有重要会议开会时，除了代表席外，还得替记者们留下多少席位，并且给记者各种方便，像交通住宿等等，除此之外，政府中重要人员按例隔些时候，终得召集记者开一次招待会，由招待会中，说明他们施政的方式和时局中有无重要发展等等，聪明的政治家都知道如何利用新闻记者，以博得人民的拥护，像已故的罗斯福总统，他每周一定要分出一二小时的时间，开一个记者招待会，在招待会中，他谈笑风生，使空气融洽得像一个亲友中的茶会似的，使每一个记者都感觉得非常满意，记者实际上就是人民的喉舌，罗斯福总统之能连任四届大总统，打破美国历史上的记录，他的成功之因素之一，就在于此。

昆明《中央日报》【新天地】，1946 年 9 月 13 日

自行车在北平

　　在北平街上，第一件引起一个外边人回到北平来注意到的是自行车之多，真非中国任何城市所比得上，据北平社会调查局所发表的数字，北平共有领过执照的自行车十万辆之多，此外还有若干万未领执照的车子，以北平市人口来分配，差不多每家至少有一辆自行车，啊，好大的数目！

　　街上，你留心细看，各式各样的骑车的人都有，有男的，有女的，有老的有少的，有中国人也有外国人，有富的，也有穷苦的，真是蔚然大观，年轻的姑娘，穿着鲜艳色彩的衣服，"嘶"的一声，骑在车上，在你旁边闪过，使你感觉到青春的活力。西服笔直的绅士们，公事皮包系在车的横档上，慢慢地过去，他是公事完毕，回家去休息？几个小孩子，手搭在别人的肩上，排成一行，骑着车，唱着歌，他们是放学回家。在树荫下，一对男女，各骑一车，并排着前进，低低的谈着话，那是热恋着的青年男女，去一个山明水秀的所在，说情去了。还有壮健的工人，似飞的驶过，车后满堆着货物，那是送货的工人。

　　造成自行车被各阶层的人都欢迎的原因有二，第一，是北平城街道的广阔平坦，所有大路都是柏油漆的马路，广阔得可以同时有七八辆汽车开过而不会相碰，因此骑车在北平是一件舒服的事，而不是一件痛苦的事；第二是在北平有骑车的必需，北平城东西相距十里远，南北亦然，若是你在西城而要去东城会一个朋友，最经济最方便的办法是骑一辆自行车去，既快而又方便，坐洋车最贵，由数百至一二千元不等，汽车，电车你得等，并且挤得不堪，就是叫一辆出租的汽车，你也得打一个电话，等一个相当时候，在这种情形之下，骑车是唯一的妙法。

　　但自行车也有出乱子的时候，自行车被一辆大卡车直驶过去致脑浆迸流是常有的事，你骑车的技术不够高明，或车子太坏也常使你难堪，像前几天北平城就发生这么一个乱子，一个美丽的女郎，穿着淡绿色绸衣骑车过去，迎面来了一辆粪车，那女郎闪避不及，竟直冲上去，全身倒在粪上，旁观者都拍喊"好"！而那女郎竟气得哭不出声来，混身是粪，还得推着破车子慢慢走回家去，难堪，狼狈，可以想见。

此外，还有利用自行车的机构而成的交通工具，像三轮车就是一个例子，三轮车是变相的洋车式样，洋车是人拉，三轮车是人骑着行车，后面拉着一个洋车，这办法比洋车高明，坐车的人舒服，车子走得快而骑车的人没有拉车费力，在北平洋车很少见，而三轮车却极普遍，还有小货车在前，自行车在后，推之而行，大公司送货都是利用这种方法。

昆明《中央日报》，1946 年 10 月 17 日

死

　　提起死，大家都对之有几分神秘，也有几分惧怕。神秘？因为多少人虽然都经历了这道关，而离开了人间，但究竟是一种什么样的情景？死的时候，是一种什么样的感觉？是痛苦？是极端的痛苦？还是很舒适的过去了，像我们平日倒在床上，头靠着枕头，眼睛一闭，就入梦了一般的悠逸？自古至今，没有一个人告诉我们，所以临到这关头时，都得一无准备地，听凭自然之神操纵着我们，惧怕？就因为我们对于这一问题，一无所知，而死是一切的结束，你的希望，你的事业，你的快乐，到那时候，一切都到了一个末期，由于留意着你活着时的一切活动，你当然怕死之来临，同时，死人是多么地可怕，白得发青的脸，嘴唇也成了白色，直挺挺，死僵僵的躺着，无论谁看着，都毛骨悚然，因此，我们对于死，也就惧怕起来。

　　由于我自己曾经侍候过一个亲近的人，直到他最后闭上了眼睛为止，因此我知道一个人快要死的最后，一霎那时候时，他感觉到头昏、头痛，那表示血已经由头部下降，于是接着身子整个的一蠕动，他的灵魂就离开了人间，但是他的心还在跳着，身子还是温暖的，可以知道自然之神先抓住了我们的知觉，我们的身体留在人间尚要有半天的光景，然后才一切都完了。

　　相传我们死后是到另一个世界去，基督教告诉我们，人死后，都到上帝的脚前，听候上帝的公正的裁判，好的人可以升入天堂去，坏的人进地狱，佛教也有相同的说法，还有普通一般人的信仰，认为人死后将变成鬼，还与我们同生，因此，我们对于刚死的人的供奉和生前一般，希望他来享受，无论这说法是如何的荒谬，不近情理——试想若这个人死后都成为鬼，那么几千年来多少人都变了鬼，这如何容纳得下，——但这相信，似乎在人们的心中都落下了很深的根，不能完全铲除的，是的，我们从刚懂人事后，就常给做姊姊哥哥的用鬼来吓我们，吓得我们怔住了，常闭了眼睛，对于这神秘的鬼起了一种莫名其妙的害怕，老婆婆们，更爱在月下乘凉时，或者围炉取暖时，讲鬼的故事给我们听，小小的心上爱接收引起我们想象的事物，于是风吹动柳枝，我们以为是鬼来了，夜里躺在被窝里，听见老鼠走动的声音，也会想象到鬼来，就这样，我们在鬼的想象中长大起来，虽然以后受教育的灌溉，科学的熏陶，使我们对于鬼的荒谬说法，完全不能认以为真，但在我们的下意识里，仍有"鬼"字潜伏着。

死给人们一个最公正的评判，因此好的人都不怕死，而坏的人都怕死。一个人在生前，他给社会所冷视，朋友所讥笑，到处得不到一点温暖，寂寞，可怜地生存着，但到他死后，人们却会叹息地说：啊！某某人，他是一个好人呀！为什么这句话不在他生前说给他听，使他心中可以得到一点同情？因为势利迷住了人们的眼睛，没有钱，没有地位的人，普遍的引不起人们的注意，可是当一个人在生前，他握着他的钱，他的权，他显赫地过着豪华的生活，他活着谁都不敢对他说一个"不"字，但当他闭上了眼睛，离开这世界后，人们却大声地笑起来，痛快地唾骂起来，说他是一个如何如何坏的人，可惜他本人已经再也听不见这社会所给他的严正的评语。忠勇的将士，他们不怕死，因为他们知道死后人们还加倍的爱惜他们，有真正艺术天才的人他们也不怕死，虽然在生前，他们用心血描绘出来的作品，得不到一般人的珍视，但当他们死后，大家都忽然地会痛哭他们失去了一位天才艺术家，你看，多少著名的画家，他们在生前过的是什么样的生活？但，等死神抓走了他后，他立刻就身价百倍起来。所以我说，只有死，才给人们一个最公正的评判。

昆明《中央日报》【新天地】，1946 年 11 月 12 日

我们足下有历史

  我们的足下有历史，在我们站着的这一块土地下面，有多少帝王曾住在上面统治过，用他们的尊严，威望来管理着人民，有的有远见的，有卓智的，他们曾经很成功地，不，很快乐地在我们这块泥土上生活着，也有荒淫的，暴虐的君王，曾经使人民怨恨而起反抗，无论怎样，他们都在这块土地上留下了他们的痕迹，一块横匾的树立，一座牌坊的建成，使我们在想象中去揣摩他们当时的情形来，在遗留着的衣冠上，我们去想象出他们的容貌来，那该有近千年了吧！

  让我们再推远一点，我们可以推到四五万年以前，赫！朋友！你不要笑，以为我是在瞎扯，一块土地，可以有这么久远的历史？四五万年？那可以说是神话了，请你们去问地质学家，由于他们的发现，我们才知道有这么久的人曾经在我们这块土地上生活过，地质学家发现了北京人，就在离这城不远的周口店地方，在那里的山洞里，挖掘出来的化石，证明是所有人类的老祖宗，是四五万年以前的人，他们已经会用各种粗笨的石器，他们住在山洞里，他们是怎样生活着的，那不是想象中所能想象出来的了。

  现在在这块土地上，又是一批人在演着戏，他们会给这土地留下一些什么样的痕迹来，供以后的人赞叹，敬佩？还是给以后的人唾骂，讥笑？那可不得而知了，这土地上有各式各样的车子驶过，有各式各样的人走着，但我只看见一种强烈的对照，富的太富，而穷的太穷，有钱的人，恣意的尽欢，无钱的人，愁眉莫展，一面是严肃的工作，一面却是荒唐的生活，就像大街上并排着的一旁是朱红油漆过的，雕龙绘凤的美丽建筑，一旁却是简陋的破房。

只有那对站在北平北海大门口的石狮子，它看得最清楚，你不看见它们张着嘴在那里笑吗？它笑人们的愚笨，多少人曾经在那里生活着，可是谁都没有留下真真值得纪念的东西，只有那矗立在天安门前（以前百官朝拜天子都由此门入宫）的那一对石柱的雕刻家，他用他的智慧雕刻成一对石柱，上面刻着二条长龙，抱着柱子直到柱顶，精细美丽，人们在柱子下面经过，都得不由自主抬起头来惊叹那伟大的工作的完成，历年来多少东西经过长时间的日晒风吹而倾倒？唯有这对石柱它不怕任何摧残，依旧雄伟地立在那里，骄傲地，在日光下俯视着人民！

昆明《中央日报》【新天地】，1946 年 11 月 19 日

朋友

外面下着疏疏细雨，你一人寂寞地守在家中，忽然门叩声响一下，朋友从远方回来，多年不见了，你们亲热地握着手，你瞧着朋友，朋友瞧着你，你或许觉得朋友消瘦了很多，你心中起了一阵莫名的感伤，或是多年来生活的苦担，压瘦了他哩，还是心中的愁闷，使他逐渐失去了康健？可是你不敢问，怕更逗起了他的伤心，于是你们二人隔着一张桌子坐下，一杯清茶放在面前，茶的香味带着热气飘到你的鼻前，你觉得很舒服，一枝烟夹在手缝中，看着一缕青烟飘入天空，你们二人就这么静静的对坐着，陪伴着你们的，室内有架上的一盆菊花，窗外有一轮淡的月亮。

知心的朋友，并不需要多言语，二人对坐着，你觉得有他，他觉得有你，这就够了，愈是需要言语来表白自己的，愈不是真心的朋友，你们或许是初交，你们还没有深知。

也有许多人，整天宾客满座，谈笑风生，请起宾客来整整一屋子，排起酒席来，挤得没有隙缝，于是人们都感叹地说，某某人，哼！那真是高朋满天下哩！可是你问他自己，要是他肯告诉你老实话的话，他真是寂寞得像钟楼上挂着的钟一般，他内心真感觉得空虚。

朋友不是金钱可以买得来的，更不是虚荣浮华可以赢取的，朋友是要多年的感情来培养起来的，愈是幼年时候的伴侣，愈是会在你的脑子里刻下深刻的印象，童年时候，青梅竹马，手牵着手一同游玩，那时，世俗的浮尘还没有在你的心中投上一阵黑影，所谓"人情世故"还没有染污了你们，你们保持着上帝给你们的一颗天真的心，没有猜忌，没有利害关系，你们是纯洁的，在这时候交结的朋友，若是你们仍然时通音讯，互相尊重，这种友谊是永久的，直到死把你们分了手，但是朋友的一切仍活在你的心中。

年岁愈增加，朋友愈难获得，因为各人心中都筑起了一座墙，防御外边来冲破它，你和他人的中间都有一个相当远的距离，你不肯轻易地使别人冲破那距离而跑近了你，因为你在社会上混了些时候，经验告诉你人不是个个都可以剖心相待的，你也许曾经上过当，所以使你更不敢轻易交结，看见别人，哈哈笑一声，那只是脸部表面的肉稍微地动一下，决不会是由衷发出来的笑声，你们谈谈天气，讲讲时局，但是只在外边绕圈儿，你们曾经拨动过一下心上的弦吗？

人唯有在患难的时候，才可以感觉得友谊的宝贵朋友的温暖，在患难时候，而昔日相交的，不见笑你，不奚落你，反加倍的亲近爱护你的，才是真真的朋友，患难像是一面试金石，在平时，你分辨不出谁是真的朋友，谁不过是假的敷衍着你，直等到患难来了，你才借这面镜子而反映出人们的真面目来，人是那么难于相知啊！

因为人之不易相知，朋友之难于获得，和友谊之可宝贵，所以当你真真的赢得了别人的真心时，你要小心地保护着那易被摧毁了的嫩芽，用尊敬，同情，谅解来逐渐的培养它长大，等时光慢慢地把它发扬长大成一棵大树时，它已有了根基，就是狂风暴雨，也不会再把它折断，那时候，你已有了他，他也有了你，你们二人永久生活在一起，时光的消逝，不会损及了你们的感情二处分隔，也不会冲淡了你们的友谊，你是活在他的心中，永久活在他的记忆中。

昆明《中央日报》【新天地】，1946 年 12 月 25 日

鸡尾酒会

　　鸡尾酒会，对于每一个人已不是陌生的名称，随着抗战胜利而常在报上出现，鸡尾酒会，为什么要用这古怪的名字？鸡尾酒会究竟是什么样的一种集会？我想是每一个读者都希望知道的。

　　鸡尾酒会是起源于南美洲的一家小酒店，那小酒店的老板叫做阿登，有一个美丽的女儿叫做玛丽，二个人经营着这酒店，这酒店的酒比无论什么酒店的都好，所以一般嗜酒者都喜欢到阿登酒店里来歇歇脚，喝一口好酒，更有许多青年人，却是醉翁之意不在酒，是为了想多看玛丽一眼而来的。阿登酒店每天都是挤满了客人，在客人中间挤着的还有许多形状大小不一的鸡，鸡是阿登主人最心爱的，他养了有几百只鸡，鸡到处跑，客人坐的桌子下，椅子下，到处都有它们的足迹，在这几百只鸡中，有一只大公鸡名叫"硕果"，重十五磅，"凤尾红冠"，十分美丽，也是阿登主人最心爱的鸡。哪知有一天这只鸡忽然失踪，遍寻不见，这可急坏了店主人，生意也无心经营了，把酒店的门关上，在大门上贴了寻鸡的广告，谁把鸡找还来，赏金一百镑，广告贴了出去，而鸡还是不见，于是阿登主人再贴一广告说谁把鸡找还来，他除了酬金三百镑之外，再以女儿玛丽给他做妻子，并声誓决不食言。

　　这广告贴了出去，立即生效，第二天早晨，一个少年抱着"硕果"大公鸡就来打阿登酒店的门了，阿登开门一看，看见心爱的大公鸡，高兴得不得了，立刻请他到里面坐下，玛丽一看见那少年就心中明白是怎么回事。

　　婚礼就在酒店里举行，远近的人都来观礼，新娘玛丽，穿着礼服，美丽娇艳，穿梭似的在客人中间来回着给他们倒酒。

有人爱葡萄酒，有人爱威士忌，使她忙得头昏，她生气干脆把所有的酒都倒在一个大壶里，告诉客人只有这一种酒了，客人一尝，那酒味道特别好，问玛丽是什么酒，这时玛丽正一眼看着"硕果"大公鸡翘着尾巴到处走，于是随口说是"鸡尾酒"。

客人们这时已喝得都差不多了，其中有一人跳上桌子上，大声说道，今天这集会大家实在感觉得太高兴了！酒又是特别好吃，我们就把今天的集会定名为"鸡尾酒会"来贺阿登先生之重获爱鸡，和玛丽小姐之天赐良姻，接着的是下面哄然一阵附和之声。

于是，鸡尾酒会从此就出了名。

以上是历史，信不信由你，现在让我们讲事实。

鸡尾酒会是一种大的集会，客人的数目往往非常多，主人主妇立在大门旁和进来的客人一个个握手为礼，客人进了内室后就随便和别的客人谈话，不拘形式，十分随便，仆人穿着洁白的衣服，托着小盘在客人中间穿梭地来回着，给客人送下酒的食品，等客人到齐后，有时主人发表演说（若是这集会是有特别意义的话）或请人演说，有时等大家兴尽后就散会。这集会的好处是同时可以请许多客人，大家团聚一堂，有和别人认识交谈的机会，并且没有形式，一点不拘谨，十分随便，是新闻记者喜欢加入的一种集会，因为在这种场合上采访新闻十分容易。

但它的坏处是，若是你被请了赴会，而所到的客人你都不认识，那你简直就像到了一个陌生的国家里去，十分窘迫，一人孤独地瞧着别人往来着，握手言欢，你静静的，到这时候，你真不知道是站好呢，还是坐好？鸡尾酒会的用意本在于希望客人们多有认识别人的机会，但事实上，主人在门口接待客人，到的客人若与你无一面之缘，你如何可以和别人交谈起来，是问题。

举行这种鸡尾酒会，往往有所请的客人超过屋子的容纳量，于是把一间房子挤得水泄不通，空气里尽是烟和酒的味道，十分刺鼻，仆人们来回着，因为人多，常常会在你的背后擦来擦去。

若是你对于人喜欢观察的话，那倒是一个好机会，你可以躲在一个隅角里——别人不易注意到的地方——你静静的瞧着所到的客人们的举动，有男的有女的，有老的有少的，有外国人有中国人，各式各样，蔚然大观，再注意各人的举动，由此而揣测他们的内心，你虽寂寞地一人站着，也许会使你哑然失笑，这真是研究人的心理最好的地方了！

昆明《中央日报》【新天地】，1947 年 3 月

鸡蛋

郁

鸡蛋是营养价值最高的食物，普通主妇们对于鸡蛋所遇到的困难是没有方法知道它是否新鲜，尤其是在天气逐渐炎热后，常常会买到已腐坏的鸡蛋。

当你在购买鸡蛋时，你应当留意以下几件事：

（一）新鲜的鸡蛋，外壳是粗糙的，因为鸡蛋外面的硬壳上都是小孔，为的是便利胚胎的发展，使空气和水汽可以出入，陈旧的鸡蛋，外壳是光滑而发亮，所以一篮鸡蛋，你一看之下，就可以断定它是否新鲜，若外壳清洁而粗糙，你就可以认为满意。

（二）新鲜的鸡蛋，里面的空隙很小，摇之不会动，因为鸡蛋里面有二层膜，蛋生出后，温度降低，其中液体就收缩，内层薄膜也随之收缩，所以二层薄膜之间就有空隙，倘使放在水里，新鲜的鸡蛋就会沉下水去，而陈腐的鸡蛋却会漂在水面，也就是因为空隙大小的缘故，但是用水试验鸡蛋并不是一个好办法，除非你立刻就用它，要不然就使鸡蛋易于腐烂，因为鸡蛋浸过水后，水就从小孔里进入蛋中，而使蛋起腐化作用。

（三）最科学性的选择鸡蛋法是用光照鸡蛋内部，普通贩卖鸡蛋的蛋商也用这个方法选择鸡蛋，蛋商是用烛光在黑暗处照进鸡蛋里，新鲜的鸡蛋里面是很均匀的一片红色，空隙非常小，陈旧的鸡蛋，里面有黑色小点，空隙很大，也还有些红色，若照后，鸡蛋里面是一片黑色的，那就完全腐烂到臭的程度了，在街上买鸡蛋时，我们只要把手作成圆锥形，把鸡蛋对着阳光亮的地方，我们也可以知道鸡蛋之是否新鲜。

一个新鲜的鸡蛋打开来，里面蛋白是色清而坚，蛋黄凸起像球形，不新鲜的鸡蛋，蛋白呈混色，蛋黄是一片扁平，在实验室里试验，一个新鲜的鸡蛋，每克所含的细菌不到十个，并且没有一个大肠菌，次一等的鸡蛋，每克中含四百万细菌，其中还有许多大肠菌，有黑点的鸡蛋，那每克中含有细菌多至十兆之多，这种鸡蛋，煎炒都不能杀死细菌，只有用煮和蒸的办法，才能免去危险。

鸡蛋买回来后，我们怎样保存它，使它能仍旧保持它的新鲜，最简单的办法是放在盐水里，用盐防止细菌的侵入而使鸡蛋腐化，其次是冷藏法，放在冰点以下的温度中，现在最新的保存鸡蛋的办法是用电气冷藏，那是最好的办法，因为电气冷藏，温度始终一律，可以历久而不会坏，最高的冷藏鸡蛋的纪录，会使鸡蛋冷藏至九年之久，而鸡蛋仍新鲜如旧，电气冷藏较用冰冷藏尤佳，因为电气冷藏是干燥的，使防止细菌的繁殖力更大，第三种方法是把蛋做成蛋粉，中国的鸡蛋每月都有很大数目用这方法制成蛋粉运至欧美各地，在这次战争期中，美国政府用蛋粉供给世界各地所有的美国在外驻军，使他们的营养不致缺乏。

在目前中国大多数人民都陷于营养不良状态中，使健康受到摧残，而使中国前途更见黯淡，提倡养鸡而使人民普遍地有鸡蛋吃似乎是比较容易做到的一种办法。

《北平时报》【妇女与家庭】副刊，

第 18 期，1947 年 3 月 4 日

第 19 期，1947 年 3 月 11 日续完

笔

几根羊毛，上面装上一个小小的竹管子，就成了笔了。这是我国几千年来传流至今，而始终没有被淘汰掉，并且还普遍地被人应用着的一件东西，它却曾发挥出最大的效用呢！

诗人就用这枝笔来捉住一个短促的，美丽的片刻。傍晚时候，霞红色的夕阳，披满了山头，几只寒鸦由远处归来，叫声冲破了沉寂的空气；二月兰花，由枯草叶中钻出头来，六月时候，盛放着的玫瑰花，和偶然走过一家人家，从窗口传出来一个熟悉的歌曲的演奏声，或一个少女红晕着的双颊，嘴角边挂着的浅笑……这一切，诗人都珍重地把它记取了，然后在他的笔下，写出万人惊叹的诗句。

可是同样的一枝笔，在一个政治家的手中握着时，政治家得逐句逐字的，仔细考虑过，然后才落笔写下。他不多写一个字，同样的，他也不少用一个字。一枝笔在他手中，就成了一件最利害的武器，他可以用这枝笔，发起革命，酿成战争，他也可以用这枝笔维持和平，使亿万人民，都能安居乐业。罗斯福总统的四大自由，孙中山先生的三民主义，都是用这枝笔写下的不朽的政治结晶品。

有许多人在虔诚的祈求法官手中的笔，望他从宽惩处。法官笔下写成的定案，能使你由痛苦中解放出来，恢复自由，也能使你从此禁锢在不见天日的囚笼里，一生在悔和恨中消磨过去，陷离了现社会，离开了亲友，用自己的眼泪，洗去了心中的怨恨。可是，你没有办法，你是给法官手中的笔所决定了的命运，当他在那里动笔写字时，你心惊，你战栗，你恐怖，但终于使你绝望了，你可以在他的笔下，晕厥过去。

　　远隔着的情人，最需要的是笔了，因为就靠这枝笔使他们互通音讯，他们把自己的思想，自己的恋情，自己的心胸，写在笔下，寄了出去，然后再用通夜的失眠、相思，期待着山谷那边传来的一些回音。笔是维持他们情感的最有效的东西。

　　人类就靠这枝笔，给我们流传下来了文化，给我们记载着过去的历史，给我们写下一切国际间的仇恨和纠纷。目前还有多少人在靠这枝笔来维持他们生活，解决了他们的衣食住三件大事。

　　亲爱的读者，我现在也就握住这枝笔，把我一点小小的感想，从万里外寄了过来，呈现在你们前面，所以我也感谢我这枝笔！

昆明《中央日报》【新天地】，1947 年 4 月 5 日

鞋

　　我仍旧穿着那双云南土产的车轮底皮鞋，在北平广阔的马路上走着。

　　这双鞋曾经陪伴我度过八年抗战的艰苦岁月，生活的痛苦，处境的艰难，只有它最明白。它曾经帮助我迅速地离开市区，逃过郊外的狭小的田岸，而避进山洞去。当日本飞机，正疯狂地向我们无辜的老百姓肆虐的时候，它也曾挣扎着在昆明七高八低的石子路上走着，为了可以省下几个车钱。但它也曾经带我到过昆明最美丽的地方去，让我靠在山顶上危立着的大松树旁边，在伞似的荫影下，悠然地欣赏着昆明湖的波光帆影。它带我到朋友家去，在温暖的友情中，我暂时忘却了柴米油盐的焦急，愉快地共同回想到同窗共读时的乐趣。可是它也曾把我带进狡猾的小商店里，让我瞧狡猾商人的狡猾脸儿，彷佛在抗战中，唯有他们是最得天独厚的。我带着一肚子的烦闷，重又回到我的家，一个破旧的庙里去。

　　抗战胜利，这双云南的车轮底鞋，居然有福气可以作一次长途旅行。踏进有着最新式装配的巨型大飞机去。我想它也该感觉得骄傲了吧！它借着空间的旅行，舒服地停留在四川的肥沃的土地上，不久又把它带到这古老的北平城里来。

　　这双鞋上沾有云南的泥土，四川的尘灰，终于在平坦的柏油马路上踱起方步来了，因为这儿是北平城。

　　可是谁又想到到了北平后，它反遇到了厄运。

　　有一天，我走进一个老朋友家去，她已经在日本人统治的北平城里做了八年医生，生活安定，比我这像浮萍似的到处飘零的生活要强得多了。客厅里古色古香，富丽华贵，地上还铺着一条最讲究的团龙花纹的深蓝色地毯。我一进门，热烈地握着老朋友的手，我们已有八年没有见面了，我走进客厅，坐在舒适的大沙发椅子里，用惊奇的眼睛瞧着客厅里的一切布置。因为这种物质的享受，华丽的家具，已许多年没有接触过我的眼了。可是在这时候，我的朋友，却用眼睛注意到我的脚上，和她地毯上的几个沾有泥渍的鞋印。

"你还是那个样子，没有一丝一毫的改变，虽然经过了八年的离别。"朋友开始说："你瞧你那种不在乎的样子，还不是和在学校里时相同？到了北平了，你们也应该脱下你脚上的那双又粗又笨的鞋，买一双高跟的穿穿吧！"

"你不知这双鞋已成了我最好的陪伴了。八年来，陪伴着我度过艰苦岁月的就是我这双鞋。"我笑着回答她。

但是我的朋友很明显的不会明了我的心境，所以她固执着一定要陪我去重买一双鞋，我们终于在一家最好时髦的鞋店里买好了一双鞋。不，是她挑选好了，并且逼我穿上的。

我很不习惯地穿着这双新鞋走回家去，到了家的时候已该烧饭了，赶着走进厨房去。在凳子上坐下，我立刻感觉得十二分的不舒服。再从匣子里拿出我的旧皮鞋，我的好朋友，那双云南土产有机车轮胎底的皮鞋来换上。是的，我是回到了北平，可是一切还不是和昆明时相同？甚至于更艰苦了些！我为什么缘故，要勉强地来粉饰太平哩？

昆明《中央日报》【新天地】，1947 年 5 月 3 日

钟声

抗战八年来，每天都为生活而打发着日子。在那一堆繁忙，杂乱的日子里，我没有听见过一次清澈而响亮的钟声。

现在，重又回到了清华园，钟声又在我的耳边响起来了，那么响亮，又那么沉重而雄壮！这钟声把我拉到记忆中最甜蜜的一角里去，我是怎样天真，快乐地，每天挟起书本，让钟声把我带到一间间的教室里去，生活随着钟声是有规律的，没有一些纷乱。整个学校里，几千个人的生活，都受着钟声的支配，而过着有规律的生活。然而钟声多少也带一些警惕的，自勉的气氛。

譬如，早晨吧，你懒懒地睡在被窝里，虽然太阳已照进你的白屋子，小鸟儿早已在枝头歌唱着了，但你仍旧想去追寻你那断续的好梦，合上眼你重又想入睡。猛然间，钟声响起来，这是钟声，告诉你，你应当开始你一天的工作了哩！

我们每一个人，从小就在钟声的督促之下，工作着学习着，虽然我们曾经换过几次学校，参加在各种不同的学习团体里，而我们所听见的钟声则是一样，依旧是那玲琮的有着音乐节奏的钟声。

钟声移走了我们的岁月，虽然它的重叠的响声是一样，但是在每一次击钟过后，一段时光也随之而去了。在钟声中，我们逐渐由儿童时代走进青年时代，而更趋向衰老。

当我走过钟亭，看看那高悬着的大钟，绿色的铜锈披满了钟，它严肃地，高贵地高悬着，使我想到在这钟旁边，曾经有过多少次不同的手在那里击捶着它，使它发出宏亮的声音。那只从年轻的，有着坚强的肌肉的手，终至于衰老，松松肉皮包着几根给繁重工作磨硬了的骨头，接着一个生命又完毕了。拉着这钟击的绳索的，又是另一只青年的手了。可是钟对于这生命的消逝，岁月的奔流，好像并没有留下一丝伤感的痕迹，它依旧发出宏亮的响声，声音越过上空，绕过树梢，终于停留在青年学子们的窗前，低低地徘徊。

有一个夏天，我住宿在西子湖边，小山脚下的一间小屋子里，天刚破晓，一切是那样静，静得可怕，突然的一阵钟声，从山上庙宇里传了出来，那么清新，而含有生命的活力，使我想象到几个脱离世俗的人们，在这清晨中，正在虔诚地希求着获得真理，获得生活的解脱，他们是那样的清高，超然，但是他们却也像学子般的用钟声来警醒人们的迷梦。

和这宗教完全不同，信仰也完全不同。可是钟声也属于基督的信徒们。他们在星期天的早晨，用连续不断的钟声，来呼唤所有基督的信徒们。齐集在严肃的礼拜堂里，为了人类的罪恶而祈求，为了将来的幸福而默祷，面对着十字架，唱着赞美诗歌，但求他们的诗歌能传到辽远的地方，使那些正在丑恶地表演着残杀同类的人们，在剑影刀光下，放下手中的武器，跪下求忏悔，为了他们所作的罪恶，让响亮的沉重的钟声，传到他们的耳边，告诉他们，天国在他们的忏悔中已降临到地上。

现在，在这四周静寂的晚上，人们都已进入睡乡，我又听见那钟声，从远处，绕过屋顶、跨过树梢、悠忽地来叩我的窗子。是在告诉我，曾经了一天的疲乏！我知该放下手中的笔，而获得一点安息了吗？

昆明《中央日报》，1947 年 5 月 4 日

钞票

一张比较厚的纸，二寸多长，三寸多阔，上面印着花纹，印着孙总理的相片，四角有数目字。这张纸，随便放在什么人手中，都会宝贵地收藏起来，而认得这是一张钞票。

钞票现在就是钱的代名词，是经过许多次的革命才留下现在的模样。他的祖宗是元宝，由元宝改变成圆币样，终于成了一张纸，可是功用则一，它就是钱。

这张钞票上面沾有农人的血汗，读书人的智慧，少女的粉香，商人的油渍，并且还附着许多不同种类的细菌，而是科学研究的人因为要明白细菌的传播情形，而曾经在显微镜底下发现的。

钞票是人制造出来的，可是现在它却控制住了它的主人，而拥有最大的权力，它可以掀起战争，播下种族间仇恨的种子。它可以支配人的行动，使得听它的命令而动作。它曾经离间夫妇的感情，扰乱天伦的快乐。它使兄弟反目，朋友失掉信义。它诱惑人犯罪，终于被禁锢在铁笼里：失去自由。它的可怕性胜过最可怕的原子炸弹。原子炸弹是只限于一块被炸的土地，有声音，有方法预知而躲避，可是它的恶势力却可以延到全世界，使整个人类都受它的荼毒。它的行动都是没有声音的，人们无法逃避。

钞票虽如此可恶，而人人都愿意拥有它。有了它，你立刻就可以身价百倍起来，亲友都刮目相看，饮食起居皆臻上乘，你是世界上最幸福的人。穷人用他们的劳力换来一纸钞票，就可以不虑冻饿。文人用他们的脑力，获得几纸钞票，来维持一家的生存。女人为了钞票而卖掉了她的青春，青年为了钞票而出卖他的灵魂，钞票对于每人的需要又如此。

昆明《中央钞报》【新天地】，1947 年 5 月 4 日

谎

　　请问有谁能坦白地站起来，用手按在圣经上，诚实地说：
"我一生没有说过一句谎话。"若真有那么一个人，他不是大圣
人，就是一个白痴。大圣人能守住自己的嘴，这么谨慎，不让
一句轻松的谎言，从他的嘴角边逃了出去；而白痴根本就没有
说谎的智慧。普通一般人，整天在谎言中过着生活，他对人说
谎，他也在听人的谎言，甚至于拿起一本书来，我们不能保证，
那本书是否也是记载着一些别人的谎。

　　谎是那么容易从你的嘴里逃了出来，那么轻易，那么带着
诱惑性。我们是没有办法禁止它，不使用它，因此我们也就给
谎所包围住了。

　　我们用谎言的时候，普通在以下几种情景之下：

　　第一，当我们遭遇到困难时，被质问得无法回复时，我们
就只有撒一个谎，让自己在这种不利的情景之下，逃避出来。
谎在这里，有帮助我们突出重围的功用，例如一个政府要员，
刚从会议场里商量一件大事出来，脚刚跨出门限，立刻进入新
闻记者的包围圈中，新闻记者要知道会议情形，但这又不能公
开，没有办法，撒一个谎，说："没有新闻可以奉告"，自己立
刻就从包围圈中逃了出来。"没有新闻可以奉告"，无疑的是一
个大谎，因为他的脑子里，真有万民渴望知道的新闻呢！

　　在第二种情形之下，我们撒谎，是我们想救人家，不使人
家知道真相，而感到莫大的痛苦。谎在这里是有益而无害的。
外国人叫这种谎是白色谎 (White Lie)。例如我们的一个朋友因
飞机失事而死，我们到那朋友的家里去，他的妻和老母，渴望
着要知道他的消息。我们瞧着她们那种关切，深厚的爱，使我
们不自主地把事情咽下肚去，假装高兴说："很好，我见到他，
你们放心。"其实他见到的是他朋友的尸身，他把眼泪迫进眼

眠去，向她们撒了一个谎。他是给情感追迫得没有办法时撒的谎。但他的谎却救了人，所以他的谎是白色的谎。

医生最常用白色的谎来安慰他的病人。他明知那病人的病，已至无法救治的地步，但他看见他的病人时，他还得藏起忧虑，而用快乐的声音安慰他的病人说："太太好好的养息着，过几天就会好的！"那女人的苍白的脸上，由于医生的谎言而引起了一个美丽的笑，感激的笑，谎言医治好了她灵魂上的创伤。

大人常常对小孩子撒谎，当孩子纠缠得没有办法时，你撒一个谎，从她的小手中逃了出来。像孩子哭闹着要吃糖，而你口袋里却再也找不出一块糖来时，你一定会把她的注意力引到别的方面去："乖乖，你快出去看，一辆大汽车在门前开过去了。"一个新的刺激，使她忘记了她的糖，二步一跳地跑出门口去了。至于门口是否有大汽车，那天晓得，除非上帝特意命令一辆大汽车在你门前驶过去，来救你不致于对一个天真的小孩使用谎言。

小孩也常常撒谎（饶恕我，要是我用这个字来定那些天真小孩的罪名），他们看见一只小老鼠从洞里钻出头来，兴奋得跑回家去，用小手比喻着："妈妈，我看见了这么大这么大一只大老鼠。"想象力使他们也撒谎。

女人的谎，大都属于小孩子一类。她们的想象力太丰富了，因此，她们用的数目字，常常过分夸大。像"晴空万里"，真是万里都晴吗？不见得。"血流成河"，血真能流成河吗？当然是撒谎。

最危险的谎，是所谓'黑色的谎'。有欺骗的作用，害人的成份在。对于这种谎言，我们得留意，因为那是包着美丽色彩的一粒毒药，吞下去，可以丧命。而这种谎，现在却正流行在我们的周围！

昆明《中央日报》，1947 年 5 月 22 日

蚕

　　一个小小的方匣子里，养着几条蚕，乳白的身子，在这小匣子里爬着，吃着桑叶，他们的命运完全握在饲蚕人的手里，若是那人是一个勤俭的人，对于蚕真真有爱护的心，那么，蚕就不会有"食物匮乏"的危险，永久有嫩绿的桑叶，要是遇到的主人是一个懒，而不喜欢小动物的人，养蚕对于他只不过是一种点缀品，那么，蚕的命运可就苦了。它们被关禁在这小匣子里，没有像它们祖先似的，能自由地生长在桑树上，自由自在地在这棵树上，爬到那棵树上，拣嫩的叶子啃。它们有自由，有选择的权利，不受任何约束，生活对于它们是一种愉快的游戏。可是现在的蚕，却完全失去了这种自由，而成为人类饲养品。

　　当我瞧着这些被养得白胖的蚕时，不禁使我联想到我们的可怜的女同胞了。我们不也和蚕受着同样的命运，我们给男子的经济饲养着，关在家的小匣子里，失去了做人的自由？

　　在以前，我们不也和蚕一般，任凭命运支配着自己，落在一个性情好，本领高的男子手中，我们就可以被养得白胖胖的，不必愁吃的，而吃的自然会送到你嘴边，似乎很幸福地度过了一生，用不着追想祖先的自由生活，也不必再作任何奢望，在同类中，这不已是最快乐的了吗！于是一年又一年的过去，让时光在身旁消逝，就像蚕似的过了一眠又一眠，直到它自己吐出来的丝，已把自己缚在茧里，这一生也就过去了！

　　可是，若不幸，竟遇到一位又暴燥，又无能的丈夫，你除了流你的永不会流尽的泪，恨那不可知的命运之外，你还能做什么？你有勇气，从小匣子里爬出来，在陌生的地方，作一次危险的旅行，重又回到你的桑树上去吗？没有！从古至今，我们没有这么一个勇敢的女性，敢作这么一个勇敢的决定。多数都被禁锢在这小匣子里，寂寞，空虚地度过她的残生。说也可怜，就是我们大多数女同胞的命运。

近来，很多女子是觉悟了，我们不耐烦再受男子经济的饲养了，更不愿意再被禁锢在家的小天地里，于是她们想飞出去，飞，飞到蔚蓝的天空中，在自由的空气里洗一个澡。

然而，飞出去了以后，留在笼中的小鸟，又由谁来照顾！"下一代"永久是我们"飞"的绊脚石。慈母的心像一根绳似的，在后面牵住了我们！

昆明《中央日报》【新天地】，1947 年 6 月 5 日

鸟

　　北平的冬天，悠长而艰苦，永久是灰白色的天，笼罩着灰白色的地，看不到一点绿色，一根小草，一只小鸟，整个的大地，在冬眠状态中。

　　春天来了，天气逐渐和暖，在黄色的泥土中，一根嫩绿色的小草，正在那里挣扎着探出头来。瞧见了，不禁呼一口气，是的，春天来了，大自然将在这污秽的大地上，披上一件美丽的外衣。

　　猛然间，一阵布谷鸟的唱声，由半空中掉了下来：

　　"布谷，布谷，快快布谷。"

　　就是这小鸟，在昆明的天空中，曾经用它清澈婉转的叫声，惊醒农夫，告诉他们，现在是布谷的时候了。想不到，来到北平，它又在我的头顶上唱起歌来了。我仿佛像找到一个老朋友似的那么高兴，抬起头，那不知究竟什么形状的小鸟，却深深地躲在树枝里，瞧不见它，只听见它的歌声。

　　提起鸟，说也惭愧，活了这么久，鸟的歌声，始终没有在我的心灵上扣动过，处在这繁忙的社会中，让每天的琐事，控制住了我整个的时间，耳朵听见的，是叹息声，怨恨声，看到的，是深深地锁着眉头的苦脸儿，因此这上帝的小天使，竟不能把它的歌声，来打动我的心灵。

　　直到我初到昆明时，携儿带女的烦难生活，把我累倒了，我病倒在床上。病，使我暂时躲开了日常的繁忙工作，使我有一个休息，获得一点恬静。于是，在一天清早，经过了一夜的甜睡后，我舒服地醒过来。天刚破晓，只有很微弱的一点亮光。从低窗里射到我床上，四周是那么静，大地正在酣睡中。就在这寂静中，一缕清凉的歌声，从窗外的枇杷树上发出来，那么婉转而含有深意，清澈而不带一点俗气。像微风吹过竹林，发出来的尖细的声音，像清泉，由乱石中流出来，发出来的急剧的声音。它是在喊醒大地，喊它醒来吗？它是在传布上帝的福音，来拯救痛苦的人类吗？……不，它是在呼喊它的同伴。因为同时我听见属于后面蔚翠园里的枇杷树上，正发出同样的歌声。

慢慢的，有别的鸟的歌声，发自附近各处的树上。许多鸟的歌声，混合成一个大合唱。人间任何乐器的合奏，能及到这合唱的婉转吗？我仿佛坠入仙境中，远离这痛苦的尘世，听见的是仙女的歌曲，看见的是一个快乐的仙境，我沉醉在甜蜜的歌声中。

当乌鸦用它粗哑的声音叫起来时，这小鸟的合唱已近尾声，各处人声在走动，天已大亮，大红的太阳，已照到墙上，接着是麻雀子的一阵吵嗓声。麻雀，这种可爱的小鸟，它生长在都市中，所以它也染上了都市的恶习。它起得最迟，当别的鸟儿都已飞往辽远的天空，寻觅它的伴侣时，它才慢慢地爬起来，用小黑眼睛，躲在屋檐的隐身处，来侦察人们的活动。

提起麻雀，又拉我回到童年去。年轻人是更和鸟相接近，喜欢去捉它那软软的轻轻的颤动的身躯。所以，当一个小麻雀迷失了去路，飞进我的屋子里来时，我立刻惊喜交加地把门窗都关严了，和这可怜的小麻雀玩起捉迷藏来。它飞到东边，我追到东边，它飞到西边，我追到西边，直到它体衰力竭，掉在墙角里，再也飞不起来时，我才走进前去，双手抱起它那急剧地跳动着的温暖的小身体。看看它那可怜模样，我感到一个胜利的得意。我把它放在一个大笼里，给它一点水，一些碎米，但是它却不动，也不吃，失去了自由的小鸟儿，就在笼子里，寂寞地死去了。当我看见它那僵硬的身体，倒在笼子的一个角里，我禁不住流下泪来，是我的罪恶，摧残了一个小小的生命。

在鸟中，我最爱那柔和的白鸽。也许也使我回到童年时代，父亲是喜欢养鸽子的，最多的时候，曾经到过一百只之多。父亲叫我们给每只鸽子都起一个名字，于是各种各样好笑的名字都加到鸽子身上去。一清早，鸽子吃过早饭后，一齐飞到屋顶上，然后一只引头先飞起，别的鸽子随着都起飞，成群地在蔚蓝的天空中盘旋，鸽铃代表了它们的歌声，它们飞到哪里，就指示给我们它们的所在地。一翻身，一转眼，它们在万道金光的太阳光彩里消失了，只隐隐地听见铃声，告诉我们，它们并没有飞远。这群可爱的鸽子，当父亲咽下最后一口气，永远离开我们时，鸽子全都飞起了，没有一只还来。所留下一个个小洞的鸽巢，寂静地躺在院子里，这更增加了我们对于父亲的哀念。

你看见过大鹰，伸展它的大翅膀，那么自由自在地在天空的高处盘旋着吗？人羡慕鸟，想模仿鸟，而制造出飞机来。模样儿像鸟，有着鸟的飞行速度，可是你坐在里面，却感觉不到飞行的乐趣，凌空翱翔的快乐，违反自然的规律，是不会有好的效果的。

更可怕的，是这像鸟的机器，现在人类竟用它在罪恶的场合中，把它作杀死同类的可怕的工具，使人们听见它的声音而战栗，看见它的到来而惧怕，多少无辜的老百姓死在它的下面。平日，它更噪扰了空间的恬静，机件的噪杂声，冲破了空间的和平。

"布谷布谷，快快布谷……"，布谷鸟又在远处的树枝上唱起它的歌来了。布谷鸟请你把你的歌声，带到那远远的地方去，那里丑恶的人吃人的悲剧，正表演得热烈，希望你的歌声能惊醒他们，告诉他们，现在是布谷的时候了哩！

昆明《中央日报》【新天地】，1947 年 6 月 14 日

说话

　　每一个人都有一张嘴，嘴的功用有，一是吃饭，所以使我们生活下去；二是说话，说话就是帮助我们怎样生活下去，说简单一点，就是给我找饭来吃。

　　可是你不要小看这张嘴，因为从这嘴里出来的一二句话，曾经闹得惊天动地，震动了这地球上每一个居民。

　　说话代表你的智慧。会说话的人，一定智慧要超越常人，这是无法加以锻练的。虽然有些感觉得自己没有说话的技巧，不能像别人似的临阵应变，会说人家很渴望想听到的话儿，会说到人家的心上去，于是投机的商人就翻印一些处世教育等书，教人学说话，我不相信那会发生效果，因为说话是上帝赋给人民的一种礼物。而可惜的是，在这里，上帝也有了偏袒，并没有把礼物送给每一个人民，就像上帝他没有给每一个人同等的智慧一样！

　　说话也表演出你的思想，你的思想常常在你的话里流露出来。我们要知道他是什么样一个人，我们只要注意他的话儿，思想是一个人的蓄水池，而嘴就是一条小河，从蓄水池里流了出来。有许多人想在这小的口加上一个闸，来管住水，不让他痛快的从小河里流出来，甚至于一点水都不让他流出来！这对于他的事业上或许有帮助，但这是很痛苦的，因为那违反了自然的规律。老于世故的人，年纪比较大一点的人，能自由地、有效地管住这个闸。

　　而年轻的人，是没有办法的。因为他们的蓄水池里的水，真泛滥到齐边了，非找一个出处流畅不可，不然就会影响到蓄水池的健全。重则变成神经病，轻则一般性的郁病，像失眠、愁闷、心绪恶劣等等，目前一般青年们害的就是这个闸的问题。

说话流露出你的情感，情感只拿动作的表演是不能使人明白的，在说话中，才使你的情感充分地发挥出来。不但是说话的内容，就是你说话时的姿势、态度、动作，都能加深你的感情，加一阵压力在你的听众身上。把你的话，像电流似的流传到听众脑子里。会演说的人，大半会利用这一点，使他的演说里有感情，能深深地感动听众。邱吉尔的演说就是如此，他知道如何用充满感情的话，来抓住他的听众，以前的希特勒，更充分地发挥了这功用。他的演说，是高度的情感的发泄。

说话帮助我们成功，罗斯福总统的一篇竞选演说，使他第四次做了白宫的主人，打破了美国的历史纪录。杜鲁门总统在四外长于莫斯科开会前发表了一篇援希论，震动了全世界，像掷一个炸弹到莫斯科外长会议席上，说话的力量是如此伟大！

可是，现在在我们的国家里，我们竟辜负了上帝给我们一张嘴的厚意，因为其一，它快要失去了吃饭的功用，很多人已没有饭可吃！饥馑到处在威胁人们。第二，我们也没有说话的自由，一句话语出来，你得小心一点，说错了可不是玩的！轻则关上二天，重则从此不见天日。上帝若真有，也该暗自伤叹了吧！

昆明《中央日报》，1947 年 6 月 26 日

镜子

芳　郁

自从人类的智慧，发明了镜子以后，人类就有了烦恼，因为镜子显示出来了每一个人的本来面目。上帝在造人的时候是不公平的，他没有给每一个人同样的美貌。他偏袒极少数的人，给他以美丽，而大多数人都多少有些缺憾！于是每一个人，站在镜子前面，心中总感觉到有些不快。

因此聪明的人，就发明了各种各样的化妆品，来掩盖住这个缺点。虽然，每个人本来的轮廓并不能因此改善，但至少你可以在你的面容上涂上一阵美丽的色彩，暂时掩盖住自己的丑恶。

人在镜子前找出了自己的相貌，人在舆论里反映出自己的行为。

舆论也是一面镜子，它照出了每一个人的行为，我们的行为虽然不能像我们的面貌似的，能在镜子前得到一个最正确，最公正的答案，但是在舆论前，你多少可以得到一类似镜子的功用，就是反映出你的行为来。

丑女子看见镜子里的她，生气得把镜子掷在地上，打个粉碎。但是她可以打破自己的镜子，她没有办法打破世界上所有的镜子！当她偶然经过一个地方，她仍有机会，在别人的镜子里，反映出她自己来。要是那女人真有权利可以毁灭全世界所有的镜子，使没有地方可以反映出她的丑恶来，但请问，当她走过一条小溪，面对着这自然的镜子，她有办法可以也把这毁灭了吗？现在，自以为聪明的人，想效法那丑女人来毁灭那反映出他自己行为的那面镜子，我担心他会遭遇到同样的命运。

昆明《新报》，第 2 期，1947 年 6 月 30 日

烟

　　自从人类的智慧，发明了烟以后，烟就和人结下了不解之缘。你愈是吸它，你愈是离不了它，它有一种魔力，紧紧地缠住了你，不给你脱身。

　　公毕返家，卸下衣裳，燃起一根烟来，在轻烟缥缈间，你瞧着对面那一抹青苍的山头，工作的疲倦在烟的恬静中，便会逐渐消失去了。

　　老农由田里归来放下农具，靠在墙角下让自己活在夕阳的余晖中，由衣袋里抽出长长的烟管，划一根洋火点着了烟叶，唧着烟嘴，用疲乏的眼睛打量着他所熟悉的田地。在这田地上，他曾经流下过多少血汗！他熟悉每一块泥土，就是闭着眼，他都可以诉说出来哪里是他的田地，哪里是隔壁老李的田地。烟一管又一管地吸着，紧张的肌肉慢慢地松弛下来，他又恢复了恬静的心，这是烟所给他的。

　　一个朋友来到家中，多年不见了，你们热烈地握着手，但朋友的消瘦，却使你心中像压上了一块重铅，要说话，感情就把话哽咽住在喉间，无法中，随手递过一枝烟去，让烟随时占居了这空间。

　　柴米油盐，样样向你进攻，而你的钱袋却又瘦得经不起一击，无法可想时，你且静下来，把自己暂时关闭在自己的小天地里，忘记了柴米油盐的威胁，忘记了这高度上涨的物价，也忘记了这整个的世界，你自己生活在你自己的幻想中，让幻想带你到另一世界中去，你拿起一根烟来吸着，在一圈又一圈的青烟中，你瞧见了天使在向你招手，你步入神仙世界。于是你把你的幻想写在纸上，让儿童们沉浸在你的极乐世界里，让大人欣赏你优美的文笔，精巧的结构。你完成了一篇作品，这篇作品是完成在你的一圈又一圈的青烟中，是烟帮忙你的思索，完成了你的想象。

最近一次的参政会议在南京开会时，有一位外籍记者，等俞大伟部长由台上胜利地完成了他的答辩，在回座位时，他走近前去，想给俞部长拍一张照。可是给俞部长坚决的拒绝了。在万分窘迫中，那外籍记者，由口袋里掏出一枝烟来，递过去，对俞部长说："这是美国最名贵的烟，你请试试。"俞部长接了过去，外籍记者连忙给划上了火，然后再带着笑说："现在我想我可以替你照一个相了，因为你吸着烟看起来多么自然。"俞部长笑笑表示默认，外籍记者照完后，握着俞部长的手，笑着说："我想烟是可以缩短人间的距离的。"

是的，烟是缩短人和人之间距离的一种最好的工具。它开启了横在二端二个心灵的门，使他们能接近，能了解，摒除了他们间的鸿沟，人造的壁垒。由于一枝烟，使他们自由地谈起话来，互相倾吐出心中的烦闷，所以烟就成了我们最好的朋友。

烟曾经是我们的朋友，现在也是我们新的好朋友，我相信以后会如此。

昆明《新报》，第 6 期，1947 年 7 月 28 日

马

　　自从人类的智慧能把动物驯服得饲养在家里，代替了他们的劳力以后，在各种被饲养着的动物中，马是最善良而忠实的仆人。消失去了昔日在山野中奔驶的粗暴，它低首于现在支配着它的主人之前，没有一点反抗，反抗已经给年代所剥蚀尽了，最后一点野气，也在人们的鞭子下挫平了。

　　竖着二个大耳朵，黑色的大眼睛，无神地注视着前面的景物，（可怜，活泼的神情，已随着自由而消失了）。四脚停留在地上，那么整齐，那么安静，似乎已经忘记了它们的脚，上帝曾经赐给过它们什么样的恩惠，它们能够疾跑如飞，像闪电似的，霎时间消失在草原上，而现在它们竟除了耐心地踱着方步，拖着沉重的车子前进以外，它们不能再有更佳的表现，一条长长的尾巴，来回摆动，驱逐苍蝇，全身的毛色暗淡而没有光彩。主人生活的痛苦，已在它们的身上找到了痕迹了。就这么一动也不动，直接到主人一声吆喝，才被牵着走回家去。我不知道在它们的记忆里，是否还存在着一丝一毫昔日光荣自由的情景！

　　在北方，马是最常见到的。身子高大而壮健，似乎也胜过它南方的同类，马的工作也最繁忙，它替商人拉货物，货物像山似的堆在它后面拉着的车子上。主人拿着长长的一根细竹竿，竿尖系着一根绳子，那是用来驱使它前进的。坐在车子的前面，随着车子一颠一跛地向前进。它也帮忙农夫耕田，这里稻田是很稀罕的东西，因此牛也就很少看见。在田间平原上来回走着，拉着犁儿的是马，这给昆明人瞧见了怕会笑掉了牙，马也给农夫推着磨儿转，两只眼睛给布包住了，不停地转着圈儿。到晚上，太阳离开了地面，孩子从小茅屋里钻出来，三三五五的跳上马背，来一个痛快的奔跑，孩子们在马背上跑到出一面汗，马下更汗如雨滴，直到兴尽力疲才转回家，把马牵到大树下拴着去。

英国的小朋友们，在刚会用笔在纸上写字时，就喜欢写"马是我们的朋友"。我想要是这些乡村中的孩子也会写字的话，他们会写出同样的句子吧！

当一头马，背着笨重的担子缓步前进时，它得耐心地等候着最后的目的地来到，然后它的主人可以把它的重担取下，让它获得一点轻松，一点自由。可以自由自在地在草地上打个滚，或对天长嘶，表示它已完成了它的任务。但是我们呢，我们每人的背上都背着同一的生活重担，我们沉重地，痛苦地在人生目的道路上迈步前进，但我们看不见目的地的到来，永久永久地向前走着，身体疲乏了，精力衰竭了，而瞧不见一片草原，一线光明。智慧超过任何动物的人类，过的日子却比马还要痛苦哩！

将来的英国女皇，现在的伊丽莎白公主，同情马。她说她若有一天能登皇位，她要下令给全国的马每周一个假期，可以有休息的日子，我希望我们的主人能给他们的马一个休息的日子！其实这不只是马有此需要，人类更有此同样的呼吁呢！

昆明《龙门周刊》，第 74 期，1947 年 9 月 6 日

路

  翻开地图来，在二个小黑点之间就有一段路。在这地球上，任何一个地方，通向任何一个方向，一定有一条路。路向长短不一，崎岖平坦不一，但功用是相同的，就是带我们从这一个地方，走向另一个地方去。

  当我们开始走一条远路时，我们心中有一个希望，希望在这路的尽头，会使我们看见一个慈祥的脸，含笑相迎，那是别离几年，经过漫天烽火，重又回来母亲的怀抱中。对于慈母的爱，像一点灯火似的，分向我们走过崎岖山路，爬山涉水，为的是暂时可以母子团聚，享受天伦之乐。

  也许在这路的尽头期待着的是我们梦寐中思念着的爱人，于是从路旁的一朵花儿，我们仿佛看见了爱人的笑脸。小鸟的歌，使我们联想到爱人的笑声，一花一木，一草一叶，都会在我们的记忆里留下甜蜜的印象，路在这里成了一座桥梁，引渡我们到我们向往着所遇到的人儿面前。

  多少人都曾经在我们走过的路上印上过他们的足印。以前如此，现在仍旧不停地有人在走着，将来也会如此，路不会改变，但在上面走着的人，都天天在改变。跑跳的孩子，逐渐长成健壮的青年人，踏着沉重的足步，负着生活的重担，迈开步子向前进，没有多久，一根拐杖扶住了身体的重量，吃力地走在那永久走不完的路上，于是一代又过去了，代替这一代又是另一个年轻力壮的人。是的，路不会改变，就是路旁的花草树木，岩石，沙土，都不会有什么改变，这些永恒的永久不会因时间而起任何变化，但是走在这上面的人，他们的生命都是短促的。

  "路是人走出来的"，没有经过人一次又一次，在这同一方向上走着，决不能产生出一条路来。路是代表人们同一意志，合作的精神，若是这种精神用在任何场合去，无论什么困难都能克服，可是这最浅近的教训却不能使人们警醒。猜疑，嫉妒，敌视，不合作，依然在我们中间阻碍着人类走向创造美丽，和平，快乐的另一世界去。

要是没有过在黑暗中摸索着道路前进的经验，你终不会忘记在这深浓的黑暗中，在痛苦地探索路线前进时，突然你看见了一线灯光，那时你的喜悦，真不是任何言语所能描摹的。你看见了光明，你明白了你的路，你放大了胆子大脚步往前走。

人生也是一条悠长而艰苦的路，每人在奔向同一目标前进中，但是我们似乎是在黑暗中摸路的时候多，我们看不见光明，来引导我们前进。于是多数的人，发出沉重的叹息声，吐出内心的怨恨。徘徊，踌躇，不知怎样迈步，围绕在我们四周的都是这些迷途的羔羊，但我们也看见有少数人，勇敢，坚毅，有决心，有把握地向前进，不怕路途的崎岖，荆棘的人，不后顾，也不滞留，放开步子向前走，那是因为他们有信心，"信"就是黑暗中的那一线光明，引导他们向前进！

朋友，展开在你面前的，也是一条路，它打开平原，延长到一个不可知的将来中，请你对于你自己有信心，不恐惧，不后顾，现在你就放开你的足步，在这人生的路途上，迈开第一个步骤吧！

昆明《中央日报》晚版，1947 年 10 月

客厅——是一家的温度表与人生经验的学习地 更会带来意外的喜悦

　　客厅是一家的温度表，你走进客厅，就可以推断出这家人的情况。布置得华丽富贵，当然可以断定这家人的经济状况的富裕，而一花一画，又可以测知主人的雅俗与否，和对于艺术欣赏之高下，由此又可以知道主人的品格。房子的整洁可以明白主妇的生活状态，所以当你皮包里装着朋友介绍的卡片，踱进一个陌生人的客厅里时，你已可以由客厅，而明白了这位主人的一半情形。还有一半就等待主人跨进客厅以后！

　　从你结婚后，开始布置你的客厅时，你就逐渐在学习着各种应付人事的手腕，因为每一个人，像树上每一片树叶，都不相同，虽然上帝给每一个人一双眼睛，而眼睛的转动，里面所包藏着的智慧，却又不是旁人所能探悉。上帝给一个人一张嘴，而从这薄薄的二片嘴唇里，究竟会说出什么样的话来，更是莫测高深。所以当一个人踱进你的客厅里来时，你除了循例的敬茶敬烟之外，你就得防范着自己，不致于做出你会后悔的事，说出你将来收不回来的话。你开始学习人事问题，学习怎样对付人，而"对付人"就是决定你将来的成败与否。这不是十年寒窗所能学得的，书本上没有讲过，这是要你在客厅里，凭你的机智，逐渐堆积起来的经验。所以你在客厅里，是在那里一课又一课的学习人生经验，做人之道。

　　客厅有时也会给你意外的喜悦，窗外细雨，满天灰云，你无聊地一人抽着烟斗，突然一阵门铃响，一个熟悉的声音，熟悉的身影，跑进你客厅里来，原来是你多年未见一面的老朋友，正从天方的一角飞来。客厅是这一家人，经过一天的疲劳，唯一的所能享受到的一点真真的人生乐趣，这乐趣，在将来儿女长大后，会深深地印在他们的记忆里。在他们愁闷的时候，痛苦的时候，他们会打开这记忆中愉快的一页，重温儿童时期，客厅所给予他们的恬静气氛。客厅墙壁上挂着一幅古老的墨梅，爷爷书桌上的精致的景泰蓝文具，和妈妈永久堆得满满的针线篮子，这一切，他们都不能忘，因为这一切都藏在他们儿童时期的愉快生活里。客厅是这一切的背景。

昆明《正义报》【家庭】，第 34 期，1947 年 10 月 27 日

谈过年（旧式）

周 政

　　翻开儿童时代的记忆来，第一件使我们感觉到兴奋的，无疑的，该是过年，一年到头，孩子所盼望着的就是过年，有好的东西吃，有新的衣服穿，有玩具玩，还有跟着爸爸妈妈后面到处拜年去，一连串的快乐的事情，在平时是享受不到的，在过年时，每人的脸上都涂上了一层快乐的色彩，整个世界都被浸在欢乐中。

　　可是过年对于一家的主妇是加倍的辛苦，她很早就得预备起孩子们的新衣，储藏起各种食品来，从祭灶那天开始，一件又一件紧跟着的事要做，每家亲戚家送年礼，做年糕，打扫房子，然后挂起祖宗像片，祭祖吃年饭。

　　吃年饭？那真是值得我们留恋着的一件快乐事，一家团圆，围坐在桌边，桌前摆着一对大红长烛，看烛泪一点一点的点满了灯口，它得滴整整的一晚上哩，那对大红蜡烛！桌上永久得放十双筷子，十付碗碟，就是人口不够十人的话，也得放上，为的是求十全十美的好语，食品一盘一盘放在桌上，都得有吉祥话的，像花生，那是长生不老，寸金糖，那是顺心如意等，然后做儿子女儿的，起来给父母敬酒，父母笑眯眯的地拿起酒杯，一年的忧愁，化成烟跑了！若是在年底时，家中还办过喜事，大哥娶了媳妇（普通娶媳妇都在年底娶），桌上多了一个人，大家更觉得快乐，而做父母的，眼看着那低眉含羞，坐在一旁的新媳妇儿，心中更是充满了说不出的快乐，这是人间难得有的一幅家庭乐图呢？

吃过年饭，父亲带着子女们，在祖宗的像片前，一张一张的讲述祖宗奋斗成家立业的事迹，祖宗的轶事趣闻，可以更勉励这后一辈的人，要努力继承祖宗的事业，这使有光荣历史的家，不致于衰落下去，这对于平时，我们很少有机会讲，不是做父亲的忙，就是讲也没有像现在似的能深深地印入子女的脑中。

大年夜一宵过去，第二天早晨醒来就是又一年的开始了，孩子们朦胧醒来，由于习惯，他们小小手儿知道伸进枕头底下去，去找那母亲昨天晚上，趁他们睡着时轻轻的放在枕下的两包红纸包好的东西，扁扁的一包是压岁钱，大一点的一包是寸金糖，第一年开始第一件食品下肚是几块寸金糖，寸象征这一年中一切都是如意顺心，同时做母亲的还有一个小小的愿望，就是希望用这几块糖塞住孩子们的嘴，小一点的叫他们知道有忌讳，不要大年初一，就张嘴哭叫，大一点的叫他们不要说不吉祥的话，这是一年的第一天哩！

曾经听见过有人倡议，废除旧历年，破除迷信，这种建议是随着西风吹进来了，人们自从接收了自西边传过来的文化后，就开始讨厌这些陈旧的作风，其实欧美的圣诞节，不也和我们的旧历年相同，二相比较起来，我们更觉得这祖宗给我们传下来的旧历年，比欧美的圣诞节更有意思，过圣诞节宗教的气味大，过旧历年家庭的意义重，几千年来，这古老的国家，所以能始终屹立着的，是我们有我们的文化，更重要的是家庭制度的健全，影响到社会上的安谧，有秩序，使这国家，数次濒于艰危，而终于由艰危中逃了出来。

《中央日报》【妇女文艺】，第 16 期，1948 年 2 月 22 日

谈过年（新式）

翻开童年时期的记忆来，最新鲜，富有色彩的是过年的那一幕，穿着新衣，吃着糖果，玩着玩具，满街的人，满街展开笑容的人脸，热闹、兴奋，直到商店重又开门，一切工作重又开始为止。

也许是这记忆深深地印在每人的脑中，不易刷去，也许是一年工作，需要一段休息的时期，你看一首最幽美的乐章，尚且要有一个静止的片刻，那么这机械般每天工作着的人们，似乎也该有一个停摆的时候吧！于是旧历年虽被废止，而照旧存在，并改名为春节了。

这真是中华民国国民最重要的日子，不论贫富贵贱，很早大家就准备这日子的来临。主妇们在阴二十过后，就开始忙碌起来了，先是满街地跑，采购年货，由吃的，穿的，供神的到点缀的应时品，都样样购齐，然后就在家中忙了。蒸年糕，做元宵，腌鱼肉，灌腊肠，缝新衣，扫房屋，使全家焕然一新，在忙碌中，时候就悄悄地溜过，"啪啪"的鞭炮声，是旧历年三十了！一张圆桌上，摆满了酒菜，一家大小对着一对红红的守岁烛，在烛光下，照耀出每人脸上呈现着的笑容，这情景迷醉过多少年轻人，使他们虽然在这年时远在天边，也不辞跋涉，赶返家中，为的是享受一下天伦之乐，和全家团聚在一起时的快乐。

老年人憧憬着大家庭，人口多，子孙满堂的福，所以在年底时希望能再增加一个人口，这希望无法满足时，就把算盘打在儿子身上了。对了，给儿子娶过媳妇，不是加添了一个人口，使家中又充满了新的希望？于是在年底我们往往可以看见花轿，满街奔跑，穿大红衣，吹喇叭的乐队，悠闲地吹着乐器，在街上走过，小孩子定跟在后边看热闹，一个含羞低眉的新媳妇，坐在圆桌的末位，害羞得不敢开口。这情景真使老年人高兴，摆桌子时可以多摆上一双筷子，盛饭时可以多盛一碗，这都是年老的人所祈望着的。

吃过年饭，收拾起残余酒菜，全家又围聚在桌边掷个状元红，六个象牙色子，"忽落"一声清脆地掷在碗里，多少个眼睛对它的转动注视着。好，一个满堂红！大家脸上都兴奋得通红，又一声吆喝，一付色子掷了下去，旧年过去了，新年来临。痛苦的，杂乱的，悲惨的一个年头就在那一声吆喝中度了过去，现在是一个有希望的，快乐的新开始，钟上刚打过一点。

各地的鞭炮声迎接一个新年的来临，新年到了，第一件事是拜年，在家中拜过，穿着整齐，女人们的发际更别上了一条大红绢花，坐在洋车出门拜年去，这家进，那家出，一见主人，"恭喜恭喜，过年好！"一杯清茶，几块点心，随便的天南地北的聊起，坐够了，辞出门，主人送到门外，跳上车子，又走一家，这样团团地转，直转到筋疲力尽，全身给寒风吹得没有一点热气，才再像块冻豆腐似的，直在车子上回到家中去。

场面大一点的人家，交际广，应酬大，要像这样家家跑过是事实上不可能的，于是大半是由一个聪明伶俐的男仆，黑布大褂，大红顶子的瓜皮帽儿，拿着一叠主人早就准备好了的大红拜年帖，往朋友家中送去代替了自己亲自拜年。

过年这几天，一切都失去了常态，商店关门，一切卖买停止，机关里没有办公的人，全体都休息了，连邮政局，银行，交通机关都没有人在办公，飞机也停止起飞，静静地停落在机场上，大轮船紧靠在码头边，于是人们除了拜年外，真无事可做，因为那几天，看不见一份报纸，收不到一封信，买不到一件东西，什么都停了摆，全国老小男女，一例休息几天，这真是一个最大的国家假日。

送走了旧年，迎来了新年，忘记了这一年中痛苦生活，把希望放在今年这新年中，不知有没有谁能担保这民国三十七年不再是三十六年的重复？

《中央日报》【妇女文艺】，第 16 期，1948 年 2 月 23 日

泥土

　　偶然走过一个地方，看见一个不满周岁的婴孩，坐在泥地上，双手抓了两块泥块在玩，我禁不住对坐在他一旁的他的母亲说："孩子在那里抓泥土，双手都脏了。"

　　那女人的回答却出乎我意料之外：

　　"我们不都是靠泥土吃饭的吗？"

　　这句话反把我怔住了，是的，她的话对的，每一样动物不都依赖着泥土而过活？那被践在我们足下，黑褐色的泥土，却培养着生命。一粒小小的种子，没有被人注意到，落在泥土中，环境合宜，气候温暖，这粒小小的种子，吸收着泥土的养料，慢慢地倔强地由坚硬的泥土中钻出头来，两瓣绿嫩色的小叶，骄傲地随风摇摆，在和暖的阳光中微笑着，似乎是在说："我经过了长期的忍耐而终于克服了一切困难，现在我胜利了，我已获得了自由！"

　　但同时也让我们想到并不是每一粒种子都能如此地胜利成功，有许多，因为环境太恶劣，泥土不能供给它们适合的养料，它们在泥土中窒息着，失去了生命的动力，它们就这样地被牺牲，永久没有能见过阳光，受到阳光的熏陶，获到它们应该获到的自由。

　　朋友，让我们为这些奋斗出来的而得胜利的种子致敬，同时也让我们为那些被牺牲了的无数小生命而表示悲哀。

　　泥土维持了我们的生命，而等我们的生命终结时，我们重又回到泥土中，我们足下的泥土中埋藏着从古到今多少生命，他们在世上曾经为事业奋斗过，曾经为他们的一点梦想努力过，他们挣扎着想在这人海中获到一个立足之地，但当生命之光彩逐渐暗淡时，他们都毫无抵抗地忍受最后命运之来临，他们屈伏在死神之手，没有一点抵抗，也许有一些悲哀，他们就这样离开了人世，可怜，这就是每一个生命不可逃避的命运，他们被埋葬在泥土中，那时，也许还有他们的亲近的人，他的朋友们怀念着他，但以后逐渐地被人所遗忘了。他们化在泥土中，光荣的一生，像一个梦似的过去了。

昆明《中央日报》【妇女文艺】，第 21 期，

1948 年 4 月 1 日

梦——没有谁不喜欢做梦

芬 玲

一个小孩子刚会说话，他就有他的梦，在梦中他微笑着，或泣哭着，醒来，他迷惘地四周张望，他失去了他的梦。

儿童时期有儿童时期的梦，他们梦见仙境奇遇，看到他们想象中渴望着想看到的东西，吃到他们平时吃不到的东西，在梦中，他们是多么快乐，这里真是一个极乐世界，没有悲哀，没有痛苦，有的是美丽的，幸福的，快乐的，但当他们从梦中清醒过来时，他们依旧诉述着他们的梦，想抓住一点梦境中的余乐。

不用否认，大人也有他们的梦，并且唯有有梦的人才有他们的前途，我们一定要有我们自己的梦，爱迪生梦想着蒸汽的伟大的力量，他眼看小壶盖子的被掀动而开始在脑中构成一个美丽的梦，他终于成功了。由于他的梦，我们享受着一切科学所带给我们的方便，我们得感谢他的梦。牛顿看见一个苹果由树上掉下来，他不像普通一般儿童似的，捡起就吃，他呆呆靠在苹果树底下，对着苹果出起神来，在他的脑中，形成了一个美丽的梦，这梦终于完成人类最伟大的发现，地球的吸引力。

罗斯福总统对于人类也有一个梦，他渴望看见一个自由和平快乐的世界，想把人类从痛苦中拯救出，他喊出四大自由的口号，可惜没有能等到他的梦的实现，他就离开了我们。

孙中山先生也给我们一个美丽的梦境，这梦境，我们至今还在那里努力想完成它。

因此，胡适博士在对着全体青年学生，站在燕京华丽的礼堂中，他请青年们都做梦，都有他们自己的梦，他说在他年轻时，白话运动是他的一个梦，而不是像希特勒似的梦，驱使全世界人走向灭亡的途上去。（未完）

昆明《中央日报》【妇女文艺】，第 21 期，1948 年 4 月 1 日

窗

　　朋友，你觉得窒息吗？我们需要开一个窗子。里面的空气是太污浊了，光线也太黑暗了！在黑暗中，我们摸索着，我们找不到我们所要找的东西，我们苦闷，我们痛苦，我们为什么不开一扇窗子呢？让一线明亮的、光耀的阳光，照进我们的屋子里来，使我们感觉到温暖，更照进了我们的心，使我们的精神，重又振奋起来，使我们愉快，而歌唱快乐，我们已经很久很久地没有听见一声快活的歌声了啊！让室外的新鲜空气流进我们的屋子里来，凉快的空气，会把我们吹得清醒过来，我们的脑子会重又敏锐，让我们可以清楚地思索一下，我们究竟当做什么事，纷乱噪扰，使我们失去了平静，我们多么渴望呼吸到一点新鲜的空气，让我们来开一扇窗子吧！

　　想出在房子上开一个窗子，实在是人类最智慧的表现，我们躲在屋中，避免了外边风雨的侵袭，可是由于窗子，我们依旧可以和自然相接近，推开窗子，我们可以看见外边的一切，早晨红日从青山中露出头来，慢慢地升到大树枝，把光面照遍了大地，于是人们都从睡梦中醒过来，世界重又现得活泼而充满了生气，街头小贩的喊叫声，小学生们背着书包，活泼地由你窗前跑过去，主妇们匆忙地提着篮子，购买一天的食物，先生们提着皮包走进办公室去，聪明的小鸟也在枝头，唱出她们美丽的歌曲，窗外，一幕幕地像一个活动电影似的，不断在那里映出，而你，却可以悠然靠在窗上欣赏着这活泼而充满了生气的景致。

　　杨振声先生曾经写过一篇《书房的窗子》，他把东西南北四面的窗子，都描写得美丽、生动，窗子对于文人是一个最优良的启示。

窗子是否曾引起你的一幻想，你想象到坐在窗前绣着花朵的待嫁女郎吗？在深闺静寂中，她们默默地对着窗子，绣进了她们的祝福，和对于自己一生的祈祷，她们梦想着一个柔和的丈夫，和以后的一段愉快而甜蜜的生活，当她们现在坐在窗前，预备嫁衣的时光，该是她们最快乐的时候，因为人们唯有在希望中，在期待中，才真能获得了快乐。

想想那些关禁在铁窗里面，囚笼中的可怜人们吧！他们离开了人群，离开了亲友们，独自一人孤独地、寂寞地、痛苦地在铁窗里面，度着他们的日子，那漫长而无尽止的日子啊！那些脸上长着长长的胡子，瘦黄的脸儿，憔悴的模样，站在铁窗前，只隔了一扇窗子，他们却失去了自由，当他们用畏惧的眼光，瞧着这外边的，他们以前所熟悉的世界时，我不知道在他们的心中，引起了一种什么样的感觉？是悲，是喜，是愁，是叹息？他们曾否对着明月，而希望在明月上能反映出他们所想念着，而现在不能接近的人儿，他们曾否祈求小鸟儿请它带给他的亲友们一些慰藉，请它歌唱出他内心的寂寞，他曾否寄语西风，叫西风转告人们，他的生活是这样的痛苦而残忍。朋友，你曾否对于那些关禁在铁窗内的人，寄予一些同情，一点怜悯！

当我读着莎士比亚的《罗密欧和朱丽叶》时，看到年轻热情的罗密欧怎样隔着窗子吻着他的爱人时，我认为这是最勇敢而热情的表示，爱，使他忘却了一切，在爱人的怀抱中，他到了天堂里。我们青年人，似乎都为了环境的约束，年轻而已老成，在他们的心中，再也燃烧不起来热情的火焰，爱的光芒，也不能使他们勇敢，而无所忌惮，他们给生活，给恶劣的环境压得低下头来，他们甚至于没有勇气承认他们的爱，接受他们的爱，享受一个青年人所应当享受的热烈的爱的生活。当你们看到，想象到一个美丽的花园里，百花怒放，香气洋溢在空气中，天上只有小星星闪烁着，似乎在窃笑这年轻人的动作，四边是那么静，这已近深夜，而这青年热情的罗密欧，却爬上了他爱人的卧室的窗子，隔着窗子，吻着那出现在窗前，穿着深白睡衣的他的爱人，这该是一幅美的图画吧！

窗子是美丽的，是我们最需要的东西，让我们来开一扇窗子吧：因为我们都觉得窒息，透不过气来，我们可怜地在黑暗中摸索着，我们看不见一丝光明，我们呼吸不到一点自由的空气，朋友，让我们一同来开一扇窗子吧！放进阳光，放进凉爽的空气，我们重又愉快清醒过来。是的，我们需要开一扇窗子！

昆明《中央日报》【妇女文艺】，第 22 期，
1948 年 4 月 8 日

我愿意做一个清道夫

　　我愿意做一个清道夫，手里拿着大扫帚，在宽阔的人行道上，低头慢慢地扫去。

　　我看见什么，我看见脚印——在人行道上的各种各样的脚印，假如我是有想象力的话，我可以从这些脚印中猜度出来，昨天一天曾经有多少人在上面走过，当然最使人注意到的是有着明显花纹的胶底脚印，清楚而美丽地印在这道上，那是代表什么样的人的脚印呢？有着这样的脚印的人，该是手提大皮包，穿着笔挺的西服，挺着胸膛，人群中的幸运儿，能在这离乱的世界出现，独善其身地保持着他的优越地位，再仔细观察，或许还可以发现在那些明显花纹的胶底脚印旁，一连串细小，像蚕豆般纤细的女人高跟鞋的脚印，也许那是挽在这些青年手臂上的漂亮女人的足印吧！于是你在想象中可以刻制出一对青年男女的倩影来，青春，幸福是属于他们的，他们正过着人生一生中最快乐的一段时光，世界是他们的，他们有的是可以享受的时间，过多的金钱，和追寻快乐的年轻的精力。

　　在那些美丽的足印旁，我们还可以发现草鞋的足印，巨大而粗糙，一个个地印在路面上，沉重而踏实，使我们连想到碧绿的麦田，长长的旱烟管，和亲切的招呼声。这些足印来到这里做什么？你也许要问在这种大都市的人行道上，似乎不应当有这种粗糙的脚印出现，是的，他们是更适合于秋色的田岸边，软的泥土中，和一望无际的青草平原上。社会在急剧地转变，炮火响遍了祖国每一个隅角，他们被拉到这陌生的都市中来了，也许是为了逃避兵役，随时谋生在都市中，出卖劳力来求取生存，也许是被强烈的炮火驱逐出来，使他们离开了亲手耕耘的田地，亲切的家乡，在陌生的都市中，希求温饱！更可怕的该是被无形的绳索牵着，被迫出来，走向炮火中去，在战争的呐喊声中，加添进去一些声音，加长战争的时期，也加深了战争的罪恶，但他们自己确是无辜的被牺牲者，当他们既然走进这大都市中来时，他们心中或许还记念到家中双鬓飘雪的双亲，同当甘苦的发妻？和以前常绕在膝边的可爱的子女们？但为了战争，他们被迫离开了这一群亲爱的人儿，来到这里等待开拔的命令，这是一个大都市，而一个大都市最详细的观察者该是清道夫。

在清晨，在晨光和曦中，他眼看匆忙的主妇们手挽竹篮，走市购买一天的柴米油盐，浓眉紧锁着，肩上负着生活重担，和那被生活压迫得垂头丧气的神情，他看见做小贩的黑裤白衣，黑鞋袜，青光的头，推着车子，这胡同进，那胡同出，开始了一天的买卖。生活的痕迹，刻在他们额上每一条皱纹中，你看见活泼快乐的孩子们，骑着自行车，背着书包，向学校飞跑过去，他们是我们的下一代，希望寄托在他们的身上，我们将把肩上的重任卸下来，加在他们的双肩，当他们长大得结实健康时，眼看着他们的活泼，聪明，勇敢，使我们对于我们的将来，描摹出一幅美丽的远景来，中年的绅士们，站在电线杆下面，静候着汽车，电车的到来，来接他们走进公事房去，开始一天的忙碌的生活，这是晨景。

当太阳慢慢地移过来，由东边移到正中时，大街上也显得更热闹而忙乱，人们似乎都由自己的小笼子中走出来，聚集在大街上，我们听到各种各样的声音，看到各种各式的人，有的为了生活，有的却为了消磨过去一段有闲的时间，更有的只为了猎取一些谈话的资料，找寻几个对话的人和发泄一些心中的愁闷，于是这大街就成了一幅噪杂的图画。

画家可以在这里找到他们画画的人物来，作家也可以在这里见到他们理想中小说里的主人翁来。这是寻求资料最好的场合，因为这就是人生，代表着人生的一部分。

太阳无情地渐向西落，遗下一段阴影在地面上，在大自然中，该可以听到归鸟的鸣声，自然界的一切动物，在觅取一个归宿之处，因为光明已离开了大地，黑暗将代替光明来统治一切，是的，一切光明的都已离去，剩下的是黑暗，你看见过那些徘徊在电线杆下面，人行道上的，幽灵似的女人吗？用浓厚的铅粉来掩盖住年龄在她们脸上遗留下来的痕迹，用鲜红的胭脂，涂在那被生活所剥融的苍白的脸颊上，用假装出来的微笑，来迎接一段罪恶的时光，为的也是谋取生存。你看见过那些捷克约翰们吗？他们离开了自己的国家，由大轮船载到这国家来，也许是为的消磨乡愁，为的是打发寂寞，常喝得东倒西歪，由酒店里踱出来，在马路上唱着异国情调的歌曲。你还看见过那些像猫头鹰似的人物，提着黑布口袋，乘着黑暗掩盖住光明，在黑暗中做着不正当的买卖？还有夜市中的一切可怕的可怜的景象，一群可怜虫，为了几斤棒子面，可以争得面红耳赤。

我愿意做一个清道夫，因为唯有清道夫，才能有机会真真地观察人生，了解人生，他是站在旁观者的地位，用冷眼来注视着人们一切的活动。

《中央日报》【妇女文艺】，第 30 期，1948 年 6 月 10 日

心理学文章

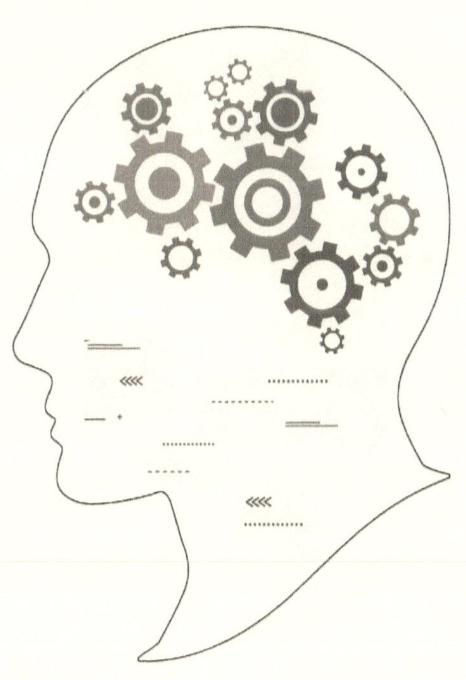

青年健康心理
——由苦闷到消沉座谈

　　自从抗战军兴直到现在，一般青年都普遍的感觉到苦闷，暴躁，他们恨这恶劣的社会，但没有办法使改良；他们对于目前所处的环境，感觉得不满意，但又鼓不起勇气来改革，他们对于周围的一切，都觉得不顺眼，但他们除了焦急之外，无从着手去改造。就在这种情景之下，把一个青年的活泼性情，阻塞到没有发展的余地，中国青年情绪的发展，因此也不能循一条正当的道路，中国青年表现在外的是早熟，对于人情世故，知道得比别国的青年多而且早，青年照他们的年龄，应当正是努力求学的时代，应当把他们的时间，都放在研讨学业上，而我国的青年很早就在人情世故上下功夫，他们很早就学会了如何掩饰住自己本来的个性而来适合他们所处的环境，他们学会了说假话来敷衍，你只要随便的和任何青年谈上几句话，你就会感觉到他已没有青年应有的活泼心情了！所以美国人喜欢笑中国的青年是早熟的老头子，青年的锐气，已给这恶劣的环境，磨得没有棱角！

　　除了早熟之外，第二种情态表现出来的是惰性，他们养成了消极的态度，对于一切都鼓不起勇气来，颓丧、没有精神，读书没有精神，工作没有兴趣，就是谈恋爱，也不够热劲，不要说五四时代的热情，再也在他们身上瞧不见一丝痕迹，就是抗战初期，那种热烈兴奋的感情，也消失殆尽，他们愿意如此吗？谁都知道，不，天生每一个人，都是不愿意懒惰的，懒惰都是环境逼迫出来的，对于这一点，最好的例子，是目前我们常见的北平工人，初级的劳力们。离开北平近十年，现在回来，最使我们感觉到不同的，就是以前的北平工人是有名的勤苦耐劳，而现在，在我们前面走动着的工人却是懒，懒得使你看着心里难受，一步换成二步走，一件工作，一天可以做完的，换成三四天做完，他们本性如此吗？上帝知道，日本人的虐待，生活的艰苦，心中的不平，使他们无法去抵抗这恶劣的命运，而用这"拖"，这消极的不合作来代替心中的忿怒，目前中国的青年学生们，也是如此！

对于这，学校的当局者都想法使外边的扰动不波及到学术界来，希望留下这块干净土地，作青年学子们修养研读的圣地，但消极的防范，终不及积极的改进，反面的办法，终不抵正面的努力，所以问题的中心，还在于青年们自己的努力，如何健全每个人的心理状况，以图挽救这颓废的，普遍的病态。

青年们到达了"青年"这年龄，是不容许他再徬徨了，对于自身应当有确切的认识，要认识自己，先从研究自己着手，要知道世界上没有一个人是相同的，就像树上的叶子，没有一张是相同的一样，人事问题之所以复杂，也就在于此，人是最不容易了解的，对于别人是如此对于自己又何尝不是如此！很多人走错了路，事业失败，婚姻不美满，都由于对于自己不明了。

研究自己，简单的可以在自己最亲近的朋友，亲属中，请他们对于自己下一个系统的评判，也可以把自己常默默的和周围的人作一个比较，但那都是主观的不科学的，所以也是不正确的，最好的办法是用心理测验，心理学发达到今天这地步，对于个人的性情，兴趣，工作能力等都有很精密的，详细的测验，那些测验曾经测验过很多的男女青年，是有系统的，经过这测验之后，我们可以知道自己的兴趣，究竟偏于哪一方面，合于做哪方面的工作，我们可以知道自己的性情是属于哪一种典型，我们是需要哪一种男或女的对方来配合成一个美满的婚姻，我们经过心理测验后，也知道自己的智力究竟是中材还是上智，也许自己潜伏着惊人的天才技能，而连自己都还不知道哩！所以要明白自己，要先从研究自己着手。

　　第二步明白了自己以后，我们认识自己，发展自己的长处，而挫压住自己之所短，要充分表现自己的长处，而把短处不给它有表现的机会，像一个人，他有机械能力的才能，他对于任何机械，都能控制自然，他对于机械有想象力，他能想到人所不能想到的，这是他的长处，对于他的长处，他应当充分发挥，他应当学工程，但他却不善于和人相处，他不够机灵，他的口才，他的文笔，都比不上别人，那是他的短处，他就不应当羡慕人家可以登台演讲，而自己也希望能有这一天，若是那么做，他是反了过来，不给他的长处表现的机会，而反想把自己的短处和别人相抗衡，这样做，他的失败是无疑的，他就是不认识自己。

　　研究过了自己，认识了自己以后，第三步要把握住自己，不要想法改变自己，这是决不可能的，谚云："江山易改，本性难移"，这是千真万确的，一个人的本性得之于遗传，复经过环境的融铸，使他的性情已铸成一个一定的模型，要改变这种模型，使他另铸成别的式样，他的失败，是可以预卜的，自己已经是这种性情的人，你只有把握住你自己。

　　一个人对于自己认识得很清楚，对于自己的前途当然也就容易有一个通盘的计划，对于将来有一个一定的目标，让他的志愿作他逐步前进的探照灯，他总有一天走到他光明的路上去，这种青年不会消极，颓丧，那谁都知道不可能的，一人如此，人人如此，整个的社会当然就可以上正轨，愁，焦急，烦恼，有什么用？

《平明日报》【生活心理】，1946 年 11 月 28 日

服装的颜色

　　春节又到了，这是胜利后的第一个春节。每人必定特别愉快来庆祝这佳节，姊妹们也都要加添几件新衣。在添制新衣以前，对于材料的选择，是要很费一番考虑的。选择得当，能加添你的美丽，显出你的长处，而掩盖住你的短处，选择不得当，就要得到相反的效果。在选择衣料时，颜色的挑选也是极重要的。现在我愿意举出几个对于挑选颜色的原则，以供各位参考。

　　（一）颜色所反映的感觉：在各种不同的颜色中能反映出不同的感觉。如黄色使人觉得温暖，而淡蓝色使人觉得凉快。因此普通住宅的墙壁，大都漆成黄色，尤其是医院中的病房，所以用淡蓝色的材料做冬装是不适宜。

　　（二）颜色与季候的关系：衣服不但能表示人的个性，同时也可以点缀自然，如果衣服的颜色与自然界的景色调和，便表示出你选色的能力，那就是你"会"穿衣服，在夏季要穿浅色的衣服，这是每人皆知的原则，因为深颜色能吸进日光，使人温暖，而浅颜色则能反射出光线，使人凉爽。同时因为在这时候，自然的景物都是深色的，上面有深蓝色的天，傍晚时更有深红色的彩霞，树上有深绿色的树叶，地上有深绿色的草，一切都是深色的，我们穿着浅色的衣衫，在这种背景中移动，使人心情更愉快，在秋天，衣服的颜色以绿色最相宜，其次是黄色，因为这可以象征着富的收获，与树上堆积着的果实，田野间黄绿色的农作物相呼应，同时颜色应当转深。到冬天，一切都成了死灰色。天上很少能见到蔚蓝色的天空（昆明是例外），地上满铺着白色的雪花，若有深红色，点缀其间，像盛夏时的花朵，一般的鲜艳岂不是使景色加添一点生气，所以在冬天红色的衣服最好，深蓝色较次，因为这可以使人联想到久未见到的蓝色天空。黑色也佳，尤其是黑绒和黑绸。它与白色的灰背景成一个强烈的对照。

（三）颜色与个人的关系：每人都有自己喜爱的颜色，有许多人喜欢蓝色，她们喜欢穿蓝色的衣服，提蓝色的皮包，发髻还插上蓝色的发夹，甚至于还用蓝色来装饰房屋。西方人黄发蓝眼睛白皮肤，以蓝色与她们最相宜，蓝色的衣服，使蓝色的眼睛更觉有神。黄种人，像印度人，则以红色为最佳，黑与红是相对颜色，一种强烈的对照。使人觉得有一种"力"潜伏着，象征着一种坚强的意志。我们中国人有黑色的头发，黑色的眼睛，黄色的皮肤，当以黑色为最佳。记得有一位美国女子初来中国时说过，她最喜欢看一个中国的少女，有着发亮的黑色头发，穿着丝质的黑色长袍，因为她觉得这样的服装既庄重又端丽。

是的，若能在黑色的长袍上，加上两颗富有东方色彩的中国古式花纽子，在花里嵌着红色的，黄色的，绿色的小点，岂不是能改去它的单调而增加它的美观吗？尤其是能在一件黑色的丝质衣服上，沿上一圈古色古香的长边。最能配合中国人的黑发黑睛，而表现出中国古老的民族性和悠久的历史文化。

昆明《中央日报》【妇女与儿童】副刊，第 89 期，

1946 年 2 月 2 日

生活的艺术

我们在世上生活着都为了两个最大的目标：第一是事业的成功，第二是健康的身体和高龄。可是自古至今能达到这两个目标的，能有几人？有人做到了第一步，他所希望的做到了，就是他的事业成功了，而他却失去了健康，像美国的罗斯福总统。若是罗斯福总统能保持他的健康，他对于全世界人类的贡献，他的成就，将更伟大！我国古时的秦始皇，在世时盛极一时，享尽人间的光荣与威风，他渴望长寿，寻仙丹，访仙露，以求长生，但仍无效。中外名人中只有爱迪生一人，二者兼全，爱迪生发明之多，贡献之大，是前无古人后无来者，他希望能活到一百岁，但他却在九十七岁时与世长辞了，比他所希望的只少了三年，我们要达到这两个目的——成功和高龄——我们应当注意我们生活的艺术，看我们的生活是否艺术化，合理化。

上帝给每一个人同样的每天二十四小时。伟大的人物也只有这二十四小时，我们普通人也不比二十四小时少。我们如何能利用这二十四小时，如何分配这二十四小时，使我们的生活艺术化，合理化，能有充分的时间作事业进取的准备，而同时不至于影响到身体的健康，使自己在事业进取的过程中，半途而辍，一切都成了虚梦，这就是我们生活最佳的艺术。要使生活艺术化，我们需要注意下列几件事：

（一）自信心

我们对于自己要有自信心，自信心是一切成功的基础。没有自信心的人，决不会在事业上获得成功，要培养自己的自信心，我们要先从小的事情，比较容易的事做起。我们在小的事情上做成功了，对于自己的成功，有了自信心，然后再去尝试比较难一点的事情，让成功的感觉，永远刺激我们上进，像爬梯子似的，我们慢慢的，一步一步的，终于有一天我们爬到了最后的一层，在胜利的光辉中我们微笑着，我们成功。

（二）抓住机会

说起来很奇怪，有许多人成功，都由于机会，有某一个好机会来时，我们要抓住它，不放松，决不犹豫。稍一考虑，机会过去，再也不会回来。可是我们也不能呆坐在家里，等候机会的来临，在机会没有来临以前，我们要充实自己，要有准备。一遇着机会，我们可以充分发挥自己的才能，来应付一切的变化。

（三）正确的决定

我们常常为要决定一件大事而感到烦恼，不安，甚至于暴躁。我们不知道下怎样的一个最后的决定，因为某种决定往往会影响到我们的将来。在决定一件事之前，我们需要详细的分析一下。第一，我们要分析这事的动机，我们如此决定是为了我自己个人的利益，还是为了正义？若是牺牲正义并迁就自己个人的利益，那决定一定是不会有好结果的。第二，要有一个大概的原则，根据哪些原则来衡量我们的判断，同时要考虑一个充分的时间，不要急于决定一件事，让情感来支配住我们，我们要等情感的火焰渐渐的消沉下去，用理智的真热，白光来指示我们一条正确的道路。

（四）休息

真真会做事的人，也知道如何真真的获得休息。在一段紧张事情之后，我们也一定要一个长时候来松弛自己的脑子。休息就是放松。在我们工作的时候，我们的肌肉，脑子，一切都是紧张着的。在休息的时候，我们让他们放松，这样我们才不至于为工作而累倒。当我们在实验室里时，我们倾全心力于工作。等我们脱下实验时所穿的白衣，扣上门，回家去休息时，就该让我们的一切思想，我们的实验，跟实验衣同时脱下。把我们的思想也关在实验室里，不要把它带回家去。让家庭的快乐洗尽了一日工作后的疲劳，我们才能真正的尽量的休息。

就是在工作进程中，我们有时也需要有片刻的休息。吸烟是休息的一个好办法，划一根火柴，燃一根烟来，看着一丝青烟袅袅的在天空中飘荡着，这就是休息。

（五）消遣

在正常职业之外，我们要有一种正常的消遣。用脑子的人，整日在室内工作的人，都要有一种室外的消遣。钓鱼，打猎，打球，划船都是最好的消遣。英国首相张伯伦的钓鱼，塔夫脱，惠而生的打高尔夫球，老罗斯福的打猎都是最好的例子。

前几年当香港在紧张的时候，日本已有进攻的准备，全香港都纷乱了。在这时候港督罗富国爵士却很悠闲地在高尔夫球场上打着球，他是知道如何休息。

（六）幽默

幽默就是一种休息。当我们张开嘴笑时，我们全身的肌肉都松弛了，我们说一句笑话，使我们自己忘却了忧虑，同时使对方也得到了愉快。我们常为生活而忙碌，为社会的冷酷而灰心，但是我们若有幽默，我们可以看到人生温和而滑稽的一方面。美国人都富于幽默，因此美国人也容易和一般人接近，因为幽默把你们中间的隔膜消除了，我们中国人很缺乏幽默感，不会说高尚的笑话。中国人的笑话多半是属于低级的。我们应当要训练自己，要知道幽默并不是天生，而是由于学习而来的。已故的罗斯福总统，不但得到全美国人的爱护，他也获得了全世界人的同情。他的高尚的人格，卓越的思想，深刻的同情，伟大的抱负固然有以致之，而他的幽默，他的永久含笑着的脸，实在是抓住每一个人的心理最大的原因。

我们一生的历程，我们整个的生活，就像在建筑一座美丽的塔。一天的工作，就是在这塔上加上一块砖头。工作有价值，就是那块砖放得恰在好处。一天一天的我们在建筑一座美丽光明的塔，我活得愈久，那座塔也就愈高。从古至今，摆在我们前面的有各式各样的塔，光明灿烂，历经风霜而不倒，让我们在这中间也加上一座美丽的塔吧！

《中央日报》【现代】，第 20 期，1946 年 5 月 14 日

嗅觉的新理论（译）

关于嗅觉的知识，在所有的感觉中，连同幽默感在内，我们知道的最少，科学家和香水制造家，同样的莫名其妙。耶鲁大学迈尔士博士和贝克博士（W. R. Miles, L. H. Beck）曾经做过很久，很详尽的实验，研究他们的科学鼻子，最近在美国国家科学院（National Academy of Sciences）发表了一个新的理论，他们说，鼻子并不像普通一般人所想象的，是一个实验室，可以用化学分析法辨别气味，它的嗅觉器官是一个测量气味中所吸收的红外（热）光线（Intrared (heat) rays）的器具。

很早我们就知道，许多蒸汽和气体，是我们肉眼所不能看见的，对于光是透明的，能够吸收某种波长的红外线，这个事实，就是工业上所用来辨别各种气体的，化学家把红外线射入蒸汽内，来查考什么波长的光线被吸收并且有多强，迈尔士和贝克想到，为什么人类的鼻子不能同样地做呢？

身体的广播

他们试验了许多蒸汽，发现所有研究过的蒸汽，凡是有气味的，都能吸收波长在 7(1/2) Microns 的红外线，凡是没有气味的蒸汽，都不能吸收这些波长，人类身体在常态温度之下所发出的热波，主要的就是在 7(1/2) 到 14 个波长之间，这好像是说，身体上的"广播波率"能够吸收热波的能力，就是蒸汽之所以能被嗅觉所能嗅到的原因。但是鼻子究竟怎样嗅法呢？我们鼻梁上的许多特殊的细胞是"嗅觉器官"，它们位在呼吸器官旁边，那里比身体上别的部分都冷些，这些特殊细胞射出热的波浪在呼吸气管中，迈尔士和贝克的理论是当新鲜的空气在鼻孔中经过，这些特殊细胞并没有发出信号，它们仍旧保持原有的热度，但当一种有气味的气体经过呼吸道时，它们吸收一种一定的热的波长，这些特殊细胞就把它放射出来，这些细胞能感到任何变化而发生一种嗅觉的感觉。

蟑螂的引诱实验

来证明这个理论，迈尔士和贝克开始用蟑螂做实验，它们的触觉是有嗅觉的作用的，他们把丁香花油（丁香花油对于蟑螂是有引诱的作用的）放在窗子里面，煤油灯后面，这窗子能透过红外线，蟑螂很快的就有了反应，好像并无任何障碍物在旁一般，用一块很薄的玻璃（红外线所不能透过的）加上作为障碍物，蟑螂就对于窗子也不发生任何兴趣，有任何反应，好像并没有丁香花油在窗子后面一般。

其次，这二位耶鲁大学的研究者用蜜蜂做实验，蜜蜂是有更复杂的反应的，蜜蜂的动作和蟑螂相同，这些蜜蜂，没有效果地，在这放着丁香花油的窗子上爬着，很明显的，蟑螂和蜜蜂都用它们的触觉很远的就闻到香味，这也可以说明为什么有些雄的蛾子在很远的地方就能嗅到而找到它们的雌蛾子。

掺杂了的气体

人类是比较难于作实验的对象，他们的嗅觉器官是很深的埋在鼻子上部的鼻道中，在那里，我们不能用一种障碍物来隔开气体，迈尔士和贝克希望他们能把这问题和研究香味波长的问题相连在一起研究，当他们能有一架红外线的分光计时。

要是他们当真证实了他们的理论（这需要很多的校对工作）他们能开辟一个完全新的科学，就是嗅觉的光谱学，也许可以把二种完全不同的气体混合起来，就会吸收一定的波长，而产生出来另外一种新的第三种有味道的气体。

香料制造家已早听到对于迈尔士和贝克的实验，他们渴望着能用人工的混合波长，制造出一种气味，能吸引人类的男性和女性。

摘自《时代》杂志，1947 年 12 月
天津《民国日报》【心理与教育】，第 112 期，
1948 年 1 月 31 日

解除梦魇——用外科的刀子（译）

译者按："这是 Dr. Wilder Penfield，美国闻名的脑系科的外科医生，在美洲士丹福大学医学院听职演的摘要，登载在《The San Francisco News》一九四七年十一月十九日。

潘费德医生（Dr. Wilder Penfield）生在美国华盛顿州的 Spokane，后成为加拿大公民，是 Royal Victoria and Montreal General Hospitals 的脑系科外科医生，由于他精于外科手术和他永不止息的研究精神，他把我们脑子的神秘，一件件揭穿了，摆在我们前面，以下是他三篇演辞之一。"

有一个女孩子，当她在婴孩时期，使她的脑部受了伤，有几天全无知觉，后来慢慢地恢复过来，当她在七岁时，她受一个极大的恐惧，当她在由学校返家的途中，从此以后，她常常做梦，她的梦永久是一样的，她梦见她在一个平坦的草地上走着，那是一个美丽的，光明的早晨，突然有一个男人在她的后面急促地走着，尾随着她，她的心跳得厉害，她害怕极了，她叫了起来，拼命地跑过去，去追上她的哥哥。她的哥哥在她的前面走着，他安慰了她。

过些时候，每当她做这个梦时，接着有一个羊癫性状的抽动，有时候，就是她在清醒的时候，这梦的情形，也会一幕幕地在她面前映过。她看见那块平坦的草地，那个男子，她的惊叫，和她的哥哥们，于是她就会突然昏倒，人事不省，脸上的表情是那样出于极端的恐惧，使旁观者都为之流泪。

有一天，那女孩已经长大了，她被拉进到了潘费德医生（Dr. Wilder Penfield）那里，潘费德医生是世界闻名的神经系外科专家，在加拿大 McGill 大学任教，潘医生和她谈话，她告诉潘医生她的梦，她立刻又昏倒，他注意到她手足的抽动，那在每一次羊癫性的抽动中是不同的。

他于是告诉那女孩子他可以帮助她，但是要她也帮助他，他说他先要看看她的脑子。

于是他把那女孩子带到他的手术室中，她睡在手术桌上，在那桌子的前面，她可以看见一面很大的镜子，在那镜子里面，可以看到一架摄影机的反应，在她的上面是一架大的显微音机（能使轻微的声音变大），同时有一位画家也坐在她近旁，预备画下任何他可以在镜子中看到的影像，但这她不知道，当潘医生开始动手术时，他对着显微音机说着话，旁边一个书记，立刻把他的话记下，潘医生破开她的脑壳，脑子就呈现在前面，那女孩子是明白的，但她不觉得痛苦，因为已经用 Nupercaine 麻醉。

潘医生用一个电极来触动她的脑皮，那会使脑子的细胞，引起轻微的震动，那电极大概可以发生二个或三个 Volts 的电——普通一个手电的电是六个 Volts。

潘医生从她昏倒时手足的抽动，已经知道他应当从哪里去寻找病原。他并不需要费去很多的时间来寻找，他已经施行过类似这女孩子病状的很多手术。

他注意到，在那女孩子的颞颥（即俗称太阳穴）地方有一个疤痕，那是她婴孩时期受伤的结果，他开始用电极来触动疤痕附近地方，问她看见什么，听见什么，感觉什么。

他突然用电极触动那疤痕。

"我做了一个梦，医生。"她告诉他，声音中带着惊奇。

她又梦见她在那平坦的草地走着，一个男子在她的后来尾随着，她的心跳动得很厉害，她惊叫起来，她跑过去追上她的哥哥，他安慰了她。

于是潘医生停止用电极再来试验，他把那疤痕除去，把脑壳重又盖好，再把它缝好，那女孩的家属就把女孩带走。

她从此以后不再有羊癫性似的昏厥和抽动，她更不再重有那个恶魔样的梦魔。

潘医生曾经施行过几百个这种手术，结果都良好，他学得很多新的，他明白在脑子的许多特殊的地方对于我们日常的视觉，听觉，说话，做梦，幻觉，手足的动作，是怎样有着密切的关系。

他把他从四百个施行手术的病人得到的结论，报告在全体士丹福大学医学院教职员和学生之前，这是他的第一篇讲辞。

天津《民国日报》【心理与教育】，第 107 期，
1947 年 12 月 27 日

用电击惊醒贮藏着的记忆力（译）
——潘费德医生的第二篇演讲稿

　　潘费德医生（Dr. Wilder Penfield）是加拿大的脑系科外科医生，曾经跟美国最伟大的脑系科外科医生哈佛大学的 Dr. Harvey Cushing 做研究工作，以后，他曾经看过最早对于脑子的解剖手术，那是在一九二〇年，德国战争受伤的兵士的医治。

　　一九二八年，他加入 McGill 大学，他认为脑子的疾病，和脑子的受伤，应当用外科手术来医治，对于脑子的基本认识，有一部分已被证实，而另一部分，尚在猜疑中，也应当用临床诊断的办法来解决。从罗氏基金的帮助使一个关于脑子研究的机关能够在 Montreal 成立，那就在潘费德医生到 Montreal 不久之后。

　　他的手术室也就是一个对于生理学的实验室，在那里，曾经有几百个病人，躺在他的手术桌上，当他们还清醒的时候，他就剖开脑壳工作，这使他明白许多对于知觉的想象——视觉，听觉、嗅觉，触觉，和手足的动作，都是经过脑子的组织而达到脑子的中心，从那里，一个人觉得他自己的存在，和他所处的外界的世界。

　　他的解剖手术的动机，在于医治那些并没有遗传根基的羊癫疯患者，同时，他注意着，并把他所注意到的记录下来，用一个科学家的眼光，来研究我们人生的基本问题，和我们的人格。

　　例如，他已经发现，我们想象的记录，就是我们所称的记忆，是贮藏在几百万的小的脑细胞中，这些细胞的位置是在我们的颞颥，或称太阳穴的二边的脑子的表皮下面。

　　当一个人，用手指指在太阳穴上，他想起一件已经忘记了的事情，事实上他是直接指在记忆力的贮藏处。

　　一个人命令他的脑子来记住一件事情是有电的作用的，同样的，当我们翻开我们想象的记录，来找我们所忘记了的一件事，直到我们的脑子发出命令来说"是的，就是这个"，也有电的作用在。（未完）

天津《民国日报》【心理与教育】，第 113 期，
1948 年 2 月 7 日

用电击惊醒贮藏着的记忆力（译）（续）
——潘费德医生的第二篇演讲稿

我们的脑子和我们的神经系统是像一个复杂的，精巧的电的机器，有电来自一万个神经原（Neurons）。每一个神经原（Neurons）像一根绝缘线（Insulated Wire）通过了组织而成一个机构，至于它们是怎样工作的，我们还不大清楚，但每一个神经原是像一个小电池。

潘费德医生形容每一个神经原像一个小的炮似的，会开火。当它们受到刺激时，对于眼睛，光是它的刺激；对于耳朵，声音是它的刺激；对于鼻子，嗅味是它的刺激；对于触觉，接触是它的刺激，这些都经过有系统的组织，而达到脑子本身，在这里我们追求究竟什么是"我"。

从脑子外皮，用一个电极，只能发出二个到三个 Volts 的电做刺激物，潘费德医生可以从躺在他手术桌子上的病人那里，知道他整个的知觉的经验，他用电极触动脑子外皮的这一点，那病人的足就动了起来，触动那一点，他的手就移动起来，他再触动另一部分，那病人说他看见蓝色的火焰，和听见钟声的撞击，或闻到酸醋的味道，潘医生的小小的电极的触动，使脑细胞都"开火"，但是它们是循熟悉的道路前进，潘医生不能使一个人看见一样东西是他所从来没有看见过的。

"你能够，"潘医生说："使一个病人做任何事情，除了思想，你不能。"（完）

译自《San Francisco News》，1947 年 11 月 20 日

天津《民国日报》【心理与教育】，第 114 期，

1948 年 2 月 14 日

记忆的成梦（译）
——潘费德医生的第三篇演讲摘要

一个人的梦，是由于他的记忆超过额外的工作时间而成，并不经过脑子本身的指挥。

这是潘费德医生，Dr. Wilder Penfield，用低电极来触动四百多个病人的脑子外皮，所得到的结论，这四百多个病人在解剖开他们的脑壳后，都会告诉他，他们所看见的，所听见的，所感觉到的。

潘费德医生这几天在士丹福大学医学院演讲，他由于实验证实他对于神经学的理论，这理论也就是他的已故的老师——有名的 Dr. Harvey Cushing——所相信的，就是我们动作，感觉都受我们脑子前部和颞颥部脑叶所控制，这就是在我们眼睛的上部和后部，在太阳穴二旁。

潘费德医生给我们画出一个脑子动作的图来，用二个或三个 Volts 的低电力震动脑子，使我们知道哪一部分的脑细胞管理视觉，听觉，嗅觉，并输送消息到脑之本部。

这些部分都在脑子的皱缝中，和罅隙间，是人类最老最基本的本领，记忆是我们以后学习得来的，潘费德医生用他的低电极，和他无休止的研究精神，发现记忆在脑子表面，比较外露的地方，在太阳穴地方。

当一个人想起一件事来，他的脑本部就开始工作，那好像我们所用的顺序收藏文件的工作（Filing System），"小书记"在脑壳上很快的到我们所贮藏的几千个观念中去搜寻，这些观念都是我们在一生中所用余下来的经验，直到我们所要寻获的经验出现时，最高脑子本部就发出命令停止工作。

在我们睡眠的时候，我们脑子的最高部分也平静下来，休息着像一个人经过一天的疲乏而获得休息一样，但有时候记忆自动的开始工作，它的工作有时候很乱七八糟，这就组成我们梦中奇怪的部分，我们看见从未见过的人，要是我们最高神经本部是工作着的话，它一定会停止这工作，但它现在正休息着，于是脑子表皮，由于外界的一些刺激，仍旧在脑子的皱褶中不断地工作着，在黑夜的寂静中。

在他手术桌上躺着的病人，知道他自己所做的事，潘医生能够，像他所说的，使一个人做任何事，除了思想以外，但是他的病人明白，是医生在叫他做那些事。

例如，潘医生曾经用电极触动一个人的脑皮，使他的左手移动到全身，这样连续着移动了好几次，潘医生再用电来刺激他，叫他的左手不再动作，他的右手就伸出来，捉住了他的左手。

潘医生也曾经使一个人哭喊起来，发出一种没有意义，原始的，像婴孩的哭叫声，有一次，潘医生用电极触动某一脑壳部分，那人就哭喊了起来。

"我想，我胜利了，是不是？"潘医生对那人笑着说。

"是的，"他的病人很正经地回答他，"你是胜利了，但是要是我能使脑子的另一部分工作，你就不能。"

记忆是很复杂的，潘医生的解剖工作是在医治羊癫病，用外科的手术，除去记忆的部分在一面太阳穴的地方，但是这人仍能用另一面来记住他。

在我们所有重要的动作中，言语是有限制的，只在脑壳的一部分。潘医生明白这些都是人类"自觉"的附属品，"我"是人的本身，要是一个人去最深的查问自己，这是在我们"旧脑子"的 Diencephalon 地方，是我们和动物，甚至于海里的原始鱼类同样的占有，在这里，我们明白，断定，有能力计划，和定夺"医生知道"，潘医生说："我们可以动脑子的外皮，和支配人类附属的各种行动，但他不能触动一下这'旧脑子'。"

"让刀放松而触动到'旧脑子'，这人立刻昏迷，在二三天之内他就死了。"

译自《San Francisco News》，1947 年 11 月

天津《民国日报》【心理与教育】，第 115 期，

1948 年 2 月 21 日

迟缓了中国的心理卫生工作（译）
——缺乏工作人才和经费

译者按：博门博士（Dr. Karl Bowman）去年曾到过南京参观我国关于神经病和心理卫生的工作，并资助中国的心理卫生工作人员去美国再求深造。他回到美国后，把他观察的结果，作了一个概括的演讲，在加利福尼亚州加利福尼亚大学和士丹福大学的讲演，下面就是他的演讲大意。

"中国有同样数目的心理病人和西方相同，中国在医药方面也很希望能用心理治疗的方法来解决这问题，但是缺乏有训练的心理治疗工作人员和经费，使国家心理卫生计划简直无法推行在目前中国状况之下。"

上面是博门博士的话。现在他是 Langley Porter Clinic 主任，曾在南京视察了三个月返回美国，当他在中国的时候，他每天对医学院学生和教职员演讲，他并帮助成立了一个国家神经病治疗所，位在中央医院附近。

缺乏工作人员，他说在中国，只有不到二十五个有训练的神经病治疗工作人员，在整个中国不到五千个病床为神经病人而设立，而中国却有四万万五千万人民。

在美国，相反地，有五千位美国神经病治疗专家，医院里有为神经病而设立的五十万张病床，而美国却只有一万万四千三百万人口。

博门博士在中国发现很少，甚至于可以说完全没有关于神经病患者的病况记录，但在中国是可以找到对于美国医学界所熟悉的病的例子，例如，有一个年轻的病人，他患着疯狂的忧郁症，他告诉博门博士，他可以想法得到一架飞机，他们二人一同飞到华盛顿去，访问杜鲁门总统，解决世界的各种问题。

患各种神经病的人很多，从很严重的和到轻的精神崩溃。病的原因也很常见，像二性间的不调和，对于父亲和母亲的偏爱，兄弟间的仇恨，事业上的竞争，和商业上的失败等。

只有一点很使博门博士受到感动，但这只是他自己的一个意见，并没有统计以证明，他相信在中国年老的人不容易受精神病的伤害，故比美国要少，原因是在美国，老年人是仍要为了他在社会上的地位，或事业上的成败而忧虑，在中国，老年人是普遍地受着尊敬。

博门博士自己头发已都灰白，因此他很受到优待。有人问他："你像一个年老的人，你多大岁数？"

他告诉了问他的人自己年岁后，那人很客气地说："你看起来实在比年龄老一点。"

要是在美国，回答就该不同了，回答说是"你看起来很年轻，你知道"。

这文化上的不同，他觉得也许能解答一个常常使美国心理学家所疑惑的问题，就是到老年时脑组织的改变和这种状态我们所称为衰老的关系。有许多人，死后解剖发现脑组织已经有很坏的破坏状况，但是他们活着时却一直保持常态直到最后。还有许多，年龄已达到很衰老的地步，他们的脑子，经过解剖后，发现很少有任何改变。

他所帮助成立的那所国家神经病治疗所在中国有八位受过训练的美国医生，和一百个病床，目的在训练中国的神经病工作人员。

但是博门博士也指出，中国这个被贫穷所困扰的国家，现在在用国家收入的百分之八十在内战方面，于是剩下的钱所能用的，当然应当先用在国家的卫生工作方面，因为在中国，疟疾，痢疾，伤寒，常常的是一种流行很普遍的疾病。卫生的设施，像昆虫的消灭，卫生设施的建设，和清洁的自来水等都应当比治疗那些不幸的神经病者更要注意到，尤其是神经病者仍被视为是给神鬼所缠住，这个在美国不久以前也同样的是这样相信着。

译自《San Francisco News》，1947 年 11 月

天津《民国日报》【心理与教育】，第 119 期，

1948 年 3 月 27 日

巴甫洛夫和实验神经病

巴甫洛夫 (1849—1936)

神经病是一种可怕的疾病，它不像身体上任何疾病我们比较有把握可以完全根除它。对于神经病，我们现在还没有把握可以一定医治好。因此现在一般都用实验神经病作为研究神经病的起端。而实验神经病是苏联伟大的科学家巴甫洛夫第一人倡始研究的。

巴甫洛夫在用狗做条件反射实验的时候，遇到了下列的情况。

1924 年 9 月 23 日，在列宁格勒发生了一次大水灾。巴甫洛夫和他的共同研究者们经过了很大的困难，好容易才把他们所喂饲的狗救了出来。过了 5 天到 10 天以后，他们发现有一只母狗神经失常了。外表看来这只狗照样健康，可是在实验室中，却使他们非常失望。以前曾经在它身上所实验过的积极条件反射[5]，现在完全消失，狗一滴唾液也不流，并且拒绝吃食物。在开始，很使巴甫洛夫迷惑，究竟是什么事在这狗的身上发生了，使它失去了正常的态度？后来，他们才想到是由于大水灾的影响。

---

[5]　积极条件反射——照例狗看见食物，会口流唾液。巴甫洛夫实验狗的方法，就是在喂饲的时候，同时有铃声、口哨声或加亮电灯光等动作，这样慢慢地狗听见了铃声、口哨声……虽然没有食物，也会流唾液。这就是巴甫洛夫所谓的积极条件反射。对于这只狗，巴甫洛夫已经训练成了五种积极条件反射：对于铃声，对于口哨声，对于普通灯光的加亮，对于一张白纸圆圈，和对于一只玩具兔子的出现；其中铃声最强。

　　然后他们就试用下面的程序，把条件反射实验照惯例进行。一向在实验的时候，狗是单独留在实验室里，实验者在实验室外边的一间屋子里记录下实验的结果，以避免人的因素在实验中发生作用。对于这只狗，他们现在改变了方法，实验者留在屋子里和狗仍在一起，但是一动也不动，另一人在屋外进行实验。用这方法，条件反射重又回来，狗开始吃食物了。这样逐渐地狗就恢复到正常。于是巴甫洛夫再试洪水泛滥的效力，把这次水灾的情形小型地重演一遍，在这实验室的门底下，他们把一桶水泼进去，也许是水流的声音，也许是水反映出来的影像，使狗重又回到以前的病理状态。条件反射都消失了，狗又拒绝吃食物，要再使它恢复正常，只有重新再用以上的方法。

　　不过这只狗就是恢复以后，对于以前最强刺激的铃声，仍然不能发生效力。水灾过去了有一年，在这一年中，巴甫洛夫很小心地看护这只狗，不使它受到任何刺激。末了，到1925年秋天，巴甫洛夫才重新得到了狗对于这最强的刺激——铃声——的效力。

　　这只狗是一只典型的抑制性很强的狗，诞生在实验室中，在实验室里活了有五、六年，很胆小，懦弱，行动很小心，尾巴卷进去，腿一半弯曲，要是旁边的人忽然一动，或者声音略高一些，这只狗就会蹲伏在地上，一动也不动。这只狗虽然和巴甫洛夫做实验有了很久的时期，但是它依旧胆怯，就是看见实验室中的旧的实验者，也会惊跳起来，潜逃，好像遇到了危险的敌人一般。就是这么一种狗，它受不了大水灾的影响。

　　这种类型的狗，大脑皮质部细胞，只有很少量的激动性物质，这些激动性物质是非常容易受破坏的，因此这种狗就容易受到强烈的刺激而失去了常态。

　　神经失去正常，常常是皮质部细胞一种软弱的表现。照巴甫洛夫的说法："惧怕就是生理历程的抑制作用有一种优势，也就是皮质部细胞软弱的一种表现。"这就是为什么大水灾对于别的狗不发生影响，而只对于我们所描写的那种懦弱的狗发生了剧烈的影响。

巴甫洛夫做了很多关于狗的实验神经病的实验，以上所描写的不过是其中的一例。

（根据巴甫洛条件反射演讲集第三十六章及第三十九章编写）

《科学大众》1952 年 6 月号

编者按：郑芳曾就读于燕京大学外文系，并未学习过心理学，但生前曾协助丈夫周先庚编写了很多心理学方面的文章，《郑芳文集》中"心理学"单独分为一类，收入了十篇。新中国成立后，开始宣传苏联的心理学，特别是巴甫洛夫学说，本文就是一篇发表于《科学大众》上的科学普及文章。1950 年郑芳曾帮助周先庚翻译了巴甫洛夫条件反射演讲集英文版，后经中科院心理所根据俄文版补充修订，1954 年由人民卫生出版社出版，2010 年北京大学出版社又进行了再版，署名"周先庚、荆其诚、李美格译"。

其他

与柳亚子书

亚子姑父：

我好久没有写信给你了，因为我近来大发游兴，什么星期日，放假日，都是我游山的佳期。我一连游了许多山，什么白雀啊，云樵啊，玻璃山啊，都给我游遍了。我觉得天地间的神秘，好像都聚集在这些山里似的。那时自然界的一切，都映在我底眼帘中了。那些葱青丰郁的嘉草奇卉，纷披震荡的流水飞泉，迂垣曲折的山路，峭峻凶险的石峰，牵人肩袖的荆棘，芳香可爱的野花，都一一披露，介绍些无尽藏的美和真。神秘呀！莫测夫天然的奥妙啊！

我正在游兴勃勃的时候，学校里忽然举行考试，我不得不抛弃了游山的雅兴，略略的预备些功课。过了一星期，各种功课虽然考完了，可是我的精神，已经疲倦到极点。病魔在这时候，就和我做了一星期的朋友。可恶的病魔呀！你真是人间蠹虫！

我平日常常想写信给你，可是我提起笔，却又写不出一个字，我不知应该从哪里说起。我无目的地和你乱谈了一下，请你原谅我耽搁你的光阴。再会！祝你健康！

佩宜姑母代候！葆姊芹妹问候你们二位！

侄女芳上　星期五

（原载《新黎里》报，1924 年 5 月 16 日第四版）

芳侄女：

接到了你给我的信，感触着你思想的超旷，文笔的美妙，真使我惊喜欲狂呀！

一年多不见你，不料你在文学上如此的突飞进步。古人说得好，"士别三日，刮目相待"。真真是不错的呀！我敢大胆地说，你是有文学底天才的。不然，十三岁的人怎会有这样的作品呢？

你底病好了吗？我祝你珍重身体，努力从事于文学底修养！

葆姐、芹妹都好吗？永叔、莘弟近来看见吗？请你替我们俩多多致意！

有暇的时候盼望你常常写信来！再会！

一三、四、二七夜·亚子

（原载《新黎里》报，1924 年 5 月 16 日第四版）

周广业注：此文原载于《柳亚子早期活动纪实 (1907–1925)》，吴江县档案局（馆）编，档案出版社，1991 年。2013 年 12 月由柳亚子外孙柳光辽提供。

郑芳 (1910–1961)，是柳亚子先生 (1887–1958) 夫人郑佩宜 (1888–1962) 的侄女，12 岁时，1922 年 9 月 9 日，她的父亲郑咏春突发脑出血殁于苏州滚绣坊寓所，年仅 37 岁。1923 年 9 月，她 13 岁，就读于浙江湖州私立湖郡女子中学，此信为第二年 1924 年她和姑父柳亚子的通信，她的文笔得到柳亚子先生的高度赞扬。后来 20 世纪 40 年代写的几百篇文章，证明柳亚子当年对她的赞扬并非虚言。

信中提及的：葆姐系姐姐郑葆，芹妹系大妹郑芹，永叔系其小叔郑永、莘弟系其弟郑重。黎里为江苏省苏州市吴江县黎里镇，系柳亚子故里，现建有柳亚子纪念馆。黎里镇和郑芳故里、丝绸之乡盛泽镇很近，同为著名的江南古镇。

忏悔

一知半解执迷不醒的我，处在这种虚幻残酷的势利场上，怎能不受着罪恶呢！到现在众口同声地骂我，鄙薄我，唉！这是谁的不是呢？怪我的不慎罢！倘使我不在虚伪的势利场上，我又怎样会到今天的地步呢！天生我在这个地方，又使我处在这种地位，我又怎能免去罪恶呢！我又怎能修身独洁呢！我现在悔了！我举起我的手，大声疾呼，表出我已经悔了！但是这有什么相干，他们不是仍旧这样骂我鄙薄我吗？难道我默认我是没有出头的小人吗！绝不是这样的，任凭是什么地方，什么时候，我终要表出我是悔了。我的心上的琴弦越发紧张起来了！一个微小可怜的弱虫，怎能阻止人们骂我和鄙薄我呢！我记得有一次我经过一个松林，看见有一只小兔子，在树林里很活泼地跳着，踵着，我用枪把它击死了。——不是为什么，不过为娱乐罢了！我为什么喜欢干这怨恨残杀的事情呢？我倘使不杀它们，难道它们要来杀我吗？唉！人类为什么要杀害生物，甚而至于互相仇杀呢！啊呀……他们又在那里耻笑我了！唉！诺大的一个宇宙，竟没有我立足之地吗！

《新黎里》报第四版，1924 年 7 月 16 日

上策，中策，下策

　　南宋之末，蒙古师南侵，荆襄垂危，汪立信上书贾似道。谓今天下之势，十去八九，而乃酣歌深宫，啸傲湖山，玩时惕日，缓急倒施，以求拱揖指挥而折冲万里者不亦难乎。为今之计，其策有三：移内郡之兵以实外御，战守并用，此上策也。礼聘使而归之，许输岁币，以缓师期，不二三年，边运稍休，藩垣稍固，生兵日增，可战可守，此中策也。二策果不行，则天败我，衔璧与榇之礼，请备以矣。贾得书大怒，罢汪归金陵，不数月，北师渡江，九江以下皆失守。杭人为之语曰："厚我墙垣长彼贪，不然衔璧小邦男；庙堂从谏真如转，竟用先生策第三。"其语亦痛矣。

　　王船山论南宋覆败，谓贾似道弃险而亡。曰："恃险，亡道也，弃险，尤必亡之道也。易曰：'王公设险以守其国'，是故守国者不可以不知险。"。覆车不远，可不深念哉！可不深念哉！

《中国漫画》，第 8 期 23 页，1936 年

新书介绍（一）
《一个中国女人的自传》赵杨步伟著

（英译本出于其丈夫赵元任之手）

作者，赵杨步伟女士是佛学家杨仁山先生的孙女，语言学专家赵元任先生的夫人，她在二十岁时就任南京崇实学校的校长，是中国妇女界中杰出的人才，曾经到日本去学医六年。回来，在平创立医院，她曾四度赴美，现仍在美国加利福尼亚州之加利福尼亚大学，是一位六个孩子的母亲，但在管理家务之余，还参加各种社会工作。

她曾给当地的援华会以极大的助力，她还帮助赵元任先生替美国翻译地图，训练陆军华语，只要她能做到的，她莫不尽力做去。在这本书出版之前她还出版了一本小册，《中国食谱》，这本书在美国风行一时，不但美国主妇们喜欢读，美国的先生们也十分喜欢这本小册子，所以这本小册子的地位，在美国家庭中，不是放在厨房里，而是被安置在客厅的书架上，因为它还代表中国的优美的文化，知道赵夫人的人都知道她是一位"好厨师"做得一手好菜，抗战初期，她携家由平南下，经湘粤而到滇，在蒙自住过一个时期，后即赴美，直到现在。

赵夫人是一位热情，豪爽，最痛快的女性，谁看见过她，就会在脑中印上不可磨没的深刻印象，她还富于幽默感，这个特性，在她这本自传中都充分流露出来。在自传的头一句她说"我是一个典型的中国女人"，这句话和她的本人相对照，似乎并不恰当，第一她是一个女性，而却有男子的气魄，在她刚刚二十岁当校长时就流露出像男子似的果断勇敢的办事能力，她的性情是近乎男性，第二说她是典型的中国女性也不恰当，她实在已抓住了欧美文化的长处，在她对待事实，对待朋友，料理家务，都能采欧美文化的长处，而渗入于中国的朴实无华的生活里。

现在让我们回过来讲她这本书，全书共分六篇六十一章，由 Boyhood 开始，因为在她幼年时代，常女扮男装，像一个男孩子，第二篇是 Girlhood，她已脱去了男装而是一个女孩子，这里开始叙述她第一件反抗的革命精神，她向旧礼教进攻，解除了那指腹为婚的恶劣婚姻，这两篇叙述她的家庭教育很详尽。第三篇 The Young Woman，那时她已经进入社会，开始她的工作了。讲她做校长时的情形，和六年在日本学医的经过。回到中国，回到北平，她的生活开始了剧烈的变化，一位博学多能，沉默寡言的青年男子，走进了她的生活史中，在她的心上引起了热烈的情感，那就是赵元任博士，这是在第四篇中 The Young Woman 她叙述他们怎么由友谊而进入恋爱后来结婚，同赴欧美各国，和最后二个大女孩的诞生。第五篇 Peace 是讲他们欧游返国，在清华任教时的那种恬静生活，对于清华园的优美生活描写得很生动，后半篇，他们再度赴美，和第三四二个女孩的诞生，最后在南京住下。末了的一篇是对于战乱的叙述，充满了颠沛流离的痛苦生活怎么由湘至滇，最后又去美，参加各种援华工作，以抗战胜利为全书的结束。

一部极忠实的自传，在我国还是第一部，书中不但流露出作者的个性，使我们能看见她，了解她，同情她和钦佩她，同时给我们一幅美丽的家庭乐园，书中充满了夫妇间真诚的爱，子女对于父母的爱，一件小事情，一个小情节，都使我们有同样的感觉，像对于猫的一个故事，就是一个最好的例子，在第六十一章里，讲到小猫死了，全章都很悲痛，把小猫葬后，几个月谁都不提一个猫字，但后来老鼠猖獗起来，叙述到这里，作者俏皮地说：

"……有一个没有情感的人提议另养一只猫……"在注解下，说明大，二，三，四小姐都没作过这建议，而提出这个建议的原来就是她丈夫，赵元任先生，这种家庭中的小幽默，反过来就是告诉我们这是一个最融合愉快的家庭，而支持这快乐的因素的是夫妇间真挚的爱，和子女间的友爱。

现在再附带提到赵元任先生的英译本，在译本中开头第一句就是：Since my wife has the last word, I shall have the foreword [6]。这幽默的口吻，就像赵先生，不但使我们听见了他，并且也看见了他那聪明瘦削的脸上，当他在写下这一句时，该有一个想笑而未笑出来的容貌吧！赵先生译笔的流利生动，更使这本自传为之出色，他不时在不改动原书的意思之下，加进了对于文字的游戏，小幽默而可爱，所以一般批评家都说这不是一部自传而是一部合传。

我愿意把一部可爱的传记介绍在读者之前。

昆明《中央日报》星期增刊【妇女文艺】，第 7 期，
1947 年 12 月 21 日

---

[6] 此处郑芳直译省略，赵元任意译原文为"我们家结论既然总是归我太太，那么序论就归我了"——编者注

新书介绍（二）
《人类的喜剧》（柳无垢 译）

　　译者柳无垢女士是柳亚子先生的次女，清华大学毕业，赴美学社会学，但由于家庭教育的影响，很小就能文，在她十几岁的时候，她的散文和小说就散见在各杂志上，后研读英文和社会学，创作才不多见，现供职美国新闻处，专门做笔述的工作，才引起了她对翻译的兴趣，这本书就是她最近的一个杰作。

　　《人类的喜剧》是素洛延先生的第一本长篇小说，素洛延是当代美国最有名的作家，他是一个天才，在十几岁时，就在文坛上现名，现在他不过三十多岁，但已经由于他的优美的文笔，和完全独特的作风，轰动了整个美国文坛。有批评家骂他，也有人赞美他，他的将来，要看他以后的成就如何。

　　柳无垢女士译笔的流利，生动，使我们读着不觉得是一个译本，而像一本创作，若和原书同读，你又会敬佩此译文的忠实，翻译不易获得读者的喜爱，但这一本该是例外，那完全归功于译者对中英二文字造诣之深。

昆明《中央日报》星期增刊【妇女文艺】，第 7 期，
1947 年 12 月 21 日

专 著

谈天才

周先庚　郑　芳

内容提要

　　本书根据真人真事和科学知识，说明天才并不是天生的，而是创造性劳动的累积与发展，是从热爱自己的工作中培养出来的。在培养天才的过程中，需要具有：坚定的兴趣、丰富的想象力、丰富的感情和坚强的意志。天才发展的生理基础是大脑皮层中的神经细胞经常进行分析和综合，因此每个人都有可能发展成为天才。天才的劳动可分为四个时期：准备时期、孕育时期、灵感时期和整理时期。

目　次

一、天才不是天生的

　　谈起"天才"，有些人认为是"天生之才"。"天才"真是天生的吗？不，绝不可能。试问：诗人生出来就能写诗吗？画家生出来就能画画吗？科学家生出来就能发明吗？不，这是绝不可能的。天才不是天生的，而是人为的，天才是受生活的影响，是受教育的结果；天才是在教育过程中得到培养，后来在生活的波涛中逐渐形成的。

　　一个刚生出来的人，就具有某种可能发展的条件。他具有高度发展的神经细胞、感觉器官和运动器官。这些条件后来在社会所决定的教育、教学中，逐渐得到培养；进入社会后，又受生活的影响，以至形成某种人。

　　一个婴儿，如果他的听觉器官特别灵敏，他就有可能成为音乐家。至于他能否成为音乐家，决定于他所受的教育、他后来的生活实践。这就是说，如果他能得到培养，他能受到音乐方面的训练，他就有可能成为音乐家。如果他得不到应有的培养和训练，他就不可能成为音乐家。

　　古今中外很多天才之所以成为天才，就是由于他所受到的教育。例如，世界闻名的德国诗人歌德 (1749 ～ 1832) 从小就受过良好的、有计划的家庭教育。他父亲多方面的教育他。为了使他能欣赏美，他父亲常带他去参观城市里的建筑物，一边参观这些著名的建筑物，一边还对他讲述城市的历史。这就培养了他对于历史的爱好，他父亲还经常讲述自己游历的故事，这引起他对于这广大世界、对于地理的兴趣。他母亲喜欢讲一些传奇故事给他听，那富有想象的美丽的故事常常吸引着他，丰富了他的想象力。在他四岁半的时候，他祖母送给他一座木偶戏院，他非常喜欢这座木偶戏院，在他六岁半的时候，他就自己排戏，在他的小型戏台上演出，在十岁时他就开始自己写剧本。

歌德从小就学各种外语，所以他在进大学前就已能熟练掌握拉丁文、希腊文、法文、英文和意大利文。他所受过的教育是广泛的，他不但学习过历史、地理、自然科学、数学、作文、修辞学，他还学过美术、音乐、舞蹈、骑马和击剑。他钢琴弹得很好，也会吹一口好笛子。这种从小有计划，多方面的教育，使他知识丰富，使他获得全面发展的机会。歌德之所以成为最著名的诗人，和他所受的有计划的家庭教育是分不开的。

我国天才数学家、天文学家、物理学家祖冲之（生于 429 年，宋武帝元嘉六年，死于 500 年，南齐永元二年）是世界上发明圆周率计算方法的第一人。他的儿子祖暅也是一位卓越的数学家和天文学家，他发明了球体积的计算法。祖冲之的孙子祖皓，也精通历算。这也说明家庭教育对于一个人有多么大的影响。

我国杰出戏剧家梅兰芳先生，他生于一个祖辈唱戏的家庭里，祖父梅巧玲是京戏四喜班的创办人，伯父梅雨田的胡琴伴奏是当时最有名的，富有音乐天才。他父亲梅竹芬演老生、小生、青衣、花旦样样都精。连他姑父秦稚芬，他的堂哥、堂弟、表哥、表弟都是戏剧方面出众的人才。梅兰芳先生的戏剧天才和他所受到的家庭教育有很大关系。

让我们再来看我国宋朝时代王安石所告诉我们的一件事。他说当时江西金溪县有一个人叫做方仲永。方仲永五岁就能写诗，同县人都称赞他，并以宾客之礼对待他的父亲，有的人还送他父亲一些钱财。他父亲经常带他去会客，没有让他进一步去学习。到方仲永十二岁时，王安石见到他，要他写诗，他写出来的诗并不怎么好。再过七年，王安石又有事经过金溪县，来看方仲永时，他的同县人告诉他说，方仲永已和普通人一样了。王安石很有感触，写了《伤仲永》一文。在文章中，他说方仲永幼时聪明"受之于天也"，那就是说有这方面的禀赋；而后来所以和普通人一样则"受于人者不至也"，就是没有受到好的教养，没有得到进一步的培养。

以上这些例子都说明教育能培养一个人的才能。相反就是你天赋多么好，要是没有进一步加以培养，那就会和"普通人"没有两样。

二、天才是劳动的累积

天才之所以成为天才，更重要的是靠劳动。"天才是劳动的累积"（华罗庚同志语）。天才并不是什么神迹，只是辛辛苦苦、老老实实的劳动。天才的著作不是神造出来的，不过是坚持不懈的努力逐渐累积起来的。不要以为天才能"信手拈来，便成妙谛"，不要以为天才是"一觉醒来，就能誉满天下"。在天才劳动过程中没有近路，更不能投机取巧，只能是踏踏实实的劳动。

聪明并不等于天才。有很多聪明的人并没有成为天才，因为他们没有经过创造性的劳动，他们没有用他们的劳动为世界、为社会、为国家做出贡献来。例如，中国古时有所谓"一目十行"的人，可是他们并不为人们所尊敬。我们看见有很多能迅速计算数字的人，但他们并不是天才数学家；因为他们没有创造性的劳动。天才一定要有创造性的劳动。创造性的劳动也是最艰巨的劳动。居里夫人（1867～1934）和她丈夫在一间潮湿破烂的小屋里，含辛茹苦地工作了十几年，终于发现了镭，奠定了现代原子能物理学的基础。他们在七吨沥青矿渣中只提出一分克左右的镭，这是多么艰巨的劳动！

我国六朝时代的南齐有一个受人尊敬的学者，名字叫江泌。江泌之所以能成为学者，就由于他的苦读勤学。他家中穷，没有钱买灯油，他每天借月光读书。不管是炎热的夏天或寒冷的冬夜，他从不放过每一个月光明亮的晚上。月光移到后面时，他爬到茅屋上去读。由于疲倦，他曾经在茅屋上跌下来过，但他爬起来，重新再读。就是这种艰苦的学习，使他获得丰富的知识，成为当时有名的学者。

爱迪生是发明最多的科学家，在谈到他自己的成就时，他尚且说，他的成就百分之九十九是努力，只百分之一是灵感。高尔基在谈到他自己的工作时，他说首先而且最重要的是由于他"善于工作"和"对劳动的热爱"。

让我们来听听天才们对于天才是怎样看的。

我国著名数学家华罗庚同志在谈到天才时说："根据我自己的体会，所谓天才就是靠坚持不断的努力。有些同志也许觉得我在数学方面有什么天才，其实从我身上是找不到这种天才的痕迹的。我读小学时，因为成绩不好就没有拿到毕业证书，只能拿到一张修业证明。在初中一年级时，我的数学也是经过补考才及格的。但是说来奇怪，从初中二年级以后，就发生了一个根本转变，这就是因为我认识到既然我的资质差些，就应该多用点时间来学习，别人只学一个小时，我就学两个小时，这样成绩就不断提高。一直到现在我也贯彻这个原则，别人看一篇东西要三小时，我就花三个半小时，经过长时期的劳动累积，就多少可以看出成绩来……是的，聪明在于学习，天才由于累积。"

梅兰芳先生的成功，也是由于五十多年来不断的辛勤劳动，才能有今天的成绩。在讲到他自己时，他说："我是笨拙的学艺者，没有充分的天才，全凭苦学……我不知道取巧，我也不会抄近路。"

俄国天才音乐家柴可夫斯基告诉我们："必须经常工作，就是真正好的艺术家也不能坐在那里，袖手不动，借口他没有心情……灵感是一位女客，她不喜欢拜访懒惰的人……全部秘诀在于我每天准确地工作；我给自己订出规划，无论如何，每天早晨必须做些什么，而且保持对于工作的良好精神状态。"

由此我们可以知道天才就是劳动的累积，就是辛辛苦苦、踏踏实实的劳动。

　　天才的劳动还不仅只是劳动的累积，而且是在劳动累积过程中发展，从量变到质变，由一般的劳动进入到创造性的劳动，最后成为高度智力劳动的结晶。在劳动过程中，由于经验的累积、知识的开扩，能力得到进一步的培养，在原有的基础上一步步地加工，一步步前进，由于创造性的劳动的成就最后达到登峰造极的地步，才成为万世敬仰的天才。

　　炸药发明者诺贝尔，就是从小由一般的劳动逐渐进入创造性的劳动，在创造性劳动中逐步深入，最后发明了最有力的猛炸药，由于这种猛炸药的发明，根本改变了筑路工程、采矿工程以至于战争的面貌。

　　诺贝尔从小在他父亲的机械工厂里打杂帮助，后来和他父亲共同研究炸药，当时爆炸的方法是用黑火药做导管来使它发生安全爆炸，炸力不大。诺贝尔想改为硝化甘油来引起爆炸，但用什么做导火物呢？他先想用黑火药，他在申请书上就这样写道："假使能将火药的热力，用一种足以引起爆炸的速率，传达到硝化甘油，由于既成气体的冲击压力，硝化甘油放出更大的热量，助成爆炸的实现。"不过在实际上，还有困难，这种混合剂过几小时，硝化甘油全被火药的孔隙所吸收，燃烧就会迟缓，效力也就不大。

　　经过几百次的失败和实验，终于在工作中他摸索出来一种新的方法，即用雷汞做导火剂。这一次的实验成功了，虽然诺贝尔自己差一点被炸死，他在浓烟中钻了出来，浑身血迹淋漓，他的实验室被炸得飞上了天，地上出现了大坑，但他跳着说："成功了！成功了！"是的，诺贝尔用雷汞做硝化甘油、火药棉等的导火剂，使炸药的效力有了很大进步。但是问题还没有完全解决，他在创造性劳动上前进了一步，但还没有达到顶点，他所制造的炸药不安全，容易引起爆炸，轮船、火车等交通机关拒绝运输他的炸药，虽然矿山、筑路工程在等着他的炸药。最后连任何人都不愿意做他的邻居，他弄得没有地方可住，更糟的是没有地方可做实验，于是他搬到一个没有人烟的荒岛上去做实验，他进一步发明用木酒精加到硝化甘油里去得到安全溶液，他再进一步发明用固体来吸收，如木炭、木屑、水泥、砖灰等，但是这些东西吸收力不大，会自燃。最后他发明用砂藻土，份量轻，吸收力大，又安全，而力又猛烈。这样就得到了最后的成就，使他成为不朽的科学发明家，使他成为天才。

任何天才科学家都走过像诺贝尔似的曲折的道路，他们都是在劳动的过程中前进更前进，在原有的基础上逐步提高，终于得出了辉煌的成绩来。

居里夫人在发现镭之前，她在研究实验过程中，先发现有一种现象，就是实验物放射出的能量很强，超过了她和她丈夫的假定和一切理论根据。于是他们继续进行研究，发现了钋，他们再研究，再做实验，终于发现了镭。镭的发现是在多少年辛苦劳动的基础上，在创造性劳动的基础上，前进再前进，得到了天才的成就。所以我们说天才不是别的，只是劳动，只是劳动的累积，在劳动累积过程中，吸取经验，能力得到进一步的培养，才得到了天才不朽的成就。

三、天才的培养

天才的劳动，不是普通一般的劳动，天才的劳动是创造性的劳动。天才是高度智力劳动的结晶。在这高度智力劳动的过程中，在天才培养的过程中，需要有坚定的兴趣、丰富的想象力、丰富的感情和坚强的意志。

（一）需要有坚定的兴趣

引起创造性劳动的是对某件事物发生兴趣，发生坚定的兴趣。兴趣是一种鼓动力量，兴趣能推动我们前进，是兴趣在逐步引导我们走向创造性劳动的道路上去。

可是我们怎样能对某件事物发生兴趣呢？兴趣是怎样产生的呢？

使我们发生兴趣的基础是需要。由于我们有这种需要，才使我们产生兴趣。例如，爱因斯坦（相对论的发现者，现代天才物理学家），因为他需要知道光的速度，从而使他对于光的速度发生兴趣并进行研究，终于发现了相对论。伽利略由于需要知道物体下降时所发生的情况，使他对物体下降这物理现象发生兴趣，从而发现了惯性定律。要是你对于一件事没有感到需要，你就不会对这件事发生兴趣。

因此，兴趣是可以培养的。我们每个人都不可能天生出来就具有对某件事物的兴趣，我们的兴趣是通过学习、通过工作，逐渐培养起来的。在学习中、在工作中，我们逐渐明确我们学习的对象，或我们工作的对象的重要性，由此引起我们要进一步研究的决心，从而产生了兴趣。例如，我们在一开始学习某一种事业时，起先可能由于不知道这事业的重要性，因此对于事业的学习不感到兴趣，但当我们了解到我们所学的事业对于祖国的建设能起多么大的作用时，我们就会热爱我们的事业，从而对于我们所学的事业产生了极大的兴趣，最后成为我们终身奋斗的目标。

例如，举世闻名的德国音乐家贝多芬（1770－1827），他小的时候对于音乐并不感到兴趣，他对于音乐的兴趣是逐渐由他父亲有目的的培养起来的。他父亲聘请了当时最有名的音乐家教他钢琴和小提琴，他父亲对他提出了最严格的要求，于是他逐渐地对音乐发生了极大的兴趣，成为当时最著名的音乐家。

为什么兴趣、坚定的兴趣对于我们的工作能引起这样重大的作用呢？因为兴趣能使我们的注意力集中到某件事、某一个问题上去。高度集中的注意力在我们大脑皮层中引起极大的兴奋性。我们抵制住了其他一切活动，把我们的注意力集中到仅与我们的工作有关的问题上去，这使我们能最完善地完成我们的工作。

在我们青年时期兴趣多半是很广阔的，我们被世界上各种各样的新奇的、有趣的问题吸引着。我们爱诗，我们也喜欢音乐，我们欣赏一幅美丽的图画，同时，我们也热情地想在显微镜下有所发现。生活的道路是多么广阔，似乎任何道路都在向我们招手。天才们在青年时代也多半如此。翻开任何一本天才传记，我们都可以找到这种兴趣广阔的例子。像前面说过的诗人歌德，就是一个兴趣广阔的学者之一。他不但在诗的领域中有卓越贡献，而且在自然科学的领域中也有所贡献。他对感觉生理学有兴趣，特别对于颜色学说有浓厚兴趣。这种兴趣引起他出版了一本两卷厚的书，名叫《颜色学说》。他对生物学也有研究，并对生物学有很大贡献，那是关于形变和相类似部分的学说，这两种学说后来对于进化学说有很大意义。

可是歌德不仅有广阔的兴趣，而且有中心的兴趣，他注意力所高度集中的是诗的创作。

广阔的兴趣使我们知识渊博，而有中心兴趣则使我们能发挥出我们创造性劳动来。

兴趣要广阔，而且要有一个中心；更重要的是兴趣要坚定，没有坚定兴趣的人不可能有任何成就。

在青年时期应当培养坚定的兴趣。兴趣能否坚定，决定于他的世界观、他的认识、他的信念和他远大的理想。一个人在青年时期，若正确认识了自己生活的目的，有了远大的理想和坚定的信念，并且意识到自己工作的重要性，这时他的兴趣就转变为理想而工作。这时他的兴趣也就是坚定的，外界任何影响都不能使他有所改变、有所转移；坚定的兴趣在引导他前进，再前进，走向创造性劳动的道路，登上知识的最高峰，终于使自己成为天才。

（二）需要有丰富的想象力

在创造性劳动过程中，除了需要坚定的兴趣外，还需要有想象力。大胆的想象力是任何创造性劳动所必需的，没有事先的想象，决不可能有事后的创造。

《西游记》里的孙悟空是文学家吴承恩所描写的一个人物。作者在这个人物身上表现了极大的想象力。孙悟空是那么生动，那么善良，那么可爱，它将永远活在人们的心里。

"明月几时有？把酒问青天。不知天上宫阙，今夕是何年？

我欲乘风归去，又恐琼楼玉宇，高处不胜寒……"

——摘自《水调歌头》

这是我国古代天才诗人苏东坡写的。在这段词里充满了诗人的想象。

天才诗人白居易在描写唐明皇和杨贵妃的恋爱故事的末一段，更充分发挥了他丰富的想象能力。他想象着明皇在"悠悠生死别经年，魂魄不曾来入梦"之后，遣使"临邛道士鸿都客，……排空驭气奔如电，升天入地求之遍"地去寻找贵妃，终于在虚无缥缈的仙山上，找到了贵妃。贵妃通过道士，重申她思念明皇之情，"昭阳殿里恩爱绝，蓬莱宫中日月长"，这样生离死别之恨，是绵绵无尽期的。通过诗人丰富的想象能力，使故事更生动更感人，正像唐诗评注中所说的，使读者"百读不厌"。

不但文学家需要有丰富的想象能力，科学家同样也需要想象，没有想象，不可能有发明。科学家在没有发明之前，脑子里先就有了大胆的假设，那就是科学家的想象。列宁说过："甚至于数学也需要想象，甚至于微积分的发现，如果没有想象也是不可能的。"

先进工人王崇伦在开始发明万能工具胎时，"他天天观察着两种机床的移动，琢磨着它们的制造原理，插床的刀是一上一下地动作，刨床的刀是横着走，突然插床的圆盘在他脑子里翻了个转，他想照插床构造的原理，做个横走刀的圆盘，安在刨床上。越琢磨，自个越觉着有门路。"

在王崇伦发明万能工具胎时，在他脑子里先有了想象，想象着这么一个横走刀的圆盘。在他脑子里先有了一个构造图形。但是王崇伦的想象是先有具体事实作根据，在具体事实上构思出来的，他想象出来的横走刀圆盘是在插床和刨床这两种机床的构造原理上想象出来的。

所以想象并不是凭空想出来的，而是以事实为基础。想象的过程是人在脑中把过去所形成的联系重新加以配合，使它复活，在这基础上创造出新的东西来。例如，孙悟空的形象，并不是真有孙悟空那么一个人，而是作者根据劳动人民某些高贵品质加以综合的。又如我们所熟知的敬爱的保尔，也是作者根据他自己的经历，创造出来的一位英雄人物。作者自己的经历就是他想象的基础，在这事实的基础上，加以加工，重新加以联系，重新加以配合，使它复活。

因此丰富想象的基础是丰富的经验，丰富的知识和敏锐的观察力。要是一个人他自己没有丰富的作战经验，没有深入的观察过战士们的生活，就不可能写出保尔这个形象来。

我国有名的诗人王维，他的诗是"诗中有画"，他的画又是"画中有诗"。所以能达到这个境界，重要原因之一是王维富有丰富的想象力。

兴趣对于创造性劳动是一种鼓动力，而想象是使我们在创造性劳动过程中又向前进一步。

（三）需要有丰富的感情

俄国伟大的音乐家柴可夫斯基在写完他的杰作《黑桃皇后》的最后一段时，在日记里写道："当葛尔曼咽气的时候，我便深深地哭泣了。"

作者在写完他自己的作品后而竟至感动到"深深哭泣"的地步，这是何等丰富的感情啊！就由于柴可夫斯基具有这样丰富的感情，他的作品才能深深地感动读者。

感情，丰富的感情，把自己融化到自己的工作里去，这种感情才是创造的灵魂，使天才创造性的劳动能深入，能成功，能永垂不朽！

为什么？首先由于感情能增加我们的力量。因为感情联系着我们全部肌肉的活动，人在情感的影响下，内部器官，如循环、消化、呼吸等器官，内分泌外分泌腺体的活动，都或大或小地在程度上有所改变。人在情感的影响之下增加了兴奋性。兴奋性的增加使我们内部器官都加速地进行，因此力量就大大地增加。这有利于工作的进行。

情感是我们一切活动的最重要的动力之一。我们只有在有情感的基础上才能更好地完成我们的事业。情感是我们活动的主要动机之一，没有情感不可能设想能继续工作下去，情感愈深，力量愈大。我们永久和我们所负担的工作联系在一起。所以，使我们能联系在一起的是由于我们对于事业有感情，我们热爱我们的工作。在工作中我们经常体会到劳动过程中的一切喜悦和一切苦难。我们为了我们的理想而奋斗着，我们当然就会热爱我们所要争取的东西。因此对于自己所从事的工作若没有感情的话，就不可能在工作中有所创造。没有丰富感情的人就不可能成为一个创造者。同样，一个没有感情的人也就决不能有所创造。

高尔基就是这样告诉我们的，他说他的成就是由于他"热爱工作"。

普希金在他的作品中都流露出自己的感情。在《叶夫根尼·奥涅金》那部伟大的不朽的长诗中，他说到诗中女主角塔吉雅娜时，他总是说"可爱的塔吉雅娜"，他深深地爱着他所创造出来的那么完美的一个女性。而在另一首他所写的长诗《波尔塔瓦》中，他提到诗中女主角玛利亚时，他又说"可怜的玛利亚"，他为玛利亚的命运而悲伤。

白居易在写完琵琶女悲惨身世之后，他同情到"泣下"的地步，他的名诗《琵琶行》的最后两句是："座中泣下谁最多，江州司马青衫湿。"（当时白居易担任江州司马职）。

苏联伟大的生理学家巴甫洛夫是一个热爱自己工作的人。巴甫洛夫在逝世前给青年们的一封信中告诫青年们对于科学要有感情。

他说："要记住，科学需要你整个生命，就是你再有两个生命贡献出来，还嫌不够，科学要求人的努力与至高的热情。"

"要热情于你的工作，热情于你的钻研。"

丰富的感情是天才所必须的。没有丰富的感情，没有对于工作深挚的爱，是不可能完成任何事业的。

（四）需要有坚强的意志

天才的培养除了需要有坚定的兴趣，大胆的想象力和丰富的感情之外，更重要的是要有坚强的意志。天才的劳动是艰巨的劳动，没有坚强的意志，没有克服一切困难的勇气和决心，就不可能有创造。

我们可以想到一位科学家由开始某项研究工作到最后完成，他需要付出多么大的劳动。而在这种劳动过程中，失败又失败，艰难更艰难，他所面临过的障碍，他所遭遇到的困难该多么多，但是他终于胜利地完成了他的劳动。是什么使他克服重重困难获得成功？是意志，是坚强的意志力。马克思告诫我们说："在科学上面是没有平坦的大路可走的，只有在那崎岖小路的攀登上不畏劳苦的人，才有希望到达光辉的顶点。"

苏联天才诗人马雅可夫斯基，在描述诗人巨大劳动和坚强意志时，写道：

"作诗

——如采取放射元素：

采取一克，

需要一年的劳动。

为了一个字，

就必须消费

几千吨的

文字的矿石。"

任何人在意志过程中需要克服内部和外部的双重障碍。人们在劳动过程中，可能碰到一些不相干的愿望和相反的要求，阻扰我们顺利地去进行工作。例如，依照意志的要求应当继续工作，但内心的愿望却想去散步。呀，天气多么好啊；呀，应当去看看新修的公路，那里的石桥、流水多么好看……诸如此类的一些想法，有时候像蛇似地爬进我们的意识中来，干预我们的工作，阻扰我们去完成我们的任务。作为内部障碍的还有疲倦，好逸的愿望，恐惧，忸怩和懒惰等。要是我们能抑制住这些来自内部的冲动，要是我们能克服这些内部的障碍，在意志方面我们就打胜了第一仗。

可是除了需要抑制内部障碍以外，我们还需要克服外部障碍。没有一项工作没有困难，任何工作都有它艰苦的地方，在劳动过程中失败是常事，如何克服这些困难，如何解决这些问题，如何变失败为成功，这就要靠我们意志的力量了。

天才罗蒙洛索夫离开家乡到莫斯科去求学时，只靠他老师赠送给他的三个卢布。到莫斯科后他每天只有三分钱过活，但是不管生活是多么艰苦，他坚持学习。他当时写信给他的朋友说："这样我生活了五年而科学工作没有间断。"这是多么坚强的意志啊！

俄国天才化学家，元素周期表的发明者门德列也夫在青年时期，患了最末期的肺病，喉咙里经常出血，大家都认为他用功过度，医生判定他不久要和死神握手了。他被关在病房里，不准起床，连翻身都被禁止。但他并没有被人们和医生所吓倒，更没有感到绝望，他仍偷偷地看书和写作，只要一听见门外医生的脚步声，他立刻从桌子边逃回床上去，假装睡觉，医生有时也发觉他的行动，但对他没有办法。由于他热爱生活，热爱科学，热爱创造性劳动，终于战胜了死神，恢复了健康，并且一直活了七十七岁。他创造了元素周期表，对化学这门科学做出了天才的贡献。

坚强的意志是天才所必需的。如果意志薄弱，害怕劳动过程中的困难，那么，一般劳动就很难产生良好结果，当然就谈不上进行创造性劳动，因而也就谈不上培养和发展自己的天才了。

四、天才的发展

天才不是天生的，天才是受家庭、环境教育培养出来的，是劳动的累积。天才的劳动还不是普通的劳动，而是创造性的劳动。在创造性劳动过程中，天才得到培养。在创造性劳动过程中，天才的培养需要具有坚定的兴趣，丰富的想象力，丰富的感情和坚强的意志。天才是在劳动过程中逐渐发展着的，在劳动中累积知识，发展才能，最后达到成熟的地步。所以天才就是才能的高度发展。

具有能够胜利地完成工作的能力就是才能。每一个人都具有某种能力。例如，音乐家具有高度的听觉能力，画家具有色彩、形象的判断能力，而保证画家能完成一幅好的画的能力的综合就是他的才能。这种才能的高度发展就是天才。

能力并不是天生的，一个初生婴儿只具备一些遗传素质。每一个婴儿出生后都具备有神经系统，感觉器官和运动器官等，但是每一个婴儿的遗传素质都不相同。某婴儿的听觉强些，另一婴儿的视觉强些，这就使才能的发展发生一定的差异，不可能都完全一致。但是遗传的素质并不能决定一个人才能的发展，只提供发展的可能条件，而起决定性作用的是后来的教育与社会实践。

婴儿出生后首先受到家庭的影响。他首先接触到家庭中的一切，他模仿父母的动作等，家庭的条件给予他发展的可能性。要是一个婴儿出生在一个学音乐的家庭里，他从出生后经常听到各种悦耳的音乐，他的听觉就得到了培养。要是做父母的特意培养他的音乐才能，他就具有了优先发展的条件。

1955 年在全国群众业余音乐舞蹈观摩演出大会上，一个六岁的小孩孙玉玺拉胡琴，拉得那么好，被认为是天才。他的才能的发展是由于家庭的培养。他父亲特别喜欢拉胡琴，他经常听到父亲拉胡琴，家中又有胡琴这种乐器可以给他拉，再加上后来他父亲又认真地教他拉胡琴，所以就培养了他在这方面的才能。很多天才所以成为天才，家庭教育起着一定作用。

经过家庭教育这个阶段，接着就是学校教育。一个人在小学里受到一些基本训练，到中学里知识就逐渐展开，到大学里完成了基本的训练，并开始分工，开始有坚定的兴趣和中心的目的。但这还是一个预备阶段，到进入社会后才逐渐成为定型。所以社会对于一个人才能的发展是起着决定性的最后的作用。什么样的社会就能产生出什么样的人才来。在十八、十九世纪的时候，世界各国大批涌现出优秀的文学家，艺术家，为什么？那是由于当时的社会背景，当时的社会鼓励在这方面的发展。到十九世纪末叶，由于产业革命，由于当时的需要又产生了很多伟大的科学家。所以天才是时代的产物。

人的才能的发展的生理基础是什么呢？

一个人长期从事于某一项工作，他的大脑皮层经常受到这方面的刺激。这种刺激形成条件反射。在大脑皮层中与这活动有联系的神经细胞就经常在建立着联系。联系的机会越多，神经细胞工作的机会也愈多，神经细胞的工作也愈完善。我们身体里任何组织都受"用进退衰"的原则支配。这就是经常用身体里某些组织，那些组织就发展得愈快。相反，你经常不用某些组织，那些组织就会逐渐衰退。铁匠的手臂特别粗，手臂的肌肉特别发达，就是一个例子。我们大脑的神经细胞也是如此，你经常用某些神经细胞，这些细胞就得到进一步的发展，这些细胞的工作也就愈完善，这些细胞对外来刺激的分析和综合也就愈准确、愈周密，因此建立的联系也就愈快，反应也就愈迅速。我们常说"聪明"的人就是在大脑皮层中能最迅速、最准确地建立联系的人。

因此，一个画家之所以成为画家，就由于在长期从事于画画的劳动中，对于色彩、对于线条发生作用的神经系统的一些细胞经常在工作，经常在建立联系，经常在进行分析和综合。结果他在这方面的反应当然就快、就准确、就完善。例如，齐白石老先生，他拿起蘸着墨的笔，在纸上点几点，就能很快地、生动地、十分美妙地画出栩栩如生的空中飞着的小鸟，或是在水中游着的小虾，或是在地上啄米的小鸡。这对于不会画画的人看来，简直像是神迹。事实上他在这方面神经细胞的工作已经有七十年之久，已建立起最完善的联系，他的一笔，长度、角度、曲度、轻重，都能听从他的指挥，准确到不差一丝一毫的程度。这就是受长期工作的锻炼，在大脑皮层中长期有着最完善、最精密、最迅速的联系，使神经细胞的工作精练到了最高度，也就是人的才能的最高表现。

所以一个人的才能是和知识、经验、技巧、熟练联系着的。知识愈丰富，才能愈大；经验愈广，才能的发展愈快；技巧、熟练的程度愈深，愈能帮助他更完善地发展他的才能。这就是为什么几乎所有天才都是全面发展的，都具有各方面丰富的知识的。翻开任何一本天才传记，都可以得到同样的例子。上面提到的我国卓越天才数学家祖冲之，他是数学家，又是天文学家，又是物理学家。他除了发明圆周率的计算方法以外，他还创造新历。这在当时天文学方面是划时代的创举。他在物理学方面创造了指南车、水碓磨、千里船和畸器。同时他还对经学和先秦诸子有过研究，他曾注释过《易经》《老子》《论语》《孝经》等书。他还精通乐律，他推广农业种植。他具有多方面的才能。

被称为美国"国父"的富兰克林也是具有多方面才能的天才。他是著名的放起风筝来"使闪电和上帝分了家"的人、避雷针的发明者，他还发明了近视远视两用的镜片，富兰克林式的壁炉，巧妙的复印机等。同时他又是一个卓越的新闻记者和作家，优秀的印刷工作者。他又是一个社会活动家，他是美国邮电事业的奠基人，纸币制度的推行者，他还参加了宪法制定工作，是独立宣言起草人之一。富兰克林的才能是多方面的，不论科学、文学、法律、政治……等知识领域里，他都做出了或大或小的贡献。

像这样的例子举不胜举。一句话，天才的发展不可能局限于一种才能，天才的发展是多方面的。

有些人的才能发现得很早。例如我国东汉的曹子建七岁能写诗，唐朝的王勃十岁能做赋。又如俄国的天才画家列宾，在三岁至四岁时，就开始表现出绘画的才能，到六岁时已完全显露出来了，于是一般人以为是天赋的，是神授的。其实，这只是由于他在出生时具有神经系统的某些优点，又得到家庭的刺激，很早就得到培养和锻炼的机会，因此他的发展早于一般人。

不要以为某些人生理有缺陷，天才就不可能有发展的机会。"天生我材必有用"，我国诗人李白早就指出这一点来。我们的缺陷若不是很严重的话，那么，依旧能培养，能达到完善，而终于锻炼成为天才。

希腊有名的天才演说家德蒙西尼斯（纪元前 384~ 前 322），他本是有口吃病的，他的发音很不清楚，他的声音也弱。但是他决心要克服这些天生的障碍，并且要成为一个演说家。他把小石子含在口中练习说话来纠正他的口吃病。为了使他的声音宏亮，他每天一边爬山一边朗诵名人的诗句。他有意识地在海边练习演说，使他自己习惯于噪杂的声音。他好几个月住在山洞里，静静地、专心地练习写文章，使他的文章有他自己独特的风格。这样几年艰苦的练习，终于使他成为有名的演说家。他的著名的演讲稿子遗留下来的有六十篇，现在都保存在英国皇家博物馆里。

就是一个人的缺陷大到完全失去某一方面的能力时，像一个人的听觉器官完全坏了（或由于先天，或由于后天），他已成为聋子，或像一个人的视力完全损毁成为盲人，但他们仍有发展其他方面才能的机会。像我国著名的音乐家师旷就是盲人，贝多芬是举世著名的音乐家，但他是聋子。

为什么人们某个器官受到损害仍有发展的可能？这是因为大脑皮层具有一种"补偿作用"的能力。所谓"补偿作用"就是一个人某一种器官受到损害后，另一器官的能力补偿这一器官的能力，另一器官能得到加倍的发展并代替那受损害的器官的一部分作用。例如，盲人，他的视觉受到损害，他的听觉就特别发达。听觉代替了视觉的作用，视觉器官的能力补偿到听觉器官上去。因此，盲人的听觉特别灵敏。盲人能依靠别人的脚步声来断定一间屋子是空的还是放着家具的。他们甚至于能根据树叶的响声而辨别出树木的种类来。他们由于生活的需要，能把听觉发展到代替视觉的一部分作用。盲人之所以可能成为音乐家就是由于这种补偿作用。

我们再重复这句话，人们的生理缺陷决不能停止人们前进。在世界上没有我们不能发展的道路，只要我们努力，我们热爱劳动，任何道路都能被我们打开。

五、创造性劳动的形成过程

天才的劳动是创造性的劳动，没有创造性的劳动就不是天才。天才的创造性劳动过程大致可分成四个阶段。

（一）准备时期。即研究、思索和搜集资料的时期。

（二）孕育时期。即将收集的资料加以消化研究，孕育和酝酿新概念的时期。

（三）灵感时期。即思想达到了成熟时期，也就是准备时期和孕育时期的结束。

（四）整理时期。把研究的成果加以整理，是最后的结束时期。

现在把这四个时期分述如下。

（一）准备时期

天才的物理学家爱因斯坦用七年时期准备写他的《相对论》。A. A. 伊凡诺夫，俄国天才画家用二十八年时间画了二百张预备性的初稿。马克思为了写作《资本论》，参考了一千五百多本书，并且每本书都作了笔记。托尔斯泰在写《战争与和平》时，他自己说，在他家里"形成了整个一个图书馆"。法捷耶夫在写《青年近卫军》时，他收集了资料有几百斤重。天才们为了他们的创造，经过长久的准备，广泛的收集资料，这是他们获得重大成果的原因之一。

没有详细周密的准备，就不可能有卓越的成就。事情的成功与否，在于你是怎样做准备工作的。将来工作的成就，就看你的第一步跨得如何。巴甫洛夫在去世前，在给青年们的一封信中告诫青年们说："要累积资料：要研究、比较和累积事实。"他接着说："不论鸟的翅膀是多么完善，如果没有空气支持，鸟再也不能飞腾。事实是科学家的空气，没有事实你再也不能翱翔，没有事实，你的'理论'是空洞的。"他也告诉青年们应当怎样对待事实，对待资料。他说："要研究、实验、观察。要力求不只停留于事实的表面，不要成为事实的保管者，要深入窥探事实起源的奥秘，坚持追寻支配事实的规律。"我国著名科学家华罗庚也号召青年们"必须占有充分资料"，因为"搞科学工作既然要广泛吸取前人的经验，那就必须占有充分的资料。"

为什么科学家必须掌握充分资料？因为我们的研究必须在前人的研究基础上前进，去钻研前人所没有钻研过的，从而得出自己创造性的结论。这就是需要我们全部掌握住前人在这问题上的全部结果，必须要了解你所研究的问题，以前曾有多少人钻研过，他们所得出的结论如何，收集了并研究了全部资料后，然后在他们研究过的基础上前进。

爱因斯坦在研究相对论的问题时，他阅读并研究了所有物理学家对这问题所做过的实验和他们的结论。他研究过马克斯威、迈克尔逊、罗仑兹等人的实验，把他们的实验用数学公式表达出来，然后再深入去钻研到问题的本质上去。

所以掌握资料，做好准备，对于科学家来说是非常重要的。

文学家在动笔写一部著作前，都经过长期的准备工作，收集资料。

普希金在写名著《上尉的女儿》时，曾经付出巨大的劳动来做好一切准备工作。他首先研究了当时的档案材料，阅读了那时代各种人物的回忆，像诗人德米特利耶夫、寓言家克雷洛夫等人的回忆。然后他亲自出去访问。他访问了上尉女儿事件所发生的地点喀山，在喀山他住了四个月。他还访问了西姆比尔斯克、奥连堡、乌拉尔斯克、柏克得村，并且和当时的人进行谈话。他在 1833 年 9 月 8 日写信给他妻子时说："我在这里曾和一些老年人，我的主角（指上尉的女儿——作者注）的同时代人，仔细地谈了一下，我游览了城廓一带，参观了作战的地点，访问过的很多事情都记录下来了。"

普希金接着在另一封信中，又告诉他妻子说："在普加乔夫（书中主角之一——作者注）停留过六个月之久的柏克得村，我有过一次幸运的机会——找到一个七十五岁的哥萨克女人，她记得那个时代就像我和你记得 1830 年这样清楚，我没有错过她。"

普希金还搜集了所有有关普加乔夫及其战友的材料，并且仔细地研究阅读。

伟大的诗人普希金就是这样仔细地准备和搜集他的资料的。

（二）孕育时期

孕育时期是长时期的。在你收集了资料以后，经过一段准备时期以后，新的概念在你脑中逐渐形成。新的概念需要在你脑中有一段相当长的孕育时期。在科学家那是假设、推论、研究实验的时期。在文学家那是结构的形成，人物形象的确定。

不要以为准备时期和孕育时期可以分得非常清楚。不，那是错误的。经常是一边在准备，一边在形成新的概念，新的资料来了，新的概念又形成，是互相交错着的。

让我们首先来看科学家的孕育时期。收集了资料，需要很好地进行研究，在研究过程中，需要思考。我们的思想是一系列概念所组成的，也可以说是一种刺激和反应的链锁，在思考过程中要寻找事物之间的关系，从事物的表面去追求到事物的核心，从一大堆资料中，提炼出精华来，这个过程也就是华罗庚同志所强调的"由厚到薄"的过程，是一个资料消化的过程。要抓住主流，抓住重要处，淘汰掉不重要的，这样就能逐渐接近主题。这也是一个分析的过程。在经过分析过程的基础上再前进，从而得出了一些初步的看法，现在需要实验来证实。这就引到了实验阶段。在这里失败是常事。经常一个科学家在经过几百次失败后才能获得最后的成就。可是失败并不等于全部推翻实验，或全部否定看法。每一次失败都带来一些成就，在失败的基础上继续前进。例如，居里夫人在最后发现镭的元素之前，她实验过无数次，也失败过无数次，但每一次的失败都给她带来一些成就，在失败的经验上她前进着，她先发现了钋，那是初次成功，再实验下去发现了镭，获得了最后的成功。这是科学家孕育着新的概念的时期。

文学家同样也有一段孕育时期。文学家先得到了一个启发，有了一个概念，一个大约的轮廓，这思想在他们脑子里孕育了很久，到最后才写成作品。心理学家柏屈克曾经研究过五十五个有名的诗人，后来又研究了五十个有名的画家，虽然有一小部分人是在新概念得到的一瞬间立刻就写或画，但百分之七十二的诗人和百分之七十六的画家是经过一段孕育时期的。例如，其中一位诗人这样描写他的孕育时期，他说："我得到一个印象很久想写成诗。有一次我看见一个尼姑和几只火烈鸟在一个小池旁边。我得到这概念，有一年工夫我想把它写成诗，我知道这将是一首律诗或一首抒情诗。我看见月亮从云中钻出来，这使我联想到一只白色的鹰。我有了这概念，经过好几个星期，最后我终于写了一首诗。一个概念在我脑子里很久，有时候一个星期或二个星期，我并不常想到它，但是这概念仍在我脑中。"

现在让我们来看爱因斯坦是怎样经过这段孕育时期最后发现相对论的。

以下是"创造性思想"的作者韦特汉姆所叙述的爱因斯坦发现相对论的经过。从他的叙述里，我们可以看到爱因斯坦怎样从一个概念，推论、研究、实验到最后作出结论的。

爱因斯坦在学校读书的时候，就开始注意到光的速度问题。当时他对数学和物理很感兴趣，这时候，他对相对论这个问题进行研究。他花了整整七年工夫进行研究的准备工作。他实际写相对论只花了五个星期的时间，并且那时他还得整日在专利局里工作。

爱因斯坦认为"光"是一个非常基本的东西。他首先对于光的速度发生兴趣。他研究了当时学者们对于光速这个问题的报告。他阅读了物理学家马克斯威的报告，在马克斯威关于电磁场中的公式中，光的速度是不变的。他花了很多时间研究并改良马克斯威的公式，而不假设光速固定不变。

著名的物理学家迈克尔逊的实验，他所采用测量光速度的方法，在爱因斯坦的思想发展中占有重要地位。爱因斯坦已读过了很多物理学家的报告，但对迈克尔逊的实验最感兴趣，因为这加强了他的信念。

荷兰物理学家罗仑兹把迈克尔逊的实验用公式表达了出来，这似乎澄清了一些问题，但并没有深入到问题的核心中去。

这时的爱因斯坦在准备收集资料之后，在前人的实验基础上前进，他已形成了一些初步概念，现在需要深入到问题的核心上去。爱因斯坦自己问自己："在一个运动系统中，如何测量光速？在这种情况之下，如何测量时间？在这样一个系统之下，同时性的意义是什么？假如在不同地方，同时性又是什么意义？"

爱因斯坦随着这些问题一步步地深入下去，一个概念接着一个概念地形成，由假设到推论，到用实验来证明。

先由测量光速这概念引到测量时间的问题，从而又引起同时性的问题来，这是概念一步步地在形成的过程中。概念形成后，他用假设和推论，再用实验来证明，终于证实了他的假设和推论，完成他的最后结论——相对论。

例如，关于同时性的问题。假设二件事在一处发生，同时性的意义非常明显。但假设二件事不在一处发生，同时性的意义就成问题了。

爱因斯坦在他自己的报告中，报告过这个概念的孕育时期到最后的实验证明。他说："两个地方都闪着电，你能断言说两个霹雳是同时发生的吗？要决定是否同时发生就需要计算，并需要证明这两个闪电是同时发生的。你可以用以下的方法来证明，你把两面镜子垂直地放在一起（V），正放在两个闪电所发生的正中央地带。你站在镜子的前面，观察光线是否同时达到镜子。"

在这里包括一个概念的被证实所采用的方式。爱因斯坦经常问自己：我对这个问题的证实可能找到实验的根据吗？这些实验能决定新理论的正确吗？

爱因斯坦的这些假设、推论、研究分析，所有这些步骤，实际上都是美丽的统一的图案的一部分。这些步骤都是在同一思想的线条上发展着的。它们的产生和它们的功能在整个过程中都有意义，都能针对着情境、结构的需要而组织起来。

爱因斯坦就是这样在孕育着新的概念，逐渐达到成熟的地步。大胆的结论一个接一个，结果组成了新的物理学的内容。

从以上我们可以看到，一个概念怎样由发生到成熟的整个孕育时期。

（三）灵感时期

提起灵感，一般人多少对它有些神秘的看法，以为灵感是神的授予，只要灵感一到，什么创造都通了。于是真有青年坐等灵感到来。这是多么错误的看法和做法！事实上灵感是创造性思想的准备时期和孕育时期的结束。一定先有过准备时期和孕育时期，才可能有灵感，没有经过准备时期和孕育时期就不可能有灵感。

有人认为牛顿发现万有引力定律是因为一个苹果偶然掉到牛顿的头上，才使牛顿突然灵机一动想出了万有引力定律，这是非常荒唐的。试问苹果落地曾经打过多少人的头，为什么别人没有想出万有引力定律来？苹果也许曾经打痛过别人的头，为什么万有引力定律偏偏只是在苹果打到牛顿的头上来才被想出来？原因并不在于苹果，而在于牛顿早就抓住了开普勒的天体运行规律和伽利略的物体落地定律。他早已抓住了这两个重要资料，早已经过研究，思考，也就是经过一段孕育时期。一个新的概念在那里逐渐形成起来，形成到快要到成熟时期，一遇到这自然现象，苹果落地的事实，使他顿然在脑中建立起来了联系，于是才发现了万有引力定律。

同样的关于瓦特发明蒸气机，也有人以为瓦特是偶然看见水壶在水沸腾时，水蒸气冲开了水壶的盖，于是灵机一动就发明了蒸气机。这是同样错误的结论。水壶在水沸腾时，水蒸气冲开壶盖，那是很普通的一个现象，差不多任何人都看到过这现象，为什么别人没有因此发明，而只有瓦特一人发明了蒸气机呢？关键问题同样的还在于瓦特早就有了关于机械的一些概念，他曾研究过，钻研过这个问题，于是一遇到这个有联系的问题时，在脑中的联系就完成了，使他因而发明了蒸气机。

以上的例子说明一个问题，就是灵感并不是什么神秘的东西，而只是一个自然的结果。瓜熟蒂落，到瓜熟了的时候，当然蒂也会落，到你思想成熟的阶段时，当偶然的一些联系，自然界或社会生活中的一些偶然因素，突然使你的思想最后得到完全联系，于是你就得出了最后的结论。所以灵感只是一种成熟时期，思想最后成熟时期。

进一步分析可以说是一种在大脑皮层中建立联系的最后完善。在你准备和孕育时期，你大脑皮层中经常在建立联系。神经细胞经常在忙碌地工作，愈工作，愈健全，愈完善。但是还没有能最后把它全部联系建立起来。在那时候偶然有一个刺激，对于牛顿是苹果落地，对于瓦特是水蒸气冲开了水壶盖，这些偶然现象顿然和你一直在思考着的问题建立了最后完善的联系，于是问题就最后得到了解决。

灵感也是注意力的高度集中。你一直在注意着你的问题，逐渐注意力愈来愈集中到这问题上来，最后注意力达到最高度的集中，这就是灵感的阶段。

灵感也可以说是兴奋过程达到了顶点。普希金说："我忘记了世界。"柴可夫斯基说："忘掉一切。"兴奋过程达到最高点，抑制住了一切其他思想、情感，使他们的注意力完全集中在工作上，这时才会产生"忘了世界"，"忘了一切"的精神状态。

在灵感时期中，注意力高度集中，而心情却保持着平静的状态，这使思想敏锐。因此灵感绝不可能产生在思想疲劳、精神萎靡的时候，灵感经常发生在精神状态最良好的时候。

苏联作家 I. O. 维别尔在他所著的《精密的钥匙》中，曾经描写过一位天才发明家的灵感时期。

这是发生在苏联第一个五年计划时期的事。青年钳工德米特里·谢勉诺夫，正在用心钻研一个重要的发明：他要发明一种机床来制造最精密的块规的量度工具，也就是说他要使块规的制造过程机械化。谢勉诺夫知道机床上有平滑的动作，才能使工作具有准确性，但用什么样的传动机才能使机床有十分平滑的动作呢？问题的关键就在这里。

"有一天……"

"谢勉诺夫到一所大楼里去看一位老朋友。他得乘电梯到大楼的最高层去。他站在电梯室里面，几乎感觉不出自己是在平静中缓缓上升。开动得真快，真平滑。可是刚一感到平滑，就有一种他所熟悉的由于快乐和兴奋所引起的激动突然掌握住了他。电梯开动得真平滑！这是力加平滑……"

"他眼前所看到的已经不是电梯室中的玻璃和指示到几层去的电钮，而只是一幅清清楚楚的运动图案了。"

当谢勉诺夫的发明到最后阶段，偶然乘坐电梯，电梯的平滑把他脑中所要解决的问题联系在一起了。他得到了解决这个问题的钥匙，于是"一幅清清楚楚的运动图案"出现在他眼前。他得到了解决"平滑"的方法。于是他的情感达到最高度，达到了像普希金所描述的"忘掉了世界"的程度。

"他忘记了为什么到这所楼房来，乘电梯上哪儿去。他用手去按电钮，一会儿按一下这个，一会儿按一下那个，于是他自己就在各层楼中间升降了好多次，把电梯的值班人员惊得目瞪口呆。"

这就是灵感。

（四）整理时期

整理时期是创造性劳动的最后阶段。

这时期多半是比较短的。爱因斯坦用七年工夫准备他的资料，可是他只用五个星期写成了研究报告。也有一些科学家觉得他自己的研究成绩还没达到最后的整理阶段，他们要继续钻研下去。例如，巴甫洛夫虽然研究条件反射有三十多年之久，但他始终没有完整地把所有材料整理出来。他最后所写成的《大脑两半球机能讲义》一书还是由于他的学生说，要是巴甫洛夫自己不写，他（指学生）就预备写一本书。巴甫洛夫怕学生写的不够完善，才亲自动手编写。

材料的整理工作，是在创造性劳动过程中随时进行的。材料随时来，随时就加以整理，分门别类，在其中拣出需要的，去掉不需要的。整理材料要注意全面，同时要使重点突出；要注意部分与整体之间的关系，同时也要注意到部分与部分之间的关系。要注意到系统性，合乎逻辑的规律，材料一部分又一部分地发展着，最后达到结论。

天才文学家非常注意整理时期。托尔斯泰在写《复活》这本小说时，考虑到玛斯洛娃这个形象对于全书的影响，对于这个女性的形象一次又一次的加以仔细修改。对于全书的文字方面，考虑又考虑，修改再修改，所以当我们翻开托尔斯泰的亲笔文稿时，就会大吃一惊，会为这位伟大的文学家细致的整理工作所惊服。

现在让我们来看天才在创造性劳动这四个时期中的体会。

德国的物理学家、生理学家及心理学家赫尔姆霍茨（Hermann von Helmholtz），在他七十岁生日时（1891），曾谈到他创造性思想的过程，他说："……它们（指创造性思想）悄悄地钻进我的脑子里，在一开始我并没有感到它们的重要性，有时候在以后甚至于很难回想起来在什么情况之下产生；我只可以说这些思想就在这里。但是有时候它们突然降临，我并没有努力去争取，像一种灵感似的。依照我的经验来说，它们从不产生在脑子疲倦的时候，或在书桌前。在这之前，这是十分需要我要把我的问题彻底研究过，要研究到这么一种程度，我完全明了它的所有的复杂性。在我的脑子里要熟练到那么一种程度，不需要写我也能全部了解。要使问题达到这么一种程度，不可能不经过长时期的准备劳动。于是，当准备阶段的疲劳逐渐消去，身体又恢复健全，精神重又活泼和平静，快乐的思想就产生了，正像歌德常说过的那样，当我醒来的时候，快乐的思想就在这里。有时候产生在晴朗的天气时在树木滋生的小山岗上散步的时候。"

从赫尔姆霍茨的自述中，我们可以看到他十分强调准备时期的重要性。他强调在创造性思维产生之前，"十分需要把问题彻底研究过"，"要使问题达到十分熟练的地步"，必需"经过长时期的准备时期"。对于灵感的产生，根据他自己的经验是产生在精神状态十分良好的时期中，产生在"醒来"的时候，产生在"晴朗的天气时在树木滋生的小山岗上散步的时候"。

甫兰脱和倍克尔 (Platt, Baker) 曾经研究过这个问题，他们根据替泼尔的叙述曾经记录过一个化学家所谈到的他的创造性思想过程："在这里包含着两个因素：第一，十分彻底地研究你所收集的资料，你的脑子里充满了你目前要研究的问题，然后一段休息时间，在你面前没有任何资料、手稿等……我记得有一天早晨我洗了澡，刮了脸，又去洗澡，当我用手去取干毛巾时我才意识到这是第二次洗澡了。我的思想会集中在一个问题上有半小时了。……我举这个例子，因为这很清楚什么样的情况在进行着，我的脑子十分清醒，但充满了我要研究的问题，我的思想又是极端地集中着。脑子是在进行着对问题的思考。……要是脑子平静，并充满了你要研究的问题，而又极端的注意力集中，我想任何人都能解决他所要研究的问题。"

在这段叙述里我们看到首先是准备时期，"彻底地研究你所收集的资料"，然后是一段孕育时期，最后他描写了他的灵感时期，在这里值得我们注意的是"忘了一切"的那种精神状态，他洗了二次澡而都不知道。其次是心情的极端平静和注意力的极端集中。最后他满怀信心说："要是脑子平静，并充满了你要研究的问题，而又极端的注意力集中，我想任何人都能解决他所要研究的问题。"

北京：中国青年出版社，第一版，1957 年

附　录

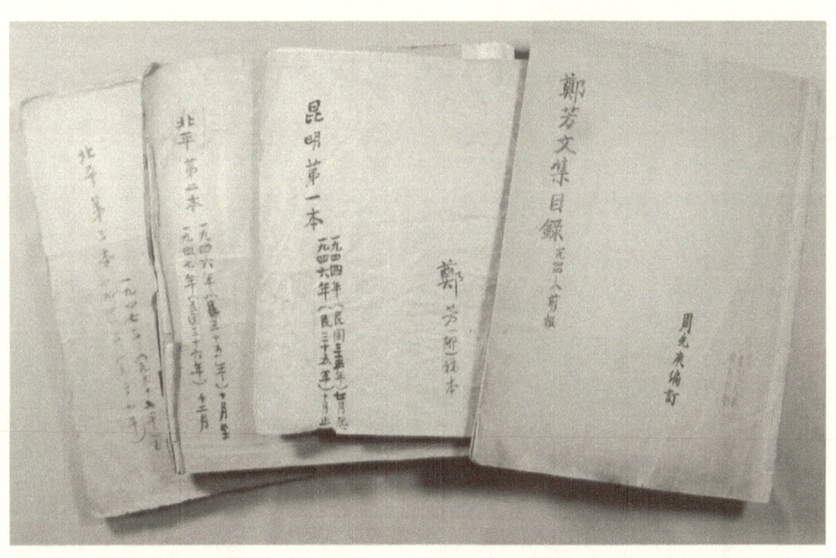

郑芳年表

1910 年　12 月 19 日，出生于江苏吴江县盛泽镇。

1917 年　7 岁

9 月，入省立第二工业学校附小读书。

1922 年　12 岁

9 月 9 日，父亲郑咏春突发脑出血殁于苏州滚绣坊寓所，年仅 37 岁。

1923 年　13 岁

6 月，省立第二工业学校附小毕业。

9 月，就读浙江湖州私立湖郡女子中学。

1928 年　18 岁

12 月，借读江苏苏州景海女子师范学校。

1929 年　19 岁

1 月，转到东吴附中学习半年。

9 月，与三位同学到东吴大学学习半年。

1930 年　20 岁

2 月，在湖郡女子中学附小任职半年。

由叔父郑桐荪接到北京，9 月入燕京大学文学院外文系就读。

1933 年　23 岁

1 月 10 日，与周先庚结婚，婚后住清华新西院 27 号。

婚后曾回盛泽老家。

5 月，提前一年在燕京大学肄业。

1934 年　24 岁

3 月 8 日，长女周立业出生。

1935 年　25 岁

儿子周伟业出生。

1936 年　26 岁

带两个孩子回老家盛泽。

儿子周宏业出生。

1937 年　27 岁

8 月，随清华南迁长沙临时大学。

1938 年　28 岁

年初，离长沙赴广州，儿子周广业出生于广州。再去香港九龙，住东庐附近石陕尾街 37 号楼下。

1939 年　29 岁

年初，经越南河内、云南河口和蒙自，到昆明（途中曾突发疟疾在河内滞留数月），先住昆明西仓坡民强巷 1 号，为躲避日机轰炸曾在滇池边的乌龙浦暂住，后住昆明胜因寺。

1941 年　31 岁

周宏业因白喉病逝，年 5 岁。

1942 年　32 岁

女儿周明业出生于昆明。

任教云瑞中学，至 1943 年 6 月。

1944 年　34 岁

开始为昆明《中央日报》撰稿。

1945 年　35 岁

儿子周文业出生于昆明。

1946 年　36 岁

离开昆明前，周伟业因大脑炎在昆明医院去世，年 11 岁。

9 月，重返清华园，住新林院 4 号。

11 月，为《北平日报》撰稿，任该报【妇女与家庭】主编。

1947 年　37 岁

　　8 月，主编昆明《中央日报》【妇女文艺】专栏。

　　秋，周先庚赴美国学术休假。

1948 年　38 岁

　　10 月，昆明《中央日报》【妇女文艺】专栏中止。

　　6 月，周先庚回国，幼子周治业出生于清华园新林院 4 号。

1952 年　42 岁

　　9 月，到清华附中教俄语。

　　院系调整，全家搬北大燕东园 42 号甲。

1954 年　44 岁

　　7 月，调至北京体育学院，建英语教研室。

1958 年　48 岁

　　因血压高，辞职回家养病。

1959 年　49 岁

　　下半年发现直肠癌，由协和医院外科主任吴慰然大夫手术。

1961 年　51 岁

　　12 月 25 日，因患直肠癌在北京大学燕东园 42 号甲家中去世。

郑芳生平地图

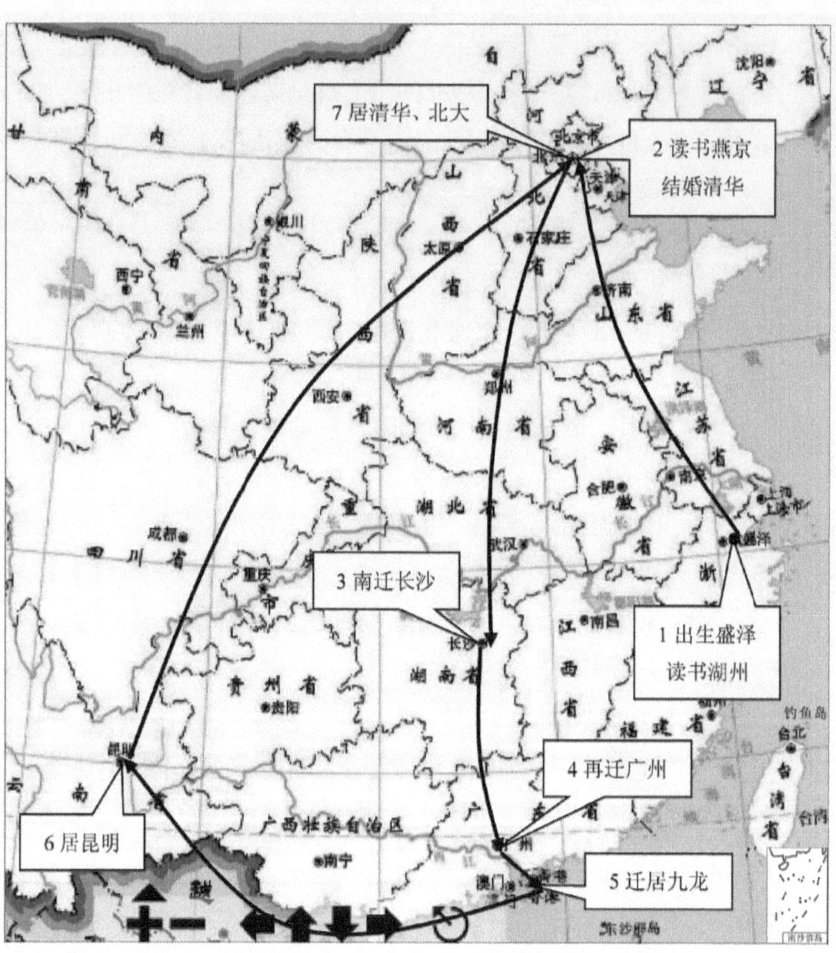

郑氏家族简介

56 世：

　　郑恭燮 (?–1869)，号理卿。

　　陈氏，郑恭燮之妻。

　　张氏，郑恭燮继室，生子郑公若、郑式如。

　　郑恭和 (1844–1867)，郑恭燮之弟，号寅卿，乡里称二人为"二郎"。

　　洪氏，郑恭和之妻。

57 世：

　　郑公若，郑恭燮长子，名慈崧，过继郑恭和。

　　邵氏，郑公若之妻。

　　郑式如 (1867–1919)，郑恭燮次子，名慈谷，号式如，1901 年创办盛泽镇也是吴江县最早的新式学堂——郑氏小学。

　　王夫人 (1863–1890)，郑式如之妻，生子郑咏春、郑桐荪、女郑佩宜。

　　杨夫人 (1874–1897)，郑式如继室，生女郑琇亚。

　　仲夫人 (1872–1919)，郑式如继室。生女郑佩亚（光颍）、子郑永。

58 世：

　　郑咏春 (1886–1922)，郑式如长子，名传，号咏春，江苏高等学堂教授、江苏省立第二工业学校教授。

　　徐氏，郑咏春之妻，生长女郑葆。

　　施毓珊（汝萼）(1891–1962)，郑咏春继室，生女郑芳、独子郑重、女郑芹、郑蘅、郑蓉。

　　郑桐荪 (1887–1963)，郑式如次子，名之蕃，号桐荪，清华大学数学系教授、曾任清华大学教务长。

　　曹纯如 (1887–1940)，郑桐荪夫人，生女郑士宁、子郑师拙、郑志清。

郑佩宜 (1888–1962)，郑式如长女，名瑛，号佩宜，生子柳无忌、女柳无非、柳无垢。

柳亚子 (1887–1958)，郑佩宜丈夫，爱国民主人士、诗人、中央人民政府委员、全国人大常委。

郑琇亚 (1896–1961)，郑式如次女，名毓琮，号琇亚，生子徐孝穆、徐文烈、女徐慧珠、徐丽珠。

徐宗乐 (?–1953)，郑琇亚丈夫，名宗乐，字中洛，号权，毕业于南洋公学，在家乡黎里从事土地经营出租，1953 年病逝。

郑佩亚 (1901–1981)，郑式如三女，名光颎，号佩亚，未婚，曾任上海萨坡赛路小学校长。

郑永 (1906–1981)，郑式如三子，字竞存，无子女，曾任上海徐汇中学体育教师。

钮咏絮 (1907–198?)，郑永之妻。

59 世：

郑葆 (1909–1992)，郑咏春长女，毕业于燕京大学。生子谢国骥、谢国翔、女谢瑛。

谢惠 (?–1976)，郑葆丈夫，郑咏春长婿，清华大学、南开大学、交通大学化学系教授。

郑芳 (1910–1961)，郑咏春次女，毕业于燕京大学，曾任清华附中、北京体育学院教师。生女周立业、周明业，生子周伟业（早夭）、周宏业（早夭）、周广业、周文业、周治业。

周先庚 (1903–1996)，郑芳丈夫，郑咏春次婿，1924 年清华学校毕业，美国斯坦福大学心理学博士，历任清华大学心理系教授、主任，西南联大哲学心理学系教授，北京大学哲学系心理专业教授、心理系教授。

郑重 (1911–1993)，郑咏春之子，厦门大学海洋学系和生物学系教授、系主任。

克拉克 (?-1951)，郑重之妻，随郑重返回中国，曾任职无锡，1951 年在无锡投湖自尽。

顾学民 (1914-1981)，郑重继室，郑咏春长媳，厦门大学化学系主任。生子郑兰荪。

陈珍姿，郑重继室。

郑芹 (1912-2008)，郑咏春三女，生子汪源源、汪松、汪良、汪维。

汪福元 (1909-1981)，郑芹丈夫，郑咏春三婿，经商，后在上海小工厂工作。

郑蘅 (1917-1990)，郑咏春四女，浙江农业大学教授。生子吴樑、吴同。

吴载德 (1914-2003)，郑蘅丈夫，郑咏春四婿，浙江农业大学蚕桑系主任，教授。

郑蓉 (1918-)，郑咏春四女，生子胡正心、胡正民、胡正方，女胡正英。

胡林泉 (1914-1985)，郑蓉丈夫，郑咏春五婿，上海有线电厂设计科长。

郑乘 (?-?)，郑桐荪长子，早夭。

郑士宁 (1915-2000)，郑桐荪之女，毕业于燕京大学生物系，生子陈伯龙、女陈璞。

陈省身 (1911-2004)，郑士宁丈夫，郑桐荪女婿，美国科学院院士、中国科学院外籍院士，获美国总统奖。

郑师拙 (1921-2003)，郑桐荪次子，美国西北大学教授。

张新月（不详），郑师拙妻子，郑桐荪长媳，张彭春之女，化学博士、罗斯福大学教授。生女郑宗舜、子郑盛华、郑盛杰。

郑志清 (1925-?)，郑桐荪三子，美国密执安州底特律市韦恩州立大学化学系教授。

林淑昭（不详），郑志清之妻，郑桐荪次媳，生子郑惠群、郑超俊。

柳无忌 (1907-2002)，郑佩宜、柳亚子之子，先后任美国劳伦斯大学、耶鲁大学和印第安纳大学教授，在印第安纳大学创办东亚语文系，任系主任。

高蔼鸿 (1906-1994)，柳无忌之妻，郑佩宜、柳亚子儿媳，生女柳光南。

柳无非 (1911-2004)，郑佩宜、柳亚子长女，生子陈君石、女陈君华。

陈麟瑞 (1905-1969)，柳无非丈夫，郑佩宜、柳亚子长婿，新华社上海英文部主任，《中国建设》副总编。

柳无垢 (1914-1963)，郑佩宜、柳亚子次女，曾任外交部政策委员会、研究室、新闻司等秘书科长等职。生子柳光辽。

徐孝穆 (1916-1999)，郑琇亚、徐宗乐长子，曾任上海博物馆保管部副主任、上海博物馆文物保护科学实验室主任、上海建人业余艺术专修学校校长、上海文管会编纂。

王珠琏 (1917-1994)，徐孝穆之妻，郑琇亚、徐宗乐长媳，生女徐培芙、徐培蓉、徐笑娴、徐培芸、徐培华、徐培蕾，子徐维墉、徐维坚。

徐文烈 (1918-2011)，郑琇亚、徐宗乐次子，任职广州市政协。

钟兰仙（不详），徐文烈之妻，郑琇亚、徐宗乐次媳，生女徐培莉、徐培菁、徐培茹，子徐维垣。

徐慧珠 (1919-2010)，郑琇亚、徐宗乐长女，终生未婚，江苏黎里镇小学教师。

徐丽珠 (1923-2004)，郑琇亚、徐宗乐次女，生女陆恢华、子陆建德，上海南汇区城乡镇小学教师。

陆文杰 (1918-1996)，徐丽珠丈夫，郑琇亚、徐宗乐次婿。

郑氏家族（57、58、59世）谱系示意图

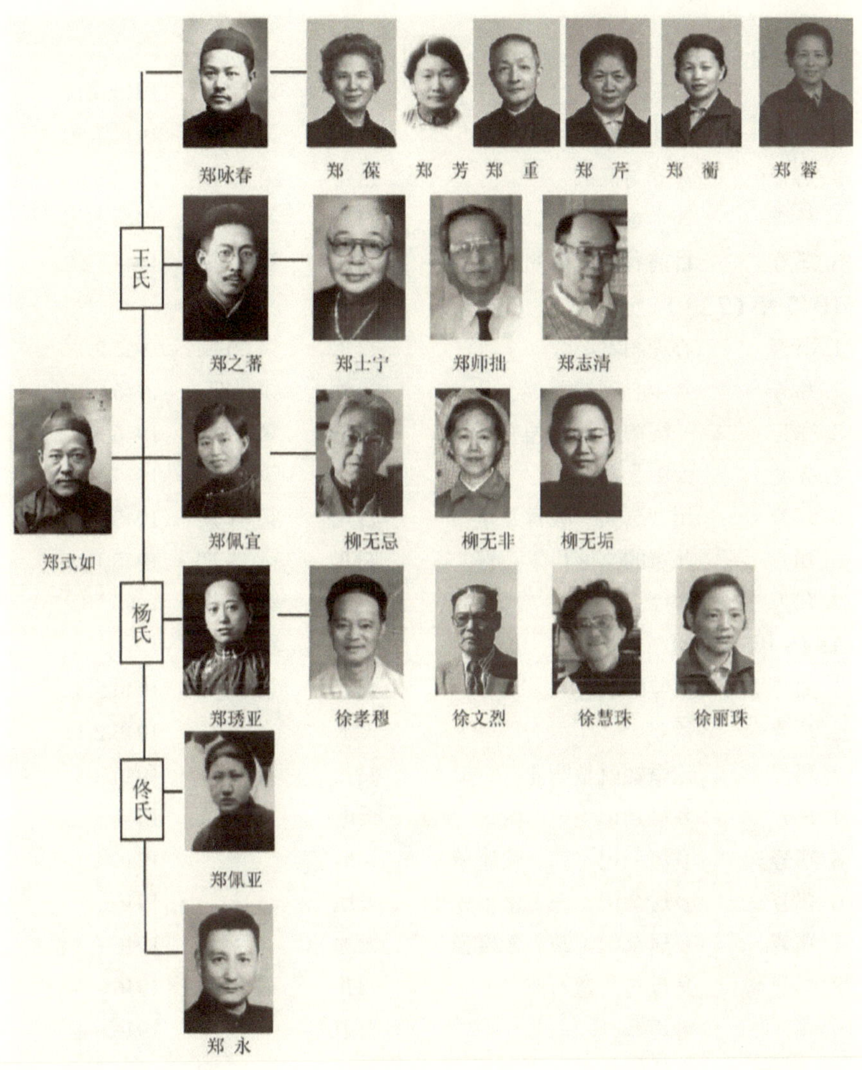

郑芳著作年表

1944年（5篇）

1. 周政	家庭卫生	妇家	第36期	1944.6.17
2. 郑芳	幼儿的营养问题	妇儿	第10期	1944.7.20
3. 郑芳	营养与烹调	妇儿	第16期	1944.8.30
4. 郑芳	谈学童废止早餐	妇儿	第26期	1944.11.9
5. 郑芳	目前我们应做的工作	妇儿	第32期	1944.12.21

1945年（7篇）

1. 郑芳	心理图案游戏	妇儿	第38期	1945.2.1
2. 郑芳	青年心理健康	文教	第3期	1945.3.10
3. 郑芳	一幅美丽的图画	妇儿	第53期	1945.5.19
4. 芬灵	太阳光与健康	妇家	第34期	1945.6.24
5. 郑芳	用"真实"教育儿童	妇儿	第67期	1945.8.25
6. 郑芳	儿童的家庭科学教育	妇儿	第73期	1945.10.6
7. 郑芳	客厅	正义	第34期	1945.10.27

1946年（73篇）

1. 郑芳	服装的颜色	妇儿	第89期	1946.2.3
2. 郑芳	桥戏	天地		1946.2.17
3. 郑芳	论婚姻就是职业	妇儿	第94期	1946.3.8
4. 郑芳	乡居杂记（一）游街	天地		1946.3
5. 郑芳	乡居杂记（二）鹭鸦争	天地		1946.4
6. 郑芳	乡居杂记（三）富根先生	天地		1946
7. 郑芳	乡居杂记（四）轰麻雀	天地		1946
8. 郑芳	父母与儿童习惯	妇儿	第98期	1946.4.4
9. 郑芳	钟声	天地		1946.5.4
10. 郑芳	生活的艺术	现代	第20期	1946.5.14
11. 郑芳	论幽默	天地	第41期	1946.5.15
12. 郑芳	笑	龙门	第8期	1946.5.25
13. 郑芳	白华太太	天地	第50期	1946.6.4
14. 郑芳	娜拉	妇儿	第108期	1946.6.15

15. 芳郁	婚姻	龙门	第 11 期	1946.6.15
16. 郑芳	组织 "母亲会"	妇儿	第 110 期	1946.6.29
17. 芳郁	一见倾心	龙门	第 13 期	1946.6.29
18. 郁芳	为了爱	龙门	第 15 期	1946.7.13
19. 郑芳	消灭战争的最好方法	天地	第 61 期	1946.7.19
20. 郑芳	再论幽默	天地	第 62 期	1946.7.20
21. 郑芳	作家	天地	第 64 期	1946.7.28
22. 芳郁	玫瑰花的时期	龙门	第 17 期	1946.7.28
23. 郑芳	莉莉	天地	第 57 期	1946.7.31
24. 郑芳	随感录	天地	第 57 期	1946.7.31
25. 郑芳	司徒雷登大使	天地	第 65 期	1946.8.3
26. 郑芳	随感录（二）	天地	第 58 期	1946.8.7
27. 郑芳	"问君欲娶妇，娶妇意如何"	龙门	第 20 期	1946.8.13
28. 郑芳	随感录（三）	天地	第 59 期	1946.8.14
29. 郑芳	重庆的热	中央		1946.8.23
30. 郑芳	重庆几件事	天地	第 72 期	1946.8.24
31. 郑芳	戚嫂	天地	第 68 期	1946.8.27
32. 郑芳	随心所想	天地	第 72 期	1946.8.31
33. 郑芳	离婚	龙门	第 23 期	1946.9.7
34. 郑芳	我们需要音乐	天地	第 75 期	1946.9.8
35. 郑芳	新闻记者	天地		1946.9.13
36. 郑芳	文化故都三大学	中央		1946.10.6
37. 郑芳	随心所想	天地		1946.10.7
38. 郑芳	我们这可怜的一群	天地		1946.10.8
39. 郑芳	清华大学素描	中央		1946.10.10
40. 芳郁	琵琶女和邵飞	龙门	第 28 期	1946.10.12
41. 郑芳	善良的北京人	天地		1946.10.12
42. 郑芳	自行车在北平	中央		1946.10.17
43. 郑芳	清华大学开学典礼	中央		1946.10.21
44. 郑芳	寄自北平	中央		1946.10.22
45. 芳郁	维持两性的感情	龙门	第 30 期	1946.10.26
46. 郑芳	被遗留下来的残渣	中央		1946.10.27

47. 编者	这是我们自己的园地	妇家	第 1 期	1946.11.5
48. 郑芳	女人的自白	妇家	第 1 期	1946.11.5
49. 郑芳	清华近事	中央		1946.11.7
50. 郑芳	归来	妇家	第 2 期	1946.11.12
51. 郑芳	死	天地		1946.11.12
52. （无名）	关于婚姻小幽默	妇家	第 2 期	1946.11.12
53. 郑芳	青年健康心理	生心		1946.11.18
54. 郑芳	我们足下有历史	天地		1946.11.19
55. 郑芳	归来（续）	妇家	第 3 期	1946.11.19
56. 郑芳	宏钟重响清华园	中央		1946.11.23
57. 郑芳	女人（与"女人的自白"相同）	龙门	第 34 期	1946.11.23
58. 郑芳	北平的初冬	中央		1946.11.25
59. 芳	论婚姻（上）	妇家	第 4 期	1946.11.26
60. 郑芳	归来（续）	妇家	第 4 期	1946.11.26
61. 郑芳	归来（续）	妇家	第 5 期	1946.12.3
62. 郑芳	随笔而书	天地		1946.12.3
63. 郁	C 老师	妇家	第 6 期	1946.12.10
64. 郑芳	归来（上）	龙门	第 37 期	1946.12.14
65. 郑芳	营养卫生与健康	妇家	第 7 期	1946.12.17
66. 郑芳	北平来鸿	中央		1946.12.19
67. 郑芳	归来（中）	龙门	第 38 期	1946.12.21
68. 郁	介绍美国妇女会	妇家	第 8 期	1946.12.24
69. 芳译	姑娘们在军队里	妇家	第 8 期	1946.12.24
70. 郑芳	朋友	天地		1946.12.25
71. 郑芳	归来（下）	龙门	第 39 期	1946.12.28
72. 郑芳	托尔斯泰	龙门	第 39 期	1946.12.28
73. 芳郁	美与健康	龙门	第 39 期	1946.12.28

1947 年（172 篇）

1. 芳郁	性情相合	龙门	第 40 期	1947.1.5
2. 郁	建设年谈妇女任务	妇家	第 10 期	1947.1.7
3. 郑芳	金凤	妇家	第 10 期	1947.1.7
4. 郑芳	金凤（续）	妇家	第 11 期	1947.1.14

	作者	篇名	报刊	期数	日期
5.	郁	救救捡煤核的孩子们	妇家	第 11 期	1947.1.14
6.	芳郁	性	龙门	第 42 期	1947.1.18
7.	郑芳	金凤（续）	妇家	第 12 期	1947.1.21
8.	周政	谈过年（旧式）	妇家	第 12 期	1947.1.21
9.	郑芳	谈谈家庭教育	妇家	第 13 期	1947.1.28
10.	（无名）	枣糕的做法	妇家	第 13 期	1947.1.28
11.	郑芳	新春寄读者	天地		1947.1.31
12.	郑芳	冰心女士（上）	龙门	第 43 期	1947.2.1
13.	芳郁	再论婚姻	龙门	第 43 期	1947.2.1
14.	郁	妇女们！反抗内战	妇家	第 14 期	1947.2.4
15.	郑芳	失望	妇家	第 14 期	1947.2.4
16.	（无名）	面包的做法	妇家	第 14 期	1947.2.4
17.	郑芳	冰心女士（下）	龙门	第 44 期	1947.2.8
18.	芳郁	再论婚姻	龙门	第 44 期	1947.2.8
19.	郑芳	金凤	天地		1947.2.11
20.	郑芳	失望（续）	妇家	第 15 期	1947.2.11
21.	郑芳	由婚姻商业化而谈到妇女应有的认识	公家	第 6 期	1947.2.11
22.	郁	我们这下一代	妇家	第 15 期	1947.2.11
23.	（无名）	小新闻	妇家	第 15 期	1947.2.11
24.	（无名）	南瓜团子	妇家	第 15 期	1947.2.11
25.	芳郁	结婚佳期	龙门	第 45 期	1947.2.15
26.	郑芳	失望（续）	妇家	第 16 期	1947.2.18
27.	郁译	介绍一个杰出女子	妇家	第 16 期	1947.2.18
28.	芳郁	怎样选择你的妻子	龙门	第 46 期	1947.2.22
29.	芳	黄金潮	妇家	第 17 期	1947.2.25
30.	郑芳	鞋	天地		1947.2
31.	芳郁	怎样选择你的丈夫	龙门	第 47 期	1947.3.1
32.	郑芳	乡村中的妇女	妇家	第 18 期	1947.3.2
33.	郁	鸡蛋	妇家	第 18 期	1947.3.4
34.	郁	鸡蛋（续）	妇家	第 19 期	1947.3.11
35.	芬灵	两性道德观	龙门	第 48 期	1947.3.8
36.	郁芳	战期中的教授太太们（一）	清华		1947.3.9

37. 郑芳	尾声（妇女节谈妇女）	妇家	第 19 期	1947.3.9	
38. 郑芳译	马背上的女英雄	妇家	第 20 期	1947.3.15	
39.（无名）	吴贻芳博士	妇家	第 20 期	1947.3.15	
40. 郁芳	抗战期中的教授太太们（二）	清华		1947.3.16	
41. 芳郁	由美兵征友想起	龙门	第 50 期	1947.3.22	
42. 郑芳	刺刀与玫瑰花	天地		1947.3.29	
43. 芳郁	妻	龙门	第 51 期	1947.3.29	
44. 郑芳	鸡尾酒会	天地		1947.3	
45. 郑芳	从母亲健康谈起	妇家	第 22 期	1947.4.1	
46. 郁	传染病与父母应当注意的几点	妇家	第 22 期	1947.4.1	
47. 郑芳	清华第二学期已开课	中央		1947.4.2	
48. 郑芳	笔	天地		1947.4.5	
49. 芳郁	她比小鱼还要滑	龙门	第 52 期	1947.4.5	
50.（无名）	刘王立明	妇家	第 23 期	1947.4.8	
51. 郑芳	儿童节在故乡	妇家	第 23 期	1947.4.8	
52. 五恩	暖壶煮粥	妇家	第 23 期	1947.4.8	
53. 郁	家庭园栽蔬菜	妇家	第 25 期	1947.4.22	
54. 芳郁	好莱坞式的女子	龙门	第 53 期	1947.4.12	
55. 郑芳	解除不良婚姻的束缚	妇家	第 24 期	1947.4.15	
56.（无名）	女子中学应添设家政课程	妇家	第 25 期	1947.4.22	
57. 芳郁	怎样抓着你的丈夫	龙门	第 55 期	1947.4.26	
58. 郁	漫谈婚姻	妇家	第 26 期	1947.4.29	
59. 周政	冰淇淋	妇家	第 27 期	1947.5.6	
60. 芬灵	冰心女士是怎样写作的	龙门	第 52 期	1947.4.5	
61. 郑芳	暮春话北平	中央		1947.5.2	
62. 芳郁	婚前婚后男子态度的改变	龙门	第 56 期	1947.5.3	
63. 郑芳	钞票	天地		1947.5.4	
64. 郑芳	清华三十六年	中央		1947.5.5	
65. 郑芳	重游故宫杂感	中央		1947.5.6	
66. 郑芳	联大教授太太们（1-6）	新天地		1947.5.9	
67. 芳郁	理想的婚姻 理想的结果	龙门	第 57 期	1947.5.10	

68. 郁	我们要能活得下去	妇家	第 28 期	1947.5.13
69. 郑芳	护士节感言	妇家	第 28 期	1947.5.13
70. 郑芳	故都杂话	中央		1947.5.15
71. 郁芳	已有一年了	龙门	第 58 期	1947.5.17
72. 郑芳	我们要生活着	中央		1947.5.18
73. 郑芳	主妇如何克服经济困难	妇家	第 29 期	1947.5.20
74. 郑芳	谎	中央		1947.5.22
75. 芳郁	爱的燃料	龙门	第 59 期	1947.5.24
76. 芳郁	第一次会见她时	龙门	第 59 期	1947.5.24
77.（无名）	妇女文艺乡泥纪念	中央		1947.5.26
78. 郑芳	为生活打开一条生路	妇家	第 30 期	1947.5.27
79. 郁芳	抗战期中的教授太太们（三）	清华		1947.5.27
80. 芳郁	婚前婚后女子态度的改变	龙门	第 60 期	1947.5.31
81. 郑芳	人吃人	天地		1947.6
82. 郑芳	我看见	天地		1947.6
83. 郁芳	抗战期中的教授太太们（四）	清华		1947.6.3
84. 郑芳	我们要生活着	心生	第 26 期	1947.6.5
85. 郑芳	蚕	天地		1947.6.5
86. 郑芳	北平学潮插曲	中央		1947.6.6
87. 郁芳	抗战期中的教授太太们（五）	清华		1947.6.10
88. 郑芳	从一个年轻人自缢说起	妇家	第 32 期	1947.6.10
89. 郁	杨梅	妇家	第 32 期	1947.6.10
90. 郑芳	报纸副刊	平明		1947.6.14
91. 郑芳	鸟	天地		1947.6.14
92. 郑芳	一枝烟（庞来阵亡）	天地	第 53 期	1947.6.16
93. 郁芳	抗战期中的教授太太们（六）	清华		1947.6.17
94. 芳郁	家庭	龙门	第 63 期	1947.6.21
95. 郑芳	家庭	公家		1947.6
96. 郑芳	家庭	公晚家		1947.6
97. 郁芳	一个答案	龙门	第 62 期	1947.6.14

98. 郁芳	抗战期中的教授太太们（七）	清华		1947.6.24
99. 郑芳	华北水深火热	中央		1947.6.24
100. 郁	玩火	妇家	第 34 期	1947.6.24
101. 郑芳	说话	中央		1947.6.26
102. 芳郁	女人是人间的花朵	龙门	第 64 期	1947.6.28
103. 郑芳	烽火边缘的北平	新报	第 2 期	1947.6.30
104. 芳郁	镜子	新报	第 2 期	1947.6.30
105. 郑芳	新旧之间	妇家	第 36 期	1947.7.8
106. 郑芳	献给毕业女同学	妇家	第 35 期	1947.7.1
107.（无名）	孩子的话	妇家	第 35 期	1947.7.1
108. 芳郁	男子的弱点	龙门	第 65 期	1947.7.5
109. 郁	苹果冻	妇家	第 36 期	1947.7.8
110. 芳郁	爱情和花	龙门	第 66 期	1947.7.12
111. 郑芳	死别	新报	第 4 期	1947.7.14
112. 郁	蒸布丁	妇家	第 37 期	1947.7.15
113. 芳郁	再谈爱情	龙门	第 67 期	1947.7.19
114. 郑芳	枕	天地		1947.7.19
115. 郑芳	死别（续）	新报	第 5 期	1947.7.21
116. 芳译	译诗一首给女儿	妇家	第 38 期	1947.7.22
117. 郑芳	儿童的读书问题	妇家	第 38 期	1947.7.22
118. 芳郁	征婚	龙门	第 68 期	1947.7.26
119. 郑芳	烟	新报	第 6 期	1947.7.28
120. 周政译	这是一个男人的世界	妇家	第 39 期	1947.7.29
121. 郑芳	客厅	家庭	第 34 期	1947.10.27
122. 芳郁	失恋（上）（下）	龙门	第 69 期	1947.8.2
123. 郑芳译	怎样医治疲乏症	心教	第 87 期	1947.8.9
124. 郑芳译	男子世界	新报	第 8 期	1947.8.11
125. 郑芳	孔雀先生	中央晚		1947.9
126. 郑芳	马	龙门	第 74 期	1947.9.6
127. 郑芳	两性的差别	心教	第 92 期	1947.9.13
128. 芳郁	贞操与美	龙门	第 75 期	1947.9.13
129. 芳郁	婚后第一关	龙门	第 24 期	1947.9.14

130. 芳郁	你了解男人吗?	龙门	第 76 期	1947.9.20
131. 芳郁	孩子会把我们拉在一起	龙门	第 77 期	1947.9.27
132. 郑芳	路	中央晚		1947.10
133. 芳郁	当另外一个女人站在你们中间时	龙门	第 78 期	1947.10.4
134. 芳郁	女人是"人"的问题	龙门	第 79 期	1947.10.11
135. 郁	杨梅(续)	妇家	第 33 期	1947.6.17
136. 芳郁	林黛玉式的女子	龙门	第 80 期	1947.10.18
137. 郑芳译	美国心理学 55 次大会	心教	第 97 期	1947.10.18
138. 郑芳译	我们不再离婚了(上)	中央		1947.10.19
139. 郑芳译	我们不再离婚了(中)	中央		1947.10.20
140. 郑芳译	我们不再离婚了(下)	中央		1947.10.21
141. 芳郁	婚后第二关	龙门	第 30 期	1947.10.26
142. 芳郁	婚后的爱——爱情不是泪水所能赢得的	龙门	第 82 期	1947.11.1
143. 郑芳	孩子	中央晚		1947.11.6
144. 芳郁	门当户对	龙门	第 83 期	1947.11.8
145. 郑芳	死灰	妇文	第 1 期	1947.11.9
146. 芳郁	从天津箱尸案谈起	龙门	第 84 期	1947.11.15
147. 郑芳	死灰(续)	妇文	第 2 期	1947.11.16
148. 编者	编者的话	妇文	第 2 期	1947.11.16
149. 郑芳	婚姻和金钱	龙门	第 85 期	1947.11.22
150. 郑芳	死灰(续)	妇文	第 3 期	1947.11.23
151. 周政译	贫瘠的春天	妇文	第 3 期	1947.11.23
152. 郑芳	婚姻和金钱(二)	龙门	第 86 期	1947.11.29
153. 郑芳	普选在北平	中央		1947.11.30
154. 郑芳	一个丈夫的自白	妇文	第 9 期	1947.12.6
155. 郁	女人的文章	妇文	第 5 期	1947.12.7
156. 芳郁	漫谈太太	龙门	第 87 期	1947.12.6
157. 郑芳	北平暮春图	中央		1947.12
158. 郑芳	北平的冬天	妇文	第 7 期	1947.12.21
159. 周政	五姊妹	妇文	第 6 期	1947.12.14
160. 郑芳	从南到北(一)	妇文	第 11 期	1947.12.19

161.	郑芳	北洋大学的校长问题	中央		1947.12
162.	郑芳	今日北平	中央		1947.12
163.	郁	新书介绍（一）一个中国女人的自传	妇文	第 7 期	1947.12.21
164.	郁	新书介绍（二）人类的喜剧	妇文	第 7 期	1947.12.21
165.	郑芳	从南到北（二）	妇文	第 12 期	1947.12.26
166.	郑芳	北平的托儿所	中央		1947.12.27
167.	郑芳	死灰（上）	又载龙门	第 90 期	1947.12.27
168.	郑芳译	解除梦魇	心教	第 107 期	1947.12.27
169.	（无名）	薛瑞娟女士自缢	中央		1947.12
170.	郑芳	医药卫生在北平	中央		1947.12
171.	芳郁	生活在同一家庭里	龙门	第 73 期	1947.8.30
172.	芳郁	怎样保持你的青春	龙门	第 74 期	1947.9.6

1948 年（46 篇）

1.	周政译	火炉	妇文	第 13 期	1948.1.2
2.	郑芳	死灰（下）	龙门	第 91 期	1948.1.3
3.	周政译	火炉（续）	妇文	第 14 期	1948.1.9
4.	郑芳	老刘	妇文	第 15 期	1948.1.16
5.	郑芳译	嗅觉的新理论	心教	第 112 期	1948.1.31
6.	郑芳	恋爱·结婚·生活	龙门	第 94 期	1948.1.24
7.	郑芳	北平教授们的生活状况	中央		1948.1.29
8.	郑芳	烽火连天过年难	中央		1948.2.1
9.	郑芳译	用电击惊醒储藏着的记忆力	心教	第 113 期	1948.2.7
10.	郑芳译	用电击惊醒储藏着的记忆力	心教	第 114 期	1948.2.14
11.	郑芳译	记忆的成梦	心教	第 115 期	1948.2.21
12.	郑芳	谈过年（新式）	妇文	第 16 期	1948.2.23
13.	芳郁	婚后的女子	龙门	第 97 期	1948.2.28
14.	郑芳	北平中山公园的儿童	中央		1948.2
15.	芳郁	被牺牲了的是谁	龙门	第 99 期	1948.3.13
16.	芳郁	续弦	龙门	第 100 期	1948.3.20

	作者	篇名	报刊	期号	日期
17.	芳郁	老关	妇文	第 20 期	1948.3.25
18.	郑芳	教育当局仍苦撑中	中央		1948.2.27
19.	芳郁	婚姻	龙门	第 101 期	1948.3.27
20.	郑芳译	迟缓的中国心理卫生	心教	第 119 期	1948.3.27
21.	芳郁	老关（续）	妇文	第 21 期	1948.4.1
22.	郑芳	泥土	妇文	第 21 期	1948.4.1
23.	芬玲	梦（未完）	妇文	第 21 期	1948.4.1
24.	芳郁	低首在爱情之前	龙门	第 102 期	1948.4.3
25.	郑芳	窗	妇文	第 22 期	1948.4.8
26.	周政	孩子	妇文	第 22 期	1948.4.8
27.	周政译	饥	妇文	第 23 期	1948.4.15
28.	芳郁	失恋	龙门	第 96 期	1948.2.21
29.	周政译	饥（续）	妇文	第 24 期	1948.4.29
30.	周政译	饥（续）	妇文	第 25 期	1948.5.6
31.	(中央社)	周先庚返国	中央		1948.6.7
32.	文娟	记北平五四文化节	妇文	第 26 期	1948.5.13
33.	周政译	绉边	妇文	第 26 期	1948.5.13
34.	周政	赛珍珠女士	妇文	第 26 期	1948.5.13
35.	周政译	绉边（续）	妇文	第 27 期	1948.5.20
36.	郑芳	哭薛瑞娟女士	妇文	第 28 期	1948.5.27
37.	芳郁	悼朱自清先生	中央		1948.6
38.	郑芳	故都杂感	中央		1948.6
39.	周政译	绉边（续）	妇文	第 29 期	1948.6.3
40.	郑芳	征兵	妇文	第 29 期	1948.6.3
41.	郑芳	我愿意做一个清道夫	妇文	第 30 期	1948.6.26
42.	文娟	舞场一角	妇文	第 34 期	1948.7.14
43.	文娟	生活在两个世界里	妇文	第 39 期	1948.10.16
44.	周政	两个女人：怀念绮兰	妇文	第 40 期	1948.10.30
45.	郑芳	事业与家庭	妇文	第 40 期	1948.10.30
46.	郑芳	两个女人	大公	第 139 期	1948.11

1956 年（2 篇）

1. 郑芳　　　让儿童长成勇敢的人　　　科学　　　第 57 期　　　1956.5.30
2. 郑芳　　　你的身体怎样才能健康　　　科学　　　第 64 期　　　1956.7

1957 年（1 篇）

1. 周先庚　　《谈天才》（小册子书）　　　中国青年　　　1957.4
　郑芳　　　　　　　　　　　　　　　　　出版社

1958 年（1 篇）

1. 郑芳　　　不放碱的馒头　　　科学　　　第 68 期　　　1958.8.15

1964 年（1 篇）

1. 郑芳　　　怎样做西红柿酱　　　科学

文章剪报及手稿

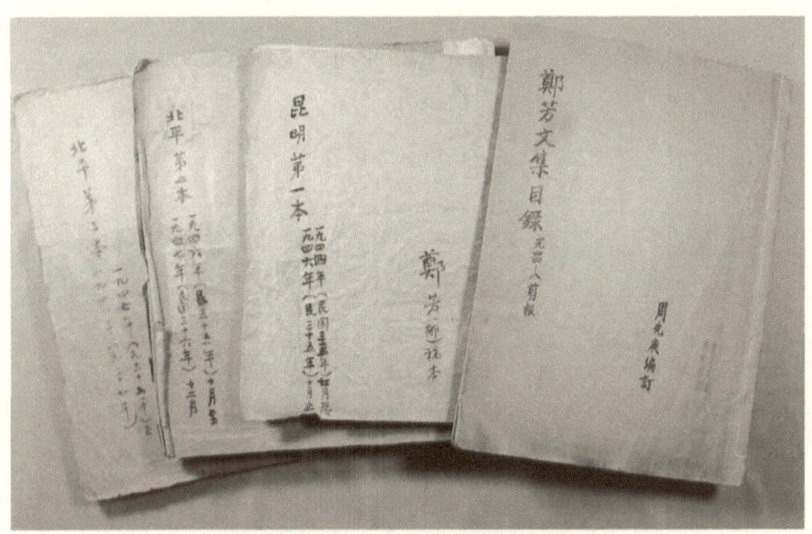

周先庚编订的《郑芳文集》剪报本

散文类《我愿意做一个清道夫》手稿

婚姻生活

美國研究之性關係的人，像海寫尔頓醫生、永霜批司等都承認女子罷婚。婚姻生活倫理，較男子不肯為得到美滿。在中國，遠情形也是相同，雖此，我似沒有作進像美國似的有系統的調查，但由乎耳目所聞，中國女子對于婚姻生活這些感覺到不滿意的程度，比許較美國更是深刻！時代是變了！花我们母親的时代，婦女的观念，婦女的知識，和花花的婦女是不可同日而語了！以前的婦女深葦花家庭的牒籠中，從而利太，新是花學習家事，花家中探潛，章调，随儿，興欲事姝，她似沒有花想，也沒有对于自身更大的惹望，她似完全为了牛汇而打谷着日子，叶以结婚对于她似，祝不，这是從一個已經實習惯了的家庭，

一九五三年三月首次发现，在残稿中无日期　郑芳　但根据内情似在我休假笔……

《婚姻生活》手稿第一页

走进另一个同样的家庭，结婚生活，对于她们亚没有多大改变，就像一个学徒似的，她不是技艺成熟，而自己另阔门户！

可是在我们的时代，一切都完全改观。

我们有我们自己的理想，我们对于将来，怀着一个远大的希望，从小我们就花研究学问，追求真理，些家完全脱了节，等一旦被爱情征服了，我们困状花家中，用不熟悉的手指，闹熟来了理难务，学习烹调和维纫，昔日的壮志宏愿，都化成了烟泡了，学校裡所学以莎士比亚，解析战何，可博，刘花死是英雄无用武之地。而一重就闹境连看一重就闹，经进了蚌育毗段的辛苦，又延到了哺敬身竟疾病的痛苦，一切，一切，把一个女人的青春，说倒得不留

《婚姻生活》手稿第二页

一种痕迹，等孩子长大，自己好老易舒一口气，拍起疲乏的脸，用惊奇的眼光，看着这世界时，花这或年，世界已改了样，自己被抛弃在后面。

这就是一般女子的命運，可是这种犧牲，並不为男子所瞭解而同情，他们认为是理所当然，他们认为家是应当是女子犧牲她们的时间精力的地方，而是男子獲得休息的的死，家庭亦是他们可以舒服他伸一下腰，让她吸一枝烟，倘使他得不到他们所想像著的安静，那麼这难过是女人！

女僕的常常更换，或找不到，在男子，認为不是女僕之不易僱，而是自己家裡的女人，没有应付女僕的手段，但责他们同樣的在他手下的人资，发生问题时，他们都不会

《婚姻生活》手稿第三页

责怪自己之不知如何对待丈夫,而至死一隔亦怨气,芬冲

花家中!生活的艰苦,使做妻的整日为家牛操劳,担忧

刻闲空,等丈夫回家,她疲得的抬足如此,用悲伤的眼光,

看着丈夫,希望他能伸出来帮她一下忙,他却再不会怨恨

石问你为什么不给一个女佣:而孚奴役自己的丈夫?」

天哪!女子降了流之她的惰于寻流的眼海之外,她似会

有什么反抗的办法之她的擦乾了眼泪,勇敢地站起来,大

脚步地跨进她会去,就是她似真有斟酌家的勇气,你能如

保她不做了她那以行,再做为一他偶「花殷」?

婚姻应当是男女双方协力合作的所托,为了

进而共同牺阿,为了快乐而共同努力,用爱来做基础,用同

情瞭解,互助做棹浮,这样盖起来的序之。该是一切美丽

而毫固的房之,远此就是我想牛的婚姻生活。

《婚姻生活》手稿第四页

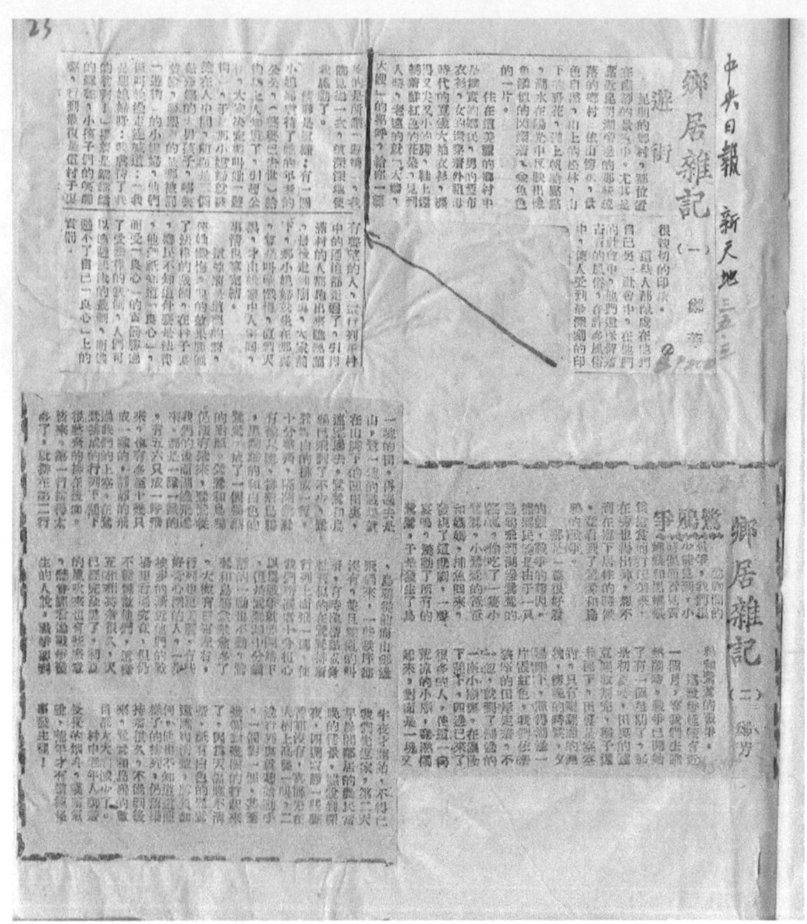

剪报1

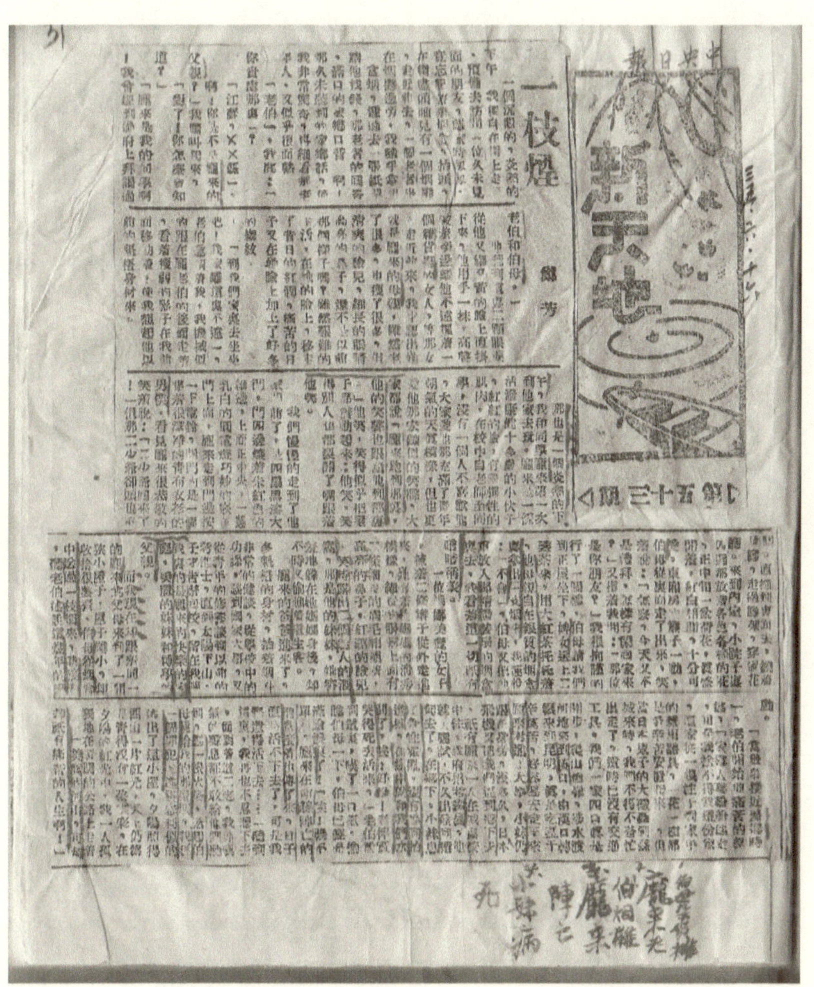

剪报 2

清華週報
中華民國三十六年三月九日
抗戰期中的
教授太太們
郑芳
（一）智識界的表現
抗戰期中的
教授太太們　郑芳
三六、三、十六
抗戰期中的
教授太太們　郑芳
三六、三、廿七

剪报 3

剪报 4

回忆母亲郑芳（代小传）

周广业

郑芳是心理学家周先庚教授夫人，1910 年 12 月 19 日出生于江苏吴江县盛泽镇。

1961 年 12 月 25 日因患直肠癌在北京大学燕东园 42 号甲家中去世，年仅 51 岁。

写回忆母亲郑芳的文章，是一件很困难的事。一则母亲已故去整五十年，时间久远，许多事都淡忘了。如果母亲能活到现在，正好是一百岁。二则，现在与她同辈的亲人大多已去世，再想回忆旧事已难，后悔当初未作任何记录。三则母亲虽主要是操持家务，但她的经历和著作也是十分丰富的，在清华教授夫人中可能也是罕见的，要想写好这样一位少见的母亲，深感力不从心，尤其是想到母亲最后被癌症折磨的痛苦和她留下的遗嘱，往往忍不住自己的泪水！

郑氏家族

郑芳出身于江苏吴江盛泽镇著名的郑氏家族，是郑氏家族的第 59 代。

盛泽镇的郑氏世泽堂是盛泽镇最具代表性的书香门第之家，自古以来重视教育，人才辈出。据郑芳的叔叔郑之蕃（桐荪）考证，郑氏源出周代郑庄之后，距今已有两千多年。盛泽郑氏最早是在明代末年迁来盛泽的，第 57 世郑式如，名慈谷，字二贻，号式如，1867 年生于盛泽镇，1901 年在家中创办了盛泽镇也是吴江县最早的新式学堂——郑氏小学。

郑式如生有三子三女。长子名传，字之兰，号咏春，1886年生于盛泽。1912 年起任省立第二工业学校教授。郑咏春在苏州执教 14 年，1922 年 9 月 9 日，突发脑出血殁于苏州滚绣坊寓所，年仅 37 岁。郑咏春即是我们的外祖父，生有一子五女，即郑葆、郑芳、郑重、郑芹、郑蘅、郑蓉，郑葆是徐夫人所生，其余五子女是施夫人所生。外祖父去世时郑芳才 12 岁。

郑之蕃（桐荪）为郑式如二子、咏春之弟，比郑咏春小一岁，名之蕃，号桐苏，别号焦桐。他长期在清华大学数学系任教，曾任系主任、教授，是母亲的叔父。常用名是郑桐荪。

郑佩宜为郑之蕃（桐荪）之妹，名瑛，字佩宜，为柳亚子夫人，是母亲的姑姑。

父亲　郑咏春

1918 年祖父郑式如（右）、
父亲郑咏春（左）和姐姐郑葆

前排左起：郑芳、郑重、郑芹；后排左起：郑咏春、郑葆

前排左起：郑芳、郑重、郑蘅、郑芹；
后排左起：郑咏春夫人施氏、郑咏春、郑葆

左起：郑芹、郑蘅、郑芳、郑葆、郑重

1919 年在盛泽合影

［前排左起：郑芳、郑佩亚、郑蘅、郑咏春夫人施氏（抱郑蓉）、郑重、郑士宁、
曹纯如、郑芹、郑葆，后排左起：郑永、郑咏春、郑之蕃］

左起：郑重、郑芳、郑芹、郑蘅

左起：郑葆、郑芹、郑芳

1923 年合影（左起：郑葆、郑重、郑芳）

从吴江到燕京大学

外祖父在母亲幼年去世，家中的事都由其叔父郑之蕃做主。郑葆从 1923 年至 1929 年就到叔父郑之蕃家生活，郑芳 1930 年由叔叔郑之蕃带到北京，资助并就读于燕京大学。

郑芳于 1923 年到盛泽镇西边太湖南岸的浙江湖州私立湖郡女子中学，读初中和高中六年，1929 年 6 月以优异成绩毕业后，因积极参与学生运动，与三位同学转到东吴大学学习半年，又在湖郡女子中学附小任职半年，后经校长邱丽英举荐，1930 年 9 月升入燕京大学文学院外文系就读。因私立湖郡女子中学高中毕业后可直接升学北京燕京大学。在中学时郑芳即显露文学才华，八年中，国文和作文课绝大多数为"A"。

在中学读书和升入燕京大学时，因父亲早逝，家长和经济担保人及费用提供人都是叔父郑桐荪。

  郑芳到以未名湖和博雅塔闻名于世的、风景如画的燕京大学学习，更是如鱼得水，国文老师曾是著名作家谢冰心女士，师生友谊很深，为母亲日后在昆明创办"妇女文艺"周刊打下了良好基础。在父亲编辑的《郑芳文集》中，有两篇介绍冰心女士的文章。外文系同班同学中有康有为的外孙女罗仪凤，同学中还有 1932 年和 1933 年入校的龚普生和龚膨姐妹，小时候常听母亲说起她们两姐妹，她们后来分别嫁给了外交部副部长章汉夫和外交部部长乔冠华。

  母亲在燕京大学外文系前三年共 102 个学分中，英语课就有 10 门课共 50 个学分，还有 4 门 16 个学分的法文课，可见燕京大学外文系的英语课有多么重的分量，为学生们打下了多么扎实的英文基础，听母亲说，她们学过非常丰富的英国文学课，她最喜欢的是狄更斯的著作，如《双城记》《雾都孤儿》和《大卫·科波菲尔》等。

1927 年郑芳

1930 年郑芳燕京大学入学照片

1930 年于清华西院

（左起：郑重、郑芳、郑葆）

1932 年郑芳

1930 年郑芳入学燕京大学学生履历表

与周先庚结缘

父亲周先庚［详见《清华名师风采》（理科卷）其小传］，1924 年清华学校毕业，1925 年留学美国，1930 年获美国斯坦福大学心理学博士学位后回国，1931 年到清华大学心理学系任教授，时年 28 岁。

母亲与父亲周先庚是由清华同班同学周培源介绍而相识。郑桐荪对自己的侄女疼爱有加，把她由老家吴江接来北平，资助她上燕京大学，当然就更关心她的终身大事，希望能嫁给留学归来的清华教授。记得父亲曾对我说过，1931 年到清华任职时是住在工字厅的单身宿舍，即现在工字厅大门右边的传达室，因此工字厅应是他们经常约会谈恋爱的地点。父母亲于 1933

1932 年郑芳、周先庚于清华工字厅后荷花池畔合影

1932 年郑芳、周先庚于清华工字厅合影

年 1 月 10 日结婚，证婚人是校长梅贻琦，介绍人是吴有训与杨武之，主婚人是叔父郑桐荪和父亲的大哥周先孚。他们的彩色结婚证书，是父亲去世后，我在清理遗物时发现的，我们从未见过，十分珍贵。母亲因为结婚，于 1933 年 5 月提前一年在燕京大学肆业（应于 1934 夏毕业），估计这都是母亲的叔父做的主。当时郑芳 23 岁，周先庚 30 岁。

婚后他们搬到清华新西院 27 号，26 号是陶葆楷家，杨武之住新西院 11 号。郑桐荪住旧西院 4 号，也很近。1934 年 3 月 8 日郑芳与周先庚的长女周立业出生。听母亲说，是林巧稚

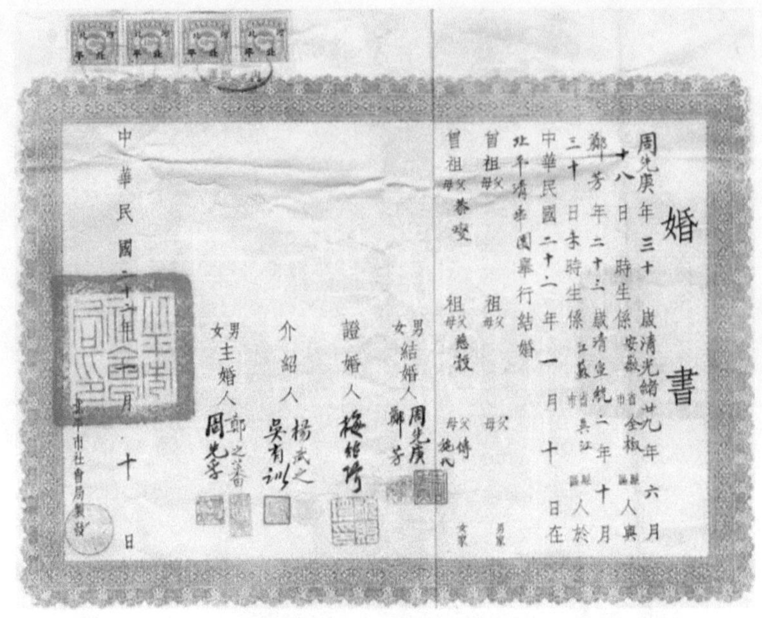

1933 年郑芳、周先庚结婚证书

大夫亲自来家接生的。1935 年至 1936 年我的两个哥哥周伟业和周宏业又相继出生，母亲同时要照看三个孩子，真是十分辛苦！

杨振宁先生至今还记得他上初中时，曾到清华生物馆一楼的心理系参观，周先庚先生给他演示了一个心理学实验，引起他很大的兴趣与好奇。杨先生的妹妹杨振玉与周立业同岁，后来在西南联大附小也是同班同学。

据父亲姐姐的六个子女中，现在唯一在世的、已 89 岁的我的表哥程伟柱回忆，父母婚后没有去大城市旅游度蜜月，而是回到父亲的老家全椒小县城，住在姐姐家附近的一个小旅社，早、中、晚三餐都到姐姐家吃全椒的家常饭，伟柱母亲做全椒特产油炸麻雀和兔腐（野兔子肉）招待，父母吃得十分可口。父亲的姐姐程周氏虽是文盲家庭妇女，但与母亲一见如故，情同亲姐妹，彼此畅谈一切，在全椒住了一周，临别，为了减轻姐姐的家庭负担，将她的大女儿程淑端带回北京，资助读书继续升学，

后来抗战时，淑端也随我父母一同南迁，帮助照看孩子，是重
要的家庭成员。父亲的父母早逝，在全椒上小学时一直住在其
大姐家，父亲小时曾坐在采菱角的木盆中落水，被姐姐救起，
因此大姐亲如母，父亲一辈子都对姐姐感恩不尽。

1936 年初周先庚、郑芳与程淑端在北平天坛，孩子为周立业、周伟业

1936 年 10 月郑芳抱周宏业在清华西院

1936 年郑芳（后右）、程淑端（后左）与周立业（前左）、周伟业（前右）、
周宏业（中）在清华西院

1937 年 6 月周先庚抱周伟业、郑芳抱周立业在清华西院

抗战开始，南迁昆明

　　1937 年"七七"卢沟桥事变，八月清华、北大、南开三校奉国民政府教育部令南迁，组建为国立长沙临时大学，我们全家也随校迁至长沙。1938 年初，长沙临大开始分三路赴昆明，我们家因有孩子，随第三路乘火车先到广州再去香港九龙，后经越南赴昆明。因母亲那时已怀孕七个月，由长沙上火车后不久，因火车颠簸，肚子开始疼痛，快要临产了，到广州后立即送入美国人开的"达波罗"医院。大年初一，我就出生了，因七个月早产不足月，在温箱里待了一周，然后全家到九龙暂住。在九龙时有几张母亲的照片，其中一张母亲抱着两个月大的我，坐在草地上，立业、伟业、宏业围坐在母亲身边，母亲慈祥地微笑着。这张照片是父亲和我们全家最喜欢的一张照片，后来回北京，父亲把它专门放大了，装在一个大镜框中，挂在墙上。

1937 年冬郑芳在长沙　　　　　1938 年 4 月郑芳摄于香港九龙东庐

1938 年 4 月摄于香港九龙东庐

［郑芳抱周广业、周立业（左）、周伟业（前）、周宏业（右）］

1939 年初郑芳与程淑端在香港九龙
（孩子自左至右：周宏业、周立业、周广业、周伟业）

1939 年周先庚、郑芳与程淑端（抱周广业）在香港九龙
（孩子左起：周立业、周伟业、周宏业）

　　在香港九龙石尾狭街 37 号楼下，全家住了一年多时间，父亲已先期到云南蒙自和昆明的西南联大工作，直到 1939 年 2 月父亲回九龙接全家回昆明，但在越南河内时母亲突发疟疾而滞留，数月后父亲才又回来接全家经云南河口和蒙自，最后到达昆明。

在西南联大的日子

　　到昆明西南联大后，我们家先是住在昆明西仓坡民强巷 1 号。1943 年父亲到昆华师范学校兼课，全家遂搬到学校旁的胜因寺大院中。我们家这边只有我们一家，对面有一大排房子，住有三四家，楚图南先生一家住在一头，两家关系密切，长子楚泽涵与我是西南联大附小同班同学。以后母亲曾为楚图南（在云南大学时已是中共地下党员）和潘光旦先生传递过秘密信息。

1941 年周先庚与郑芳在昆明乌龙浦

1941 年 7 月全家在昆明乌龙浦

（现昆明市呈贡县龙街乡乌龙浦村，在滇池畔）

　　1941 年为躲避日寇飞机轰炸，全家搬到滇池旁的乌龙浦暂住。9 月，五岁的周宏业突然得了可怕的白喉病，母亲急忙抱着宏业赶上火车，赶到昆明云大医院，医生不在，再赶到医院大夫家中给孩子打了针，半夜才回到乡下家中，父亲也从昆明赶回，守着宏业一夜。但孩子发烧越来越高，天一亮，再赶到云大医院，大夫说昨日针水打少了，已没救了！没几天宏业就死在父亲怀中，父亲抱到昆明城外火化，埋在坟山下。没想到，此时在乌龙浦看护孩子们的父亲的外甥女、贤惠的程淑端，知道她看护长大的宏业死了，悲痛欲绝，竟服了鸦片土，紧急再送云大医院抢救，亦是无效，后来也埋在了城外坟山脚下。几天之内母亲和父亲连失两个孩子，其悲痛是无法形容的！这是全家遇到的第一个大难。

1941 年 7 月全家在昆明乌龙浦

　　父亲在西南联大和昆华师范学校的教学任务繁重，家庭重担就全落在母亲一人身上。这时，灾难又再次袭来，大哥周伟业 1938 年在九龙时得了大脑炎，高烧 41 度，那时还没有儿童的脑炎疫苗，没有青霉素，病情无法控制，致使大脑受损，伟业病后，痴呆逐渐加重，记得那时母亲天天给大哥喝一碗粉红色的药水，气味难闻，我们一看见大哥喝药就跑得远远的。这个药水喝了好几年，病情不见好转却越来越重，经常一个人跑离了家，不认识回家的路，母亲要去四处寻找。后来母亲就在大哥的胳膊袖子上缝上一个白布套袖，上面写着家庭地址，我记得大哥好几次跑丢了，都被好心人领了回来。再后来就每天坐在院子里的小板凳上，母亲和大姐到外面摘回一大盆柏树叶，大哥把柏树叶一小片一小片的掰开，落到盆里，每天如此，直到天黑。1945 年我们在昆明昆华师范学院胜因寺的照片，后面中间站着戴着帽子的就是病重的大哥，脸上还有一块跌破了的伤疤。1946 年 3 月 18 日伟业患病八年终因羊癫疯去世，父亲将大哥遗体送到云南大学医学院做了病理解剖，大脑大部分已软化。几十年了，至今大哥在院子里掰柏树叶的样子，还深深印在我的脑海中，不能忘却。母亲含辛茹苦，精心照看一个痴呆的孩子这么多年，心中该是多么痛楚！

我的两个哥哥和一个亲如慈母的大姐姐就这样都悲惨地去世了！

1945 年郑芳、周先庚与孩子们在昆明胜因寺院内
［前排孩子左起：周文业、周广业、周明业；
后排左起：周立业，中间周伟业（已病重）］

胜因寺院中有两棵巨大的白果树，树干很粗，我们两三个孩子手拉手才能围过来，楚图南家门口还有一尊大佛像，这个大院就是我们儿时的乐园。1942 年妹妹周明业出生，1945 年弟弟周文业出生，家里又充满了忙碌和欢乐。我于 1944 年六岁半时上西南联大附小一年级，每天早上母亲照顾我们吃完早饭，我就跟着大姐去上学，要走过很长的石板路，放学回家的路上，最高兴的事是向在石板路旁挑着担子卖米酒的老爷爷，买一碗米酒吃，真甜呀！我们小时候母亲没有奶水，为了保证我们这么多孩子的营养，母亲在胜因寺外的一家农户包养了一头母羊，我们几个孩子都是喝羊奶长大的。

在昆明时，我最高兴见到的是赵访熊的哥哥赵诏熊夫妇。赵诏熊是西南联大著名的英语教授，母亲与他们夫妇自然十分要好。赵太太不能生育，最喜欢孩子，且穿着入时，香气袭人，年轻漂亮，每次赵太太看见我都高兴得不得了，又是亲又是抱，一个劲地叫我"宝宝！宝宝！"，由此也成了我小时的外号。母亲在一边当然是十分自得与高兴。只可惜后来回到北平后，我就再没有见到那么喜欢我的难忘的赵太太。

1945年郑芳抱周文业与周先庚在昆明胜因寺住宅门前

　　在昆明的抗战八年，西南联大的教授们都只有一点微薄的薪金，生活十分艰苦，因此教授太太们都要想方设法增加家里的收入，这在母亲1947年3月至6月为《清华周刊》写的《抗战期中的教授太太们》七篇连载文章中，都有详细生动的描写。母亲在文章中所写的情况，许多就是我们家当时的实际情景。此文曾又在昆明《中央日报》"新天地"栏目上连载，新中国成立后在《云南日报》《西南联大校友会简讯》等刊物中都曾转载。

　　当时全家六口人（1945年大弟文业出生后为七口人），靠父亲一人的薪水，生活很难维持。母亲为此曾做过中学英文教员，当过家庭教师。那时因为孩子太多又小，离家工作十分困难，把最小的孩子拴在小床里，母亲下班回家，孩子全身都是屎和尿。后来母亲辞掉外职，主要在家里做蛋糕和点心，在街上摆摊卖，生意很好。当时许多教授太太都在做蛋糕，有的是粉红色的，称为"定胜糕"，送到昆明市里的冠生园糕点店卖，供不应求。记得在胜因寺家中有一个大烤箱，有许多做蛋糕的铁皮模子，做好的蛋糕香气扑鼻，可惜母亲一般不准我们孩子们吃。母亲当年还做刺绣和织毛衣等。

　　还有一项补贴家庭收入的来源，就是从1944年开始，母亲为报刊写文章。当时下笔写作，是受一位在昆明《中央日报》当副刊编辑的教授太太的启发和帮助才得以实现。其写作经过，在父亲仔细保存母亲亲笔所写的《郑芳写作自述》中有详细的说明（见卷首）。

返回清华园

　　抗战胜利后，1946年7月左右，闻一多先生在昆明被国民党特务暗杀后不久，我们全家就乘军用飞机飞往重庆，开始重返清华园。这是我平生第一次坐飞机，当然新奇得很。先飞到重庆，母亲和父亲带着我们四个孩子，在重庆暂住，等待飞返北平的飞机。当时正值盛夏，重庆天气炎热，记得在街上有孩子为你扇扇子，然后你要给他一些零钱作报酬。在重庆住了约两个月，9 月终于等到飞机，还是美国人开的军用飞机，座椅都很简陋，每人发一个纸袋，呕吐时用，记得快到北京时，飞机颠簸得厉害，我吐个不停。在北京西郊飞机场下了飞机，乘车终于回到父母阔别了八年多的清华园。

回到清华，我们住在过桥第一家的新林院 4 号。那时我们孩子们都觉得这栋房子好大！中间是个走廊过道，西边是一间大客厅和一间饭厅，东边是一间大书房和两间大卧室，北边有一个大院子，院子西边有三间小房，东边是厨房和通大卧室的一个大卫生间。正门外是个大阳台，全家曾在此合影。阳台外、房屋四周是松柏树围起来的大院落，在新林院中，这个院子是最大的之一。后来母亲就在这院子里种菜、种玉米，后院里还养了许多只鸡。

回到清华园的第一天，厨师老关就来家了，他住后院西边的一间小屋。关师傅会做各种好吃的菜，尤其面食做得好，还会做木工，我们几个孩子都非常喜欢他。关师傅在我家一直工作到新中国成立后。后来为何离开我们家，母亲说是因为他发现得了肺结核。过了几年，听母亲说关师傅已因肺结核去世了，我们孩子们都很伤感。家里有了老关，母亲不必为伙食操劳，可以全身心添置衣物、教育孩子并写作。关师傅真是顶了我们家的"半边天"。

刚到新林院 4 号，什么家具都没有，木床和沙发都是会木工的父亲和关师傅做的，母亲为沙发缝制了白色沙发套，并镶上红边。被褥和棉袄也是母亲亲手赶制，还为全家每人编织了毛衣。母亲毛衣织得好是有名的，她可以一边与人谈话或看书，一边织毛衣，并织出许多花样。父亲说，1937 年离开北平时，有一套很漂亮的沙发及家具，以及他从 1916 年 13 岁上清华时就开始写的几十本日记，留下由心理系工友赵云田保管，但他在日军占领北平期间被迫害身故，物品已全部丢失，尤其是父亲难得写下的珍贵的日记，最为可惜！

我在清华成志学校上的小学和初中。父亲不太管我们这些子女的教育，忙于他的心理学工作。都是母亲管教我们，对我们几个孩子的学习要求很严，每天必须做完作业才可以玩耍。而且各门功课都要好，不能偏废，同时要求我们品学兼优。母亲是个非常要强的人，她希望我们子女各方面都要做得好，她把她自己的主要精力都用在了培养教育孩子上，我可以感到母亲为自己的孩子深感骄傲和自豪，我们不能让她失望。

1947 年 10 月至 1948 年 6 月，父亲赴美国学术休假，返家的第二天——6 月 20 日小弟周治业出生，这次是林巧稚大夫派她的助手来家为母亲接生，我还记得当时小弟出生时，母亲疼痛的喊叫声。这次小弟喝上了牛奶，因为清华园东北角有一个奶牛场，订牛奶很方便，每天牛奶送到家里，记得那时都是用很厚的宽口玻璃瓶盛牛奶。母亲不让娇惯孩子，一般不让抱。为此，父亲和关师傅做了一个栏杆很高的小木床，把小弟放在小床里，哭时，母亲也不抱他，直到嗓子都哭哑了也不抱，以后就慢慢习惯了，乖乖地在小床里玩。这个小床可有历史了，以后几次搬家都舍不得扔掉，直到我成了家，我的女儿和儿子也是睡这个小床长大的，儿子上小学了，小床睡不下，我就把小床的一头栏杆改成活的，放平后下面垫个凳子，儿子的腿就可以伸开了。这个小床一直用到我自己家分了新二居，告别了祖孙三代睡一间十五平方米小屋的时代，这个小床才完成了它近四十年的历史使命。

见到柳亚子

　　柳亚子、郑佩宜是郑芳的姑父
母。柳亚子对她的文学才能自幼就十
分赞赏,勉励喜爱有加。1949 年 4 月,
柳亚子奉毛泽东之命由吴江老家盛泽
镇黎里来到北京,住在颐和园益寿堂。
母亲第一次去颐和园探访,我有幸陪
同。益寿堂在景福阁下方,是一个很
大的四合院,雕梁画栋,非常漂亮,
现在与过去都是私宅,不供游人参观。

柳亚子 (1887—1958)

母亲与姑父母畅谈,分别十多年了,大家非常高兴,可惜我听
不懂他们说的苏州话。后来又去过几次,母亲与亲人们一起乘

1949 年全家与柳亚子夫妇宴会后摄于颐和园佛香阁前
[前左三周先庚、右三郑芳、左五柳亚子、
左四柳亚子夫人郑佩宜、右一郑芹(郑芳妹),
右二钮咏絮(郑芳姊母);石狮子上左起:周广业、周文业、周明业]

坐过颐和园的大游船。1949 年 6 月 11 日，父亲母亲联合了吴柳生陈麟云夫妇（陈麟云是柳亚子女婿陈麟瑞的妹妹，两家也是亲戚），设家宴招待姑父母柳亚子夫妇和叔叔郑桐荪先生，同时还有崔书香（清华教授崔书琴的妹妹）在席。四日后为答谢父母亲的盛宴，柳亚子书写了一个条幅，母亲又专门去颐和园取回，父亲将其装裱，一直挂在家里，现在，这幅珍贵的墨宝已是我们子女的"传家宝"。

柳亚子的题诗为：

关心芳郁姪从姑，公瑾醇醪德未孤。

青史全椒门第好，红梨古渡婿乡芜。

旧游十二年前事，一卷疏香阁上书。

醉饱老夫衰抱畅，庄生化蝶梦蘧蘧。

一九四九年六月十一日，偕桐兄佩妹，暨书香姊赴先庚芳郁伉俪招谯，合作者吴柳生陈麟云亦会会，姻娅也，醉饱极欢，无以为报，写此奉赠，芳郁为咏春内兄次女公子，于桐兄佩妹，皆犹女，且出文稿见示，故诗中云云，仰榻画寝，居然入梦，亦事实也，越四日，吴江 柳亚子书于颐和园。

可惜当年母亲未写下详细说明，以致现在还有一些字句需要考证。参考父亲为此诗写的注释，现说明题诗的大意如下：

"关心芳郁姪从姑"：芳郁是郑芳的笔名，母亲幼年丧父，叔叔郑桐荪又在北京清华大学任教，因此从小在吴江老家随姑父母柳亚子郑佩宜长大，他们视郑芳如己出，十分疼爱。

"公瑾醇醪德未孤"：周瑜，字公瑾，"醇醪"为浓香的酒。此句最难解释，母亲讲过，可惜已忘记。现试释其意为：将周先庚比喻为周公瑾，也是品德优秀之人。

"青史全椒门第好"：因父亲祖籍的安徽全椒出过许多名人，例如《儒林外史》的作者吴敬梓等，因此与郑芳是门当户对。

"红梨古渡婿乡芜"："红梨"是指郑芳母家江苏吴江盛泽镇的别称。"古渡"是指全椒县金城港古渡口，因通楚霸王自刿的乌江而著名。"婿乡芜"是指周先庚是柳亚子的侄女婿，两处家乡在抗战中都遭日寇践踏而荒芜了。

"旧游十二年前事"：1937 年 " 七七 " 事变后，八月十五日父母举家南下长沙，曾赴郑芳母家盛泽而路经上海与柳家团聚。

"一卷疏香阁上书"：在这次家宴上，母亲曾将其在昆明和抗战胜利后回京所发表文章的剪报本，拿给柳亚子看，柳亚子十分赞赏。

"醉饱老夫哀抱畅"：柳亚子为丰盛的筵席而醉饱，抱怨自己吃饮的太多，中午在阳台的躺椅上休息睡着了。其中的"哀"字，在《柳亚子文集·磨剑室诗词集》中记为"怀"字。但父亲誊写的这一题诗，记为"哀"，可能更确切些。

"庄生化蝶梦蘧蘧"：在躺椅上居然睡着做了梦，引用"庄子梦蝴蝶"的典故，见《庄子》一书。"蘧蘧"音"渠"，惊喜的样子。

查《柳亚子文集：自传、年谱、日记》，其日记中记述有：1949 年 7 月 9 日，先庚、芳郁带广业、明业、文业、治业来益寿堂，7 月 26 日芳郁挈带两孩子来。这两次均在益寿堂留吃了午饭。但 1949 年 5 月

柳亚子手书

前排左起：陈君华、郑佩宜、柳无非；
后排左起：柳亚子、郑桐荪、郑芳、顾学明
（摄于北长街住宅）

28 日至 6 月 15 日柳亚子未留下日记，因此 6 月 11 日的聚会就未有记录，十分可惜。

　　记得有一天，柳亚子夫人曾在颐和园佛香阁下的听鹂馆盛宴招待亲人，记得在宴席上最后一道菜是厨师用昆明湖里捞的一条大活鱼做的，上桌后鱼头还是活的！把我们孩子们吓得够呛！在这种宴会上母亲通常都会成为谈话的中心，这是因为母亲有一副好口才，特别愿意说话，滔滔不绝，一般亲友聚会，只要有母亲在，场面就不会寂寞。

　　1949 年 11 月，因北京的天气转凉，柳亚子一家搬到了旧北京饭店，等待安排新住处，1950 年 10 月最后搬至北长街 89 号。这里也是个四合院，新油漆彩绘过，富丽堂皇，母亲带我去探望，因柳亚子血压高，在休息，我们未能得见，但柳婆婆接待，相聚甚欢。婆婆个子不高，是极为亲切慈祥的老人，那天还意外见到长我一岁的柳光辽表哥，当时我上初一，他应是上初二。大家寒暄过后，柳婆婆在离家不远的北海仿膳宴请，祝贺乔迁之喜。

到附中、北体任教

清华园于 1948 年底解放。过了几年，大约是 1952 年春天，清华家属委员会动员教授太太们出来工作，清华成志学校已开设了初中班，成志学校也由丁所搬至普吉院西边新的校舍。因学校要为初中开设英语课和俄语课，没有俄语老师，母亲竟然答应孔祥瑛校长的聘请承担了这一任务。她只用了惊人的半年多时间，迅速由英语自学转学了俄语。听母亲说，她经常向清华园一位著名的俄国老太太请教，我们孩子们在校园里经常看见这位老人，听说她很严厉，我们都不敢走近她，只是远远好奇地望着她。母亲自学用的是一本很厚的英文注释的俄语教材，记得母亲在厨房一边炒菜，一边手里还拿着这本书熟读，这本母亲已用过的翻旧的教材很有纪念意义，在父亲的书架上一直珍藏着，可惜父亲去世后，清理旧书物时遗失了，十分可惜。1952 年 9 月，母亲就走上了清华附中俄语课的讲台。那时，我们是刚上初三，燕大附中刚转过来，组成初三的另一个班，上母亲讲的俄语课。听同学讲，他们都非常喜欢母亲的俄语课。母亲是燕京大学外文系的高才生，外语基础好，口才也好，文学功底更是扎实，可惜我在另一个班，张光斗夫人钱玫荫老师教我们英语，没有机会欣赏到母亲讲课的风采。

过了两年，1954 年，北京体育学院院长钟师统等领导，决定要在北京体院开设英语课，北京体育学院马启伟老师推荐母亲出马，因马启伟是西南联大心理系毕业，是父亲的学生，父亲当时也正应马启伟之邀在北京体院带心理学研究生。母亲不好推辞，只好辞别清华附中，于 1954 年 7 月，调到北体，筹建全国第一个体育院校的英语教研室。当时全国还没有合适的英语教材，母亲就自己编写，我见过母亲写的一大摞英语教材手稿，可惜后来也丢失了。记得母亲曾为来北京体育学院访问的外国体育专家作过现场英语翻译。20 世纪在全面学苏的 50 年代，北体在英语教学和对外接待西方体育专家方面走在了前面，这也是母亲难得有机会展现她的英语才能。到 1958 年母亲因血压高（这是家族遗传）只好辞职回家养病。当年母亲为了方便到体院工作，专门买了一辆女式飞鸽牌自行车，骑车到体院去上班。母亲去世后，父亲也骑过这辆车，但有一次骑车摔了一跤，伤了手腕，就不敢再骑了。这辆自行车我保存至今，也是对母亲的一个纪念。

郑芳（后排右三）在北京体育学院任教时与师生合影

搬到北大燕东园

1952 年，院系调整，清华心理系合并到北大哲学系，我们全家也就搬到了燕东园 42 号甲。选址搬家这些事都是由母亲一手操办。42 号甲是一个有围墙和大门的独立小院，原本是成府的一个大户人家，被燕东园收编了，圈到园子内。我曾问母亲为什么不选燕东园其他漂亮的灰砖小洋楼，母亲说那些楼都是两家合住，会互有干扰，这个小院虽然房子破旧，但是个独立院子，清静不受干扰，母亲又喜欢种菜、养鸡等，自然选中这个院子。

北屋是三间，一间卫生间，中间是大弟和小弟住的大卧室，西边是父亲的书房兼父母的卧室。南屋三间一小间是储藏室，中间是客厅兼饭厅，西边是妹妹住的一小间卧室。东屋三间，一间厨房，一间洗衣房，一间很小的储藏室。院子中间有一棵巨大的丁香花，每年春天，香气满院。还有一棵大枣树，每年秋天，结的大枣甜如蜜。

有了这个院子，母亲就可以大展身手，养鸡、养兔、种菜、种玉米、养鹦鹉等等。小弟周治业写了一篇感人的回忆文章"妈妈"，文中有详细记述。

1953 年的一天，舅舅郑重和舅母顾学明来访。舅舅小母亲一岁，母亲只有这一个弟弟，其他四人都是姐妹。舅舅是厦门大学海洋学系、生物学系教授兼系主任，1934 年清华生物系毕业，生物系就在心理系楼上，所以他与父母十分亲近。顾学明是厦大化学系系主任，他们的独子郑兰荪，现在已是中科院院士、厦门大学化学系教授、民盟中央副主席。

我到北京二中上学的故事

1953 年暑假，我在清华大学附设的成志中学初三毕业，孔祥瑛校长挑选了一些学习成绩好的学生，保送到城里上高中，我被分配到北京七中。母亲知道后就急了，她一定要我去上一个更好的高中，于是她亲自到市里去联系，跑了很多次，最后找到了东城内务部街著名的北京二中。学校同意录取，但因太晚了，已无住宿床位，母亲想到了住在离北京二中较近的，她的燕京大学同班同学罗仪凤。经过联系，罗仪凤高兴地接纳我住在她家。开学前是父亲送我去她家，在东直门附近，东四十一条最东边城墙根下的一所大院子，院内种满了各种花草和果树，父亲带我拜见了罗仪凤女士和她的母亲康同璧老人。康同璧是康有为的女儿，我当时诚惶诚恐，也不会说话。会见后，就由她们家的老花匠万师傅，招呼我住在后院一间原是储藏室的小屋里，每天骑父亲在北京大学分期付款购得的一辆德国西门子倒轮闸自行车，到北京二中上学，晚上才回住处。冬天时，万师傅已事先将一个小煤球炉烧好，没有蓝火苗时，才搬到我的屋里，这样过了三年，平时只有周末才骑车回家。康同璧老人和罗仪凤女士在母亲病重时，还专门到燕东园家中探望，后来还给我复过信，要我去她们家里玩，可惜我未能如愿。想起1956年北京二中毕业时也未向她们辞行，实在惭愧。

音乐与美食

母亲对音乐十分爱好，她最喜爱抒情的中外名典，例如那些著名的古典小夜曲，这也可能与父亲是清华学校的管弦乐队成员有关。家里曾有几本外国名曲的乐谱，那是母亲十分宝贵的。我们小时候，母亲拍着我们睡觉时，就经常哼唱几首著名的摇篮曲，那声音，那曲调，优美极了，我很快就进入了梦乡。母亲和我们最喜爱的一首歌曲是《Home Sweet Home》："哆来咪发发索索 咪索发咪发来咪……""我的家庭真可爱，美丽清洁又安详，姐妹兄弟都和气，父亲母亲都健康。虽然没有好花园，月季凤仙常飘香，虽然没有大厅堂，冬天温暖夏天凉……"母亲最喜欢的一首乐曲是著名的小提琴协奏曲《梁山伯与祝英台》，每当收音机里放送这首乐曲时，母亲都会停下手中的活，凝神静听，不让我们打扰她。这首乐曲是根据越剧曲调编成的，母亲是苏州人，自然喜欢。记得母亲曾给我详细讲解了乐曲每一个段落的故事内容，可见她喜爱之深。该乐曲 1959 年首演，两年后，母亲病重，听这首乐曲就是她病时最大的安慰。

母亲还是一个美食家和营养专家。北大生物系著名的沈同教授，是著名的生物化学家、营养学家，也是苏州吴江人，是母亲的远亲，但要长一个辈分。母亲经常向沈先生请教各种食物、蔬菜、水果的营养成分，把每天的食谱安排得非常丰富合理。经济困难时期，鸡蛋五角钱一个，母亲舍得花钱，腌了几坛子鸡蛋和鸭蛋，以保证孩子们尤其是父亲的营养，她自己却常常舍不得吃。母亲不仅会炒各种好吃的菜肴，会做整个的猪肘子、鸡蛋烧猪脑、红烧牛舌头，红烧整只猪头，等等，而且面食做得更好。厨房里有一个大的煤火灶台，里面就有一个大烤箱，烤蛋糕点心饼干当然是她拿手的，做的葱油饼更是一绝。母亲在厨房烙饼，烙好一张端上桌子，立刻就被我们一抢而光，那个香呀！但最令人羡慕和惊讶的是母亲会做不用发面的丝糕和馒头。用米酒、土豆、水放在灶上，过两天就用这土豆水和面，立即上屉蒸，丝糕和大馒头发得非常大而且松软香甜，母亲去世后，至今我们就再也没有享受过这一美食了！

与病魔抗争

1958 年母亲因病退休回家休养。大约是 1959 年下半年，忽然大便不正常，立即到北大校医院住院，大夫以为是痢疾，可治了一个多月，大便一直带血带脓，医院后来感到不妙，认为可能是阿米巴痢疾，送样品到协和医院去化验，协和医院化验后通知立即转到协和医院。外科主任吴慰然大夫检查，直肠癌的肿瘤用手指就可以摸到，十分生气地责问北大校医院，为什么不早些送病人过来。第二天，吴大夫亲自主刀，与另一位赵大夫一起做了直肠癌肿瘤切除并在腹部开一个人工假肛的大手术，当时全国能做此大手术的医院还不多，外宾时常观摩吴慰然的这一手术。术后赵大夫就告诉父亲，预后不好，癌变已转移到尾骨上，无法根治，一年后会复发。果然，一年后癌症复发，母亲腹部不适加重，便到北京朝阳医院的肿瘤科（后来成为全国最大的中国医学科学院肿瘤医院）做钴–60 放射治疗，治了三个多月，白血球降到 3000 以下，不能再放疗了，只好回家休养。那时还没有现在的化疗方法。这时已是 1961 年春。又过了几个月，母亲病情恶化，很快就卧床不起，癌细胞破坏腹腔的组织，肛门处缝合的伤口开线，不断流出脓水，气味难闻，找了几位保姆看护，都因护理难度太大而辞职。后来，还是在家的小弟治业和负责买菜做饭的老保姆潘大婶，不顾脏累辛苦，悉心照料母亲，身下的垫子一天就要换很多次，潘大婶是难得的恩人。

潘大婶也是我们家重要的一员。她祖居成府街上，唯一的一个儿子是电工，在一次为海淀街上的理发店修理电闸时，不幸触电身亡，媳妇改嫁了，丢下两个小孙女与祖母相依为命。大约是母亲到北京体院工作时，因周末才回家，家中大人孩子无人照顾，潘大婶才来到我们家，负责买菜做饭。她家就在我们家西墙外不远的成府街上，所以不用住宿，来去很方便，还可以顺便买菜。她的厨艺比母亲差多了，但在当时也算过得去。母亲去世后，她就是管家，"文化大革命"中，家中只剩父亲一人，父亲关进北大监改大院，就是她为父亲送衣物。父亲发配到江西鲤鱼洲农场劳动，她就一人负责看家。父亲资助她的两个孙女长大、出嫁，情同家人。后来她在自己的成府老宅中去世了。

母亲病重时，我正在清华工化系补做毕业论文，回家较少。每次回家，我都立即搬个小板凳坐到母亲床前，听母亲说话。眼见母亲一天天消瘦下去，尤其是晚期的癌痛，实在难以忍受，母亲说她两次爬起床，倒在了地上。有一次实在疼痛难忍，冲到屋外院子，想去颐和园投湖，倒在了院子里。当时，吗啡药受控制，一星期只给一针，这让晚期癌痛严重的病人承受了巨大的痛苦。每次看完母亲离家，心里都无言的难过。母亲曾要求送她到协和医院，再做手术，贡献给医学，父亲去找吴慰然大夫，当然没有同意，只能在家等死。

母亲多次向我交代过后事，父亲当我面念过她写的一部分遗嘱。她放不下这个家，放不下父亲，放不下我们这几个孩子，她才 51 岁，她不甘心这么早就离开这个世界。她亲口交代我：要帮父亲多照看这个家，家里如有困难可向郑士宁姨母求助，宁姨母是郑桐荪的大女儿、陈省身的夫人，虽是堂妹，但比亲妹妹还亲，有事她会帮忙。家里若再有大的困难，可将小弟治业托付给舅舅郑重。舅舅是母亲最亲的弟弟，只有一个孩子，她已向舅舅交代过。

1961 年 12 月 24 日晚，母亲已昏迷数日，那天是圣诞节前夕的晚上，父亲太累，喊我回家照看母亲，父亲在南屋休息。半夜，我趴在隔壁父亲书桌上打瞌睡，忽听母亲那边有声响，赶快跑过去，母亲已经咽气了，我赶紧把父亲叫起来，帮父亲擦净母亲的身体，迅速为母亲穿好衣服，母亲已只剩下皮包骨。我们为母亲轻轻盖上一块白布。凌晨，睡在母亲旁边的小弟治业醒了，发现母亲去世了，大哭起来，这才引起父亲也痛哭了一场。早上，父亲让我去北大哲学系报告，在胡同里刚好见到要来我家的许政援教授，她曾是清华心理系父亲的学生，与父母的关系最为亲近，我告诉她母亲昨天晚上去世了。我一晚没有流过泪，这下终于哭了出来。父亲又吩咐文业去告诉郑桐荪，叔公公老泪纵横，当日就为郑芳写了一首悼诗。

母亲去世时，大姐不在身边。大姐贝满中学高中毕业后上了唐山铁道学院，1956 年毕业，分配到太原铁路机械学校任教，曾任教务长和党总支书记。在母亲病重的两年多时间里，大姐每月按时给家里寄来 50 元钱。那时，父亲的工资才是 240 元，新毕业的学生月薪只有 56 元，可见大姐为母亲、为这个家做出了多大的牺牲和贡献！

母亲遗体在八宝山火化后，骨灰盒放在老山骨灰堂。多年后，保存到期，父亲将骨灰盒取回家，放在他的书房兼卧室里。那时的燕东园 42 号甲小院已拆迁，父亲搬到了前面的 34 号小楼。我回家时，有时会让父亲打开骨灰盒，里面用红绸布袋包着我妈洁白的骨灰，我仿佛又看见了妈妈在跟我讲话。直到 1995 年，我们在八宝山人民公墓买到了一块

八宝山墓地

墓地，将母亲的骨灰下葬，因为八宝山有母亲姑父母柳亚子夫妇的墓，这样离亲人近一些才好。

母亲去世以后

母亲去世以后，家里清静了许多，只有小弟、大弟在上初中和高中。父亲的清华大学八年同窗好友周培源先生，十分关心父亲以后的生活，他自己和他的大女儿周如枚都为父亲介绍过对象，但父亲均没有接受。周培源夫人王蒂澂与母亲同在清华附中一起任教多年，除周如枚、周如雁与大姐是贝满中学同学外，妹妹与周如玲是清华附中同班同学，小弟与周如苹又是北大附中初中同班同学，两个周家是世交。

母亲离开我们没几年，残酷的"文化大革命"开始了，家中只剩父亲一人和潘大婶。一天，北大"三角地"忽然贴出铺天盖地的大字报，说揪出了一个"国民党少将"，红卫兵来抄了

家，第二天我正好回家，父亲给我看了一张油印工资条，他在昆明西南联大时，1945 年为国民党部队做心理测验，曾拿过所谓"少将参议"的津贴，他连国民党员都不是，哪来的国民党少将？！这一历史问题新中国成立后父亲已交代清楚，大姐与我 1956 年入党时也早已审查过，"文化大革命"中却大算旧账。父亲被关进北大"监改大院"，每天背错语录就挨打，东操场全校大会当作"历史反革命"被批斗，下放江西南昌鲤鱼洲农场。当时我也在邻近的清华农场，去看望过几次父亲，他在连队里因有人告发他私下唱京剧"四郎探母"选段（因这是父亲最喜欢的京剧），是要"反攻倒算"，又不断被批斗。他在农场负责放牛，是全农场穿得最破烂的像叫花子一样的老教授，我看着他，无比心酸，无语无泪。我当时就在想，如果母亲还活着，看到父亲这样悲惨的遭遇，不知会做出什么反应，母亲性格刚强，多半忍受不了这样的屈辱。

父亲对母亲说的"永不续娶"的誓言是真实履行的。我曾问过父亲，父亲说他要为我们子女后代保持好母亲的亲人社会关系。当然这更是父亲对母亲永远的怀念。

1972 年 9 月，陈省身夫妇首次回国，9 月 19 日，北京大学校领导批准和通知父亲参加陈省身夫妇在北京饭店举行的家宴。1978 年 6 月 23 日，父亲在莫斯科餐厅设宴回请陈省身夫妇，当时竟意外地遇见几十年未见的郑芳的妹夫、浙江农学院著名桑蚕专家吴载德教授，大家相见甚欢。1980 年 9 月 13 日，陈省身夫妇和郑重又在王府井东风市场的五芳斋宴请父亲和柳无非及汪福元郑芹夫妇三家，我也有幸出席，记得五芳斋的名菜"松鼠桂鱼"金光四射！大家都不忍下筷！

以后郑师拙舅舅、张新月舅母他们一家回国，我陪父亲出席了他们的家宴。郑志清舅舅一家回国探亲，我陪舅舅重返了清华园。郑葆姨母也首次回国，到燕东园看望了父亲，葆姨母曾非常关切母亲患病，让她的女儿谢瑛表姐由香港寄来许多药品和营养品，母亲病危时还嘱咐我将来一定要谢谢葆姨母一家。

柳无非姨母、郑重舅舅都曾是全国政协委员，每年三月份，两会会后，我都陪父亲去柳无非家与舅舅郑重等亲人团聚。

20 世纪 80 年代末，柳无忌、陈省身发起编写《郑桐荪先生纪念册》。柳无非给父亲来信，希望能查找一些有关郑桐荪的资料，于是我试着到清华档案馆询问，居然在文书档案中找到一批材料，其中有父亲和陈绵祥装订成册的郑桐荪诗词和家谱资料，我喜出望外，复印后寄给了无非姨母。这些材料就成为纪念册的主要部分，十分珍贵。原来，郑桐荪去世后，父亲专门负责整理收集旧居内所剩的遗稿。整理收集保存各种资料，是父亲一生的最爱，这次立了"大功"。叔公公郑桐荪晚年十分坎坷。因新中国成立后送儿子师拙、志清去美国，被批为"崇美"，北大让他提前退休，贬至成府书铺胡同居住，母亲几乎每周末都叫文业带上一些她叔叔最爱吃的小吃，送到书铺胡同，我也去过几次。

综上所述，还有许多的事例，使我理解了父亲当初不续娶誓言的意义。

1996 年 2 月 4 日，父亲去世，我们将父母合葬于八宝山墓地，三十五年后，父母终于在地下团聚，他们可以瞑目了。

2011 年 6 月

周先庚给大女儿立业的长信

立业：二月十七日来信，早已收到了，家中一切都好，请勿念！

（前略）

美满的婚姻，绝对自主，是不全面的。婚姻也脱离不了政治，也是社会关系总和之一部分，要多方考虑，能得到最大社会关系、政治影响，才是最成功的，不要太局限在个人、父母、兄弟、姐妹，这个小家庭或大家庭的小天地、小圈子里，各阶段的困难是有的，应该采取对政治的看法、马列主义发展的观点，变坏事为好事的态度，来不断迎接困难，不断克服困难，消极逃避，在政治斗争中既是不允许的，那在各方面也是一样的。

自从 2 月 12 日我们全体从妈妈的骨灰堂回来后，我一直在集中精力把妈妈的三本剪报文章一一读了多遍，凡是关于婚姻的悲欢离合的几篇中篇小说，我都读之又读，她的理想都反映在其中，我们的优缺点都隐僻地暗示在其中，我真希望你们用宽大的胸怀，接受遗训的态度，读读妈妈婚姻观的文艺作品，和婚姻的现实、理智、客观的理想和技巧方法。

妈妈开始写作是在昆明经济和孩子病死最困难的时期，1944 年左右，在复员前，她还主编了《妇女文艺》《妇女与家庭》等报纸副刊。现在三本剪报都补充整理就绪，编了目录，将来大致可分：婚姻、家庭、儿童教育、杂感等小册子出版。

我重又一遍一遍读了妈妈的文章，特别是上述谈三角恋爱的几篇中篇小说之后，深感妈妈的心底真是善良，她对于我未能达到她的理想安排而失望。她自己的理想虽亦未达到，但转移精力在儿女身上，这是无疑大大成功了的，就是像她在文章中说的，她成全了你们，还要千方百计地成全我到底，我愈读她遗著，愈觉得她在我心中是伟大的，有一篇名就叫《续弦》，我真恍然大悟！我想你们总有一天，会有心境来赏识我这句话的。

她本有斗争性，在湖郡中学毕业，就因为参与学生运动与三位同学转移到东吴大学。在昆明胜因寺住时，就给楚图南、潘光旦搞地下传递信息。复员到清华，就应地下党《清华周刊》总编辑请写文章，报道《抗战期中的教授太太们》的生活状况。在北京体院时，是忠诚老实运动积极分子，直至病后两次住院，还是政治学习小组长。她不能说靠拢党不够，而是靠拢我和家庭小圈子太多，照她的性格讲，她是可以在革命文艺界或外交界大有作为的，更多的贡献，更直接地贡献她的一份力量的。

好在她这方面的遗志，你们姐弟妹们都继承下来了，只有关于我的那一面，还未达到她的理想。我花这半个月的功夫，日夜读着她的遗著，字里行间暗示给了我很多大道理，平素她向来未对我明说过的。今后我只有照她的遗志、遗愿、遗嘱、遗想和计划安排行事吧！每天没有一分钟不想到妈妈生前的好处，我真后悔，我不了解她有那样舍己为人，为一小圈子的父、子女六人而牺牲的精神。

我这次阅读妈妈的遗著，还得到一个深刻的感想，就是说，文艺作品都是确实反映作者的理想、生活经验和直接人事关系的，不过作为一个作家，为了隐恶扬善，妈妈不惜把好事留之于至爱至亲的人，把坏事归之于自己，以便劝人归善，力图上进，还有她反复用了好多笔名，同期发表几篇文章，使读者万想不到全系出她一人手笔，反映一个人生观理想，但知内情的人，则一目了然，哪人的这一点是属于我的，哪人的那一点是属于她，哪些是她的实情，哪些是要安排作为她对我的理想，等等。我看到又好笑，又高兴。因为妈妈在复员前后，特别是在我休假去美的那年办着两个南北妇女副刊，在全国妇女界影响实在不算小，所以我从小有志写作，写传记的愿望又蠢蠢动起来，现在我真想妈妈再活着，为我内助外援，不但我的心理学理想得以实现，对革命建设事业必可大有建树！

妈妈在《续弦》一文中，好像早预料到她会比我早死，所以特别强调其微妙性，我这才恍然大悟，其胸襟本质是善良伟大的，于是更坚信她生前为成全我们到底的一切明智的四面八方的筹划与安排了。妈妈对于人的观察与判断是精明正确的，她写了五篇关于三角恋的故事：《归来》(1946 年 11 月)《失望》(1947 年 2 月)《死别》(1947 年 7 月)《死灰》(1947 年 11 月)《两个女人》(1948 年 10 月)，就是反映我们俩结合的现实与理想的矛盾。

现在她已经离开了我们——她最亲爱的，也是她唯一的希望父子女六人了，我们怎样才能增加扩大我们的亲属、社会、政治关系，来完成她对于我们的理想愿望呢？这要看我们如何团结一致以达到此目的了。

她在去年圣诞节前夕半夜死去，我当时与广业未流一滴泪，我说："要化悲哀为力量。"我们父子俩把她洗摸穿戴整齐，心境正如她在文章中再三强调的，只有继续工作，而不是泪水，才是报答她的一生的恩情的道路。只有弟弟到下半夜醒来，发现睡在他旁边的妈妈没有呼吸声了，在被窝里哭起来，这才引起我这素易伤感哭泣的爸爸，也大声嚎哭起来。天亮后一早，杨太太第一个来看，问妈妈临死我在场不在，我说："广业叫我到客厅休息，睡不着，一会儿广业就来报告说，完了。"还未说完话，我于是大哭起来。从那以后没有人再哭一声，我们是暗中遵循着她在文章中所再三强调的，泪水不解决问题，只有工作，不断地工作，才是出路！

妈妈奇怪还写了一篇小品文《莉莉》(1948 年 7 月 3 日)说："方先生去年刚死，最近妈妈又病在医院，你（指文中莉莉）前几天见到她流泪，你哭起来，而不知道为什么，今天姑父母带你到妈妈坟上上坟，才告诉你妈已死了，于是他们因无子女，就把你当做女儿了。你当时是才可以抱起来的几岁小姑娘。"妈妈写了好多篇关于死的小品文，这实在是在昆明死了三个人的沉重打击的后果啊！她早预见到她是要早死的呀！真可悲痛呀！我为什么在她生前不多读读她这些文章呢？这其实"岂是死生原前定，竟难并世觅庐扁"吗？我真是有点恍惚了！

1962 年 3 月 2 日脱稿，3 月 3 日正当立业出差返家，当面给她读了。广业、明业也读了。

续信：妈妈的婚姻观

我自 2 月 12 日上妈坟回来，整理她的文稿，已整整一个月了。她的理想是漪兰（骆姓，古女诗人）改嫁李诗人，文英嫁志超银行总经理，与丽英、王先生是三对邻居好朋友。漪兰是和志超和平离婚，而两相重配的。这种思想是我 1947–1948 年休假在美一年中发展起来的。她的七篇中篇小说都是围绕着这个离婚、各自再婚，以便获得婚姻更美满的理想的。兹总结各篇的内容情节如下：

《归来》郑芳）1946 年 11 月：雯嫁刘志明工程师，生一女明，后改嫁银行经理林明，生活美满，刘成名及病死，雯夫妇与明送终。

（二）《失望》（郑芳）1947 年 2 月：方铃不嫁音乐家李智超，而嫁军人金某，受辱，再回到李，而李已另娶乡女云，因而失望。

（三）《死别》（郑芳）1947 年 7 月：爱梅嫁陈成，生二男二女，陈飞台湾失事死，同学王敏来报信，而不忍报。

（四）《死灰》（郑芳）1947 年 11 月：蓉不嫁学业未成的明，而嫁做"少奶奶"，嫁李刚，不美满。

（五）《被牺牲了的究竟是谁？》（分居）（芳郁）1948 年 3 月：明妮与英士在留学时结婚，助其学成，而英士另有所爱，遂带着孩子与英士分居，待其重好。

（六）《两个女人》（周政，昆明《中央日报》；郑芳，天津《大公报》）1948 年 10 月：绮兰离了银行总经理志超，改嫁李诗人，志超重娶了文英，两对与丽英、王先生成为三对邻居好朋友，均美满。

（七）《五姊妹》（芳郁）：即妈妈的五姐妹。

总观以上七个例子，可以得出结论，妈妈的理想婚姻绝不是头一次，不合则和平地离，当另外一个女人站在你们中间时，则坚决地"分居"，但女要带着孩子分居，希望正派男再重圆。

妈妈似乎后悔不该嫁一个无出息的心理学家，如我，推也推不上去！还不及一个成名的刘志明工程师早死。在《被牺牲了的究竟是谁？》（分居）中，明妮是帮助英士成名了，但是英士嫌她无钱帮他在政治方面发展，而另有所爱，所以她与他分居。这也是妈妈好像意识到她会先我而死，而有《续弦》之作了，不然就是牺牲孩子！她生前为我种种打算大概是诚心诚意的！

总之，妈妈思想是婚姻最好两人都成名，如居里夫妇，不然女子则委曲求全，为男子而牺牲，她的个人英雄主义，归根到底，还是妥协、善良的，积极向上的。可惜没有更高尚的思想罢了，为什么没有呢？不是没有，是太早有了，而遭受到政治方面的打击，和失败的教训太深了，而妈妈是最"要强"不过的，有男子气派的女子，她是不甘忍受任何的一点点失败之感的！

父　1962 年 3 月 16 日

……

　　我将妈妈自 1944 年 7 月到 1948 年 11 月，所剪报的日报、副刊文章补充完全，编成年代和分类目录两份，下一步拟送剪贴一部分给亲友传阅，以便评订是否可以早迟出版选集。……她除真名外，还有芳郁，以及其他笔名，郁、郁芳、周政、五恩、文娟、芳灵、芬玲等，主要办了两个日报副刊：昆明《中央日报》"妇女文艺"，和《北平时报》"妇女与家庭"，其次是特约为昆明《龙门周刊》撰文，总计是关于：妇女、恋爱、婚姻、家庭、儿童、心理学、医药卫生、营养烹调、社会问题、中篇小说、人物、散文等类文字，反映复员前后学界苦难生活、奋斗情况，我以为对于当时妇女界，很有影响，有点历史价值。

父　1962 年 3 月 23 日

妈妈

周治业

母亲节到了，写篇小文纪念我的妈妈！

我在读初一时，我的妈妈郑芳就因得直肠癌，在与病痛抗争了三年后而结束了年仅51岁的生命。父亲以后终生未再续娶，高寿93岁离别了五个已成材的孩子。

妈妈出生在苏州，是北京大学的前身燕京大学外语系的高材生，嫁给父亲后就在家相夫教子，抗战时从北京清华大学经长沙、广州、香港一直逃难到昆明西南联大才安身。家中生活紧，她就大量地在报上和各种杂志上写小杂文挣点稿费贴补家用。在清理她的遗稿中真是叫我吃惊不小，一两天就写一篇，各种杂事都被她活灵活现的展现在报纸杂志上。她曾经在昆明教过一段时间的中学英语。抗战胜利后她随父亲及全家又回到了清华，这时她已是四个孩子的母亲 (1948 年又在清华新林院4 号家中生了我)。她又断断续续的在清华附中教书，教的是俄语，令人吃惊的是她学的是英语，但在当时，学生一般只学俄语，她竟靠自学而走上了俄语的讲台，就是在今天也令人难以置信！新中国成立后成立了北京体育学院（现在的北京体育大学），她被调去教英语。因学校离家较远，而且要穿越荒凉的圆明园遗址，晚上骑自行车害怕，所以住在学校里，星期六才回家。直到病重才离开了她心爱的讲台。

妈妈一生操劳，两个哥哥和姐姐在她的严格管教下都毕业于清华大学，但她没有能看到孩子们的成就。在三年自然灾害时得了直肠癌，在协和医院做了手术后一年复发，在那个年代，有一天她轻轻地对我说想吃个桔子，我在星期天，一个 11 岁的孩子，第一次一个人坐车去王府井华侨大厦，用侨汇卷买了四个桔子。我常用弹弓打麻雀，她教我撒一点盐用湿泥巴包住，放在取暖的煤炉里烤熟，真香，她不肯吃，推来推去的。我爬树掏了鸟蛋煮了给她吃，总要被她骂，但见了鸟窝我又爬上去了。她去世时皮包骨头了，但她坚持到了生命的终点，在圣诞节前夕之夜离开了她非常不放心的最小的我走了！

妈妈是持家的能手，家中虽然一直有保姆，但她非常喜欢下厨，各种菜都会学着去做，甚至把别人家的保姆喊来教她做菜。自己烤面包，做各种各样的果酱，记得有西红柿酱、水蜜桃酱、苹果酱等等，还自己晒黄酱，每天抬大缸出来晒，就是我和二哥的事。做甜大蒜头，腌咸鸭蛋、咸鸡蛋，甚至做过几次松花皮蛋。这些方法都告诉了我和二姐，但我们从没去实践过一回。妈妈喜欢动物，养猫是从来没断过，鸡鸭一大群，大公鸡总爱追我咬，吓得我满院子哭着跑。虎皮鹦鹉一大笼子，每天在客厅里唱个不停。三年自然灾害没有肉吃，她又去搞来几只兔子养在院子里，后来是我的主要工作，发展到几十只，多的数不清。院子里开始种了一些花，后来改种蔬菜了。养了兔子后，菜就种到院子外边去了。在她卧床不起时还经常把没长大的小兔子抱到床上玩。家中事无巨细都靠她一个人操劳。现在想起来我们根本做不到她那样！这真是母亲的伟大！

妈妈英年早逝！我每每回想起那些点点滴滴，心中总有许多许多的感慨！她没有看到现在的好日子，没有享受到儿女们的亲情，走得实在是太早了！她最放心不下的我，现在也近 60 岁了，也算事业有成！但她说对了一句话："你要记住，你是一个苦命的孩子！"

2006 年

郑芳遗嘱

一、关于全家的

1.大家一定要团结，不能让任何小意见引起彼此之间的不和。大家要虚心接受意见，互相关心，互相帮助，让这家的集体继续前进，要容忍，不要为一点小事发脾气。

2.大家合作，搞好健康，健康是主要的，在家的集体中每人都有责任为大家的健康而努力，不要只享受不工作。

3.治业小，哥哥姐姐都有责任帮助治业，从关心他的学习，进步，交朋友，做功课，清洁卫生，一直到他的经济问题，若遇到困难（例如爸爸又结婚，后母对他态度不好，或爸爸健康成问题），治业可以请求舅舅（郑重）照顾，我在世时已有过几次信给舅舅提到这问题，所以舅舅会照顾他像自己的儿子一样。

4.家中每年晒箱子，预备冬衣等集体劳动，要在周末春天（刮过柳花或未到柳花之前）进行。随时看见有樟脑球卖，随时买了放在箱子里，已经给虫子咬过的绝对不能和好衣服放在一起，毛衣一定要洗干净然后放箱子里。

5.要注意喝水问题，注意水碱，水碱吃下去就会在肾脏里长石头，成肾结石，要开刀很痛苦。

6.要注意清洁，尤其是文，治，和爸爸，太不注意清洁，饭前饭后洗手，勤洗澡，勤换衣服。

7.三个男孩不要早结婚，一定要等大学毕业后有固定工作和收入后再结婚。早结婚，背上一个家，影响健康和工作，十分严重，找对象要注意：健康，性情，工作态度，爱劳动等等。结婚前要把生殖器包皮过长切除，要不然自己和爱人都有生癌的危险。

8.要关心照顾爸爸，住在北京的，每周末回家看看爸爸，和爸爸一同吃一顿饭，了解他的健康情况，不在北京住的，常写信问爸爸好，爸爸生病要大家互相看护照顾爸爸。

9. 要注意癌，我既然因癌而死，并受尽痛苦，并且我的家中有癌病历史，所以更要注意癌。明业要注意颈部淋巴癌，广业要注意血癌（就是白血病），文业要注意疝气和下面在肚子里的蛋，要早些动手术割除。

10. 生病要住大医院，由大大夫诊疗，小医院小大夫反而把病耽误了。

二、给立业

立业是大女儿，并有独立的能力，所以要把弟弟妹妹们从学习到生活一切都负起责任来，耐心地解决一切家中问题。

先庚附注：这两份遗嘱是用墨水钢笔写在《一九一八年五月至一九四一年九月份》的洋装英文本家用账簿子的紧后左页上面的，没注日期，据推测当在一九六一年十一月七日以前好久写的，大约是在大姐暑假回家时写的（1962 年 3 月 9 日和 1976 年 7 月 3 日先庚再注）。

郑芳是 1961 年 12 月 25 日外国圣诞节死的。第 1 份"关于全家的"写了 10 条，第 11 条只写了"11"这个号码，没有写下去。第 2 份"给立业"是写在第 1 份后面第 4 面另页上的，只有一句，没尽所言，所以在 1961 年 11 月 7 日左右，又在一张有横格稿信纸上写了两三段。当时已不能下床，用铅笔断断续续只写了一半，然后又用钢笔当我面写完第四段，又写到第五段，第五段从"蒸锅"开始，就由我代笔（1961.12.24）照她口述的意思，写完"给立业"的完整的遗嘱如下：

立业：这些时病加重，心烦躁，一心想进医院得到治疗。先庚为了这件事，各处想法，到现在什么医院都不收，我已觉悟了，绝心在家养病。先庚为了我的病，瘦多了，我很伤心，决定在我死之前，改善伙食。以前有一顿，没人管，可是现在伙食好了，先庚吃得很得义，我也高兴，就是要多用钱，如进医院，钱用得更多，为我一人花。

（先庚注：这句有两处错误："有一顿"后意思应加"没一顿"三字，"很得义"应为"很得意"。）

现在我已不能下床，小便也在床上，因为我倒地二次。

你不要回家来，没有你的事，等假期你再回（以上是铅笔写的，以下是用钢笔写的）来，我想我可以见到你。

家里人待我太好，我真不应当死，尤其是先庚和治业。

家中要二个小钢（以下是先庚代笔口述的）蒸锅，为热牛奶或做少量菜用的。烧开水壶如有亦要一个。

（1961 年 11 月 7 日左右开始写，1961 年 12 月 14 日由先庚代笔完。）

三、郑芳家庭遗嘱

（面嘱爸爸代书）。（后又当面由我念与广业听，我并提出修改部分理由，大家无异议。1962.2.13 补志，庚）。（这是紧接上面写在同一纸上）（庚 1976.7.4）

（一）爱护爸爸，尊敬爸爸。

（二）家里开支，想法平衡，特殊费用除外。

（三）对外办事由周广业负责。

（四）全家衣服由周明业负责。从上到下，从春到冬，都由明业保管，大家帮忙。

（五）家务杂事由文业、治业分别管理，爸爸监督。春耕大家动手。

（六）周文业要与大家和气。周广业要团结大家（为国家人民服务）。

（七）周立业是总顾问，有事要征求她的意见（坚持原则）。

（当时立业不在家，庚 1976.7.4）

郑芳　　1961.12.14

郑芳是 1959 年秋在北京协和医院，由吴蔚然外科大夫动的手术，患的是直肠癌，做了假腔，预后是三年。头一年倒是正常，但是她的性情是不肯静养，修养，闲居，休息，还是照常城内城外跑来跑去，一刻不停。第二年于是复发，每天只得乘租用汽车跑日坛肿瘤医院烤电治疗。到第三年即 1961 年下半年就只能决定在家等死，因为她叫我和吴蔚然商量，愿意再进协和医院，由他再动手术，情愿为科学而死在手术台上。我真的遵命和吴蔚然商量，但是自然不能成为事实。

郑芳性格顽强，动了手术，得知预后，还不让我知道。她与病魔做殊死斗争，总是一如平常，直到临终，从来没有哭泣感伤掉一滴眼泪。她总是告诫我应当续娶什么样的人，不该再结什么样的人，我答应她决不续娶。这是我的誓言！

周先庚　1976 年 7 月 4 日

（先庚注：在妈妈住院和跑医院时期，立业曾按月寄来五十元，差不多有二年之久！）

芳郁贤妻灵鉴

先庚泪挽

撰写经年精神几粹　可怜积稿已成堆　未及整编寿梨枣
沉疴两载医药兼施　岂是死生原前定　竟难并世觅卢扁

悼芳郁

焦桐老人[7]

少小誉聪颖，长教父爱倾。同窗侪辈冠，课业老成惊。
失怙来燕市，逃兵渡岳衡。携雏羁异域，抱病入昆明。
操作朝朝迫，撰文夜夜萦。时平还北国，壁立对阶楹。
助外编劳瘁，登台讲释明。何因来恶疾，无计觅长生。
公瑾知多恨，蒙庄梦独醒。遗孤幸尽挺，拂郁一庭盈。

少小誉聪颖，长教父爱倾。芳郁自幼特慧，先兄咏春公最
为钟爱。

同窗侪辈冠，课业老成惊。失怙来燕市，先兄逝世，芳郁
不久即在湖郡女中毕业，北来入燕京大学肄业。

7　"焦桐老人"即母亲郑芳的叔叔郑之蕃（桐荪），柳亚子夫人郑佩宜的哥哥。母
　　亲去世当日，由大弟文业前往告知，挥泪而作。

逃兵渡岳衡。七七事变后，清华大学与北京大学，及南开大学联合在湖南长沙开学未几，南京失守，长沙亦急，学校转移云南昆明。

携雏羁异域，抱病入昆明。芳郁挈子女，在香港与河口（安南邻界），羁住年余，乃迁赴昆明时，尚卧床未起。

操作朝朝迫，撰文夜夜萦。在昆明生活窘迫，时为报刊撰文。

时平还北国，壁立对阶楹。胜利归北，重来清华，然境况萧条，与去时境况迥异矣。

助外编劳瘁，登台讲释明。芳郁助先庚编写甚多，其所写《谈天才》一书，颇为社会欢迎，流传甚广。历在清华附属中学及北京体育学院教课，颇得好评云。

何因来恶疾，无计觅长生。病癌两年，终竟不起，且后期痛苦特深，殊为惨酷。

公瑾知多恨，蒙庄梦独醒。先庚料理病人极劳瘁，芳死亦因劳成疾矣。

遗孤幸尽挺，拂郁一庭盈。长女立业在山西太原铁道学院任教；次男伟业三男宏业在昆明幼痗。四男广业在清华大学肄业（广业注：均已届时毕业，下同），五女明业在清华大学肄业，六男文业在清华大学附属中学肄业，七男治业在北京大学附属中学肄业，均勤历奋勉，定卜有造，泉下有知，当能自慰。

辛丑十一月十八日（公元一九六一年十二月二十五日）

后记

    终于把母亲的文集编辑完毕，真是如释重负！

    母亲在 51 岁时就离我们而去，她是六个姐妹兄弟之中最先去世的。母亲大姐郑葆终年 83 岁，弟弟郑重终年 82 岁，大妹郑芹终年 96 岁，最长寿，二妹郑蕺终年 73 岁，小妹郑蓉还在世，已经 94 岁了。外婆施毓珊 1962 年去世时 71 岁，她是在我母亲去世之后第二年去世的。2011 年我曾当面问过唯一在世的蓉阿姨：外婆是否知道我母亲去世？她说应该知道。我想，当她知道二女儿去世的消息时该有多难过呀。母亲 12 岁时，36 岁的父亲突然去世，全靠叔父郑桐荪资助继续读书。盛泽富商汪家看重郑家书香门第，希望娶郑家女为媳妇，但是大姐郑葆已经赴京就读，下面就应该是 18 岁的母亲出嫁，但母亲希望继续读书，坚决不肯出嫁。外婆只好让 16 岁的妹妹郑芹出嫁。郑芹认为自己"做了封建礼教的牺牲品"。母亲如愿读了大学，又出嫁清华教授，但几十年后，她 51 岁就去世了。而妹妹郑芹却高寿 96 岁，比母亲多活了几乎一倍时间。福兮祸兮谁人知晓？

    母亲一生坎坷，先后生育了七个孩子，两个孩子在昆明夭折。存活的五个子女中，大姐立业已经 78 岁，广业 74 岁，明业 69 岁，我 67 岁，最小的治业现在也已经 64 岁了，而母亲却年仅 51 岁就弃我们而去，怎不让我们难过！

    在昆明最困难的时候，她既要照顾家，还动笔撰写了各种文章数百篇。新中国成立后她不甘心在家中相夫教子，而是利用自己的外语特长，先后去清华附中、北京体育学院任教。北京体育学院离我家很远，她骑自行车要一小时，无论刮风下雨，风雨无阻，今日想来真是不容易。三年困难时期，为支撑这个家庭，她付出的艰辛，我们当时根本没有体会，只是后来听保姆讲过当年生活的困难。她的美貌、干练、才华，所有认识她的人，无不赞叹有加。我们当时由于年幼，对母亲在清华、北大的影响一无所知。

可能是过于劳累，她49岁时就得了癌症，又没有及时发现。经过极其痛苦的治疗，受病魔折磨两年多后，终于不治。父亲终生觉得愧对母亲，没有照顾好母亲，因此余生未再婚。

我从小是家中孩子中最不听话、最惹母亲生气的孩子，我曾多次动气跑出家，使得母亲不得不亲自出去找我，把我劝回家。对母亲生前的艰辛、坎坷，我从前毫无体会。直到我退休，编写此书，看到母亲生前写的几百篇文章和父亲的回忆，才真正体会到母亲短暂的一生实在是不易，心中实在愧对逝去的母亲。

母亲生前的几百篇文章有几个特点。第一是涉猎广泛，父亲把母亲的文章分为十三类，内容从社会问题、心理学，直到家庭、婚姻，以致营养烹调，几乎无所不包，没有深厚的生活阅历，无法写出内容如此丰富的文章。第二是形式多样，散文、回忆、评论、小说都有，每种形式都能运用自如，散文文笔生动，小说情节曲折，评论令人反思，真正体现了母亲的文采。第三是感情丰富，父亲在母亲去世后整理母亲的文章时，感慨良多，认为母亲很多文章是有所指的，是生活的真实反映。母亲生前最后一个、也是唯一的长篇，是和父亲合写的《谈天才》，其中介绍了古今中外非常多的各种实例，分析了天才的培养、发现和成长过程。读后我的感觉是，母亲本人也真是一个才女，如不是社会环境改变，无法施展她的才华，如不是英年早逝，她将会做出什么成绩，我们真的难以想象！

本书的编辑主要由在京的广业和文业负责。大姐立业在山西太原，身体不好，我们有不清楚的问题不时还要问她。二姐明业平时多在深圳，书中很多老照片是她保存的，由她扫描提供。小弟治业在湖南长沙，为编辑此书提出了很多很好的建议。

　　父亲去世后，我们家从北大燕东园搬出，父亲生前遗留的大量资料都是由广业保存。父亲生前有个习惯，一纸一字都要保留。特别是母亲生前所写的几百篇文章，父亲都精心粘贴成册，详细说明，这为编辑母亲的文集提供了很好的基础。

　　这本文集是我们五个子女共同努力的结晶。今日《郑芳文集》终于能得以成书，终于可以告慰我们双亲在天之灵，也了却了我们的心愿，不会再留下遗憾！

周文业
2012 年 6 月 27 日

第二版后记

《郑芳文集》于 2013 年 10 月由中国科学技术出版社出版，首印 500 册，不到半年即已售完，受到喜爱民国文学人士、西南联大和清华的老校友和亲友们的欢迎。

诗人、文化评论人童蔚女士在《中国妇女报》2014 年 1 月 17 日的"童言童语"的"童蔚专栏"上发表了"'一卷疏香阁上书'——读《郑芳文集》"的评论文章，认为"这些文章都是为了天下人的'忧国忧民'，里面有她发自肺腑的疾呼，有南方女人精细的观察视角，都是那个时代水深火热中沸腾的文字"，"你若细细品读，感觉精致的构思与细腻的文笔不在张爱玲之下，如果，她此生一直从事文学创作，那天资，说来是相当游刃有余的。"对母亲的文集给予了很高评价，借此印刷第二版的机会，我们特将此难得的评论文章放在卷前以飨读者。谨此向童蔚女士深深致谢！并感谢帮助我们联系童蔚女士的胡康健女士！

2013 年为了赶上纪念周先庚先生诞辰 110 周年，中国科学技术出版社决定与《周先庚文集》第一、第二卷一起出版《郑芳文集》，时间仓促，未及仔细校对，现借重印的机会又仔细重新校订一遍。文集的修订改错十分困难，因为原始 20 世纪 40 年代的报纸，印刷的字迹有许多看不清，尤其是英文要竖排，错漏字很多，当年的用字习惯与现在也有许多不同，我们尽量保留原文的风味和习惯。

我的老朋友、清华大学校史主编之一的马栩泉老师，对此文集很感兴趣，2013 年上半年他花了很长时间仔细审校了文集初稿，写了十几页的审校记录，可惜去年决定出版时我忘记告知马老师，这次终于用上了这份珍贵的审校记录，特此向马老师的认真校对表示衷心的感谢！

　　文集能够出版，其中还有一个小插曲。2013 年年中，小弟周治业将文集初稿寄给了他的朋友、河南教育报刊社的米莉编辑，米莉编辑选中了文集中"老关"一文（参见《郑芳文集·小说散文卷》108 页），节选后刊登在国内外发行的《中学生阅读初中版》2013 年七八月合刊上，并在文后附上推介短文"朴素的文字 饱满的情感"，文中写道："这篇散文饱含情感，精心刻画了一个来自底层的劳动者的形象——厨子老关"，"作者是刻画人物的能手，很善于通过描写外貌、动作、语言等，表现人物的性格特点。作者对生活观察细致准确，她笔下的细节都经得住推敲，每一处落笔都很扎实。文章主题鲜明，内涵充实、丰富，语言朴素却情感饱满，功力不凡。"母亲生前就对我说过，"老关"一文是她的得意之作，由于是真人真事，自然文章就写得十分动人。米莉编辑真有眼力。我把此合刊给中国科学技术出版社许慧主编看，她当即决定与《周先庚文集》一起出版《郑芳文集》，因许主编原本就十分喜爱此文集。小弟治业还将文集初稿送给他的有初中学生的家长朋友们看，他（她）们也都十分赞赏。中国科学技术出版社决定出版《郑芳文集》是很及时很有远见的，没想到文集中的一些文章会受到中学生和家长们的欢迎和好评，在这里我要特别向苏青社长和许慧主编衷心致谢，没有他们的支持和决定，母亲的文集不可能得到出版。当然也要在此感谢河南教育报刊社的米莉编辑。老关师傅是我们全家 1946 年回到清华园第一天就来家的厨师，受到我们全家人的喜爱和尊敬，读者还可参阅文集最后我写的回忆母亲的文章。

　　妇女家庭与婚恋方面的文章是文集的主要部分，父亲编订目录时也是放在最前面，因为母亲曾担任昆明《中央日报》的"妇女文艺"专栏和《北平时报》的"妇女与家庭"专栏的主编，发表的都是这些方面的文章，这几部分的文字虽然是 20 世纪 40 年代所写，但今天读来还有很好的现实意义，值得年轻人一读；文集中最著名的文章当然是 1947 年为《清华周刊》撰写的七篇连载《抗战期中的教授太太们》，这是描写西南联大和清华教授太太们的不可多得的珍贵记录，曾被许多报刊转载过；文集的"小说"部分中"五姊妹"写的就是包括母亲在内的五个姐妹，文中大姊是郑葆，二姊是她自己，三姊是郑芹，四姊是郑蘅，文中的"蓉"就是最小的妹妹郑蓉，现还健在，住在上海，已 96 岁。此部分中的"从南到北"一文，匿名描写了父母全家在昆明的情况，我二哥周宏业得白喉病逝，及全家从昆明飞重庆，然后回到北平清华园的经过；在文集的"人物"部分中，冰心女士、悼朱自清先生和司徒雷登大使的几篇文章是十分难得的；"新春寄读者"一文是母亲当年的写作自述，她自勉要像"萤火虫"一样发一份光。"我愿意做一个清道夫"一文是母亲很看重的，她把自己当作一个"清道夫"，文中写出了对"人生"的感叹！

第二版在"补遗"中增加了几篇文章：

"与柳亚子书"是母亲十三岁上初中时写的一篇周日游记，显示了她的文学天资，受到柳亚子姑父的称赞，这份文稿是表哥柳光辽去年十一月在南京见面时提供的，十分珍贵；"关于初中俄文教学"一文是母亲仅存的一篇新中国成立后写的外语教学总结，她只用半年由英文学习俄文即走上清华附中讲台，深受学生爱戴；"巴甫洛夫和实验神经病"是新发现的一篇短文，登在《科学大众》1952 年 6 月号上，父母亲一向都十分重视科普文章的写作；"周先庚给大女儿立业的长信"是父亲一生仅有的在母亲去世后写给我们子女的长信的摘录，在清理父亲遗物时发现，我们子女阅后都受到极大的震动，信中父亲详述了他的婚姻，为母亲去世的悲痛，他对母亲的崇敬，要编辑出版《郑芳文集》的决心，以及对文集中小说的深入解析，由此可见父亲"决不续娶"誓言的原因，体现了一对高级知识分子夫妻恩爱的高尚情操，这封泪水写成的长信是我们子女的传家宝，要留给后代；小弟写的"妈妈"，文短情深，母亲病重，小弟一直在身边看护，其辛苦难以言表，他是母亲最疼爱和牵挂的；最后的"郑芳遗嘱"，是大弟的老同学周启博建议收入的，这里作了节选，这是一份很少见的作为妻子和母亲即将离世的最后嘱托，每次阅读我都忍不住泪水，这是母亲留在这个世界上的最后的绝笔！

出版母亲的文集是父亲交代给我的遗愿，现在这个遗愿已圆满地实现了。父亲的另一个遗愿是恢复他曾经担任系主任的清华大学理学院的心理学系，可惜现在还未能完全实现。

文集的初版由大弟周文业根据父亲编订的目录编排，并编写了"附录"中的全部资料："年表""家族简介""著作年表"等，插入全部照片，写了"前言"与"后记"，花了极大的心血。因最近大弟忙于中国古代小说数字化研究的写作和筹办国内外会议，这次第二版就由我来完成改错和补遗的任务。

文集中全部文章由别峰的世纪星公司录入，夫人周思萌作了初校，工作量巨大，在此深表感谢。

在此还要特别感谢国家"老科学家学术成长资料采集工程"领导小组和中国科协王春法书记，是他们特批了周先庚入选此采集工程，从而才能有中国科学技术出版社出版《周先庚文集》一、二卷，使《郑芳文集》也获得了难得的出版机会。采集工程专家组组长张藜研究员一直对《郑芳文集》的出版给予大力支持和关心，在此我也要向她表示感谢和敬意。

中国科学技术出版社许慧主编和韩颖编辑等做了大量审阅、编辑、校对和出版的工作，再次向她们衷心致谢！

清华大学生命学院退休教师　周广业

2014 年 8 月 8 日写毕

联系方式：

手机：13661022703

邮箱：zhougy12345@126.com

新编再版后记

由周先庚教授编订的《郑芳文集》经过各位编辑的辛苦努力，新编再版于 2024 年 7 月与海外读者见面了。

郑芳女士出生在书香世家，是自幼接受良好教育的知识女性。郑芳曾就读于燕京大学外文系，在与清华著名心理学教授周先庚博士结为伉俪之后，又对教育心理学有了深入的学习。抗战爆发，郑芳全家历尽艰辛抵达昆明西南联大。在西南联大时期，郑芳接受《中央日报》等媒体的邀请，成为活跃的报纸专栏作家。西南联大复校返回北平后，郑芳继续在多家媒体撰写时评与小说、散文等，深受读者喜爱。不幸的是，1961 年郑芳女士因病早逝，令人深感惋惜。

《郑芳文集》是周先庚先生耗时数年汇集编订的。收录的文章有介绍昆明西南联大的艰苦生活与教育工作，更多的是关于北大、清华复校返回北平后的蹉跎岁月。鉴于很多文章已物是人非，或语境已截然不同，海外新编再版发行又需面对海外中文读者，责编在对文集进行了缜密的分类梳理后，在三百多篇文章中精选了二百七十余篇，并按不同文学体裁重新编排，分为《杂文卷》与《小说散文卷》。

令人欣喜的是，长期支持出版社工作的资深编审邢沅、王兰珍对《郑芳文集》不约而同地有了一个共识，二位编审认为："这是一本值得向中文读者推荐的好书，是了解当时知识阶层家国情怀与社会民生的一个窗口。希望未来能够在中国大陆再版，并通过基金会向三四线城市以及农村学校捐赠。这本书虽然是八十年前的文章，但其很多建议仍对青年女性恋爱、择偶具有指导意义。"

应该说，郑芳是最早推动中国女性改变社会地位的倡导者之一。作为报纸媒体女性栏目主编，郑芳是女性读者的良师益友，她呼吁破除父权、夫权的羁系，号召知识女性与教授的太太们更多地接触社会，把自身命运与社会、国家、民族的命运紧密相连，从而折射出女性社会意识的觉醒。

令人敬佩的是，郑芳是一位具有强烈社会责任感的作者。她以作家锐利的眼光，保持着对社会重大现实问题的关切，许多文章的主题都围绕乱世中的民生、教育，并关注中国的命运前途、社会变革以及发展前景。

郑芳女士很像是一位极具爱心的人生导师。她的爱心与担当充分体现在富有感召力的文学创作中。她用自己的切身经验、丰富的经历、渊博的知识，通过蕴含丰富内容的文章，给女性们展现全新的世界，引导她们在新旧交替的时代，不再迷茫。

感谢周广业教授和夫人周思萌女士前期对文稿进行了认真的整理与审校工作，并对样书做了仔细校对。周明业、周文业、周治业对新编再版工作给予大力支持，在此一并致谢！

感谢出版社所有付出辛苦的同事们！

麦谷教育出版社

2024 年 7 月